ALLI SINCLAIR

Die spanische Tänzerin

rütten & loening

ALLI SINCLAIR

Die spanische Tänzerin

ROMAN

Aus dem Englischen von
Christiane Winkler

rütten & loening

Die Originalausgabe unter dem Titel
Under the Spanish Stars
erschien 2016 bei Kensington Publishing Corp., New York.

MIX
Papier aus verantwortungsvollen Quellen
FSC® C083411

ISBN 978-3-352-00903-7

Rütten & Loening ist eine Marke der Aufbau Verlag GmbH & Co. KG

1. Auflage 2017

Einbandgestaltung www.buerosued.de, München
Gesetzt aus der Minion Pro durch Greiner & Reichel, Köln
Druck und Binden CPI books GmbH, Leck, Germany
Printed in Germany

www.aufbau-verlag.de

Für Nan –
die talentierteste Geschichtenerzählerin,
die ich je kennengelernt habe.
Danke, dass du mir Mut gemacht hast,
die Kunst der Worte anzunehmen, und
für die Inspiration, die du in meinem Leben bist.

ERSTES KAPITEL

Charlotte hielt den Stoffbeutel, in dem sie das Bild ihrer Großmutter sicher verstaut hatte, fest umschlossen und lief über den Campus der *Escuela de Bellas Artes*. Ihr Herz klopfte, während sie geschickt den Studenten auswich, die auf den Grünflächen in der Sonne lagen, lasen oder in Gespräche vertieft waren. Gerne hätte sie für einen Moment innegehalten, um das intensive Blau des Himmels, die hell blühenden Gardenien und die Sonne zu genießen, die ihre Haut wärmte. Aber sie hatte keine Zeit zu verlieren.

Sie hastete die Eingangstreppe hinauf und öffnete die Jugendstiltür des Hauptportals. Die kleinen Fenster der Eingangshalle ließen nur wenig Sonnenlicht herein, so dass das Foyer und der angrenzende Flur in trübe Dunkelheit getaucht waren. Charlotte blinzelte und versuchte im Gehen die Namensschilder an den Türen zu entziffern.

Dann atmete sie auf. Hier war es. Vorsichtig klopfte sie an die Bürotür.

Keine Antwort.

Sie klopfte erneut und wollte sich schon damit abfinden, vor Professor Fonsecas Tür warten zu müssen, als sie Absätze auf den Holzdielen des langen Ganges klappern hörte. Eine zierliche Frau in Hosenanzug und mit akkurat geschnittener Bobfrisur kam ihr entgegen.

»Entschuldigen Sie, sind Sie Professor Fonseca?«, fragte Charlotte und strich nervös ihre Hose glatt.

»*Sí*«, antwortete die Frau, während sie die Tür aufschloss. Dann drehte sie sich um, runzelte die Stirn und blickte über den Rand ihrer schwarzgerahmten Brille. »Um sich zu meinen Kursen anzumelden, müssen Sie sich an die Abteilung für die Zulassung ausländischer Studenten wenden. Ich kann Ihnen nicht helfen.«

»Oh, deshalb bin ich nicht hier.« Charlotte öffnete den Knoten des Stoffbeutels und wollte gerade das Bild herausnehmen, als die Professorin sie mit einer ungeduldigen Handbewegung unterbrach. »Bemühen Sie sich nicht. *¡Por Dios! Estoy cansada de esto.*«

Charlotte atmete tief ein und nahm allen Mut zusammen. »Es tut mir leid, dass sich so viele Studenten unangemeldet an Sie wenden, aber bei mir ist es etwas anderes …«

»Das behauptet jeder. Egal was es ist, ich habe jetzt keine Zeit. In einer halben Stunde habe ich eine Vorlesung, und den Rest der Woche bin ich beschäftigt. Kommen Sie nächsten Mittwoch wieder. Elf Uhr.«

»Bitte.« Charlotte hätte die Professorin am liebsten am Arm festgehalten. »Meine *abuela* hatte einen schweren Herzinfarkt – sie ist neunzig, und es geht ihr sehr schlecht. Sie hat mich hergeschickt, damit ich herausfinde, wer der Künstler dieses Gemäldes ist. Es ist nicht signiert, alles, was sie darüber weiß, ist, dass es von einem Maler aus Granada stammt.«

Professor Fonseca musterte sie mit verschränkten Armen. »*Abuela?* Sprechen Sie also doch Spanisch?«

»Ich verstehe es besser als ich es spreche.« Der Unterricht in der Schule war Charlottes einzige Möglichkeit gewesen, Spanisch zu lernen. Ihre Großmutter hatte sich geweigert, ihr die Sprache ihrer Vorfahren beizubringen, und einzig und allein darauf bestanden, dass man sie *abuela* nannte. Einer der vielen Widersprüche, an denen ihre Großmutter ohne weitere Erklärung festhielt.

Die Professorin zuckte die Achseln. »Also sprechen wir weiter Englisch, auch wenn es mir in den Ohren weh tut.«

»Danke, ich weiß das zu schätzen.« Charlotte unterdrückte ein erleichtertes Seufzen. »Mein Urgroßvater hat meiner *abuela* ein Gemälde geschenkt und versprochen, ihr an ihrem einundzwanzigsten Geburtstag zu erzählen, was es damit auf sich hat. Leider starb er, ohne die Möglichkeit dazu gehabt zu haben.«

»Und warum hat sie bis jetzt gewartet, um etwas über das Gemälde zu erfahren?«

»Meine Großmutter wurde in Granada geboren, zog aber mit Anfang zwanzig nach England. Wann genau, weiß ich nicht.« *Abuela* war immer darum bemüht gewesen, möglichst wenig über ihre Vergangenheit in Spanien preiszugeben. Erst in letzter Zeit hatte sie ein wenig von ihrer Kindheit und Jugend erzählt und sogar mit einer gewissen Zuneigung über ihr Geburtsland gesprochen. »*Abuelas* einziges Erbe aus Spanien ist dieses Gemälde. Wegen ihres schlechten Gesundheitszustands hat sie sich dazu entschlossen, sich mit ihrer Vergangenheit auseinanderzusetzen. Das Einzige, was ihr noch wirklich am Herzen liegt, ist, etwas über die Herkunft des Bildes zu erfahren. Sie vermutet, dass es etwas mit ihrer Familiengeschichte zu tun hat.«

»Nun, wenn das Gemälde nicht signiert ist, dann sicher deswegen, weil der Künstler ein Niemand war.«

»Ich weiß, dass es viel verlangt ist, aber ich habe eine weite Reise hinter mir. Vielleicht können Sie sich doch einen Moment Zeit nehmen und einen Blick darauf werfen? Bitte.«

Professor Fonseca zuckte mit den Achseln. »Kommen Sie nächsten Mittwoch wieder.«

»Bitte, ich …« Charlotte machte einen Schritt nach vorne und griff in den Stoffbeutel.

»Nächsten Mittwoch«, hallte die barsche Stimme der Professorin im Flur wider.

»Aber …« Charlotte zog das Bild aus dem Stoffbeutel, ihre Handtasche rutschte von der Schulter und hätte beinah die in einen einfachen Holzrahmen gespannte Leinwand mit zu Boden gerissen. Als sie aufblickte, sah sie, dass Señora Fonseca das Gemälde anstarrte.

»Zeigen Sie.« Die Stimme der Professorin bebte.

Charlotte reichte ihr das Bild.

Im selben Moment wurde die Tür am Ende des Korridors aufgerissen, und eine Gruppe lachender und schwatzender Studenten kam auf sie zu.

»Kommen Sie, in meinem Büro haben wir mehr Ruhe.«

»*Gracias.*« Charlotte folgte der zierlichen Frau in ein mit dunklem Holz getäfeltes Zimmer. Hier drinnen schien es um zehn Grad kühler zu sein, und es roch so muffig, als wären die Fenster seit Ewigkeiten nicht mehr geöffnet worden. Ein breiter Schreibtisch voller vergilbter Aktenordner und Fotos nahm fast den ganzen Raum ein.

Professor Fonseca setzte sich hinter den Tisch, knipste eine Leselampe an und begann das Gemälde Zentimeter für Zentimeter zu untersuchen.

Nach einer gefühlten Ewigkeit, in der Charlotte unruhig neben dem Tisch gestanden hatte, schob die Professorin ihre Brille ins Haar und sagte dann leise: »Syeria Mesa Flores Giménez.«

»Wie bitte?«

»Syeria Mesa Flores Giménez. Dieses Gemälde ist annähernd hundert Jahre alt. Sehen Sie sich das an.« Sie zeigte auf die dicken Pinselstriche, mit denen die orange-, rot- und goldfarbenen Flammen gemalt waren. »Sehen Sie, wie sich die Farben nach oben reliefartig verdicken, anstatt flach auf der Leinwand zu liegen? Das war ihre Signatur.« Sie strich mit einem Finger über die linke untere Ecke der Leinwand. »Dieser kleine Riss, was hat er für eine Geschichte?«

»Ich weiß es nicht. Das Gemälde lag Jahrzehnte in einem Koffer unter einem Stapel Decken vergraben. Meine Großmutter hat mich erst vor ein paar Tagen gebeten, es herauszuholen.«

»Es war nirgends aufgehängt?«, fragte Professor Fonseca mit großen Augen. »Ein Gemälde von solch historischem Wert sollte niemals unter Verschluss gehalten werden.«

»Für *abuela* zählt vor allem sein emotionaler Wert.« Charlotte spürte einen Kloß im Hals, als sie an das letzte Mal dachte, als sie ihre Großmutter gesehen hatte. Der Trubel des Krankenhausbetriebs war in weite Ferne gerückt, während sie auf ihrer Bettkante saß, sie sich schweigend an den Händen hielten und die Zuneigung, die sie füreinander empfanden, das kühle, sterile Zimmer wärmte.

»Wissen Sie, warum es nicht signiert wurde?«

»Syeria hat keines ihrer Gemälde signiert. Viele Leute glauben, dass sie im Besitz einer echten Syeria Mesa Flores Giménez seien, aber die meisten Bilder sind Fälschungen. Das hier«, sagte die Professorin und lächelte anerkennend, »das ist jedoch eine echte. Ich würde meine Karriere dafür verwetten.«

»Haben Sie irgendeine Idee, wer die Tänzerin sein könnte?«

»Nein, aber ich würde sagen, dass die Darstellung in Zusammenhang mit der *Leyenda del Fuego* steht, der Feuerlegende. Sagt Ihnen das was?«

»Ich fürchte, mein Wissen über spanische Legenden ist nicht allzu groß.«

»Es ist eine Schande, dass Sie so wenig über Ihr Erbe wissen, doch in diesem Fall sei Ihnen das verziehen. Die Legende ist ein wenig düster und vor allem in der Gegend von Granada und in den Kreisen der *gitanos* bekannt. Sehen Sie?« Die Professorin zeigte auf die Tänzerin, die ein tiefrotes Kleid trug und deren dichtes dunkles Haar über ihren Rücken herabfiel. Ihre Arme waren nach oben geworfen und schienen nach dem Himmel zu greifen, während sie in einem hohen Bogen über ein Feuer sprang.

»Das Gemälde ist sehr besonders gemacht. Die Farbschattierungen sind … einfach erstaunlich, so lebendig«, sagte Charlotte leise.

»Sie haben ein gutes Auge.« – »Danke.« Charlotte räusperte sich. Das Thema war ihr unangenehm. »Können Sie mir noch mehr über die Künstlerin sagen?«

»Zuerst müssen Sie ein paar wichtige Dinge wissen.« Die Professorin schaute auf ihre altmodische Armbanduhr und runzelte die Stirn. »Ich muss mich beeilen, sonst lasse ich meine Studenten warten.«

»Es tut mir leid, dass ich einfach so ohne Termin hereingeplatzt bin.«

»Das ist schon in Ordnung. Schließlich komme ich nicht jeden Tag in den Genuss, ein solches Gemälde im Original zu sehen. Sagen Sie, wie war noch Ihr Name?«

»Charlotte Kavanagh.«

»Ach, Sie haben irische Wurzeln.« Die Professorin blickte auf Charlottes naturrotes Haar, ihre blauen Augen und die helle Haut.

»Nicht irisch. Ich sehe meiner Großmutter ähnlich.« Charlotte konnte nicht sagen, wie oft die Leute erstaunt waren über *abuelas* Haar, das trotz ihrer spanischen Abstammung flammend rot war.

»Wirklich?« Die Professorin sah erneut auf die Uhr und schob ihren Stuhl zurück. »Laufen Sie ein Stück mit mir?«

»Natürlich.«

Professor Fonseca warf einen letzten, sehnsüchtigen Blick auf das Kunstwerk und gab es dann Charlotte zurück, die es vorsichtig in den Stoffbeutel steckte, während die Professorin Ordner, Laptop und Stift an sich nahm.

Die Tür fiel hinter ihnen zu, als sie den Gang entlangliefen und Charlotte sich bemühte, mit der Professorin Schritt zu halten.

»Syeria Mesa Flores Giménez' Gemälde thematisieren vor allem die *Gitano*-Legenden ihres Klans. *La Leyenda del Fuego* gehörte zu ihren Lieblingslegenden, sie hat sich in vielen Werken mit ihr beschäftigt.« Sie strich sich ein paar Haare hinters Ohr, dann blickte sie Charlotte direkt an. »Haben Sie jemals bei einem Musikstück oder einem Gemälde das Gefühl gehabt, dass es Ihnen aus der Seele spricht?«

»Ja«, antwortete Charlotte zögerlich. Ihre Gedanken wanderten zu den vielen Stunden, die sie in den Galerien ihrer Heimatstadt Melbourne verbracht hatte, wo sie immer wieder Werke von Künstlern entdeckt hatte, die sie besonders angesprochen hatten, als würden sie ihr Innerstes berühren. Obgleich sie in letzter Zeit Kunstorten fernblieb, um nicht jedes Mal wieder die Erinnerung an die schmerzliche Erfahrung wachzurufen, die sie mit ihrer eigenen Ausstellung gemacht hatte.

»Kennen Sie den Begriff *el duende*?«, fragte Professor Fonseca nun, während sie sich den Weg durch die vielen Studenten bahnte, die Richtung Hörsaal strömten.

»Jeder Künstler will das erreichen, oder? Seinem Kunstwerk Lebendigkeit zu verleihen, ihm eine Seele zu geben?« Ein lang verdrängtes Gefühl schlich sich in ihr Bewusstsein, die Erinnerung an vergangene Träume. Mit einem kaum merklichen Kopfschütteln versuchte Charlotte den Gedanken zu verscheuchen.

»Ja, es stimmt, aber *el duende*, von dem ich spreche, den Syeria Mesa Flores Giménez in ihren Kunstwerken darstellt, ist komplizierter, als Sie und ich je begreifen würden. Der *Leyenda del Fuego* zufolge ist der Flamencotänzer so überwältigt von seinen Gefühlen, dass er sich zum *fuego*, dem Feuer, hingezogen fühlt, das seine Seele, seine Ausdruckskraft symbolisiert. Wenn der Tänzer springt, ist das ein Zeichen dafür, dass er sein Herz öffnet, um *el duende*, diese Verschmelzung von purer Emotion und Leidenschaft, zu erfahren.«

Sie betraten einen anderen Gebäudeteil und gingen eine Treppe hinauf.

»Erfahren viele Tänzer *el duende*?«

»Nein, es ist nur wenigen vorbehalten«, sagte die Professorin. »Es gibt keine Garantie dafür, diesen Zustand jemals zu erreichen. Genau wie andere Formen von *el duende*, kann *La Leyenda del Fuego* nicht erzwungen werden. Er muss auf natürliche Weise entstehen – eine Verbindung zwischen reiner Liebe, innerer Energie und Flamenco.«

Sie waren vor dem Vorlesungssaal stehen geblieben, Charlotte zögerte, bevor sie die Frage stellte, die ihr auf der Zunge lag. »Glauben Sie, dass die Legende wahr ist?«

Auf den Lippen der Professorin erschien ein Lächeln.

»Es spielt keine Rolle, was ich denke. Für mich zählt nur, was der Giménez-Klan glaubt. Soweit ich gehört habe, hat sich *La Leyenda del Fuego* seit Jahrzehnten nicht mehr ereignet, aber ich bin auch nicht in alles eingeweiht, was sich innerhalb eines *Gitano*-Klans tut.«

Charlotte nickte nachdenklich.

»Mehr kann ich Ihnen zu dem Bild Ihrer *abuela* nicht sagen. Die Welt der *gitanos* bleibt Außenstehenden weitestgehend verschlossen. Die Mitglieder reden nicht gerne über die Vergangenheit und bewahren keine Aufzeichnungen auf, es gibt also keine historischen Belege.«

»Und woher weiß man dann von Syeria Mesa Flores Giménez?«, fragte Charlotte.

»Ein Kunstsammler wollte sie zum Ausstellungsobjekt machen und sie als Zigeunerkünstlerin vermarkten, was sie jedoch ablehnte. Sie malte aus Liebe, nicht für Geld. Um 1919 herum verschwand sie dann endgültig aus der Öffentlichkeit. Es gab Gerüchte, dass sie das Land verließ und nie wieder zurückkehrte. Aber niemand kann das mit Sicherheit sagen.«

Ein schlaksiger Student mit schulterlangem Haar stürmte durch die offene Tür in den Vorlesungssaal.

Die Professorin hob eine Augenbraue. »Meine Vorlesung beginnt. Hier, nehmen Sie das.« Sie zog eine Visitenkarte aus ihrer Mappe und kritzelte eilig einen Namen darauf. »Sie sprechen am besten mit dem Klan der

Giménez. Sie wohnen ziemlich abgeschieden außerhalb der Stadt und leben dort nach ihren eigenen Regeln – die einzige Möglichkeit, Zugang zu ihnen zu bekommen, ist durch einen Freund, dem sie vertrauen. Der Mann, dessen Namen ich Ihnen aufgeschrieben habe, ist zwar kein *gitano*, aber er hat Beziehungen zu dem Klan. Sie finden ihn am besten im *Club Alegría*, dem Treffpunkt vieler Flamencogrößen. Er ist fast jeden Abend dort. Wenn Ihnen irgendwer weiterhelfen kann, dann ist es Mateo Vives.«

»Danke«, sagte Charlotte und nahm lächelnd die Karte. »Wünschen Sie mir Glück!«

Die Professorin blickte sie ernst an. »Das werden Sie brauchen.«

Die kühle Nachtluft fuhr über Charlottes Haut, als sie durch die Straßen von Sacromonte lief, dem Viertel Granadas, das berühmt für den Flamenco und die *gitanos* und hoffentlich der Ort war, an dem sie Mateo Vives finden würde. Sie folgte der mit kleinen Steinen gepflasterten Straße den Hügel hinauf, an dichtgedrängt stehenden weißgetünchten Häusern mit bunten Türen und Fenstern vorbei. Immer wieder konnte sie einen Blick in eines der höhlenartigen Felsgewölbe erhaschen, in denen früher Mauren gelebt hatten und die jetzt Restaurants, Geschäfte, Galerien und Tanz- und Musikschulen beherbergten.

Im Dämmerlicht blickte sie auf ihren Stadtplan, hinter der nächsten Querstraße müsste sie ihr Ziel erreicht haben. Charlottes Herz klopfte schneller. Was würde sie wohl erwarten?

Der Duft frischer Zwiebeln, gebratener Kartoffeln und Gewürze wehte die Gasse herunter und führte sie zum *Club Alegría*. Zögernd blieb sie vor der Tür stehen und beobachtete das bunte Treiben im Inneren des Lokals. Noch nie war ihr wohl dabei gewesen, an Orte zu gehen, die ihr nicht vertraut waren. Tu es für *abuela*. Schluck deine Angst herunter. Charlotte atmete tief durch und trat in die Bar. Der kleine Raum war vollgestopft mit Leuten aller Altersstufen, die an dunklen, uralt aussehenden Tischen saßen. Sein hinterer Teil wurde von einer kleinen Bühne eingenommen.

Ein ganz in Schwarz gekleideter Kellner kam auf sie zu und sah sie fragend an. »*Estoy … buscando …*« Warum fielen ihr die Worte nicht ein? »*Un hombre –*«

Lächelnd hob der Kellner seine Hand. »Schon in Ordnung. Ich spreche Englisch.«

»Entschuldigen Sie mein Spanisch.«

»Immerhin haben Sie es versucht.« Er warf eine makellos weiße Serviette über seine Schulter. »Sie suchen einen Mann, sagten Sie. Hier ist nicht der richtige Ort dafür, fürchte ich.«

»Ich suche nach einem bestimmten Mann.« Sie reichte

ihm die Visitenkarte der Professorin weiter, auf die Mateo Vives' Name gekritzelt war. Der Kellner sah sie prüfend an und gab sie ihr dann zurück.

»Oh, ja, *la profesora*. Mateo Vives ist ein – wie sagen Sie dazu – famose Kerle?«

»Er ist ein netter Kerl«, sagte Charlotte lächelnd. »Sie kennen ihn also?«

Der Kellner winkte sie zu einem Tisch mit zwei Stühlen in der Nähe der Bühne. »Ja, ich kenne ihn. Darf ich Ihnen einen Wein bringen?«

Als sie nickte, verschwand der Kellner in der Menge. Charlotte nutzte die Gelegenheit, um nach ihren Mails zu schauen. Seit sie Melbourne verlassen hatte, hatte sie keine Mails mehr erhalten. Ihr Vater, für dessen Unternehmen sie seit einiger Zeit arbeitete, hatte allen Mitarbeitern und Kunden verboten, sie zu kontaktieren, wenn sie »in wichtigen Familienangelegenheiten« unterwegs war.

Sie ließ das Handy wieder in die Tasche gleiten, legte ihre Hände in den Schoß und sah sich um. An den Wänden hingen große Konzertplakate, einige davon schienen noch aus den 30er und 40er Jahren zu stammen. Die Luft war stickig und erfüllt von den ausgelassenen Gesprächen der Leute um sie herum. Charlotte versuchte sich vorzustellen, wie es für *abuela* gewesen war, als sie noch in Granada gelebt hatte. Sie war Tänzerin gewesen, das wusste sie. Hatte sie in solchen Bars getanzt, oder war sie auf größeren Bühnen aufgetreten? Und was hatte dazu geführt, dass sie den Flamenco aufgegeben hatte?

Der Kellner stellte eine Karaffe Wein und ein Glas vor sie hin, dazu einen Teller Tapas. Der Duft von Oliven, Chorizo und Käsekroketten ließ ihren Magen knurren.

Charlotte sah zum Kellner auf und sagte: »Tut mir leid, ich hätte wohl dazusagen sollen, dass ich nur ein Glas Wein möchte.«

»Sie sehen durstig aus. *¡Salud!*« Er deutete auf die volle Karaffe und eilte davon, noch bevor sie die Möglichkeit hatte, ihm weitere Fragen über den geheimnisvollen Unbekannten zu stellen.

Charlotte stand auf, um über die Menge zu schauen, doch der Kellner war bereits verschwunden. Es blieb ihr nichts anderes übrig, als an dem wohlschmeckenden, aber starken Wein zu nippen und über ihre nächsten Schritte nachzudenken.

»Haben Sie sich verirrt?«, fragte plötzlich ein großer, gutaussehender Mann mit schwarzbraunen Augen, die von langen Wimpern umrandet waren.

»Nein, ich suche nur jemanden. Wissen Sie vielleicht, wohin der Kellner verschwunden ist?«

»Vielleicht kann ich Ihnen weiterhelfen?«

»Danke, aber das glaube ich nicht.«

»Darf ich?« Er zeigte auf den freien Stuhl neben ihr, und ihr blieb nichts anderes übrig, als zu nicken.

»Und, was führt Sie in den *Club Alegría*? Flamenco? Wein? Tapas? Meine brillante Gesellschaft?«

Sie runzelte die Stirn und überlegte, ob seine Fragen witzig gemeint waren oder er einfach nur arrogant war.

»Bloß ein Scherz.«

Sie lachte höflich.

»Also …« Er hob fragend eine Augenbraue.

»Charlotte.«

»Also, Charlotte, warum sind Sie alleine hier?«, fragte er sie mit einem Lächeln, das seine Augen strahlen ließ.

»Ich suche jemanden.«

»Den Kellner?«

»Den auch.«

Jetzt musste sie wirklich lachen.

»Der Kellner kennt offenbar die Person, die ich suche.«

»Interessant.«

»Entschuldigen Sie, aber wer sind Sie?«

»Ich? Ich bin jemand, der sich glücklich schätzt, einer Fremden weiterzuhelfen. Also, wen suchen Sie denn? Auf dem Sacromonte kennt jeder jeden.«

Charlotte biss sich auf die Lippe, eigentlich hatte sie keine Lust, mit einem Unbekannten über ihre persönlichen Angelegenheiten zu sprechen.

»Ich suche jemanden namens Mateo Vives, er soll häufig hier sein.«

»Hm … manchmal ist er hier, das stimmt. Was wollen Sie denn von ihm?«

»Eine Bekannte sagt, dass er mir dabei helfen könnte, einen bestimmten *Gitano*-Klan zu finden, mit dem ich mich treffen möchte.«

»Eigentlich bleiben die lieber unter sich.«

»Darum brauche ich ja die Hilfe von Señor Vives. Er soll eine besondere Verbindung zu ihnen haben.«

»Und nach welchem Klan suchen Sie?«

»Das ist eine lange Geschichte, und ich will nicht unhöflich klingen, aber über die Einzelheiten würde ich gerne nur mit bestimmten Leuten sprechen.«

»Wer hat Ihnen denn geraten, nach diesem Señor Vives zu suchen?«

Meine Güte, er gab nicht auf. »Professor Fonseca von der *Escuela de Bellas Artes*«, sagte sie trotzig.

Ein Lächeln huschte über seine Lippen. »Ah, ich kenne sie. Sie ist ein großer Flamencofan, stimmt's?«

»Ich gehe davon aus. Halten sich alle Flamencokünstler auf dem Sacromonte auf?«

»Ja, hauptsächlich. Hier gibt es authentische Flamencobars, aber auch solche, in denen Flamenco für Touristen gespielt wird. Viele Künstler treten auch dort auf, um sich über Wasser halten zu können.« Der Mann sah sich suchend um. »Was wissen Sie über Flamenco?«

»Nicht viel.«

Abuela hatte ja dafür gesorgt, dass das meiste aus ihrer Zeit in Spanien im Vagen blieb.

»Na, dann ist es ja quasi meine Pflicht, Ihnen ein bisschen etwas darüber zu erzählen.« Die Ernsthaftigkeit in seiner Stimme passte nicht zum Funkeln in seinen Augen. »Sie haben doch Zeit?«

Plötzlich wurde Charlotte hellhörig. »Natürlich, erzählen Sie.«

Der Fremde rutschte näher zu ihr heran. »Die Geschichte des Flamenco ist kompliziert, aber wenn Sie genau darauf achten, werden Sie seine Spuren überall entdecken können. Flamenco leuchtet in den Augen der Menschen, in ihrer Art zu gehen und zu sprechen. Flamenco liegt einem im Blut, nur sehr wenige Fremde verstehen seine Bedeutung. Ich spreche hier vom *flamenco puro*, nicht dem Flamenco für Touristen mit seinen üppigen Kleidern und diesen …« Er machte mit seinen Fingern eine Geste.

»Kastagnetten.«

»Genau, Kastagnetten. Die Touristen kommen her und erwarten, die *zambra mora* zu sehen und zu erleben – den festlichen Tanz. Er ist ausgelassen und trägt dazu bei, dass die Leute sich wohl fühlen. *Zambra* ist im Viervierteltakt mit Betonung auf dem ersten und dritten Schlag. Etwa so.« Er legte die Finger seiner rechten Hand auf die Handfläche seiner linken, klatschte und wiederholte dabei daa-da-daa-da. Während er sprach, behielt er mühelos den Rhythmus bei.

Charlotte versuchte, ihn möglichst unauffällig zu beobachten. Seine Augen glänzten, während er ihr begeistert eine kurze Einführung in die Kunst des Flamenco gab. Obwohl alles für sie neu und spannend war, fiel es ihr schwer, sich zu konzentrieren. Es wirbelten einfach zu viele Gedanken durch ihren Kopf.

»Tut mir leid, offensichtlich habe ich Sie mit den ganzen Informationen verwirrt. Flamenco ist einfach meine große Leidenschaft«, unterbrach ihr Gegenüber seine Erklärungen.

»Aber nein, ich finde es toll, wenn sich jemand für etwas so sehr begeistert.« Sie lächelte. Zu genau wusste sie, wie es sich anfühlte, für eine Sache zu brennen. Und sie ertappte sich immer noch dabei, wie sie vor sich selbst zu rechtfertigen versuchte, dass sie ihre eigene Leidenschaft aus ihrem Leben verbannt hatte.

»Ich kann Ihnen dabei helfen, diesen Señor Vives zu finden. Bleiben Sie zum Konzert?« Er nickte Richtung Bühne. »Wir fangen gleich an.« Er stand auf und schob den Stuhl an den Tisch. »Bitte entschuldigen Sie mich.«

Als er auf die Bühne trat, fingen die Leute an zu jubeln und zu toben. Er schien es nicht wahrzunehmen, setzte sich auf einen Stuhl, griff hinter den Vorhang, holte eine glänzende Gitarre hervor und legte sie auf ein Knie.

Eine Frau betrat die Bühne, schlagartig wurde es im Lokal still. Sie trug eine makellos weiße Bluse, die sie unter ihrer Brust zusammengebunden hatte, dazu einen roten Schal und einen gelben Rock, der von der Hüfte bis zu den Knien eng anlag und dann in Volants überging. Ihr Haar war zu einem strengen Knoten zurückgebunden. Sie schwebte zur Mitte der Bühne, senkte den Kopf und stand, die Arme in den Hüften, reglos da.

Schließlich trat ein älterer Mann in nachtblauem Hemd mit hohem Kragen hinter dem Vorhang hervor und setzte sich neben den Fremden mit der Gitarre, der bereits die ersten Akkorde anschlug. Hypnotisierende Klänge erfüllten den kleinen Raum, fremdartig und voller Sehnsucht. Unter die Töne der Gitarre mischte sich die raue Stimme des Älteren, kurz darauf betrat eine junge Frau die Bühne und begann rhythmisch in die Hände zu klatschen. Die Musik verstummte für einen kurzen Augenblick, die Tänzerin bog ihren Rücken und warf die Arme hoch in die Luft. Ihre zierlichen Füße stampften mit ungeahnter Kraft einen Rhythmus, der sich unaufhörlich steigerte, während ihr Körper ihm in geschmeidigen Bewegungen folgte und sich ekstatisch drehte.

Dann setzte der Sänger wieder ein und erfüllte die Bar mit tiefen, vollen Tönen, die Charlotte sofort in ihren Bann schlugen. Aus einer Drehung heraus griff die Tänzerin nach dem Saum ihres Rockes, entblößte ihre schlanken Beine und trat mit den Absätzen ihrer schwarzen Lackschuhe fest auf die Bretter der Bühne, streckte dann ihre Arme zur Decke und stieß einen kehligen Schrei aus, der Charlotte durch Mark und Bein ging. Die urgewaltige Energie, die durch den Raum strömte, rief bei ihr ein Gefühl hervor, das sie nur schwer in Worte fassen konnte. Eine Art Elektrisiertsein, als wären plötzlich die Geister ihrer Familie anwesend.

Mit einer schnellen Drehung erreichte die Tänzerin den Rand der Bühne, wo sie heftig atmend stehen blieb. Nun war nur noch der Gitarrist zu hören, der seine Finger mit unendlicher Zartheit über die Saiten gleiten ließ. Als die sanften Töne seines Solos verstummt waren, wirbelte die Tänzerin erneut in die Mitte und tanzte mit einer Intensität und kraftvollen Leidenschaft, die Charlotte zutiefst beeindruckten. Wie in Trance starrte sie auf die wirbelnde Gestalt, deren Bewegungen ineinanderflossen, und schreckte regelrecht zusammen, als das Publikum nach einer letzten, ausladenden Drehung laut jubelnd applaudierte. Das Ensemble spielte noch ein paar weitere Stücke, doch keine der Darbietungen vermochte Charlotte derart gefangen zu nehmen wie dieser erste Tanz.

Nachdem der letzte Applaus verklungen war, löste sich die Gruppe auf, und Charlotte bemerkte, dass sie den ganzen Wein ausgetrunken hatte. Gedankenverloren stocherte sie in den Tapas herum, sie fühlte sich bereits ziemlich benommen. Plötzlich stand der Gitarrist neben ihr und ließ sich wie selbstverständlich auf den freien Stuhl fallen.

»Hat Ihnen der Auftritt gefallen?«

»Es war … puh … es war …«

Er lächelte liebenswürdig, und kleine Fältchen bildeten sich um seine dunklen Augen. »Hatten Sie schon immer Probleme mit Ihrer Muttersprache?«

»Ich …« Was war bloß mit ihr los? »Es war einfach unbeschreiblich. Ich habe vorher noch nie so etwas erlebt. War das *el duende*?«

»Sie kennen den Begriff?«

Sie nickte, sein Lächeln wurde breiter.

»Señorita, wenn Sie fragen, ob das *el duende* war, dann fürchte ich, es war keiner. Ich kann Ihnen versichern, wenn es *el duende* ist, werden Sie es wissen.« Seine dunklen Augen sahen sie ernst an.

Bevor Charlotte etwas erwidern konnte, tauchte der Kellner mit einer neuen Karaffe Wein, zwei Gläsern und noch mehr Tapas wieder auf.

»Du hast heute Abend sehr gut gespielt, Mateo«, sagte er und klopfte dem Gitarristen auf die Schulter.

ZWEITES KAPITEL

»Sie sind Mateo Vives?«

»*Sí*. Überrascht Sie das?« Er hob die Augenbrauen und schenkte ihnen Wein ein.

»Warum haben Sie mir das nicht vorher gesagt?«

Achselzuckend steckte er sich eine Olive in den Mund.

»Ich komme mir albern vor«, murmelte sie ärgerlich.

»Seien Sie nicht so streng mit sich. Pedro, der Kellner, hat gesagt, dass eine Frau nach mir suche. Bevor ich meine Identität preisgab, wollte ich wissen, worum es geht.«

Charlotte verschränkte die Arme vor der Brust. Eigentlich ärgerte sie seine Unterstellung, andererseits war sie aber auch auf seine Hilfe angewiesen.

»Professor Fonseca hat gesagt, dass Sie mir helfen können, den Giménez-Klan zu finden«, sagte sie.

Mateo schien zu erstarren. Offensichtlich hatte sie etwas Falsches gesagt.

»Mateo?«

»Ich … was hat sie Ihnen über meine Verbindung zu dem Klan gesagt?«

»Im Grunde nichts. Sie hat nur gesagt, dass Sie sie gut kennen und mir vielleicht helfen können.« Was hatte ihn an ihrer Frage nur so verstört?

Mateo richtete sich auf. »Der Giménez-Klan mag keine Fremden, ich könnte Ihnen also nicht garantieren, dass es Ihnen weiterhilft, wenn ich Sie einführe. Falls ich mich dazu überhaupt entschließe.«

»Bitte, es ist wirklich sehr wichtig für mich. Es ist die einzige Chance, die ich habe …«

Charlotte wurde von der Tänzerin unterbrochen, die an den Tisch getreten war und ihre filigrane Hand auf Mateos Schulter legte. Sie warf Charlotte ein zuckersüßes Lächeln zu, dann flüsterte sie ihm ins Ohr: »Es geht weiter.«

Er stand auf, zwinkerte Charlotte zu und folgte der Frau, die zurück auf die Bühne eilte, wo sich der Rest der Gruppe für den nächsten Auftritt bereitmachte. Seufzend lehnte sich Charlotte zurück. Sie würde nicht eher gehen, bevor ihr Mateo nicht eine Antwort gegeben hatte. So unauffällig wie möglich zog sie ihr Handy aus ihrer Tasche und schaute, ob sie von ihrer Familie eine Nachricht über *abuelas* Gesundheitszustand bekommen hatte.

Nichts. Erleichtert atmete sie auf. Im Moment waren keine Nachrichten gute Nachrichten.

Charlotte spürte, wie sich Müdigkeit in ihr ausbreitete, obwohl sie den Tanz und die Musik genossen hatte. Die Gruppe hatte ihre Vorstellung beendet, die Menge löste sich langsam auf und verließ lärmend die Bar. Während die Musiker einpackten, nippte sie an einem großen Glas Wasser. Hoffentlich war die Reise nach Granada nicht umsonst gewesen. Wieder einmal gingen ihr die Ereignisse der letzten Wochen durch den Kopf. Es war sehr schmerzlich gewesen, zu sehen, wie es *abuela* von Tag zu Tag schlechterging. Umso bedrückender fand Charlotte es jetzt, sich auf der anderen Seite des Globus zu befinden und ihre Großmutter unendlich zu vermissen. Allein zu wissen, wie viel Kraft es ihrer Großmutter gab, darauf zu hoffen, endlich zu erfahren, welche Geschichte dieses Gemälde hatte, machte es ihr ein wenig leichter, nicht bei ihr zu sein.

Mateo ließ sich auf den Stuhl neben ihr fallen. Charlottes Blick wanderte zur Bühne, wo die Tänzerin stand, in einem Stapel Papiere blätterte und ihr immer wieder misstrauische Blicke zuwarf.

»Sie mag mich nicht«, sage Charlotte, wie zu sich selbst.

»Wer, Cristina? Mach dir keine Gedanken. Sie ist nur eifersüchtig.«

»Dann ist sie deine Freundin?«, fragte Charlotte und wunderte sich, wie sehr sie sich über das vertrauliche Du freute.

»Wir treten zusammen auf, mehr nicht. Sie mag Frauen generell nicht. Sie misstraut ihnen.«

»Warum das denn?«

»Sprechen wir nicht über sie. Ich möchte lieber wissen, was du von den Giménez willst.«

Charlotte konnte ein Gähnen nicht unterdrücken.

»Langweile ich dich?«

»Nein! Tut mir leid. Ich bin nur diese späte Stunde nicht gewohnt.«

»Ach, je länger du hier bist, desto mehr wirst du dich daran gewöhnen.«

»Leider kann ich nicht lange in Granada bleiben.«

»Und wohin musst du zurück? Kommst du aus England?«, fragte Mateo und nippte an seinem Glas Wasser.

»Nein, aus Australien.«

»Und was machst du beruflich, Señorita Charlotte? Warte … lass mich raten.« Er sah sie über den Rand seines Glases hinweg an. »Etwas Künstlerisches, stimmt's?«

Wie kam er darauf? Das hatte sie lange hinter sich gelassen.

»Tut mir leid, weit gefehlt. Ich arbeite in unserem Familienbetrieb, einem Versicherungsunternehmen. Meine Hauptaufgabe besteht im Risikomanagement.«

»Oh, das hätte ich nie gedacht. Interessierst du dich denn für Kunst? Und für Künstler? Musiker zum Beispiel?«, fragte er mit einem Lächeln.

»Bist du immer so kokett?«

Er zuckte leicht die Achseln.

»Ich interessiere mich sehr für Kunst«, sagte sie. »Meine *abuela* war früher professionelle Tänzerin.«

»Was für eine Tänzerin?«

Charlotte blickte ihm in die Augen.

»Flamenco.«

»Deine Großmutter hat Flamenco getanzt? Hier? In Spanien?«

»Ja, aber viel mehr weiß ich auch nicht. Leider weigert sie sich, über diesen Teil ihres Lebens zu sprechen.«

»Es war die Zeit unter Franco, habe ich recht?«

»Ja.«

»Viele wollen darüber nicht reden. Es war eine schwierige Zeit. Vielleicht weißt du, dass Franco die Tradition liebte – Frauen und Männern wurden bestimmte Rollen zugewiesen, die strikt eingehalten werden mussten. Frauen zum Beispiel durften sich nicht scheiden lassen, mussten zu Hause bleiben und für ihre Familien sorgen. Außerdem wurde die ganze Bevölkerung dazu angehalten, Kastilisch zu sprechen.«

»Katalanisch und Galizisch wurden verboten, oder?«

»Genau. Und wenn herauskam, dass man nicht Kastilisch sprach, konnte man dafür im Gefängnis landen oder sogar hingerichtet werden.«

»Was für eine furchtbare Zeit.«

»Ja, und obwohl es die Geschichte meines Landes ist, fällt es mir manchmal immer noch schwer, es zu begreifen. Es war eine ganz andere Welt. Vor allem Künstler, natürlich auch die Flamencotänzer, unterlagen starken Restriktionen und durften sich nicht frei ausdrücken.« Er schwieg für einen Moment. »Tut mir leid, ich rede wieder wie ein Wasserfall. Dabei bist du doch müde.«

»Das stimmt, aber vor allem bin ich neugierig. Ich weiß so wenig über diese Zeit.«

»Hast du schon einmal von der Tänzerin Carmen Amaya gehört?«

»Nein, der Name sagt mir leider gar nichts.«

»Carmen Amaya brachte in den 1930er Jahren den Flamenco auf die Bühnen der Welt, also noch vor der Franco-Diktatur. Sie entstammte einem *Gitano*-Klan, der sich gerne den Traditionen widersetzte. Sie tanzte *zapateado*, das heißt, sie stampfte mit dem Fuß auf.« Mateo klopfte mit seinen Absätzen rhythmisch auf die Holzdielen. »Sie trug Hosen wie ein Mann, und der Rhythmus, zu dem sie tanzte, war sehr kompliziert – sie setzte sich damit bewusst vom traditionellen Flamenco ab, bei dem die Frau die Rolle der Verführerin übernimmt.«

»Allein durch deine Worte ist sie mir jetzt schon sympathisch«, sagte Charlotte.

»Wie heißt deine Großmutter eigentlich?«

»Katarina Sánchez.«

»Wie bitte?« Fast hätte er sich an seinem Wein verschluckt. *»La Flama?«*

»Du weißt, wer sie ist?«

»Aber natürlich! Es brach der Flamencowelt das Herz, als sie völlig unerwartet aufhörte zu tanzen. Du musst mir unbedingt erzählen, wie es dazu gekommen ist.«

Charlotte fühlte einen Stich. Offensichtlich brannte Mateo darauf zu erfahren, was hinter dem plötzlichen Ende von *abuelas* Flamencokarriere steckte. Es tat ihr unendlich leid, vor allem aber beschämte es sie, ihn enttäuschen zu müssen. Wie konnte es sein, dass sie so wenig von ihrer eigenen Großmutter wusste?

»Ich kann es dir leider auch nicht erklären, ich weiß es selber nicht. Sie weigert sich hartnäckig, darüber zu sprechen.«

»Charlotte, ich muss sagen, das war ein höchst interessanter Abend.«

DRITTES KAPITEL

1936 – Katarina

Katarina Sánchez öffnete vorsichtig ihre Zimmertür, darauf bedacht, möglichst leise zu sein. Sie wusste, wie laut das geringste Klicken des Schlosses durch das große Anwesen hallen würde. Nachdem sie sich vergewissert hatte, dass niemand im Flur war, huschte sie über den langen Gang und die mit dickem roten Teppich ausgelegte Treppe hinunter, die kleine Tasche mit Brot und Obst fest umklammert. In der Eingangshalle angekommen, atmete sie tief durch, biss sich auf die Unterlippe und schob die schwere Eingangstür gerade so weit auf, dass sie hinausschlüpfen konnte. Als sie im gleißenden Mittagslicht auf der Steintreppe stand, die zur Straße hinunterführte, senkte sie ihren Kopf, um sich vor den Blicken der Passanten zu schützen. Natürlich bestand immer die Gefahr, dass man sie auf ihrem Weg zum Unterricht entdeckte, aber sie konnte sich mit ihren siebzehn Jahren auch nicht einsperren lassen wie einen Vogel. Am liebsten wäre sie losgerannt, aber es war so warm, dass sie sich zwingen musste, langsam zu gehen, wollte sie nicht völlig erschöpft ankommen.

Seit fast einem Jahr schlich sie sich einmal die Woche aus dem Haus ihrer Eltern, ohne dass sie jemals dabei erwischt worden wäre. Und immer noch plagte sie jedes Mal ihr schlechtes Gewissen. Katarina schloss kurz die Augen und erschauderte bei dem Gedanken daran, wie ihre Familie reagieren würde, wenn sie herausfände, was sie im Schilde führte. Sie hätten sie nicht verstanden. Und auch niemals verstehen wollen.

Schon von Kindesbeinen an hatte sie sich wie eine Art Fremdkörper in ihrer Familie gefühlt. Ihre roten Haare, die blauen Augen und der helle Teint, die so sehr im Kontrast zu den dunklen Haaren ihrer Verwandten standen, waren nur die äußerlichen Merkmale.

Vor allem aber quälte es sie, dass sie in ein privilegiertes Leben hineingeboren worden war, im Luxus lebte, während so viele Menschen litten. Doch auch wenn sie mit ihrer Haltung bei ihrer Familie auf Unverständnis stieß, liebte sie sie innig und hätte es nicht ertragen, dem Namen Sánchez Schande zu bereiten. Um den Familienfrieden zu wahren, hatte sie sogar den Mann, den sie liebte, zurückgewiesen. Umso schlimmer wäre es für sie, nun auch noch ihrer großen Leidenschaft zu entsagen. Allein die Vorfreude auf die wenigen Stunden pro Woche, die sie ihr widmen konnte, trug sie durch die langen, sich dahinschleppenden Tage. Deswegen hatte sie sich für die Heimlichkeit entschieden und musste akzeptieren, immer wieder diesen Kampf zwischen ihrem Gewissen und ihrem Herzen ausfechten zu müssen.

Katarina eilte durch die Altstadtgässchen von Granada, vorbei an räudigen Hunden und Müllhaufen. Mit ihrem luftigen Rock und ihrer einfachen weißen Bluse fiel sie in der Menge nicht auf. Sie hielt ihren Kopf gesenkt und blickte starr auf das Pflaster des Bürgersteigs. In letzter Zeit fühlte sie sich auf ihrem Weg nach Sacromonte immer weniger sicher. Seit kurzem kursierten Gerüchte über einen bevorstehenden Aufstand, das hatte die Stimmung im Land deutlich verändert. Ihre sonst so vertrauensvollen und herzlichen Landsleute waren durch den Sturz der Monarchie und die zahlreichen Putschversuche, die der Gründung der Zweiten Spanischen Republik folgten, massiv verunsichert worden. Nun, fast fünf Jahre später, war zu befürchten, dass sich die Lage sogar noch verschlimmerte. Wenn ihr Großvater und seine reichen Freunde recht behielten, dann würde Spanien noch tiefer in den Abgrund stürzen. Man munkelte von Verschwörungen und dem Sturz der Regierung: Die obersten Ränge des

Militärs sowie nationalistische Bewegungen im Baskenland und Katalonien unterstützten zusammen mit den Arbeiterbewegungen und Gewerkschaften die Linke. Beide Seiten versuchten einen Putsch gegen das demokratische Spanien zu inszenieren. Für Katarina bestand kein Zweifel daran, dass das Ergebnis ein Krieg sein würde. Doch wer hörte schon auf eine Siebzehnjährige aus Granadas Oberschicht. Niemand interessierte sich für ihre Befürchtung, dass Francisco Franco, General des *Ejército de la República Española*, nur geduldig auf die richtige Gelegenheit wartete, um zum Schlag auszuholen, und dieser Schlag würde hart, schnell und schmerzhaft sein.

Als Katarina endlich Sacromonte erreichte, war sie erleichtert, hier fühlte sie sich sicher, zu Hause. Ob es die Herzlichkeit der Menschen war oder ihre ausgeprägte Musikalität, mit jedem Mal fiel es ihr schwerer, das Viertel wieder zu verlassen. Wie oft hatte sie sich schon bei dem Gedanken erwischt, dass ihr Leben erfüllter sein könnte, wenn sie in eine Familie dieses Teils der Stadt hineingeboren worden wäre.

Sie schüttelte den Kopf. Natürlich war das naiv. Wenn harte Zeiten kämen und sie gezwungen wäre, von der Hand in den Mund zu leben, würden sich ihre romantischen Vorstellungen sicher schnell in Luft auflösen. Doch sie liebte die Menschen auf dem Sacromonte. Für Katarina waren sie der Inbegriff von Menschlichkeit, sie strahlten eine Wärme aus, die sich in ihrer Musik und ihren Tänzen widerspiegelte, das ganze Gegenteil zu den aufgeblasenen Reichen, die ihr Leben prägten. Ihr Vater war der Einzige, der dafür sorgte, dass sie in dieser abgehobenen Welt bei Verstand blieb. Als sie in eine der vertrauten Gassen einbog, flitzte ein kleiner Junge mit strubbeligen Haaren und abgetragenen Kleidern um die Ecke, als habe er ihr Kommen vorausgeahnt. Mit einem Jauchzer schlang er seine dünnen Arme um ihre Hüfte und drückte seinen Kopf an ihren Bauch.

»Hallo, Pablo«, sagte sie und lächelte ihn an. »Wie geht es dir heute?«

»Mir geht es gut, aber Neva geht es nicht besonders.« Er sah sie mit seinen großen Augen an. »Der Hunger macht sie krank.«

»Ich hoffe, das hier hilft«, sagte Katarina und reichte ihm den Beutel mit Essen. »Ich werde sehen, ob ich noch mehr von dem Brot bekomme. Sehen wir uns in zwei Tagen wieder?«

Pablo nickte, warf ihr ein strahlendes Lächeln zu und verschwand.

Katarina erreichte die flaschengrüne Tür des *Café Cantaria*, einem der wenigen Flamencoclubs, die es noch in Granada gab, seit die protzige *ópera flamenca* immer mehr Zuspruch fand. Wenn auch das Café schließen würde, gäbe es für Katarina keine Möglichkeiten mehr, unentdeckt ihrer großen Leidenschaft nachzugehen: dem Flamencotanz.

Voller Ungeduld klopfte sie drei Mal an die Tür und wartete, bis sie einen Spaltbreit aufging und sie zwei dunkle Augen ansahen.

»Du bist spät dran.«

»Tut mir leid, Mama ist erst spät zum Mittagessen gegangen.«

»Wie dem auch sei, jetzt bist du ja da. Komm rein.« Katarina trat über die Schwelle. Julieta sah müde aus, und ihre Haut wirkte fahl; die Falten um Mund und Augen waren noch tiefer als vor ein paar Tagen. Auch sie schien die aktuelle Lage zu beunruhigen.

Katarina ging in die Mitte des Raumes, legte ihren Kopf in den Nacken, schloss die Augen und atmete tief durch.

Hier gehörte sie hin.

Dieser Ort atmete den Geist des Flamenco wie kein anderer. Hier hatte sie zum ersten Mal diese unstillbare Sehnsucht empfunden, sich nach den melancholischen und kraftvollen Flamencomelodien zu bewegen. Hier umgab sie ihre wahre Familie. Hier war sie angekommen.

»Lass uns beginnen. Hast du *la farruca* geübt?«

Katarina seufzte auf und schüttelte den Kopf.

»Warum willst du, dass ich dich unterrichte, wenn du nicht übst? Wozu soll das gut sein? Du musst den Flamenco leben und atmen und ihn nicht wie eine Amateurin behandeln.« Julieta stemmte ihre Fäuste in die Hüften, zwischen ihren rubinroten Lippen klebte eine Zigarette.

»Tut mir leid, es war unmöglich, allein zu üben.«

»Schön, dann lass uns die kostbare Zeit, die uns bleibt, nicht vergeuden.«

»Wo ist Santiago?« Katarina sah sich nach dem älteren Gitarristen um. Ihm gelang es als Einzigem, beruhigend auf Julieta einzuwirken, wenn sie mal wieder die Geduld mit Katarina verlor.

»Er ist erkältet, ich habe jedoch Ersatz für ihn gefunden. Er wird gleich da sein.«

»Wir hatten doch eine Abmachung, dass außer uns niemand sonst davon erfahren sollte.«

»Das weiß ich, aber dieser Gitarrist ist diskret. Das verspreche ich dir.« Julieta stieß einen langen Seufzer aus, in dem Ärger mitschwang. »Immer diese Ängstlichkeit. Es ist unmöglich, sich ganz mit dem Flamenco zu verbinden, wenn du nicht erlebst, was dir das Leben alles zu bieten hat. Leidenschaft … Dämonen … Liebe … Herzklopfen … Ärger … Wie kannst du erwarten, dem Flamenco gerecht zu werden, wenn du das Leben nicht in all seiner Pracht auskostest? Du betrügst dich selbst, indem du deiner Familie nichts davon sagst. Und du betrügst den Flamenco.«

Das war bei jeder Stunde so. Julieta wies Katarina zurecht und setzte dann zu ihrer Tirade an. Katarina hätte sie Wort für Wort mitsprechen können.

»Wir machen so lange *el palo seco*, bis der Gitarrist da ist. Bist du bereit?« Julieta begann mit einem langen Stock rhythmisch auf den Holzboden zu klopfen. Katarina machte *la llamada* und schritt hocherhobenen Hauptes über die Tanzfläche, für Julieta das Zeichen, mit *la letra* anzufangen. Ihre raue Stimme füllte den Raum, während sie Katarina eng umschlungen über die Tanzfläche zerrte.

Ein Klopfen unterbrach sie, Julieta eilte zur Tür und ließ den Gitarristen herein. Ein großer junger Mann betrat das *Café Cantaria*; als er aus dem Schatten trat, stockte Katarina der Atem.

»Katarina, das ist Raúl José Sierra Abano.« Julieta drehte sich um und sah, dass Katarina sie mit weit aufgerissenen Augen anstarrte. »Was ist los?«

»Ich …« Wie sollte sie all das, was sie mit diesem Mann verband, all die Freude und all den Schmerz in Worte fassen? »Wir …«

»Wir kennen uns, sie hört mir manchmal zu, wenn ich auf den Straßen von Sacromonte spiele«, sprang ihr Raúl bei.

»Ja. Ja, genau«, sagte sie. Zum ersten Mal wünschte sie sich, diesen Ort nie betreten zu haben.

»Ich hole uns etwas Wasser«, sagte Julieta, ihr Blick wanderte misstrauisch zwischen Raúl und ihr hin und her. »Danach fangen wir aber an.« Sie drückte ihre Zigarette aus und ging in den hinteren Teil des Cafés.

Mit einer wütenden Bewegung drehte sich Katarina zu Raúl um. »Was machst du hier?«

»Dasselbe könnte ich dich fragen«, zischte er.

»Señora Julieta ist meine Lehrerin.« Katarina hasste ihren arroganten Tonfall.

»Ich wusste, dass sie eine heimliche Schülerin hat, aber ich hätte niemals erwartet, dass du das bist.« Er holte seine Gitarre aus dem Koffer und sagte dann: »Hör zu, wegen letztem Mal …«

»Ich will nicht darüber reden.«

»Das müssen wir aber.«

»Müssen wir nicht, Raúl. Es ist vorbei. Es würde niemals funktionieren. Wir beide kommen aus unterschiedlichen Welten. Wir sind viel zu verschieden.«

»Offensichtlich nicht so verschieden, wie du es mich hast glauben lassen. Du hast gewusst, dass ich Gitarre spiele, und trotzdem beschlossen, mir nicht zu erzählen, dass du tanzt.«

Sie wusste, dass es ein Irrtum gewesen war, Raúl nicht einzuweihen. Hatte es immer schon gewusst. Der Schmerz und die Enttäuschung, die sich jetzt in seinem Blick widerspiegelten, sorgten nur dafür, dass sie sich noch schlechter fühlte. »Ich wollte einfach … ich habe mich einfach nicht getraut, vor dir zu tanzen. So gut bin ich nicht, auch wenn ich nichts lieber tue.«

»Du solltest aufhören, immer alles kontrollieren zu wollen, und lieber darauf vertrauen, dass der Moment dich genau dorthin bringt, wo du sein sollst. Genau wie du das mit mir gemacht hast.« Er setzte sich auf den Stuhl und nahm die Gitarre. »Wir beide hatten etwas sehr Seltenes, das weißt du.«

»Ja, du hast recht.« Sie hob den Kopf und blickte ihm direkt in die Augen. »Tut mir leid, Raúl, aber es ist so kompliziert, weil meine Familie von mir erwartet, dass ich …«

»Wann hörst du endlich auf, die Erwartungen aller anderen erfüllen zu wollen, und machst stattdessen das, was für dich richtig ist?«, fuhr Raúl sie an.

»Du weißt, dass das nicht so einfach geht! Wenn ich meinen Wünschen folgen würde, bedeutet dies, dass ich mit meiner Familie breche. Sie würden es mir niemals verzeihen.«

»Und deswegen ziehst du es vor, ein Leben zu führen, das nicht deinen Gefühlen entspricht, und vorzugeben, jemand zu sein, der du nicht bist. Oder habe ich mich so sehr in dir getäuscht, und du willst den Luxus, den dir dein Leben gewährt, gar nicht aufgeben?«

»Raúl …«

»So, da wären wir!« Julieta brachte ein Tablett mit einem Krug Wasser und drei Gläsern herein. »Lasst uns die kostbare Zeit nicht vertrödeln. Raúl, wir üben gerade *la farruca*. Ich bin mir sicher, dass du Katarina hervorragend begleiten kannst.«

»Sehr gut.« Er rückte die Gitarre in die richtige Position und wandte seinen Kopf, um Katarina nicht ansehen zu müssen. Jedoch nur für einen Moment, denn als Gitarrist musste er der Tänzerin bei jeder ihrer Bewegungen folgen. Wie sollten sie bei so viel Spannung, die zwischen ihnen herrschte, überhaupt zusammenarbeiten?

Raúl schlug die ersten Akkorde an, und Katarina begann mit einer langsamen Tanzphase, während der sie ihre Absätze auf dem Holzboden klappern ließ. Vor lauter Wut legte sie diesmal mehr Kraft als sonst in ihre Schritte. Sie war so verliebt in ihn gewesen, als sie sich zum ersten Mal im Park begegnet waren, aber sie hatte sich nicht erlaubt, dass es Liebe wurde. Zu groß war ihre Angst vor den Konsequenzen.

»Katarina, konzentriere dich!«, schrie Julieta und bohrte den Stock in den Boden.

Sie vollzog eine weitere *llamada*, dann setzte Katarina zu einer *escobilla*, einer komplizierten schnellen Schrittfolge, an. Obwohl sie innerlich aufgewühlt war, gelang es Raúl, sie mit seinem Gitarrenspiel in einer ihr zuvor unbekannten Unerbittlichkeit im Hier und Jetzt zu halten. Die Klänge, die seine Hände schufen, umfingen Katarina und ließen sie nahezu vollkommene Bewegungen mit ihren Armen vollziehen, ihr Körper bog und drehte sich, als würde er von einer unsichtbaren Kraft getrieben. Ein Energiestoß durchfuhr sie, als Raúls Rhythmen in ein Crescendo mündeten, und sie antwortete mit einer Reihe von *llamadas*, die den Tanz beendeten. Als die Musik verklang, erstarrte sie in ihrer Bewegung, die Arme hoch in die Luft gestreckt, mit pochendem Herzen und Tränen in den Augen.

Julietas Stimme riss sie aus den Gedanken. »Du bist einfach wahnsinnig!«

»Wie bitte?« Katarina ließ ihre Arme sinken und entspannte sich.

»Unter deinem vornehmen Gehabe lodert ein Feuer, das niemand dort vermutet hätte. Jetzt hat der Flamenco wirklich von dir Besitz ergriffen, und je früher dir das klarwird, desto besser wird es für dich sein. Für uns alle. Dein Talent ist noch ungeschliffen, aber seit heute weiß ich es: in dir steckt Potential für *el duende*, Katarina. Viele streben danach, aber nur sehr wenige besitzen es. Spürst du nicht, wie er aus dir herausdrängt?«

Natürlich spürte sie es. Es steigerte sich mit jedem Schritt, doch beim heutigen Tanz ungleich mehr als sonst. Ob Raúls Gitarrenspiel etwas damit zu tun hatte? Sie fühlte sich so nah wie noch nie, *el duende* entstehen zu lassen: Diesen Augenblick, in dem eine magische Kraft die Luft erfüllt, den Künstler mitreißt und er das Publikum auf eine Reise mitnimmt, bei der es eine Welt entdeckt, die nicht erklärt, sondern nur gefühlt werden kann. *El duende* aus den Händen eines anderen zu erleben war eine Sache, aber selbst dafür verantwortlich zu sein, sich diesem Sog vollständig hinzugeben … davon hatte sie immer geträumt. Und das machte ihr Angst.

»Ich unterrichte dich nicht mehr«, unterbrach Julieta ihre Gedanken und zündete sich eine Zigarette an. Sie inhalierte tief, ließ den beißenden Rauch über ihrem Kopf in die Luft wirbeln und griff nach Katarinas Fingern. »Du hast keinerlei Respekt vor dem Flamenco. Wenn du dich ihm nicht mit ganzem Herzen öffnest, dann verdienst du nicht, etwas so Erhabenes zu erleben.«

»Aber …«

Julieta hob eine Hand. »Mein Entschluss steht fest.«

Katarina brachte keinen Ton heraus. Sie wusste, dass Julieta recht hatte. Was sollte es auch für einen Sinn haben, Flamenco zu beherrschen, wenn man ihn doch nicht leben konnte? Flamenco konnte man nicht nur halbherzig ausüben, man musste sich ihm ganz verschreiben. Ihre Familie und Freunde dachten, Flamenco sei nur etwas für das gewöhnliche Volk. Sie hatten keine Ahnung von der Kraft, die dahintersteckte. Der einzige Mensch in der Familie, der vielleicht nachvollziehen konnte, was Katarina fühlte, war ihr Vater. Anders ihre Mutter: Sie dominierte ihn in allen Bereichen. Sie wagte kaum daran zu denken, wie sie reagieren würde, wenn sie herausfände, dass Katarina sie hinterging. Immer wenn irgendjemand Flamenco auch nur erwähnte, verstummte ihre Mutter und verbreitete Unbehagen. Manchmal verließ sie sogar den Raum, ging in den Garten oder zog sich auf ihr Zimmer zurück und kam stundenlang nicht mehr heraus. Unzählige Gläser und Vasen waren in ihren Händen zu Bruch gegangen. Jahrelang hatte Katarina versucht herauszufinden, warum der Flamenco so viel Angst bei ihr hervorrief. Aber das Thema blieb ein Tabu.

Zu gerne hätte Katarina ihren Freund Valery Blanco Alves für ihre Zerrissenheit verantwortlich gemacht. Schließlich war er es, der sie das erste Mal mit zu einem Flamencokonzert genommen und sie auch darin unterstützt hatte, Tanzstunden auf dem Sacromonte zu nehmen, einem Viertel, das zu besuchen ihr ausdrücklich untersagt war. Aber seit sie das erste Mal den Klängen einer Flamencogitarre gelauscht und erlebt hatte, mit welcher Hingabe eine Tänzerin die Musik in ihren Bewegungen aufnahm und in Tanz übersetzte, träumte sie von nichts anderem mehr. Sie war sogar stolz darauf gewesen, mit dem Flamencounterricht ein Tabu zu brechen und sich ihre eigene kleine Freiheit zu erkämpfen. Womit sie jedoch nicht gerechnet hatte, war, dass das Tanzen eine nicht enden wollende Sehnsucht in ihr wecken würde. Sie brauchte die Worte, in die sie eintauchen konnte, sie brauchte es, ihren Körper nach der Musik zu bewegen und mit schmetternden Füßen den Rhythmus der Gitarre voranzutreiben.

»Julieta, du forderst etwas Unmögliches von mir«, sagte Katarina.

Julieta zuckte die Achseln. »Das Unmögliche kann möglich werden. Schau dir Raúl an. Auch er hätte niemals gedacht, dass er in Sevilla den größten Flamencotänzer des Landes begleiten würde.«

»Dass er was?« Katarinas Herz setzte einen Schlag aus.

»Ich verlasse heute Abend Granada und gehe nach Sevilla«, sagte Raúl, ohne den Blick zu heben.

»Oh. Das ist …« Der Kloß in Katarinas Hals wurde dicker. »Glückwunsch.«

»Danke.« Raúl sah in ihre Richtung, doch sein Blick traf sie nicht.

Julieta drückte die Zigarette aus, zündete sich eine neue an und klopfte dann mit dem Stock auf den Boden. »Es ist Zeit, zu gehen, Katarina.«

Julietas Weigerung, sie weiter zu unterrichten, hatte in Katarina eine Leere hinterlassen, die sie sich nie hätte vorstellen können. Dennoch wusste sie, dass es keinen Sinn machen würde, zu versuchen, Julieta umzustimmen. Wenn ihre Mentorin einmal einen Entschluss gefasst hatte, war es unmöglich, sie wieder davon abzubringen.

Katarina kämpfte mit den Tränen. Schon einmal hatte sie sich für ihre Familie entschieden, als sie Raúl abgewiesen hatte. Und nun stand sie erneut vor der Frage, ob sie ihrer Familie gegenüber loyal bleiben oder ihr eigenes

Glück verfolgen sollte. Egal wie sie sich entschied, sie würde immer jemanden enttäuschen.

1944 – acht Jahre später

Katarina beugte sich zum Spiegel, um trotz des trüben Lichts etwas sehen zu können. Der Raum, der ihr als Garderobe diente, war sehr klein, doch das machte ihr nichts aus. Sie fuhr sich mit dem roten Stift über die Lippen und versuchte dabei die Tränen zurückzuhalten.

Der Jahrestag des Todes ihres Vaters belastete sie dieses Jahr besonders. Vielleicht lag es daran, dass die Erinnerungen an ihn mehr und mehr zu verblassen begannen. Ihr Blick fiel auf das Gemälde, und ihr Herz wurde noch schwerer. Einst hatten die feurigen Farben sie inspiriert, und die Frau, die über das Feuer sprang, hatte sie daran erinnert, dass auch sie zu Großem fähig war, wenn sie dies denn zuließ und sich einer Sache ganz hingab. Ohne auch nur die geringste Ahnung von ihrer Leidenschaft für den Flamenco zu haben, hatte ihr Vater ihr eines Tages, kurz nach ihrem Rauswurf aus der Flamencoschule, dieses Gemälde überreicht. Am liebsten hätte sie das Geschenk als Anlass genommen, ihm von ihrem heimlichen Unterricht und dem Glück, das sie während des Tanzens empfand, zu berichten. Jedoch wollte sie ihm kein Geheimnis aufbürden, das seine ohnehin schon recht komplizierte Beziehung zu seiner Frau noch zusätzlich belasten würde.

Jetzt wünschte sie, sie würde noch mehr mit dem Kunstwerk verbinden als nur die Erinnerung daran, dass das Leben ihres Vaters ein viel zu frühes, jähes Ende gefunden hatte. Doch mit seinem Tod war ihr jegliche Möglichkeit genommen, etwas über den Hintergrund des Bildes zu erfahren oder herauszufinden, warum er es ihr geschenkt hatte. Obwohl sie der Anblick des Kunstwerkes traurig stimmte, konnte sie sich nicht von ihm trennen, es war zu ihrem Glücksbringer geworden, ob sie wollte oder nicht.

Nachdem Julieta sie von ihrem Unterricht verbannt hatte und Raúl nach Sevilla gegangen war, hatte Katarina alle Hoffnung aufgegeben, jemals wieder Flamenco zu tanzen. Jegliche Freude war aus ihrem Leben gewichen, und sie vermisste das Tanzen wie einen geliebten Menschen, der aus ihrem Leben gegangen war.

Als sie nach dem plötzlichen Tod ihres Vaters endlich die Entscheidung getroffen hatte, ihrer Familie von ihrer Leidenschaft zu erzählen, war genau das eingetreten, wovor sie sich immer gefürchtet hatte. Ihre Mutter hatte sie des Hauses verwiesen. Von einem auf den anderen Tag war sie auf sich gestellt: alleingelassen in der Trauer um ihren Vater und ohne Geld. Selbst wenn Katarina sich jetzt, Jahre später, hätte mit ihrer Familie versöhnen wollen, hätte sie nicht einmal gewusst, wie sie mit ihr in Kontakt treten könnte. Sie hatte gehört, dass sie bei Ausbruch des Zweiten Weltkrieges aus Granada geflohen war und sich in Marokko, einem spanischen Protektorat, niedergelassen hatte. Doch Näheres wusste sie nicht und verfügte auch nicht über die Mittel, um Nachforschungen anstellen zu können.

Ein Geräusch riss sie aus ihren Gedanken. Salvador stand in der Tür und fuhr sich mit der Hand durch sein dichtes graumeliertes Haar. »Fertig?«

»Ja, ja.« Katarina rückte die Naht ihrer Strumpfhose zurecht und strich dann ihr hellgrünes Kleid glatt. »Noch ein Tanz, noch ein Peso.«

»Oder drei.«

»Wenn wir Glück haben.«

Katarina warf ihm ein flüchtiges Lächeln zu. Sie war Salvador begegnet, als sie bei Julieta trainiert hatte, seitdem waren sie unzertrennliche Freunde geworden. Als ihr Vater starb und Katarina nicht wusste, wo sie hingehen sollte, hatten Salvador und seine Frau sie zu sich genommen, für sie gesorgt und sie ermutigt, das Tanzen wieder aufzunehmen.

Sie folgte ihm durch die Tür in den Gang hinaus und blieb am Rande der Bühne stehen. Katarina warf einen vorsichtigen Blick in die Menge. Vor jedem Auftritt pochte ihr Herz wie wild, auch nach all den Jahren hatte sie immer noch Angst, jemanden aus ihrer Vergangenheit zu treffen. Obwohl sie sich wie eine *gitana* kleidete, ging und redete, hob sie sich durch ihr feuerrotes Haar von den dunklen Haaren und dem dunklen Teint der anderen Tänzer ab. Natürlich wusste sie, wie unwahrscheinlich es war, einen alten Bekannten zu treffen, denn sie bezweifelte, dass irgendwer aus diesen Kreisen so ein Lokal besuchte, doch das änderte nichts an ihrer Furcht. Irgendwann musste sie diese Angst überwinden und sich der Vergangenheit stellen, sonst würde sie noch verrückt.

Salvador schritt lässig auf die Bühne, er war sich der Aufmerksamkeit des Publikums sicher, das augenblicklich anfing, ohrenbetäubend zu jubeln. Hätte sie doch nur die gleiche Selbstsicherheit wie Salvador. Dann hätte sie sich zu jenen Höhen aufschwingen können, die Julieta sich immer für sie vorgestellt hatte.

Hernán huschte mit zerzausten Haaren an ihr vorbei und drückte seine Gitarre an sich. Als er auf der Bühne Platz genommen hatte, atmete er tief durch und nickte Salvador zu. Danach stimmte er eine kurze Melodie an, *la falseta*, hohe, schnelle Noten, welche die Stimmung des Stücks vorgaben, während Katarina sich aufrichtete, den Kopf hob, tief einatmete und sich konzentrierte.

Dafür lebte sie.

Als Hernáns Finger über die Saiten glitten, verstummte das Publikum, zwischen den dichtgedrängten Körpern baute sich eine erwartungsvolle Spannung auf. Katarina betrat die Bühne, klapperte mit den Absätzen auf den Bühnenbrettern, jede einzelne Zelle ihres Körpers spannte sich. Kein Auftritt glich dem anderen. Mit exakten Schritten gab sie Salvador *la llamada*, zum Zeichen, dass er beginnen konnte, *el palo* zu singen. Seine tiefe, weiche Stimme erfüllte den Raum. Katarina spürte, wie der Rhythmus in ihr anschwoll, sie klatschte zwölf Mal für *la soleá por bulerías* in die Hände, einem ihrer liebsten Flamencostile.

Dann bog sie ihren Rücken nach hinten, hob langsam die Arme über den Kopf und formte mit ihren Fingern Flammen, die nach dem Himmel zu greifen schienen. Sie hob das rechte Bein, schürzte ihren grünen Rock. Salvadors hypnotisierende Stimme spornte ihre Schritte an, und sie meisterte die schwierigen Passagen. Katarina bedankte sich im Stillen bei Julieta für die Strenge, mit der sie sie vor Jahren unterrichtet hatte. Sie vermisste ihre Lehrerin, die nach einer kurzen, schweren Krankheit gestorben war, unendlich, doch bei jeder Biegung, jeder Drehung wusste Katarina, dass Julieta bei ihr war und sie ermutigte, noch besser zu werden, ihre Leidenschaft zu nutzen und nach *el duende* zu streben.

Dieser war Katarina bisher noch immer versagt geblieben. Aber wie sollte sie unter der Diktatur Francos auch zu ihrer Leidenschaft stehen, sich so öffnen können, dass sie *el duende* erreichte? Seitdem Franco an die Macht gekommen war, hatte sich das Leben im Land radikal verändert.

Sein unerschütterlicher Glaube an den Katholizismus beeinflusste den Alltag aller, und auch der Flamenco blieb davon nicht verschont. Franco hatte ihn zu etwas gemacht, was er nicht war – die Frauen verloren ihre Unabhängigkeit, die Männer wurden machohafter. Franco hatte den Flamenco missbraucht und ihn auf die Bühnen der Welt gezerrt, nun war er nur noch eine erbärmliche, blasse Version seiner selbst. Ihnen blieb nichts anderes übrig, als sich zu fügen, denn wenn Francos Spitzel eine Frau den traditionellen Flamenco tanzen sahen, ließen sie sie verhaften. Katarina weigerte sich zwar, den Gerüchten Glauben zu schenken, wonach Tänzer ermordet wurden, nur weil sie sich nicht an die franquistischen Gesetze hielten. Allerdings war Franco zu vielem fähig. Also ermahnte sich Katarina vor jedem Auftritt, ihren Freiheitsdrang zu zügeln und nach den offiziellen Regeln zu tanzen, auch wenn dies bedeutete, dass sie sich Francos lächerlichen Idealen anpassen musste. Irgendwann würde sich auch das ändern.

Hernán beschleunigte das Tempo. Katarinas Füße trafen hart auf den Boden, ihre Hände und Füße nahmen seinen Rhythmus perfekt auf. Ihr Zusammenspiel war absolut harmonisch. Mit einer kraftvollen Bewegung ihres Rockes übernahm Katarina die Kontrolle auf der Bühne, nur um sie wieder abzugeben, sobald Hernán die Herausforderung annahm und schneller spielte. Sie tanzte wild, die Energie durchströmte ihren Körper, obwohl es immer wieder unbewusste Momente des Zögerns gab, was allerdings niemand, nicht einmal Hernán, bemerkte. Doch ihre Zweifel über gewisse Entscheidungen waren in den letzten Jahren stärker geworden, und in manchen Situationen ließ sich diese Unsicherheit auch an ihrem Tanz ablesen.

Hernáns Gitarrenspiel wurde immer drängender, und Salvadors volle, hypnotisierende Stimme trieb sie an. Katarina setzte zu *la llamada* an, schloss die Sequenz, indem sie *la salida*, den Abgang, signalisierte. Ihre Bewegungen liefen aus, sie war langsamer geworden, nur um dann – wie in einem letzten Aufbäumen – die Arme hoch über den Kopf zu werfen, ihren Rücken tief nach hinten gebeugt, und in dieser Position zu verharren. Ihr Körper vibrierte vor Energie, als das Publikum sie mit Jubel überschüttete. Lächelnd löste Katarina ihre Pose auf, an diesem Tag war sie besonders von dem Enthusiasmus überwältigt. Die Nachricht hatte sich schnell verbreitet, dass sie mit Salvador und Hernán ein besonderes Charisma ausstrahlte, und bei jedem Auftritt wurde das Publikum zahlreicher. Manchmal drängten sich die Leute auf der Straße, um einen Blick durch die großen Fenster zu erhaschen.

Katarina, Salvador und Hernán hielten sich an den Händen, verbeugten sich und verließen die Bühne. Ihre erhitzten Körper prallten gegeneinander, während sie zu ihrem Hinterzimmer eilten, um wieder zu sich zu kommen.

»Wieder ein perfekter Abend.« Salvador zog einen Stuhl für Katarina heran, die sich niederließ und versuchte, wieder zu Atem zu kommen.

»Ja, ein toller Auftritt.« Hernán blickte die beiden kurz an. »Ich muss los.«

»Er verhält sich in letzter Zeit so seltsam«, stellte Katarina fest, nachdem er gegangen war.

»Sag bloß, du weißt noch nichts davon.«

»Wovon?«, fragte Katarina und fächelte sich mit den Händen Luft zu. »Erzähl!«

»Ist dir nicht aufgefallen, dass seine Freundin Laura nicht mehr zu unseren Vorstellungen kommt?«

»Ja, das habe ich bemerkt. O nein, haben sie sich etwa getrennt?«

Salvador schüttelte den Kopf, ein Lächeln huschte über seine Lippen. »Im Gegenteil. Er hat sie diese Woche geheiratet, weil … na ja … sie mussten.«

»Ist sie schwanger?«

»Ja, und um die Sache noch zu erschweren, hat Lauras Vater Hernán aufgefordert, im Familienunternehmen mitzuarbeiten. Und nicht mehr in den Bars zu spielen.«

»Aber wir brauchen ihn doch. Er muss irgendeinen Weg finden, dass wir weiter zusammen auftreten können!«, sagte Katarina heftig.

»Die Entscheidung wurde für ihn gefällt, und er liebt Laura über alles. Wir können nicht von ihm erwarten, dass er sich so verhält, wie wir das wollen, nur weil es uns so passt. Er tut das Richtige. Gerade in diesen Zeiten …«

»Ich weiß.« Sie massierte ihre Unterschenkel. »Wie kommt es, dass er es dir erzählt hat und mir nicht?«

»Weil ich mit den Leuten rede, Katarina. Sie vertrauen mir.« Er lächelte sie schief an.

»Aber ich rede doch immer mit Hernán.«

Salvador seufzte. »Das stimmt, aber du sprichst nicht in der Tiefe mit ihm. Wenn du nur über den neuesten Schritt oder *el palo* sprichst, lernst du einen Menschen nicht kennen.«

»Aber ich weiß auch alles über dich und Claudia und das Baby.«

»Nur, weil wir wie eine Familie sind. Du öffnest dich so rückhaltlos, wenn du tanzt, warum kannst du das nicht auch im echten Leben tun?«

Katarina sog scharf die Luft ein und blickte zur Seite.

»Katarina?« Salvadors Stimme war nun weich und mitfühlend. »Du kannst doch mit mir reden. Warum ist das so schwer für dich?«

»So ist es halt.«

»Hat es etwas damit zu tun, dass du die meiste Zeit deines Lebens damit verbracht hast, zu verheimlichen, wer du wirklich bist?«

Tränen stiegen ihr in die Augen, Tränen der Wut, aber auch der Erleichterung. Warum kannte er sie nur so gut?

»Du musst endlich zu dir stehen, Katarina. Du bist ein Freigeist. Akzeptiere das einfach.« Salvador legte ihr zart die Hand auf die Schulter.

»Ich weiß, du hast recht, aber es ist nicht leicht, nach all den Jahren. Außerdem ist in diesen Tagen niemand wirklich frei.« Sie musste dem gar nichts hinzufügen, denn Salvador kannte ihre Haltung zu Franco. Salvador war der einzige Mensch, dem sie vertrauen konnte und von dem sie wusste, dass er sie unter keinen Umständen verraten würde. Sie nahm einen Schluck Wasser und sagte: »Mir ging es heute Abend nicht so gut.«

»Ich hatte schon so eine Ahnung. Was ist los?«

»Heute ist der sechsundzwanzigste April.« Ihre Stimme war kaum lauter als ein Flüstern.

Salvador machte große Augen. »Das hatte ich ganz vergessen. Tut mir leid.«

»Das muss es nicht. Du hast ja selbst schon genug auf dem Herzen. Erzähl mir lieber, wie es Paulito geht!«

Salvadors Lächeln wurde breiter. »Es geht ihm ausgezeichnet. Kaum zu glauben, dass er schon zwei Wochen alt ist, ich verliebe mich jeden Tag ein wenig mehr in meine Frau und meinen Sohn. Wie ist das möglich?«

»So schwer ist das nicht, finde ich. Ich freue mich sehr für euch. Du hast so ein Glück, dass du deinen persönlichen *duende* gefunden hast, Salvador.«

»Ich weiß nicht, ob man *el duende* für die Beschreibung

des persönlichen Glücks verwenden sollte, aber falls doch, habe ich ihn gefunden, ja.«

»Du bist ein Glückspilz.«

»Es wäre schön, wenn du ihn auch finden würdest.« Wieder schaute er sie besorgt an.

»Ja, das wäre es. Aber bevor ich *el duende* in der Liebe finde, muss ich ihn erst noch im Tanz finden.«

»Erinnerst du dich nicht mehr an Julietas Worte? Du kannst *el duende* nur erleben, wenn du alles zulässt, Trauer und Glück.«

»Ich habe nicht nur meinen Vater verloren, sondern auch die Liebe meines Lebens ziehen lassen. Kummer und Schmerz habe ich also durchaus zugelassen.«

»Das tut mir leid, ich habe nie geahnt, wie sehr du ihn geliebt hast.«

»Doch das habe ich.« Sie wich seinem Blick aus. »Aber ich habe es mir lange selber nicht eingestanden, vielleicht weil ich Angst vor den Konsequenzen hatte.«

Ein Klopfen an der Tür unterbrach ihr Gespräch, und im nächsten Moment stand ein großer schlanker Mann in schlechtsitzendem, aber perfekt gebügeltem Hemd und Anzug im Raum.

»Ah! Federico! Wie nett, dich zu sehen!« Salvador klopfte seinem Freund auf den Rücken. »Setz dich!«

»Erst einmal muss ich mich dieser wunderschönen Dame vorstellen. Señorita Sánchez, es ist mir eine Ehre, Sie zu treffen.« Mit einer kleinen Verbeugung hob er ihre Hand und deutete einen Kuss an. »Wenn man Ihnen zusieht, hat man das Gefühl, Zeuge eines Zaubers zu werden.«

Katarina lächelte gezwungen, seine überschwängliche Art war ihr suspekt. »Danke, Señor …«

»Señor Basa Trujillo. Aber bitte sagen Sie Federico zu mir.«

Sein Name klang vertraut, doch das Gesicht war es nicht … dann plötzlich fiel es ihr wieder ein: Federico Basa Trujillo hatte das erfolgreichste *café cantante* in Sevilla geführt, vor ein paar Jahren war er plötzlich von der Bildfläche verschwunden. Gerüchten zufolge hieß es, er sei zur Armee gegangen, desertiert oder habe sein Glück im spanischen Protektorat Marokko gesucht, doch niemand wusste etwas Genaues.

»Katarina, ich hoffe, Sie nehmen es mir nicht übel, wenn ich gleich auf den Punkt komme. Ich bin der Manager einer neuen *ópera flamenca* und würde Sie und Salvador gerne als Ensemblemitglieder gewinnen. Ich hätte auch Hernán gebeten, aber man sagte mir, er verfolge nun andere Ziele. Ist das richtig?«

»Ja«, sagte sie und warf Salvador einen irritierten Blick zu. Immer mehr Geschäftsmänner versuchten Francos hohe Steuern zu umgehen, indem sie eine *ópera flamenca* aufbauten. Die seichten Aufführungen dieser großen Flamencoensembles waren oftmals hochkarätig besetzt, ihnen ging dabei jedoch alles Ursprüngliche des Tanzes verloren, weil sie sich vollkommen Francos Idealen anpassten.

»In Granada gibt es schon so viele *ópera flamenca*, warum sollten wir noch eine brauchen?«, fragte Katarina.

»Bitte entschuldige, Katarina ist manchmal sehr direkt«, sagte Salvador.

Federico lachte leise. »Ich mag Menschen, die direkt ihre Meinung sagen. Ich habe schon gehört, dass Sie garstig sein können, Katarina. Und Ihre Frage ist durchaus berechtigt. Mein Ziel ist es jedoch, das beste Tanzensemble Spaniens aufzubauen. Das ist eine einmalige Gelegenheit, nicht nur für mich, sondern für eine auserlesene Truppe aus Tänzern, Musikern und Sängern. Gemeinsam werden wir die *ópera flamenca* revolutionieren.«

»Und warum wir? Schließlich sind wir nicht so bekannt wie Carmen Amaya oder Antonio Gades. Warum werben Sie nicht erfahrenere Künstler an?«

»Weil sie nicht das haben, was Sie und Salvador ausstrahlen. Diese … Magie.«

»Dennoch sind wir weit davon entfernt, *el duende* zu erfahren.«

»Manche Zuschauer sehen das anders.«

Señor Basa Trujillo rückte seine Krawatte zurecht. »Wollen Sie denn kein Geld verdienen? An Orten wie diesen zahlt man Ihnen bestimmt einen Hungerlohn.«

»Es geht nicht um das Geld. Ich möchte einfach nicht vor einem Haufen Leute tanzen, die die wahre Kunst des Flamenco nicht zu schätzen wissen, sondern bedeutungslose Libretti über mächtige Personen, die auf die Unterschicht herabschauen, sehen wollen«, antwortete sie heftig.

»Was wäre, wenn ich Ihnen verspräche, dass Sie weiter auf Ihre Weise tanzen können? Darin wird sich nämlich mein Ensemble unterscheiden. Natürlich gibt es Grenzen, aber ich habe Sie tanzen gesehen. Sie nähern sich dieser Grenze, überschreiten Sie aber nicht in der Art, dass sich gewisse politische Lager dafür interessieren könnten.« Er schaute sie mit bedeutungsvollem Blick an, fügte jedoch nichts weiter hinzu.

»Das ist ein nettes Angebot, Señor Basa Trujillo, aber ich fürchte, dass ich es nicht annehmen kann. Salvador wird sich vielleicht entscheiden, in Ihrem Ensemble aufzutreten, aber ich kann das nicht.« Das Letzte, was sie wollte, war, sich von Salvador zu trennen, doch das Trio würde ohnehin auseinanderbrechen, und auch Salvador hatte sich in letzter Zeit verändert. Sie hatte das bis jetzt auf das Baby zurückgeführt, aber nun, da dieser Basa Trujillo aufgetaucht war, fragte sie sich, ob Salvador dieses Treffen angezettelt hatte, weil auch er weiterziehen wollte – mit ihr oder ohne sie. Das schmerzte, doch sie verstand es. Im Moment konnten sie sich glücklich schätzen, wenn sie genug für eine Mahlzeit am Tag verdienten.

»Gibt es eine Möglichkeit, Ihre Meinung zu ändern? Ich habe vielen Tänzern in dieser Stadt zugesehen, aber keiner hat das Wesen des Flamenco so erfasst wie Sie. Würden Sie es sich bitte noch einmal überlegen?«

Sie schüttelte den Kopf und nippte an ihrem Wasser.

»Ich würde auch großzügig zahlen«, sagte Federico.

»Tut mir leid, aber meine Antwort ist nein.«

»Ich fürchte, ich muss Ihnen sagen, dass mich das überrascht. Sie enttäuschen mich sehr.« Er rückte die Ärmel seines Jacketts zurecht und überreichte Salvador eine Visitenkarte. Federico beugte sich vor und flüsterte ihm etwas zu, dann stand er auf und ging zur Tür. »Es war mir ein Vergnügen, Sie zu treffen, Katarina. Ich wünsche Ihnen beiden noch einen schönen Abend.«

Kaum war die Tür hinter ihm ins Schloss gefallen, knallte Katarina ihr Glas auf den Tisch. »Was soll das Ganze?«

»Katarina, er will nur dich, keine andere. Und er würde uns für einen Abend so viel zahlen, wie wir sonst höchstens in einem Monat verdienen. Ich weiß nicht, wie es dir geht, aber ich könnte das Geld gut gebrauchen.« Er blickte auf ihre löchrigen Tanzschuhe. »Und du auch, denke ich.«

»Das stimmt, aber ich will nicht in einem großen Theater vor Spaniens Reichen auftreten, die uns für tanzende Affen halten.«

»In den *cafés cantantes* sind wir auch tanzende Affen, bekommen dafür aber nur einen Hungerlohn. Warum sollen wir dann nicht gleich richtiges Geld verdienen? Außerdem hat Federico gesagt, dass du weiterhin auf deine Art tanzen kannst.« Salvador fuhr sich mit den Fingern durch die Haare, dann hielt er inne. »Oh … jetzt verstehe ich.«

Katarina starrte auf ihre verkrampften Hände und fühlte die Leere in sich.

»Liebe Katarina, die meisten Leute aus den wohlhabenden Kreisen haben das Land verlassen. Und falls doch noch jemand unter den Zuschauern ist, achtet er bestimmt nicht auf eine Flamencotänzerin, mit der er einstmals nobel speiste. Lass nicht zu, dass deine Ängste aus der Vergangenheit deine Zukunft bestimmen.«

»Es ist nur …« Sie unterbrach sich einen Moment und versuchte alles noch einmal rational zu betrachten. »Das Geld wäre schon gut«, seufzte sie.

»Das wäre es tatsächlich«, sagte er.

»Du müsstest nicht knausern und könntest besser für den Lebensunterhalt deiner Familie aufkommen.«

»Das könnte ich.« Salvador hatte Mühe, sein Lächeln zu verbergen.

»Und du hast mich aufgenommen, als niemand das tun wollte.«

»Das habe ich.«

»Ich verdanke dir viel.« Sie legte ihre Hand in seine. »Du hast mich gerettet.«

»Das war das Beste, was ich je getan habe. Na ja, abgesehen davon, meine Frau zu heiraten und Vater zu werden.«

»Aber ich würde mich nicht verstellen wollen.«

»Das musst du auch nicht. Und ich auch nicht.« Seine Augen weiteten sich. »Soll das ein Ja sein?«

»Ich denke darüber nach.«

»Dann ist das also ein Ja.«

Katarina lachte und sagte: »In Ordnung. Aber sorge dafür, dass ich es nicht bereue.«

VIERTES KAPITEL

1944 – Katarina

Katarina klemmte sich ihre Tasche unter den Arm und zog die schwere Holztür zum *Teatro del Arte* auf. Im Foyer blieb sie zögernd stehen und überlegte, wie so oft in den letzten Wochen, ob ihre Entscheidung richtig gewesen war.

Ihr Blick wanderte über den zerschlissenen roten Teppich, der auf den Stufen der ausladenden Treppe lag, die von einem morsch aussehenden Geländer gesäumt war. Ein moderiger Geruch stieg ihr in die Nase. Der Boden war mit einer Staubschicht bedeckt, die, wenn sie mit ihren Schuhspitzen darüberfuhr, den Blick auf pockennarbige Marmorplatten mit Parkettmuster freigab. Obwohl der Krieg 1939 mit Francos Machtergreifung offiziell beendet gewesen war, waren die Zerstörungen noch überall sichtbar, und die Armut der Bevölkerung war allgegenwärtig. Katarina hatte kein nobles Theater erwartet, doch so heruntergekommen hatte sie es sich auch nicht vorgestellt.

»Katarina.«

Sie fuhr zusammen. Unter Tausenden hätte sie diese Stimme erkannt, so sanft und tief …

Das konnte doch nicht wahr sein …

Angst, sich geirrt zu haben, mischte sich mit der Furcht davor, was ein Wiedersehen nach all den Jahren auslösen würde. Langsam drehte sich Katarina um. Ihr Blick fiel auf seine große Gestalt, sein Kinn war kantiger geworden, doch seine dunklen Augen waren immer noch so faszinierend wie vor acht Jahren, wenn auch jetzt eine Schwermut in ihnen lag, die sie von früher nicht kannte.

Sie wagte kaum zu atmen und brachte nur ein einziges Wort heraus: »Raúl.«

Zögernd gingen beide aufeinander zu. Wie verhielt man sich, wenn plötzlich jemand in sein Leben zurückkehrte, den das Herz nie vergessen hatte?

»Wusstest du, dass ich komme?«, fragte sie, und ihr Mund fühlte sich trocken an.

»Wenn ich ehrlich bin, ja …« Eine leichte Röte schlich über seine Wangen.

»Woher wusstest du … aber … Federico …« Warum drehten sich ihre Gedanken nur so schnell?

Raúl lächelte sie an. »Federico hat in Sevilla ein *café cantante* geleitet, in dem ich gearbeitet habe. Wir waren gut befreundet, auch wenn sich nach ein paar Jahren unsere Wege getrennt haben. Vor einigen Monaten sind wir einander in Sevilla wiederbegegnet, und er hat mich überredet, mich seinem Ensemble wieder anzuschließen.«

»Hast du ihn gebeten, mich zu engagieren?«, fragte sie.

Er schüttelte den Kopf, und Katarina spürte, wie sich Enttäuschung in ihr breitmachte. Ihr Blick fiel auf seine Lippen. Wie lang war es her, dass sie sich während ihrer heimlichen Treffen leidenschaftlich geküsst hatten. Nun war nur noch ein unbehagliches Schweigen zwischen ihnen.

»Gefällt dir das Theater?«, fragte Raúl sie schließlich.

»Es könnte ein bisschen aufpoliert werden.«

»Es braucht nur ein paar Tropfen Wasser und einen Lappen, mehr nicht. Sobald wir die Ärmel hochkrempeln, werden wir das Schicksal dieses herrlichen Bauwerkes verändern.« Sein unbeschwerter Ton wirkte gezwungen. »Es sollte bereits abgerissen werden, doch dann hat Federico seine Schönheit entdeckt und konnte die Lobo-Brüder davon überzeugen, es –«

»Die Lobo-Brüder?«

»Das Theater gehört ihnen, und sie finanzieren das Ensemble.«

Unwillkürlich versteifte Katarina sich. Warum hatte Federico ihr gegenüber so getan, als sei er der alleinige Geldgeber? Wenn sie geahnt hätte, dass auch die Lobo-Brüder in die Sache verstrickt waren, hätte sie niemals so schnell zugestimmt, dem Ensemble beizutreten. Die Lobo-Brüder waren bekennende Franco-Anhänger und hatten mit dubiosen Machenschaften ein Vermögen gemacht.

»Katarina –« Raúl ging einen Schritt auf sie zu.

»Ja?« Ihr Herz fing wie wild an zu klopfen, sie schloss die Augen und hätte ihn am liebsten berührt und sanft sein Gesicht gestreichelt, nur um zu spüren, wie sehr sich sein Körper verändert hatte. Alte Gefühle wallten in ihr auf, die sie über die Jahre verzweifelt versucht hatte zurückzuhalten. Zum ersten Mal nach langer Zeit ließ sie ihnen freien Lauf. »Ich habe mich so bemüht, dich nicht zu vermissen, aber ich musste die ganze Zeit an dich denken.«

»Katarina, es sind acht Jahre vergangen. Wir haben uns verändert.« Sie zuckte zusammen. Sie konnte geradezu spüren, wie Raúl sich innerlich zurückzog, und sie bereute es zutiefst, ihm ihre Gefühle offenbart zu haben.

»Das wahre Wesen eines Menschen verändert sich nie«, entgegnete sie trotzig.

Raúl schüttelte den Kopf. »Ich wünschte, ich hätte dieselbe naive Einstellung wie du …«

»Ich bin nicht naiv. Wie kommst du dazu, mir so etwas zu unterstellen?«

»Ich sag ja auch nicht, dass du naiv bist, aber soweit ich

das beurteilen kann, hat dir das Leben auch nie wirklich übel mitgespielt.«

»Und dir etwa schon?«

Raúl schaute sie mit regungsloser Miene an, und sie spürte, dass sie einen empfindlichen Nerv getroffen hatte. »Meine Vergangenheit sollte lieber vergangen bleiben«, sagte er.

Sie mochte diesen unnahbaren Raúl nicht. Was war aus dem jungen Mann geworden, der ihr Herz im Sturm erobert hatte, der sie ihr vorgezeichnetes behütetes Leben in Frage stellen ließ und der ihr letztendlich auch geholfen hatte, ihre wahre Berufung zu finden?

»Wann hast du erfahren, dass ich in diesem Ensemble tanzen würde?«, fragte sie.

Er entspannte sich wieder. »Das ist noch nicht so lange her. Federico hat mich gebeten, mir eine Flamencotänzerin anzusehen, die er engagiert hatte. Deshalb bin ich in das *café cantante* gegangen, hätte aber niemals erwartet, dich dort zu treffen. Ich war … sehr überrascht. Das bin ich eigentlich noch immer.« Er sah sie an, und sein Blick wirkte aufrichtig. »Du hast es weit gebracht. Dein Tanz zeigt Reife, du scheinst eine Tiefe erlangt zu haben, die dir vorher fehlte. Es war die richtige Wahl, sich für den Flamenco zu entscheiden. Und gegen deine Familie.«

Katarina musste tief durchatmen. Raúls unerwartetes Erscheinen hatte sie derart durcheinandergebracht, dass sie befürchtete, nicht stark genug zu sein, um das Gespräch halbwegs souverän zu Ende zu führen. Sie konzentrierte sich auf ihre löchrigen, abgetragenen Schuhe und sah ihn dann entschlossen an. »Wie hast du davon erfahren?«

»Federico möchte genau wissen, wen er beschäftigt.«

Angesichts der fragilen Lage, in der sich ihr Land befand, war es für einen *impresario* nicht ungewöhnlich, in der Vergangenheit seiner zukünftigen Mitarbeiter herumzustochern. Sie hoffte nur, dass seine Neugier nicht bis zu den politischen Neigungen reichte, auch wenn es ihr stets gelungen war, diese für sich zu behalten. »Und woher kennst du meine Geschichte?«

»Weil ich gefragt habe.«

Vielleicht lag ihm ja doch noch etwas an ihr, auch wenn sie nicht verstand, weshalb er sich dann so distanziert verhielt.

»Ich weiß aber gar nichts über dich.«

»Ich spiele immer noch Gitarre.«

»So meine ich das nicht, das weißt du.« Langsam wurde sie ärgerlich. »Warum weichst du mir aus?«

»Tut mir leid, das war nicht meine Absicht.« Mehr sagte er nicht.

»Ich habe versucht, dich in Sevilla zu finden.«

»Wann?«

»Kurz nachdem ich angefangen habe, professionell zu tanzen.«

»Dann hast du nicht richtig gesucht.« Irgendetwas blitzte in seinen Augen auf. Doch was war es? Angst? Reue? Trauer?

»Jeder, mit dem ich gesprochen habe, sagte mir, du seist spurlos verschwunden.«

»Dann hast du wohl die falschen Leute gefragt.«

Wieso verhielt er sich bloß so abweisend? Natürlich hatte der Krieg die Menschen verändert, doch Katarina hatte das Gefühl, dass bei Raúl noch etwas anderes hinter seinem Verhalten steckte. Als ob er etwas vor ihr verbergen wollte.

»Oh, die Leute kannten dich schon, sie wussten nur nicht, wohin du verschwunden warst«, sagte sie und blickte ihn fragend an.

»Gelegentlich habe ich auch in anderen Städten Gitarre gespielt.«

Es hatte keinen Zweck, auch mit weiteren Fragen würde sie nichts erreichen. Resigniert seufzte sie auf. »Raúl, bitte. Können wir einfach nur …«

»Was?«

Sie breitete ihre Arme aus. »Ich weiß es nicht! Könnten wir aufhören, so verkrampft zu sein, und einfach nur miteinander reden? Offen reden, meine ich.«

Raúl schwieg eine Zeitlang, dann blickte er ihr fest in die Augen. »Das zwischen uns war etwas Besonderes, das haben wir beide gespürt.« Seine Stimme war plötzlich wieder weich geworden, und augenblicklich fühlte sich Katarina um Jahre zurückversetzt. In eine Zeit, in der Raúl noch nichts vor ihr verheimlicht hatte, sie hingegen mit aller Kraft versuchte, sowohl ihre Beziehung zu Raúl als auch ihre Leidenschaft für den Flamenco vor ihrer Familie zu verheimlichen. Hätte sie doch nur damals schon den Mut gehabt, an ihr Talent zu glauben und auf die Liebe zu vertrauen!

»Es hätte so anders sein können.«

»Ja. Das hätte es. Aber es bringt nichts, über Vergangenes zu jammern.« Trotz der Härte seiner Worte hörte sie, wie traurig er war.

»Aber es gibt immer eine Zukunft.« Katarina blickte ihn hoffnungsvoll an, doch sein Gesicht verfinsterte sich.

»In unserer wird es allein um Flamenco gehen, um mehr nicht.«

»Aber damals …«

»Katarina, bitte.« Raúl griff nach ihrer Hand. Als seine Finger die ihren berührten, durchfuhr ein schneidender Schmerz ihre Schläfen.

Raúl strich sachte mit seinem Daumen über ihre Hand und sah sie ernst an. »Ich habe mir nichts sehnlicher gewünscht, als dich an meiner Seite zu haben. Damals, bei Julieta …« Er seufzte. »Das habe ich nie vergessen, auch wenn es mir sehr weh getan hat.«

»Warum?«, fragte sie zögernd.

»Weil du deine Familie allem vorangestellt hast – mir, aber auch dem Tanz. Und das, obwohl sie sich überhaupt nicht für deine Bedürfnisse interessiert haben.«

Raúl hatte recht. Es schmerzte immer noch, die Wahrheit zu hören, obwohl sie sie nun schon seit Jahren selbst erkannt hatte.

»Du warst doch derjenige, der weggegangen ist.«

»Aber erst, nachdem du dich entschieden hattest, mich zu verlassen.« Raúl steckte seine Hände in die Hosentaschen. »Katarina, du hast mir das Herz gebrochen.« Er sah sie durchdringend an. »Julieta hatte recht, dich fortzuschicken. Und sie hatte recht, zu sagen, dass du es nicht verdienst, dich etwas so Großem zu nähern, wenn du dem Flamenco nicht dein ganzes Herz schenkst.« Raúl machte eine Pause und fügte dann hinzu: »Und mir hast du auch nicht so weit vertraut, um mir deine Leidenschaft für den Flamenco zu offenbaren. Hätte ich das nur gewusst, bevor Julieta –«

»Raúl …«

»Immerhin bin ich froh, dass du am Ende offenbar doch noch zu deiner Wahrheit gefunden hast. Ich wünschte nur, ich wäre derjenige gewesen, der dir dazu verholfen hätte.«

»Aber das hast du doch!«

»Und wie? Den Bruch mit deinem alten Leben, mit deiner Familie hast du erst gewagt, nachdem ich schon fort war. Kannst du dir überhaupt vorstellen, wie sich das für mich angefühlt hat, als ich es erfahren habe? Und jetzt lass uns bitte nicht weiter darüber sprechen. Wie gesagt, es ist viel Zeit vergangen und Menschen ändern sich. Wir sollten uns nur auf eine berufliche Zusammenarbeit beschränken.«

Die Zärtlichkeit, die er vorhin hatte durchblicken lassen, war jetzt gänzlich verschwunden, und Katarinas Herz fühlte sich auf einmal unendlich leer an. Die Jahre ohne Raúl waren schlimm gewesen, aber noch schmerzhafter war es, ihn zwar wiedergefunden zu haben, aber zu erkennen, dass sie ihn nun offensichtlich für immer verloren hatte.

»Wir sollten jetzt gehen. Ich bringe dich zum Probenraum, da triffst du die anderen.«

Katarina beugte sich herab, hob ihre Tasche vom staubigen Fußboden auf und wünschte sich die Tränen weg, die ihr in die Augen traten. Warum war es so schwierig, herauszufinden, was Raúl wirklich fühlte. War er wütend? Verärgert? Traurig? Sie brauchte einfach Zeit zum Nachdenken. Schweigend folgte sie ihm durch ein paar Türen und schmale Gänge, in denen das helle Licht des Foyers durch nackte flackernde Glühbirnen ersetzt worden war. Katarina kam sich dumm vor. Während sie seinen elastischen Körper beobachtete, summten unentwegt Fragen wie nervende Insekten durch ihren Kopf. Verhielt er sich so, weil er eine andere Frau hatte? Etwa eine junge Familie? Katarina schüttelte entschieden den Kopf. Raúl hätte bestimmt etwas darüber gesagt. Nein, da steckte mehr dahinter.

»Wir sind da.« Raúl öffnete eine große Eisentür. In dem Raum dahinter standen Tänzer und Musiker herum, die Katarina und Raúl ansahen, als sie eintraten. Katarina spürte, wie ihr Gesicht zu glühen begann. Hier waren definitiv zu viele Leute. Jahrelang war sie mit Salvador und Hernán alleine aufgetreten, wie sollte sie da mit weiteren fünfzehn Personen zurechtkommen?

»Katarina!« Salvador ging auf sie zu und umarmte sie herzlich.

»Wie ich sehe, hast du Raúl schon getroffen.«

»Wusstest du davon, dass er …?«, zischte sie.

»Ist das etwa besagter Raúl?«, fragte Salvador verwirrt und legte dann einen Arm um sie. »Entschuldige bitte, ich hatte keine Ahnung. Kommst du damit zurecht?«

»Das muss ich wohl.«

»Er spielt wirklich sehr gut«, sagte Salvador.

»Ja, ich weiß«, antwortete sie, und ihre Stimme wurde weicher, als sie sah, wie er mit den anderen lachte und scherzte und sich dabei fast wie der alte Raúl benahm.

Federico gesellte sich zu ihnen. »Katarina, ich habe mir Gedanken gemacht, wir brauchen einen Namen für dich. Etwas Exotisches, genau wie die großen, berühmten Flamencotänzerinnen, *La Argentina, La Niña de los Peines …*

Wenn ich sehe, wie du deine Arme und Hände hoch in die Luft wirfst, erinnert es mich an ein herrliches Feuer. Und dann dein feuerrotes Haar – wunderbar!« Er schwenkte seine Arme in der Luft und machte eine lächerliche Pose. »*¡La Flama!*«

Katarina hob eine Augenbraue und sah Salvador mit gerunzelter Stirn an.

»Mir gefällt es. Es passt zu dir.«

»Ich weiß nicht«, sagte sie zögernd.

»Aber das wäre die perfekte Gelegenheit, um deine Karriere voranzubringen und mit der Vergangenheit abzuschließen.« Salvador neigte den Kopf.

»Ich denke darüber nach.«

»Gut, mehr verlange ich gar nicht.« Federico klatschte in die Hände. »Beginnen wir mit *alegrías*. Salvador, Raúl, La Flama, ihr seid an der Reihe.«

Katarina sah Salvador entsetzt an, doch der zuckte nur kurz mit den Schultern, während Raúl seine Gitarre nahm und damit zur Mitte des Raumes schritt. Leichtfüßig drängte sie sich an Salvador heran und konnte den Ärger in ihrer Stimme kaum unterdrücken: »Ich dachte, Federico hätte gesagt, ich könne mir meinen Künstlernamen noch überlegen. La Flama erscheint mir so –«, flüsterte sie.

Er lächelte. »Nimm ihn an und sieh, wie er sich für dich anfühlt.«

»Hm …« Sie sah zu Raúl und sagte leise: »Und wie sollen

wir zusammen auftreten, wenn es keine innere Spannung zwischen uns gibt?« Sie beobachtete Raúl, wie er seine Gitarre ansah, und Ärger durchfuhr sie. Wären sie einander heute schon früher begegnet, hätte sie eine richtige Unterhaltung mit ihm führen und ihm sagen können, was gesagt werden musste, statt die Dinge im Raum stehen zu lassen. Hatte er es etwa aufregend gefunden, ihr aufzulauern? Sie richtete sich zu ihrer vollen Größe auf und sagte zu Salvador: »*Alegrías* sind nicht das Richtige für einen Beginn.«

»Mach dir keine Sorgen, du kennst die Erwartungen an diesen *palo*. Es wird funktionieren.« Salvador nahm ihren Ellenbogen und steuerte sie auf Raúl zu. Ihr Herz und ihr Verstand protestierten, doch ihre Füße folgten, ohne zu zögern.

Die Männer nickten einander zu, Salvador fing zuerst an und klatschte den *compás* im Zwölfertakt. Raúl spielte auf seiner Gitarre dazu eine *falseta*, während Katarina die Bühne betrat und mit ihrem *paseo* begann.

Sie war bereit.

Die Klänge aus Raúls Gitarre tanzten wirbelnd durch die Luft, griffen nach ihr und drohten sie nie wieder loszulassen. Obwohl Katarina wütend auf Raúl war, zog seine Musik sie in ihren Bann. Sein Spiel war reifer geworden.

Schluss damit!

Sie verlor die Schrittfolge, fing sich aber schnell wieder, fuhr mit ihren Drehungen fort, und ihre Arme streckten sich wie Flammen gen Himmel. Gegen ihr ureigenes Gefühl zwang Raúls Spiel sie, die Tiefe zu suchen und sich wilder zu drehen. Ihre Füße flogen schneller, ihr Rock wirbelte, dabei jauchzte ihr Herz. Mit jeder Note, die Raúl spielte, wurde ihre Liebe zum Flamenco stärker. Doch gleichzeitig stieg Wut in ihr auf.

Salvadors Gesang verstummte. Katarina stampfte mühelos im Rhythmus, ihr Tanz wurde immer leidenschaftlicher, dann brach sie plötzlich ab, während Raúl *el silencio* spielte. Seine Finger tanzten über die Gitarrensaiten, sein Körper wiegte sich mit geschlossenen Augen zur Musik, und er gab sich ganz dem Augenblick hin. Diese Finger haben einmal mich zärtlich gestreichelt. Doch sie verbat es sich, in unnötigen Erinnerungen zu schwelgen. Als Raúl den Rhythmus wechselte, machte sie sich für ihren *palo seco* bereit, ihren Lieblingsrhythmus, der sie an Julieta erinnerte. Sie wechselte zwischen hartem und weichem Klatschen, während Raúl seine Gitarre mal mit *golpes* bearbeitete, mal die gedämpften Saiten zupfte. Bei jeder Drehung spähte sie zu ihm und sah das anerkennende Lächeln, das seine Lippen umspielte. Voller Begeisterung gab sie sich dem Augenblick hin, während Salvador wieder einstimmte, seine Stimme ließ sie innerlich jubeln und spornte sie an, sich schneller zu drehen, seinen Rhythmus aufzunehmen, bis sie wieder bei *la llamada* ankam, mit der sie diesmal jedoch *la salida* einleitete. Da es keinen richtigen Bühnenausgang gab, tanzte Katarina elegant zum Rand der Bühne und vollendete ihren Auftritt.

Ihr gesamter Körper vibrierte vor Energie, sie verbeugte sich und rang nach Luft, während Raúl und Salvador einander anstarrten und sich dann Katarina zuwendeten. Im Raum war es still. Von Panik ergriffen schaute sie zu Salvador, der sich tief verbeugte. Sie stellte Blickkontakt mit Raúl her, dessen Gesichtsausdruck feierlich war. Er war nicht mehr der junge Mann von früher, der noch große Träume gehabt hatte. Raúl José Sierra Abano war erwachsen geworden … Er war fast wie ein Fremder für sie und strahlte dennoch diese Vertrautheit und Zuneigung aus, die sie damals geeint hatten. Sie spürte es in seinem Spiel, in seinem Blick, erkannte es an seiner Körperhaltung. Katarina hätte ihn am liebsten von sich gestoßen, doch mit seinem Spiel hatte er sie nur noch magischer angezogen.

Sie blickte in die Gesichter der Tänzer und Musiker und Federicos. Niemand sagte ein Wort.

Hatte sie sich zu weit aus dem Fenster gelehnt? Mit solcher Hingabe zu tanzen war ein Risiko, aber mit Salvadors Gesang und Raúls leidenschaftlichem Spiel hatte sie nicht mehr auf die starren Grenzen dessen achten können, was in Francos Welt akzeptiert wurde. Vor Angst schnürte es ihr den Magen zu. Sie kannte diese Menschen nicht. Jeder hätte sie anzeigen können.

Katarina fröstelte, ihr Puls fing an zu rasen. Die Blicke

der Umstehenden lasteten so schwer auf ihr, dass sie ihren Rock raffte und nach draußen stürmte. Im muffigen Flur lehnte sie sich an eine Wand, versuchte zu Atem zu kommen und konnte nicht verstehen, was sich soeben ereignet hatte.

Die große Tür öffnete sich einen Spaltbreit, und Raúl trat in den Flur. Er nahm ihre zitternde Hand: »Du hast es sicher auch gespürt.«

»Ich … ich …« Wie sollte sie die Gefühle erklären, die gerade in ihr aufbrachen? Die Magie, die von den drei Künstlern ausgegangen war, flößte ihr Angst ein und machte sie zugleich stolz.

»*El duende*«, sagten beide gleichzeitig. »Ich habe ihn noch nie zuvor erlebt«, sagte sie.

»Ich auch noch nicht. Ich dachte, das hätte ich, aber ich habe mich geirrt. Dieses Gefühl … dieses Wunder … das hast du erschaffen.«

»Nein, das konnten nur wir gemeinsam erschaffen.« Sie drehte sich um und wollte sehen, ob Salvador aufgetaucht war, konnte ihn aber nicht entdecken.

Raúl löste sachte seine Hand und schaute in den leeren Gang.

»Alles in Ordnung?«

»Lass mich!«

»Raúl …«

Er wandte ihr sein Gesicht zu, in seinen dunklen Augen verbarg sich tiefe Traurigkeit. »Ich sehne mich so sehr nach dir, dass es schon weh tut.«

»Dann lass uns zusammen sein, Raúl. Die Welt mag sich verändert haben, aber das, was wir hatten … haben … ist viel stärker. Ich fühle es.«

Mit einer unendlich zärtlichen Bewegung nahm er ihren Kopf in die Hände. »Du weißt gar nicht, wie sehr ich dich vermisst habe.«

»Warum verhältst du dich dann so distanziert?«

»Ich … du weißt vieles nicht und solltest es lieber gar nicht erfahren.«

»Ich kann damit umgehen.«

»Shh …« Er schüttelte den Kopf und legte dann sanft einen Finger auf ihre Lippen. »Lass uns diesen Augenblick genießen, ich möchte ihn für immer in Erinnerung behalten.«

Sie schloss die Augen und spürte, wie ihr ganzer Körper sich danach sehnte, von ihm umschlossen zu werden.

»Denkst du, sie erwarten jetzt bei all unseren Auftritten *el duende*?«, wisperte er.

»Ich weiß es nicht. Aber vielleicht haben wir die perfekte Harmonie gefunden.«

Raúl strich ihr behutsam eine Haarsträhne aus dem Gesicht. »Ich glaube, das haben wir, *ma flama*.«

FÜNFTES KAPITEL

»*Abuela*, wie geht es dir?«

Charlotte starrte an die Wand ihres Hotelzimmers, das Telefon fest an ihr Ohr geklemmt. Was hätte sie darum gegeben, jetzt bei ihrer Großmutter sein zu können.

»Das Essen ist schrecklich«, hörte sie *abuela* sagen, ihre Stimme klang schwächer als noch am Tag zuvor. Auch nach all den Jahren, die sie in England und Australien verbracht hatte, hörte man immer noch ihr rollendes R.

»Steve wird bestimmt etwas Leckeres reinschmuggeln.« Charlotte versuchte möglichst unbeschwert zu klingen, auf keinen Fall sollte *abuela* merken, wie besorgt sie war.

»Ach, das ist gut«, seufzte *abuela*. »Die anderen wollen alle, dass ich sterbe.«

»Was, wer?«

»Jeder. Du solltest mal sehen, wie viele Nelken ich geschenkt bekommen habe.«

»Aber du liebst doch Nelken«, entgegnete Charlotte.

»Jetzt hasse ich sie. Sie bedeuten Tod, und ich bin noch nicht bereit, mich wegkarren zu lassen.« Auf einmal hörte sich *abuelas* Stimme wieder etwas kräftiger an. »Wenn dein Bruder kommt, werde ich ihm sagen, dass er diese abscheulichen Blumen wegwerfen soll. Sie sind Todesboten …«

»Aber *abuela* …«

»Kein Aber. Steve soll sie wegschmeißen. Sorge dafür, dass er das tut.«

Charlotte seufzte. »In Ordnung, ich werde es ihm sagen.«

»Was macht deine Malerei?«

»Ich habe einen Auftrag, wann soll ich Zeit zum Malen finden?« Sie schnitt eine Grimasse und wünschte, *abuela* würde sie nicht dauernd auf dieses verhasste Thema ansprechen.

»Wann endlich hörst du auf mich und nicht auf das, was dein Vater sagt?«

»Von Kindern wird erwartet, dass sie auf ihre Eltern hören, nicht wahr?«, sagte Charlotte, und ein Lächeln huschte über ihre Lippen. »Und solltest du nicht die Meinung deiner eigenen Kinder teilen?«

»Du bist siebenundzwanzig und nicht sieben. Widme endlich deine Zeit dem Talent, mit dem du geboren wurdest.«

»So einfach ist das nicht.« Kurz vor dem Flug nach Spanien hatte ihr Vater wieder einmal eine Schimpftirade abgelassen, über diese Hippies, die sich als Künstler ausgaben und dabei in Wirklichkeit nur zu faul seien, sich einen ordentlichen Job zu suchen. Sie hatte in ihrem schicken Kostüm und der Seidenbluse vor ihm gestanden und sich gewünscht, endlich einmal den Mut zu haben, ihm zu widersprechen.

Abuela räusperte sich. »Charlotte, das ist ganz einfach. Du musst deinem Vater sagen, dass er dich deinem Herzen folgen lassen soll.«

»Mein Herz gehört aber nicht mehr der Malerei.« Wie oft hatte sie nach der Uni ihre Staffelei aufgestellt und auf die leere Leinwand gestarrt? Nichts hatte sie mehr inspiriert, schlimmer noch, sie hatte einfach nicht mehr das Gefühl, sich mitteilen zu wollen. Ihre frühere Leidenschaft war einfach verschwunden.

»Was das Bild deines Vaters angeht, habe ich leider nicht viele Neuigkeiten für dich.«

»Bloß weil ich alt bin und mein Herz jeden Augenblick zu schlagen aufhören könnte, glaubst du wohl, ich bemerke nicht, dass du das Thema wechselst?«

Schon bei der Vorstellung von *abuelas* verärgertem Gesichtsausdruck zuckte Charlotte zusammen. »Ich konnte ein paar Kontakte knüpfen, aber etwas Konkretes habe ich noch nicht erfahren. Außer dass die Künstlerin, die dieses

Bild gemalt hat, wahrscheinlich Syeria Mesa Flores Giménez heißt.«

»Du musst aber …« *Abuela* brach den Satz ab.

»Antworten bekommen. Ich weiß, *abuela*. Ich verspreche dir, dass ich alles tun werde, was in meiner Macht steht.« Charlotte schaute auf ihre Uhr. »Mist! Tut mir leid, ich muss los. Ich schreibe Steve eine Nachricht, sobald ich Neuigkeiten habe. Übrigens, ist bei euch nicht längst Schlafenszeit?«

»Ich habe in letzter Zeit viel zu viel geschlafen. Pass auf dich auf, Charlotte!« Im Telefon klickte es, ein durchgehender Piepton zeigte das Ende der Verbindung an. Charlotte lächelte, am Ende des Telefonats hatte ihre Großmutter schon deutlich frischer geklungen. *Abuelas* Herzinfarkt war überraschend gekommen und sehr heftig gewesen; beim Sturz hatte sie sich eine Hüfte gebrochen, vor allem aber hatte sie ihr Selbstvertrauen verloren und lebte nun in der ständigen Angst vor dem nächsten Sturz.

Charlotte hatte einen Kloß im Hals und kämpfte mit den Tränen. Sie durfte die Hoffnung nicht aufgeben. Und vor allem musste sie etwas über die Geschichte des Bildes herausfinden.

Kurze Zeit später stand sie in der Mittagshitze auf der Straße. Mit Blick auf ihren altmodischen Stadtplan folgte sie den schmalen Gassen zur Plaza Nueva, dem Herzen Granadas. Noch immer staunte sie über die unglaubliche jahrhundertealte Ingenieurskunst, die es vermocht hatte, den Río Darro mit einem weitläufigen Platz zu überwölben.

Charlotte schaute sich um, Mateo war nirgends zu sehen.

Bilder des gestrigen Abends gingen ihr im Kopf herum. Sie hatte schon in Filmen und im Fernsehen Flamenco gesehen, doch nichts war mit der Faszination dieses Tanzes vergleichbar, die sie erlebt hatte. Mateo und die Tänzerin hatten sie verzaubert. Was wohl ihre Großmutter sagen würde, wenn sie wüsste, dass sich ihre Enkelin plötzlich für Flamenco interessierte?

Charlottes Blick wanderte den mit Bäumen bewachsenen Hügel hinauf zur Alhambra, der maurischen Zitadelle. Orange- und Gelbtöne tanzten über das helle Mauerwerk, die ersten Schatten warfen ihre Muster auf die prachtvolle Architektur.

Am Morgen war sie durch die engen Gassen in der Nähe des ältesten Stadtviertels Granadas, des Albaicín, geschlendert, hatte dem Plätschern der vielen Brunnen gelauscht und sich vorgestellt, wie es wohl im Mittelalter hier gewesen war, als die Gegend zum ersten Mal besiedelt wurde. Granada war ein Schmelztiegel unterschiedlichster Kulturen, die sich vor Jahrhunderten für immer hier niedergelassen hatten. Ihre Gegenwart hatte unauslöschliche Spuren in der Stadt hinterlassen, ihre vielfältigen Ethnien spiegelten sich in der Architektur, der Musik, dem Tanz, den Speisen, den Stoffen und auf den Gesichtern der Menschen wider.

Hatte *abuela* in ihrer Jugend jemals auf dieser Plaza gesessen und ihre Schönheit genossen, so wie Charlotte es jetzt tat? Schatten schlichen sich langsam in die Winkel der Gebäude, schmiegten sich um Portale und ließen die Ornamente, die die alten Gebäude zierten, noch schärfer hervortreten. Das perfekte Motiv.

Früher hätte sie sofort ihren kleinen Skizzenblock und die Stifte herausgezogen, die sie auch jetzt noch immer in der Tasche hatte, doch sie hielt sich zurück. Sie wollte den Moment nicht zerstören und sich die Enttäuschung darüber ersparen, dass sie doch nur wieder wirre Linien zeichnen würde, die nicht im Entferntesten dem gleichkamen, wozu sie früher einmal fähig gewesen war. Ihr Talent war verschwunden, und manchmal wünschte sie, sie hätte es nie entdeckt.

»Oh. Sie sind schon da.«

Charlotte sah auf, Mateo stand vor ihr und schaute lächelnd, ohne das geringste Zeichen von Schuldbewusstsein, zu ihr hinunter.

»Spanier denken wohl, Uhren seien fakultativ?«

Er lachte, streckte ihr seine Hand entgegen und half ihr

auf. Seine weiche Haut überraschte sie. Sie hatte immer gedacht, Gitarristen hätten Schwielen an den Händen.

»Wollen wir einen Kaffee trinken?« Er zeigte auf ein Café. Sie überquerten den Platz und setzten sich an einen der Tische, ein blau-weiß gestreifter Sonnenschirm schützte sie vor den heißen Sonnenstrahlen.

»Danke, dass du mir helfen willst, Mateo.«

»Noch habe ich mich nicht entschieden. Du musst mir erst noch einmal genau erklären, warum du denkst, dass dir der Giménez-Klan helfen könnte?«

Sie griff in ihre Handtasche, zog ein Foto von *abuelas* Gemälde heraus und reichte es ihm. »Das Original liegt in meinem Hotelzimmer. Es ist nicht sehr groß, aber zu wertvoll, um es mit in die Stadt zu nehmen.« Mateo betrachtete das Foto mit derselben Intensität, mit der er Gitarre spielte. »Wo kommt das her?«, fragte er, die Stirn gerunzelt.

»Es gehört meiner Großmutter. Professor Fonseca von der *Escuela de Bellas Artes* glaubt, dass es das Werk einer Künstlerin eines *Gitano*-Klans ist. Sie heißt Syeria Mesa Flores Giménez.«

»Dann wird es unmöglich sein, etwas über sie herauszufinden.« Er schob ihr das Foto wieder zu.

»Warum?«

»Weil die *gitanos* niemals über eine verstorbene Person oder deren Lebensgeschichte sprechen würden.«

»Es gibt also keinerlei Aufzeichnungen über Verwandte, die einmal in dem Klan gelebt haben?«

»Es gibt ein paar Aufzeichnungen, aber die wurden nicht von den *gitanos* selbst, sondern von Außenstehenden verfasst.«

»Aber wenn diese Künstlerin berühmt genug ist, dass man sich fast hundert Jahre nach der Entstehung dieses Bildes noch an sie erinnert, warum wissen dann ihre eigenen Leute nichts mehr über sie?«

»Das Leben eines *gitano* ist kompliziert. Es gehört nicht zu ihrer Kultur, Dinge zu besitzen, viele Klans gehören zum fahrenden Volk – sie wollen sich nicht zu sehr an etwas binden, nicht einmal an ihre eigene Vergangenheit. Auch ihre Lieder handeln davon, dass sie nicht wissen, wer ihre Vorfahren waren oder woher sie stammen. Man glaubt, dass die *gitanos* vor Jahrhunderten aus Indien ausgewandert sind.« Mateo nippte an seinem Kaffee und trommelte dann mit den Fingern rhythmisch auf den Tisch. »Ich bin seit vielen Jahren eng mit *gitanos* befreundet, trotzdem habe ich immer noch das Gefühl, dass ich ihre Kultur nicht wirklich verstehe. Man muss in einen Klan hineingeboren worden sein, um ihre Traditionen und ihre Lebensweise zu begreifen.«

»Aber wie kannst du mit ihnen befreundet sein und Kontakt zu ihnen pflegen, wenn sie so zurückgezogen leben?«

»Das, *querida* Charlotte, ist etwas, worüber ich nicht rede. Genau wie bei den *gitanos* gibt es Dinge in meinem Leben, über die ich nicht spreche.«

Charlotte spürte, dass sie sich auf gefährlichen Boden begab, und wechselte das Thema. »Darf ich dich etwas anderes fragen?«

»Warum nicht? Du hast mir schon so viele Fragen gestellt …«

Charlotte lächelte. »Wieso hast du mir gestern Abend bei unserem ersten Treffen nicht gesagt, wer du bist?«

Mateo lachte kurz auf. »Ich wollte erst herausfinden, warum du mich suchst und ob ich dir vertrauen kann.«

»Und, kannst du das?«

»Als ich mich nach deiner Großmutter erkundigt habe, warst du sehr diskret, als wolltest du das Vertrauen deiner *abuela* nicht enttäuschen. Vertrauen ist wichtig für mich, aber noch wichtiger für die *gitanos*.«

Mateo trank seinen Kaffee aus, winkte den Kellner herbei und bestellt zwei weitere.

»Erzähle mir, warum du – und nicht deine *abuela* – in Spanien bist, um etwas über das Bild herauszufinden.«

»Sie ist schon sehr alt, und außerdem«, Charlotte holte tief Luft und starrte auf die blütenweiße, perfekt gebügelte Tischdecke, »wissen wir nicht, wie lange wir sie noch bei uns haben werden.«

»Das tut mir sehr leid …«

Charlotte konnte den Gedanken, dass *abuela* möglicherweise bald sterben würde, immer noch nicht an sich heranlassen. Die Vorstellung, sie nicht mehr in ihrem Leben zu haben, war einfach zu monströs.

»Obwohl sie zäh wie altes Schuhleder ist.«

Mateo hob leicht eine Augenbraue. »Was bedeutet das, zäh wie altes Schuhleder?«

»Das bedeutet, dass sie sehr stark ist und nicht so schnell aufgeben wird.«

»Ach so«, sagte er, »das kommt wohl von ihrem Flamencogeist.«

»Vielleicht.«

»Es ist wichtig, dass du möglichst viel über die *gitanos* weißt, bevor wir zu ihnen gehen«, sagte Mateo.

Zu ihnen gehen? Hieß das, er wollte ihr tatsächlich helfen? Ihr Herz machte einen Sprung. »Erzähl!«

»Ich glaube, das größte Problem der *gitanos* ist, dass die Leute so wenig von ihnen wissen und vieles vielleicht auch nicht verstehen und sie deswegen oft verurteilen.« Mateo nippte nachdenklich an seinem Kaffee.

»Hast du bei ihnen das Flamencospiel gelernt?«

Er nickte, kippte den letzten Schluck Kaffee hinunter und warf ein paar Euros auf den Tisch. »Also, sollen wir los?«

Charlotte musste sich anstrengen, um mit ihm mithalten zu können, während sie durch ein Labyrinth von Straßen eilten, vorbei an weiteren Cafés, aus denen der süße Duft von Kaffee und frischem Gebäck drang. Schließlich erreichten sie einen kleinen Parkplatz. Mateo zog einen Schlüssel aus der Tasche und öffnete die Beifahrertür eines kleinen gelben Autos, das sie an ihr eigenes erstes Auto erinnerte, für das sie als Studentin geknausert und gespart hatte.

»Steig bitte ein!« Mateo ließ den Motor an, und der Wagen protestierte hustend. Im nächsten Moment war das Fahrzeuginnere mit Abgasen gefüllt.

»Mach dir keine Gedanken, das hört gleich auf.« Sie fuhren die Straße hinunter, wobei Mateo geschickt den Fußgängern, Radfahrern und lärmenden Touristen auswich.

Nach kurzer Zeit waren sie bereits in Granadas Außenbezirken. Jahrhundertealte Gebäude verschwanden hinter ihnen in der Ferne, hügelige Felder und Olivenhaine tauchten auf.

»Nicht weit von hier liegt Ronda. Die Stadt ist nicht nur berühmt für ihre herrlichen Brücken und tiefen Schluchten, sondern spielt auch für den Flamenco eine wichtige Rolle.«

»Wirklich?« Charlotte gefiel Mateos Art, ihr immer wieder bruchstückhafte Informationen zu geben, die sich langsam zu einem Bild zusammenfügten.

Mateo lächelte sie an. Seine Augen strahlten. »*Rondeña* bezeichnet einen *palo* …«

»Entschuldige, dass ich dich unterbreche, aber was bedeutet *palo*?«

»So nennt man den Stil eines Stückes. Der Flamenco verfügt über fünfzig verschiedene *palos*. Es gibt bekannte und weniger bekannte. Manche *palos* bestehen aus Tanz, Gesang und Gitarre; andere werden nur von Männern getanzt, wieder andere nur von Frauen; dann gibt es welche, die *palo seco* haben, also ohne Tanz auskommen, bei denen mit einem Stock nur ein bestimmter Rhythmus auf den Boden geschlagen wird. Flamenco ist eine sehr komplizierte Angelegenheit.«

»Langsam fange ich an, den Flamenco zu verstehen. Und was ist diese *rondeña*?«

»*Rondeña* ist Teil des ältesten bekannten Fandango, der Flamencogattung *fandango malagueño*. Die Texte dieser Stilrichtung handeln vorwiegend vom einfachen Leben auf dem Land, die Stücke haben einen *compás*, einen Takt beziehungsweise einen Rhythmus auf drei Schläge. Der Tanz folgt keiner bestimmten Schrittfolge, sondern ist ungestüm und spontan. Das finde ich so faszinierend an den *rondeñas*. Der Musiker, der diese Musik für mich am besten verkörpert, ist Ramón Montoya. Er hat eigens einen Stil für Gitarre erschaffen, aber dafür bedarf es einer besonderen Stimmung der Saiten. Hör mal.« Er drückte an seinem CD-Player herum, bis langsame, schwermütige Gitarrenklänge das Wageninnere erfüllten. Leise summte Mateo mit. Charlotte schloss die Augen und ließ sich von der Musik davontragen. Sie konnte seine Begeisterung sehr gut nachvollziehen. Von allen *palos*, die sie bisher in Granada gehört hatte, gefiel ihr dieses Spiel am besten.

Unauffällig musterte sie Mateo von der Seite. Sie mochte ihn, sehr sogar. Seine Art zu erzählen, sich für eine Sache zu begeistern. Die Leidenschaft, mit der er Gitarre spielte, seine langen, schlanken Finger …

Sie warf einen Blick durch das Seitenfenster auf die Felder, langsam fing es an zu dämmern. Am liebsten hätte sie ihn die ganze Zeit angeschaut …

Die Musik schwebte durch das Innere des Wagens, und sie versuchte sich in die Klänge zu versenken, doch ihre Gedanken wanderten immer wieder zu Mateo.

Als das Stück zu Ende war, sagte sie: »Ich verstehe genau, warum du es so magst.« Ihre Stimme klang rau.

»Ich hoffe, ich langweile dich nicht mit meinem Gerede über den Flamenco.«

»Nein, im Gegenteil …«

Die Hauptstraße wurde immer schmaler, und sie bogen auf eine kleinere Nebenstraße ab. »Bitte versteh das jetzt nicht falsch …«

»Immer wenn jemand so etwas sagt, bedeutet das normalerweise doch, dass dann etwas Beleidigendes kommt, stimmt's?«

Sie presste ihre Lippen zusammen.

»Charlotte, es ist okay, sag es einfach. So schnell kann man mich nicht aus der Ruhe bringen. Vielleicht bin ich ja auch zäh wie Schuhleder?«

Charlotte musste laut auflachen, dann räusperte sie sich. »Der Grund, weshalb du mich mit zu deinen Freunden nimmst … ist doch vor allem, weil es um meine Großmutter geht?«

»Natürlich. Ihr Ausscheiden aus der Flamencoszene ist bis heute ein Geheimnis, und ich würde sehr gerne herausfinden, was dahintersteckt. Seltsam, dass sie dir nicht erzählt hat, was für eine berühmte Tänzerin sie einmal war.«

»Stimmt. Aber wenn es um ihre Zeit in Spanien geht, war sie schon immer sehr verschlossen.«

»Die Jahre unter Franco waren turbulent. Man liebte oder hasste ihn. Es ist schwer, mit älteren Menschen über diese Zeit zu sprechen. Auf die eine oder andere Art hat er im Leben jedes Einzelnen seine Spuren hinterlassen; und oftmals war das sehr schmerzhaft.«

»Verstehe, vielleicht ist es das.«

Die Straße wurde immer schmaler und holpriger.

»Eine Sache noch, bevor wir ankommen. Respekt ist den Giménez sehr wichtig. Gerade in einem Gespräch mit Fremden. Aber mach dir keine Sorgen, wir kriegen das schon hin.«

Sie hätte am liebsten seine Hand gedrückt, zögerte aber,

weil sie befürchtete, dass ihm das zu viel sein könnte. »Ich kann dir gar nicht genug für deine Hilfe danken.«

»Nicht der Rede wert. Ich helfe dir sehr gern.«

Während sie durch die hereinbrechende Dunkelheit fuhren, wanderte ihr Blick über sein ebenmäßiges Gesicht, die leicht gebogene Nase, die Augen mit den langen Wimpern.

»Hast du dir mal die Nase gebrochen?«, fragte sie, ohne nachzudenken.

»Wie bitte? Meine Nase? *Sí.* Das ist schon eine Weile her. Es ist eine lange Geschichte, die Kurzfassung ist, dass mein Bruder nicht mit dem einverstanden war, was ich zu sagen hatte.«

»Und er hat dich geschlagen?«

Mateo nickte. »Mehr oder weniger. Was Geschwister sich so gegenseitig antun.«

»Ich habe mich mit meinem Bruder nie geprügelt, auch wenn er das ein paarmal durchaus verdient gehabt hätte.« Charlotte lächelte, als sie an die Rivalität zwischen sich und Steve aus Teenagertagen dachte. »Seid ihr dafür nicht zu alt?«

»Ich denke schon, dass ich dafür zu alt bin, aber mein Bruder ist da anderer Meinung.« Er trommelte mit den Fingern auf das Lenkrad und sagte dann: »Wir sind fast da.«

»Gehört Cristina eigentlich auch zum Giménez-Klan?«

»Ja, warum fragst du?«

»Ich habe mich nur gewundert, warum wir nicht schon gestern Abend mit ihr gesprochen haben.«

»Gestern Abend war nicht der richtige Zeitpunkt. Wenn man sie um einen Gefallen bittet, dann tut man das am besten auf ihrem Terrain.«

»Ist das auch so eine *Gitano*-Sache?«

»Das ist eine Cristina-Sache. Sie ist ein wenig kompliziert.«

»Ich glaube, sie hasst mich.«

»Ja, vielleicht.«

Sie bogen von der Straße auf einen Feldweg ab. Zwischen den Bäumen in der Ferne flackerte ein gelborangener Schein, und als der Wagen mitten auf dem Feld hielt, spürte Charlotte, dass sie soeben in eine andere Zeit versetzt wurde.

SECHSTES KAPITEL

»Wo sind wir?«, fragte Charlotte mit heiserer Stimme.

»Bist du nervös?«

Sie biss sich auf die Lippen und schüttelte tapfer den Kopf.

»Charlotte, du lügst mich doch nicht etwa an?«

Sie seufzte aus tiefster Seele. »Es macht mir immer ein bisschen Angst, wenn ich an Orte komme, die ich nicht kenne.«

»Warum?«

»Weil …« Sie nahm sich einen Moment Zeit, um ihre Gedanken wieder zu ordnen. »Weil ich fürchte, dass die Leute mich vielleicht nicht wohlwollend aufnehmen.« Wie mühelos ihr das über die Lippen kam, obwohl sie zuvor nie den Mut besessen hatte, es jemandem gegenüber auszusprechen. Was hatte dieser Mateo Vives nur an sich?

»Ich kann dir versichern, dass sie sehr liebenswert sind. Sie werden sich dir gegenüber zwar reserviert, aber höflich verhalten.«

Sie stiegen aus dem Wagen. Im selben Moment trat eine schlanke Gestalt aus dem Wald, ihr dunkles Haar wehte sanft im Wind, als sie näher trat.

Sie lächelte zwar strahlend, doch ihr Blick wirkte düster. »Dachte ich mir doch, dass es dein Wagen ist, Mateo!«

Ihr Tonfall klang samtig, sie sprach ein so reines Spanisch, dass Charlotte sie mühelos verstand. Mateo küsste die Frau auf die Wangen, umarmte sie und hob sie in die Luft. Dann redeten beide wild drauflos. Erst nach einer geraumen Weile wandte sich Cristina ihr zu und starrte sie abschätzig an.

»Was hat die hier zu suchen?«

»Ich –«

»Charlotte ist mitgekommen, weil ich ihr *El Jefe* vorstellen will«, unterbrach Mateo sie. Cristina packte Mateo am Arm und zog ihn fort. In gedämpftem Ton sprach sie einen Moment auf ihn ein, dann wurden ihre Stimmen immer lauter, und sie gestikulierten heftig. Charlottes Hoffnungen sanken immer weiter.

Mateo hob resigniert die Arme und ließ Cristina einfach stehen. Als er bei Charlotte war, fasste er sie wortlos am Ellenbogen und schob sie zum Auto zurück.

Mit kaum unterdrückter Wut riss er die Tür auf, ließ

sich auf den Sitz fallen und bedeutete ihr, ebenfalls einzusteigen. »Das war ein Nein. Tut mir leid.«

»Das war ziemlich offensichtlich.« Charlotte zog ihre Handtasche aus dem Wagen und ging energisch auf Cristina zu, die beide Hände in die Hüften stemmte und sie böse anfunkelte. Charlotte kramte in ihrer Tasche, zog die Kopie des Bildes heraus, rollte sie auf und hielt sie Cristina unter die Nase. »Bitte. Schauen Sie sich das an.«

Cristina wandte ihr Gesicht ab und starrte in die Weite.

»*¡Por favor!*« Charlotte suchte verzweifelt nach spanischen Wörtern. »*Mi abuela* … sehr traurig … *gran-abuelo* Bild …« Doch die Wörter wollten nicht herauskommen. Es war aussichtslos. Aus irgendeinem bizarren Grund hasste Cristina sie, und *abuelas* Schicksal war ihr völlig gleichgültig.

Plötzlich berührte sie eine Hand an der Schulter. Cristinas Gesichtszüge waren ein wenig sanfter geworden. Sie zeigte auf das Papier: »*¿Qué es eso?*«

Charlotte antwortete: »*Una artista.*«

Cristina betrachtete konzentriert das Bild von allen Seiten.

»Es ist von –«, doch dann unterbrach Charlotte sich, noch bevor sie Syeria Mesa Flores Giménez' Namen hätte aussprechen können. »*Una artista* vom *Giménez*-Klan. Mein Großvater hat es meiner *abuela* geschenkt, und jetzt –«

»*Sí, sí. Entiendo.*« Sie deutete auf die Siedlung: »*Ven.*«

Seite an Seite gingen sie in den Wald. Als Mateo sie eingeholt hatte, beugte er sich zu ihr und flüsterte: »Wie hast du es geschafft, dass sie ihre Meinung änderte?«

»Ich weiß es nicht. Ich habe versucht, auf Spanisch mit ihr zu sprechen … Vielleicht habe ich ihr leidgetan …«

»Cristina hat nicht so schnell Mitleid. Das hast du gut gemacht.«

Sie liefen durch den Wald, von irgendwoher drang Musik zu ihnen herüber, die mit jedem Schritt lauter wurde. Zweige und Blätter zerkratzten ihre Wangen und verfingen sich in ihrer Bluse, doch Charlotte ging einfach weiter, um Cristina nicht zu verlieren. Schließlich brachen sie durch das Dickicht und betraten eine Lichtung, Cristina lief einfach weiter … Charlotte zögerte und fühlte sich wie ein ungebetener Gast. Männer und Frauen saßen um ein großes Lagerfeuer, plauderten und lachten, Kinder rannten zwischen den Wohnwagen und einfachen Hütten hin und her. Plötzlich drehten sich alle zu ihnen um und verstummten. Ihr Herz pochte wie wild, Schweiß rann über ihren Rücken, sie wäre am liebsten im Boden versunken.

»Keine Sorge«, sagte Mateo und legte ihr den Arm auf den Rücken.

»Ich weiß, aber …«

»Die *gitanos* sind daran interessiert zu erfahren, wer

du bist und warum ich dich mitgenommen habe, aber sie werden erst mit dir reden, wenn sie mit *El Jefe*, dem Chef des Klans, gesprochen haben. Er entscheidet, ob du gehen musst oder bleiben darfst.« Er schob seine Hand sanft unter ihren Ellenbogen und führte sie zwischen den Hütten hindurch.

Cristina schob sich durch die Menge, bis sie bei einem Wohnwagen ankamen, der etwas abseits stand. Nelken säumten die Treppe, die zu einer Tür führte. Cristina klopfte zwei Mal an, drehte sich dann um und hob ihre Hand.

Sie betrat den Wohnwagen mit der Bildrolle in der Hand, während Charlotte mit verschränkten Armen dastand.

»Ist dir kalt?«

»Ich bin nur nervös.«

»Das kann ich verstehen.«

Kurz darauf kehrte Cristina ohne das Foto wieder zurück, ein finsterer Ausdruck lag auf ihrem Gesicht. Auf Spanisch sagte sie: »Du kannst bleiben, aber du darfst nicht über deine Großmutter oder den Künstler reden.« Dann murmelte sie noch etwas, zuckte mit den Schultern und eilte zu der Gruppe, die um das Feuer saß.

»Was hat sie noch gesagt?«

»Sie ist nicht sonderlich froh, weil sie ein Nein erwartet hatte und ein Ja bekommen hat.«

»Aber sie hat mich doch hergebracht?«

»Wie ich vorhin schon sagte, ist Cristina eine komplizierte Frau.«

»Ich will nicht unhöflich sein, aber was für einen Sinn macht es, zu bleiben, wenn ich nicht über *abuela* oder das Bild reden darf?«

»Dachtest du etwa, du könntest herkommen und würdest umgehend Informationen bekommen?«, fragte Mateo.

»Ich nehme an … Ich …«

»Zuerst einmal müssen die *gitanos* entscheiden, ob man dir trauen kann. Nimm die Einladung an, geselle dich zu dem Fest und lasse deinen Charme spielen. Dann hast du vielleicht eine Chance. Aber du musst natürlich auch bleiben wollen.«

Sie bemühte sich zu lächeln. »Und was passiert jetzt?«

»Wir gehen zu den anderen. Komm.« Er führte sie durch das Labyrinth der einfachen Hütten, Topfpflanzen und Kinderfahrräder. Der Duft von frisch gekochten Zwiebeln, Knoblauch, Gemüse und Fleisch wehte ihnen entgegen, als sie in die Mitte der Siedlung traten. Cristina stand bei einigen Frauen und plauderte mit ihnen, alle drehten sich um und starrten Charlotte an. Und selbst wenn *El Jefe* damit einverstanden war, dass sie bleiben durfte, hatte sie den deutlichen Eindruck, dass Cristina und womöglich auch noch andere nicht gewillt waren, auch nur einen Zentimeter auf sie zuzugehen oder sie gar willkommen zu heißen.

»Mateo!« Ein kleiner, kahlköpfiger Mann näherte sich. Er nickte Charlotte zu und sagte dann zu ihrem Begleiter: »Ich muss mit dir reden.«

»Bitte entschuldige mich«, sagte Mateo, sein Blick hatte sich verdüstert.

Charlotte stand unbeholfen und allein inmitten von Fremden und fühlte sich fehl am Platz. Bilder von *abuela*, die in der kardiologischen Abteilung im Krankenhaus an verschiedenen Geräten hing, stürmten auf sie ein. Ihre Großmutter brauchte eine rasche Antwort, und egal wie unbehaglich Charlotte sich auch fühlte, sie musste die Situation wohl durchstehen. Die Chancen, die *gitanos* für sich zu gewinnen, standen nicht sehr gut, doch momentan hatte sie keine andere Wahl, als zu bleiben und das Beste zu hoffen.

Mateo war in eine Unterhaltung mit dem kahlköpfigen Mann vertieft, also zog Charlotte sich an den Rand der Lichtung zurück und beobachtete, was sich vor ihr abspielte. Die Leute plauderten und lachten, umarmten einander oder klopften sich auf den Rücken, eine herzliche, warme Atmosphäre, die nur noch mehr dazu beitrug, dass sich Charlotte fremd fühlte.

Jetzt schob der kahlköpfige Mann Mateo zum Lagerfeuer und reichte ihm eine Gitarre. Mateo warf ihr einen Blick zu, als wollte er sich dafür entschuldigen, dass er sie so stehenließ, doch sie lächelte ihm zu und winkte zaghaft.

Die lärmende Menschenmenge verstummte in dem Moment, als Mateo sich setzte und auf der Gitarre zu spielen begann. Cristina und ein paar andere Frauen näherten sich dem Feuer, während eine Gruppe älterer Männer Holzkisten und Gitarren anschleppte und sich neben Mateo setzte. Charlotte spürte, wie die Gitarrenmusik sie mehr und mehr entspannte. Sie musste unbedingt herausfinden, wie Mateo Teil des inneren Kreises geworden war, nach der freundlichen Art zu urteilen, mit der er begrüßt worden war, kannte er die *gitanos* offenbar schon ein paar Jahre und sie mochten und respektierten ihn.

Eine ältere Frau setzte sich neben Mateo, und plötzlich erklang eine raue, tiefe Stimme in der kühlen Nachtluft. Tänzerinnen bestiegen eine provisorische Bühne, die Musik riss sie mit, sie streckten ihre Arme empor, bogen ihre Körper nach hinten und griffen nach ihren langen Röcken. Charlotte wusste nicht genau, was für ein *palo* es war, und versuchte den Rhythmus zu entschlüsseln, indem sie ihn mit den Fingern klopfte.

»Er ist sehr gut, nicht wahr?« Eine jüngere Version von Cristina trat auf sie zu. Sie sprach perfekt Englisch, hatte kaum Akzent.

»Ja.«

»Ich bin Leila. Ich glaube, meiner Schwester Cristina sind Sie schon begegnet.« Sie streckte Charlotte ihre Hand entgegen, die sich vorbeugte, um ihr, wie in Spanien üblich, einen Kuss auf beide Wangen zu drücken. Leila schien nicht darauf vorbereitet zu sein, und so landete der Kuss neben dem Ohr.

»Ach, das tut mir leid.«

Leila lachte, warmherzig, nicht herablassend. »Machen Sie sich keine Sorgen. Ich hatte den Handschlag geplant, so wie das die Engländer machen.«

»Und ich hatte mir einen spanischen Kuss vorgenommen! Übrigens bin ich keine Engländerin, sondern komme aus Australien.«

»Oh? Kängurus! Koalabären! Die sind so süß und flauschig.«

Charlotte brachte es nicht übers Herz, Leila zu sagen, dass die angeblich so reizenden und flauschigen Kreaturen ein unberechenbares Naturell und äußerst scharfe Krallen hatten.

Sie wandten ihre Aufmerksamkeit wieder der Aufführung zu, und Charlotte studierte die Tänzerinnen, wie sie ihre geschmeidigen Körper zum rhythmischen Klatschen wiegten und drehten. Cristina stach mit ihrem Talent heraus, sie gab sich ganz der Bewegung hin und reckte ihre langen Arme zum Himmel.

»Ich glaube, Ihre Schwester kann mich nicht leiden.«

»Sie hasst Sie«, stellte Leila sachlich fest.

»Sie kennt mich doch gar nicht. Tut sie das, weil Mateo mir hilft?«

»Da kommt einiges zusammen, aber nichts davon ist Ihre Schuld. Ich hasse Sie nicht. Wenigstens noch nicht.« Ihr unbeschwertes Lachen sorgte dafür, dass Charlotte sich ein Stückchen wohler fühlte.

»Sie sprechen sehr gut Englisch.«

»Ich mag Englisch, es ist eine interessante Sprache. Seltsam, aber interessant. Zwar stößt das bei meiner Familie immer wieder auf Missfallen, aber ich versuche es einfach zu ignorieren.« Lachend zog sie Charlotte hinter sich her. »Kommen Sie.« Am Lagerfeuer drängten sie sich in eine kleine Lücke und setzten sich auf den Boden, von wo aus sie einen perfekten Blick auf Mateo hatten. Seine Finger flogen über die Saiten, als wäre die Gitarre eine natürliche Fortsetzung seines Körpers. Gebannt sah Charlotte dabei zu, wie er in der Musik aufging, die kraftvollen, leidenschaftlichen Klänge seiner Gitarre riefen in ihr eine Wärme hervor, so als würde die Flamencomelodie sie einhüllen.

Warum hatte sie selbst es nicht geschafft, ihre Leidenschaft zu leben? Wieso hatte sie nicht den Mut, ihrem Talent zu folgen und daran zu glauben? Vielleicht, weil sie sich ihr Können immer nur eingebildet hatte …

Der Sänger und der Schlagzeuger gingen ganz im *palo* auf. Die Intensität, mit der sie vortrugen, riss Charlotte aus ihren trüben Gedanken. Langsam begann sie ihren Körper zur Melodie zu bewegen, und plötzlich hatte sie das Gefühl, allein mit der Musik zu sein. Diesen Sog des Rhythmus', dieses Gefühl, sich mit ihm bewegen zu müssen, wie hatte *abuela* das aufgeben können?

Leila stupste Charlotte an und reichte ihr einen Becher mit einem Getränk. »Möchten Sie etwas Wein?«

»*Gracias.*« Charlotte nippte und sah durch die Flammen hinweg zu Mateo hinüber, der sie immer wieder anlächelte.

»Er mag Sie«, stellte Leila nüchtern fest.

»Ich denke, er mag mich genug, um mir zu helfen.«

Leila zog ihre Augenbrauen zusammen und zuckte die Achseln. »Das geht mich nichts an. Hier, trinken Sie noch was.«

Nach einer Weile verebbte die Musik, Mateo nickte Leila zu.

»Kommen Sie«, sagte Leila, packte Charlotte am Arm und zog sie hoch. »Wir tanzen.«

»Nein, nein!« Sie schüttelte zuerst den Kopf, doch dann wurde ihr klar, dass abzulehnen wie eine Beleidigung war. »Danke, aber ich ...«

»Wir tanzen.« Leila zog sie vor die Bühne und legte ihre Hand auf Charlottes Herz. »Hören Sie einfach auf das, was hier drinnen ist.«

»Aber ...«

»Sie sind unser Gast. Sie tanzen. Folgen Sie mir!« Leila sprang auf die Bühne und stampfte mit ihrem rechten

Fuß auf, ihre Hände klatschten dazu einen komplizierten Rhythmus. Charlotte spürte, wie sie alle anstarrten. Ob sie darauf warteten, dass sie einen Rückzieher machen würde?

Entschlossen stellte sie sich neben Leila und versuchte mit ihrem Klatschen mitzuhalten. Anfangs verfehlte sie den Schlag, doch als sie ein wenig ihre Schultern entspannte und sich dem Fluss hingab, kam auch der Rhythmus. Leila und Mateo lächelten ihr ermutigend zu. Langsam setzten die Gitarrenklänge wieder ein.

Leila begann ihre Hände neben den Hüften kreisen zu lassen, und ohne nachzudenken, ahmte Charlotte ihre Bewegungen nach. Plötzlich fühlte sie sich ihrer Großmutter wieder ganz nah. Sie spannte ihren Körper an, richtete ihren Rücken auf, hielt den Kopf hoch und ging mehr und mehr im Rhythmus auf. Sie begann sich zu drehen, wurde immer schneller, ihre Arme flogen in die Luft, und ihre Füße übernahmen immer mehr den Takt, bis sie völlig in der Schönheit der Musik versunken war. Ihr Körper und ihr Geist fühlten sich an, als wären die Sorgen um ihre Familie verschwunden und die Bande, die sie an ihr aktuelles Leben fesselten, endlich durchtrennt und entließen sie in eine freiere Welt.

Wie in Trance tanzte sie weiter, ihre Gedanken lösten sich langsam auf, sie vergaß alles um sich herum und war nur noch Bewegung.

Erst als die Musik endete, kam sie langsam wieder zu sich. Schweiß bedeckte ihre Stirn, und sie atmete schwer. Charlotte blickte um sich. Niemand sagte ein Wort, aber alle Blicke waren auf sie gerichtet. Ein Schauer lief ihr über den Rücken, als plötzlich ein kleiner, kahlköpfiger Mann »*Olé!*« rief. Bewegung kam in die Menge, Männer wie Frauen stürmten voran, zerrten an Charlotte, küssten und drückten sie. Plötzlich fühlte sie eine Hand im Rücken. Mateo.

Die Menge wich beiseite, und er führte sie ein paar Schritte weg. »Der Flamenco liegt dir im Blut, das hast du ganz klar von deiner Großmutter geerbt.«

»Ich … ich habe keine Ahnung, was mich überkommen hat.«

»Ich habe noch nie eine Anfängerin mit so viel Potential gesehen.«

»Das Tanzen … ist einfach passiert … es ist einfach …« Einfach was? Nie zuvor in ihrem Leben hatte sie eine solche Freiheit erfahren. Eine solche Verbindung mit der Musik gespürt. Eine solche Verbindung zu sich selbst.

»Charlotte, du bist eine geborene Flamencotänzerin.«

SIEBTES KAPITEL

1944 – Katarina

Katarina stand neben der Bühne und wartete darauf, dass die anderen Künstler ihren Auftritt beendeten. An diesem Abend würde sie zum ersten Mal vor Publikum auftreten und eine *ópera flamenca* tanzen, obwohl sie sich einmal geschworen hatte, dies niemals zu tun. Zweifel befielen sie, ob sie die Erwartungen des Publikums und dieser neuen Flamencowelt würde erfüllen können.

Katarina schaute auf ihre Hände, die trotz der rotlackierten Nägel mitgenommen aussahen. In den vergangenen Wochen hatte sie hart gearbeitet, nach den Proben hatte das ganze Ensemble immer noch bei der Renovierung des *Teatro del Arte* geholfen, und dennoch erstrahlte der Bau noch nicht in seinem ursprünglichen Glanz. Als Federico ihr und Salvador das Angebot gemacht hatte, der

Kompanie beizutreten, hatte er nicht erwähnt, dass die Abmachung auch die Wiederinstandsetzung des Theaters einschloss. Sie hatte ihn gefragt, warum er keine Handwerker beauftragt habe, doch er war der Frage ausgewichen, hatte ihr einen Pinsel in die Hand gedrückt und etwas von zu teuer und kein Geld gemurmelt. Und dies war nur der Anfang eines seltsam widersprüchlichen Verhaltens gewesen, das Federico immer häufiger an den Tag legte. Die Zusammenarbeit mit ihm war ihr noch immer nicht geheuer, aber eine andere Möglichkeit, Flamenco zu tanzen und damit Geld zu verdienen, gab es für sie nicht mehr.

»Das wird eine rauschende Eröffnung«, sagte Raúl, der hinter sie getreten war und ihr seine Hand auf die Schulter legte. »Du hast gar keinen Grund, dir Sorgen zu machen.«

»Ich kann nicht anders.« Sie lachte nervös und wünschte sich, sie könnte die aufsteigende Angst bezwingen.

»Es wird alles gut.«

»Ich fühle mich aber gar nicht gut.«

»Wir sind ein perfektes Team. Denk daran, wie gut die Proben gelaufen sind.« Mit einem liebevollen Lächeln schaute er sie an, und ihr Herz machte einen Sprung.

Schnell schob sie seine Hand fort. »Raúl, bitte nicht.«

»Was nicht?« Angesichts der aufrichtigen Verwirrung in seinem Blick fragte sie sich, ob sie sich das alles nur einbildete.

»Du hast gesagt, dass du nur eine rein berufliche Beziehung mit mir haben willst, trotzdem bist du so … nett zu mir und …« Wie oft hatte sie sich vorgenommen, ihn einmal direkt darauf anzusprechen. Nur hatte sie nie die richtigen Worte gefunden.

»Tut mir leid, wenn ich dein Leben verkompliziert habe. Aber ich muss mir selbst über manches einfach noch klarwerden.«

Sie drehte sich von ihm weg und öffnete den Vorhang einen Spaltbreit, um in den Zuschauerraum spähen zu können. Die Gesichter des Publikums wirkten unbewegt, es schien an den Künstlern auf der Bühne kaum interessiert zu sein.

Raúl ergriff ihre Hand. Sie spürte seine Berührung am ganzen Körper. Warum war das alles bloß so verwirrend?

Sie entzog ihm ihre Hand, er beugte sich zu ihr und flüsterte: »Nur eines weiß ich genau, heute werden wir einen Weg finden, sie zu verzaubern.«

»*El duende?*«, fragte sie mit heiserer Stimme.

»Das kann man nicht erzwingen. Alles was wir tun können, ist, dafür bereit zu sein.«

»Was ist, wenn er sich nie wieder einstellt? Was ist, wenn wir das Publikum enttäuschen und jeder sich wünscht, er wäre lieber zu Hause geblieben?«

»Du bist eine atemberaubende Tänzerin, weil du damit tanzt«, sagte er und legte seine Hand auf ihr Herz. Dann deutete er auf seinen Kopf. »Aber du grübelst zu viel. Entspanne dich. Genieße es. *El duende* wird sich einstellen, wenn du es zulässt.«

»Ich …«

»Er steckt in dir, Katarina, aber du kannst ihn nicht erzwingen.«

Sie holte tief Luft, Traurigkeit machte sich in ihr breit. Sie sehnte sich nach Raúls Zuneigung, und gleichzeitig tat sie ihr unendlich weh.

»Du verdienst Erfolg, Katarina, und ich werde tun, was in meiner Macht steht, um dir dabei zu helfen.«

»Warum?« Abgesehen von Salvador hatte sich seit Jahren niemand mehr um sie gekümmert.

»Weil du mir wichtig bist! Begreifst du das nicht?«

»Raúl, ich verstehe einfach nicht, warum wir nicht zusammen sein können.«

»Fertigmachen!«, befahl Federico plötzlich und schob sich an ihr vorbei.

Katarina starrte auf den geschlossenen Vorhang und war nicht in der Lage, Raúl in die Augen zu sehen. Sie spürte seine Aufrichtigkeit, doch die Welt hatte sich verändert, seit sie vor acht Jahren ein Paar gewesen waren. Die Gräueltaten des Krieges waren an niemandem spurlos vorbeigegangen. Was war Raúl während der Jahre ihrer Trennung zugestoßen? Warum redete er nicht mit ihr darüber?

Federico verschränkte die Arme und sah die Tänzer und

Musiker, die unter halbherzigem Applaus die Bühne verließen, mit finsterem Gesicht an.

»Katarina, *mucha mierda*«, sagte Salvador zwinkernd und gesellte sich zu ihr und Raúl.

»*Mucha mierda*, Salvador.« Ganz egal, wie oft sie die Künstler vor ihren Auftritten *mucha mierda* sagen hörte, der plumpe spanische Ausdruck für »Hals- und Beinbruch« brachte sie immer noch zum Lächeln.

Katarina sah Raúl an und spürte bereits den Moment kommen, in dem sein Gitarrenspiel alle Fesseln in ihr lösen und sie in die Welt tragen würde, nach der sie sich so sehnte. Obwohl sie ihre Schwierigkeiten damit hatten, außerhalb der Aufführung ihre Gefühle füreinander zu ergründen, waren sie auf der Bühne eine perfekte Einheit.

Das Ensemble nahm seinen Platz auf der Bühne ein, während Katarina an der Seite wartete. Sie hatten sich darauf geeinigt, mit einem besonderen Flamencostil, einer *guajira,* zu beginnen, einem *palo* mit kubanischen Einflüssen. Der karibische Rhythmus hatte ihr Herz erobert, sie liebte ihren *abanico pericón*, den breiten Fächer, mit dem sie ihre Bewegungen unterstrich.

Katarina atmete tief durch und legte den Fächer in ihrer Hand zurecht. Raúl eröffnete die *guajira* mit einem Gitarrensolo, einer *falseta*, sie schritt langsam auf die Bühne und signalisierte Salvador mit der *llamada*, seinen Gesang zu beginnen. Seine Stimme vibrierte in ihrem Körper, sie selbst wurde zu einem flackernden Licht in der Dunkelheit. Raúls Gitarrenklänge umwarben sie, ihr Tanz vereinte sich mit seiner Musik. Raúl und Salvador arbeiteten in perfekter Harmonie. Katarina stieg mit in ihr energetisches Spiel ein, schloss ihre Augen und gab sich ganz dem Augenblick hin. Mit ihrem Fächer kühlte sie die aufwallende Hitze ihres Körpers. Eine weitere *llamada* signalisierte ihr die *salida*, den Abgang, und die Männer nahmen ihr Einsatzzeichen entgegen, während sie über die Bühne lief, sich drehte, aufstampfte und den Fächer in der Luft herumwirbelte. Als die letzten Takte verklungen waren, verließ sie die Bühne, verbarg sich hinter dem Vorhang und lehnte sich schwer atmend an die nächste Wand.

»Bravo!«, rief Federico, trat aus dem Schatten und steckte einen kleinen Notizblock ein.

Sie schreckte auf. »Danke.«

Salvador und Raúl beendeten ihren Auftritt bei schwachem Applaus des Publikums.

»Ihnen hat es nicht gefallen!« Katarina drehte sich zu Federico um, dessen Gesicht im Dämmerlicht sehr schmal wirkte.

Der Vorhang fiel, und Salvador und Raúl eilten von der Bühne.

»Es war die reinste Katastrophe.« Salvador fuhr sich mit der Hand durch das Haar.

»Aber es war pure Perfektion«, sagte Raúl.

Die nächste Gruppe eilte auf die Bühne, die Tänzer und Musiker drehten sich noch einmal zu Federico um und sahen ihn besorgt an. Er zog die Augenbrauen zusammen und bedeutete ihnen, dass es weiterging. Würde das Publikum auch sie mit Desinteresse strafen? Der Vorhang ging auf, und die andere Gruppe fing mit *alegrías* an.

»Was war los?«, fragte Salvador.

Katarina und Federico zuckten die Achseln. »Ich habe keine Ahnung«, entgegnete Raúl.

»Das war meine Schuld.« Katarina fächelte sich zu.

»Aber das war einer deiner besten Auftritte, Katarina«, entgegnete Salvador.

»Vielleicht haben wir die Fähigkeit des Publikums, unsere Darbietung zu würdigen, überschätzt, vor allem aber haben wir ihren primitiven Erwartungen an die *ópera flamenca* nicht entsprochen«, sagte sie.

»Wir brauchen *tangos gitanos*«, sagte Federico.

Raúl runzelte die Stirn. »Federico, diesen *palo* haben wir nicht geprobt. Es ist zu riskant.«

»Was haben wir schon zu verlieren?« Er gestikulierte zum Publikum hinunter, das mit mürrischen Gesichtern dasaß. »Sehen sie etwa so aus, als wollten sie hier sein? Wenn wir nicht etwas Spektakuläres aus dem Ärmel schütteln, einen Abend gestalten, an den sie sich erinnern und von dem sie der Welt erzählen werden, dann wird das der einzige Auftritt dieses Ensembles bleiben. Dann schlafen auch wir bald auf der Straße.«

Katarina legte ihren Fächer ab und stemmte die Hände in die Hüften. »Federico hat recht. Wir müssen aufs Ganze gehen, sie mitreißen, und dafür ist der *tango gitano* perfekt.«

Salvador schüttelte den Kopf. »Aber wir beide haben ihn in der Vergangenheit kaum aufgeführt.«

»Salvador, du warst es, der mich überredet hat, diesem Ensemble beizutreten. Jetzt sorge dafür, dass ich diese Entscheidung nicht bereue.« Sie sah weder Federico noch Raúl an, aus Angst, beide beleidigt zu haben.

»Wie wäre es mit *bulerías*?«, fragte Salvador.

»*Bulerías* sind zu radikal. Die *tangos gitanos* sind genau das Richtige, vertrau mir.« Katarina legte ihre Hand auf Salvadors Arm. »Ich verspreche dir, es wird funktionieren.«

»Sie hat recht«, sagte Raúl, und für einen kurzen Moment traf sein Blick den Katarinas. Sie wusste, dass ihr Vorschlag vernünftig war.

Salvador griff nach einem Glas Wasser und nahm einen herzhaften Schluck. »Gut. Aber wenn es schiefgeht, ist das eure Verantwortung.«

»Das wird es nicht«, sagten Katarina und Raúl zugleich.

»Dann sorgt einfach dafür, dass es die beste Vorstellung wird, die ihr jemals gegeben habt. Mein Hals steckt in der Schlinge.«

Salvador stellte sich auf die Bühne und wartete, dass der Vorhang aufging und Federico vor das Publikum trat. »Meine Damen und Herren, wir haben eine kleine Änderung im Programm vorgenommen. Wir werden Ihnen nun einige der besten *tangos gitanos* vorführen, die Sie je gesehen haben, in der Hauptrolle eine Tänzerin mit Feuer im Herzen und flammendem Haar – *La Flama*.«

Raúl packte Katarina am Arm und zog sie ins Dunkel. Sein warmer Atem strich über ihre Haut. Er beugte sich vor, hielt kurz inne und drückte dann seine Lippen zaghaft auf ihren Mund. Obwohl sie es nicht zulassen wollte, sehnte sich ihr Körper nach seiner Berührung. Er drückte sie sanft an die Wand, dann küssten sie sich leidenschaftlich. Jede Zelle ihres Körpers hatte sich nach ihm verzehrt, als hätte sie all die Jahre nur darauf gewartet, ihn ganz nahe zu spüren. Sie schlang ihre Arme um ihn, schloss die Augen, verlor sich in diesem Moment und vergaß die Welt um sich.

Raúl löste sich sanft von ihr. »*El duende* entsteht nur in einem bestimmten Augenblick.«

ACHTES KAPITEL

Charlotte klemmte die Papiertüte unter ihren Arm und eilte aus dem Laden. Sie konnte es kaum erwarten, zurück in ihr Hotelzimmer zu kommen. Die Energie von letzter Nacht durchströmte sie noch immer, es vibrierte in ihr und erweckte ein Verlangen, das sie schon sehr lange nicht mehr verspürt hatte.

Im Geiste sah sie Mateo vor sich, wie er Gitarre spielte, dabei seinen Kopf über das Instrument beugte und sich ganz auf die Musik konzentrierte. Seine Hingabe hatte sie fasziniert, aber auch schmerzlich an ihre eigenen Träume erinnert. Zu spüren, wie er sich ganz seinen Gefühlen überließ, seinem Herzen folgte und tat, was ihn glücklich machte … danach sehnte sie sich immer noch.

In Gedanken versunken war sie vor einem Geschäft stehen geblieben und war erschrocken, als sie sah, dass es ein Laden mit Malutensilien und Künstlerbedarf war. Einen

Moment hatte sie gezögert, sich dann aber einen Ruck gegeben und war hineingegangen, um eine halbe Stunde später mit der bis zum Rand mit Pinseln, Papier und Farben gefüllten Tüte wieder herauszukommen.

Im Hotel angekommen, eilte sie die Treppe hinauf, öffnete ihre Zimmertür und leerte ihre Ausbeute auf das Bett.

Vielleicht konnte sie hier, weit weg von zu Hause, mit weniger Angst malen und sich nicht immer mit der Frage herumquälen, was ihr Vater dazu sagen würde, wenn sie das Familienunternehmen verließe.

Als es an der Tür klopfte, schlich sie auf Zehenspitzen hin und lugte durch den Türspion. Mateo. Er wollte eigentlich erst in ein paar Stunden kommen, aber jetzt war sie überglücklich über die Ablenkung.

»*Hola*, wie kommt es, dass meine Flamencotänzerin nicht übt?«

»*Hola*«, erwiderte sie und lächelte ihn überrascht an.

»Tut mir leid, dass ich so früh komme, aber ich habe Neuigkeiten.«

»Oh, komm rein.«

Das Malzeug lag noch immer auf ihrem Bett, aber sie ignorierte Mateos fragenden Blick.

»Ich habe gerade einen Anruf bekommen, *El Jefe* will mit dir reden.«

»Das freut mich sehr!«

»Du warst für ihn praktisch inexistent, bis Leila mit ihm geredet hat.«

»Tatsächlich?«

»Sie hat sich verbürgt, und das Wort eines *gitano* hat großes Gewicht.«

»Das habe ich mitbekommen. Nur damit du es weißt, ich habe es nicht darauf angelegt, irgendwen zu bezaubern. Ich hatte nicht die Absicht, zu tanzen oder mich ins Rampenlicht zu drängen. Im Gegenteil, ich habe eher versucht, unbemerkt zu bleiben.«

»Wenn du das unbemerkt nennst, würde ich gerne sehen, was du tust, wenn du Aufmerksamkeit erregen willst? Deine Art zu tanzen hat alle sehr überrascht.«

»Mich selbst auch.«

Mateo nickte. »So wie mich. Du hast ein angeborenes Talent. Aber lass uns gehen, bevor *El Jefe* es sich anders überlegt.«

Sie schnappte ihre Tasche und folgte ihm zur Tür. »Heißt er tatsächlich *El Jefe*?«

»Nein, aber er wird grantig, wenn man ihn mit seinem richtigen Namen anspricht. Er redet nicht sehr viel und verbringt seine Zeit am liebsten in seinem Wohnwagen.«

»Ein bisschen so wie der Zauberer von Oz.«

»Wer?« Als sie in den Aufzug stiegen, griff Mateo in seine Tasche und zog den Autoschlüssel heraus.

»Egal.« Sie winkte mit der Hand. »Hoffen wir einfach, dass er noch immer bereit ist, mit uns zu sprechen.

Leila holte Mateo und Charlotte am Waldrand ab, dann liefen sie einen gewundenen Pfad entlang, Kinder lächelten und winkten Charlotte zu, als würden sie sie schon seit jeher kennen.

Vor den Stufen zu *El Jefes* Wohnwagen blieben sie stehen. Leila ging hinauf, klopfte an die Tür und verschwand im Inneren.

»Ist Cristina heute nicht hier?«

»Sie hat geschäftlich etwas in Granada zu erledigen.«

Gedämpfte Stimmen drangen durch Tür- und Fensterspalte, während Charlotte und Mateo schweigend draußen warteten.

»Ich habe die Malutensilien in deinem Zimmer gesehen. Mir hast du gesagt, dass du nichts mit Kunst am Hut hättest, aber offensichtlich stimmt das nicht.«

»Das ist eine lange Geschichte«, sagte sie.

»Du sammelst wohl lange Geschichten.«

Bevor sie antworten konnte, öffnete sich die Tür des Wohnwagens, und Leila kam wieder die Treppe herunter. »*El Jefe* würde jetzt mit dir sprechen.«

Charlotte sah zu Mateo hinüber. »Kann er mitkommen?«

Leila nickte. »Ja, natürlich.«

Mateo bedeutete ihr voranzugehen, sie atmete tief durch, klopfte drei Mal an die Tür und wartete, bis *El Jefe* sie hineinbat. Doch Mateo beugte sich zu ihr und sagte: »Geh ruhig weiter.«

Sie betrat den finsteren Raum und brauchte einen Moment, um ihre Augen an die Dunkelheit zu gewöhnen. Eine Lavalampe in einer Ecke, der Geruch nach Pfeifenrauch, frischen Bratäpfeln und Zimtkuchen überraschten sie.

»*Bienvenidos.*« Eine kräftige Stimme erfüllte den kleinen Raum. In einer Ecke saß ein kleiner, kahlköpfiger Mann.

»Vielen Dank, dass Sie mich empfangen«, sagte sie, unschlüssig, ob sie sich setzen sollte.

Dann folgte langes Schweigen. Schließlich legte der alte Mann seine Pfeife in den Aschenbecher, faltete seine Hände und guckte ihr direkt in die Augen. »Ich habe das Bild gesehen. Und ja, die Künstlerin stammt aus unserem Klan, aber mehr sage ich dazu nicht. Die Antwort, nach der Sie suchen, muss Ihnen die Familie Sánchez geben.« Er sprach so langsam, dass Charlotte ihn verstand. Sie nahm sich Zeit, bevor sie darauf antwortete, und sagte dann mit fester Stimme: »*Gracias, El Jefe, pero …*« Die Worte blieben ihr im Hals stecken.

Mateo beugte sich vor und berührte sanft ihr Knie. »Lass dir Zeit. Wenn du möchtest, übersetze ich es. Du schaffst das schon.« *El Jefe* nickte ihr zu, sie durfte fortfahren.

Charlotte räusperte sich. »Ich fürchte, es wird unmöglich sein, die Mitglieder der Familie Sánchez zu finden und mit ihnen zu reden. Ich habe versucht, sie zu kontaktieren, aber ohne Erfolg.«

»Dann kann ich Ihnen auch nicht helfen.« Er leerte umständlich seine Pfeife und füllte sie, ohne sie weiter zu beachten, erneut mit Tabak.

Charlotte sah Mateo, der hilflos mit den Schultern zuckte, mit großen Augen an.

»Bitte, *El Jefe*, ich verstehe gut, dass Sie nicht gegen ihre Traditionen verstoßen wollen, indem sie über die Künstlerin sprechen, aber meine *abuela* ist sehr krank. Das ist ihre einzige Chance, um etwas über die Geschichte dieses Bild, zu erfahren, das ihr ihr Vater vererbt hat.«

»Danke für Ihren Respekt«, sagte *El Jefe* nach einem langen Schweigen und nickte kurz. »Ich fürchte, dass ich Ihnen nur raten kann, die Familie Sánchez ausfindig zu machen. Sie werden Antworten haben. Fragen Sie nach Ihrem Urgroßvater. Ihre Familie lebt ein Leben in Lüge – Heimlichkeiten und Intrigen, die auch meine Familie involviert haben. Mehr sage ich nicht. Und jetzt gehen Sie bitte wieder.«

Den Blick starr auf den Boden gerichtet, trat Charlotte in die Sonne hinaus. Niemand sollte sehen, dass sie Tränen in den Augen hatte. Sie stolperte neben Mateo her, der es eilig zu haben schien, von *El Jefes* Behausung wegzukommen. Seine Worte hallten in ihrem Kopf wider, sie schluckte hart. »Verdammt.«

»Was?«

»Irgendetwas Schlimmes muss zwischen unseren Familien vorgefallen sein. Und *El Jefe* weiß ganz offensichtlich, was. Wenn ich nur die richtigen Fragen stelle …«

Sie drehte sich um und wollte schon zum Wohnwagen zurückgehen, als Mateo sie energisch zurückhielt.

»Charlotte, du kannst nicht einfach wieder reingehen. Er hat gesagt, was er sagen wollte, mehr wirst du von ihm nicht erfahren. Allein die Tatsache, dass er dich empfangen hat, ist schon ein großes Zugeständnis.« Mateo klang gehetzt, und als er sprach, wurde ihr klar, dass noch mehr als nur *El Jefes* Zorn auf dem Spiel stand. Mateo, Leila, sogar Cristina hatten sich für sie eingesetzt, sie konnte ihnen nicht in den Rücken fallen. Andererseits brauchte *abuela* Antworten.

Leila schlenderte auf die beiden zu, einen wunderschönen geblümten Schal in der Hand. »Hat *El Jefe* dir helfen können?«

»Er hat bestätigt, dass die Künstlerin seinem Klan angehört hat.« Charlotte erwähnte Syerias Namen bewusst nicht. »Aber er hat auch gesagt, dass er mir ansonsten nicht weiterhelfen könne, dass es eine Angelegenheit der Familie meiner *abuela* sei. Ich habe natürlich schon nach den Sánchez gesucht, konnte aber nichts über sie herausfinden, sie scheinen wie vom Erdboden verschluckt.«

»Ihre *abuela* hat keinen Kontakt zu ihrer Familie gehalten?«, fragte Leila.

»Über die genauen Umstände hat sie nie gesprochen, ich weiß nur, dass sie während des Bürgerkriegs in Spanien blieb, während ihre Familie das Land verließ. Danach hat sie nie wieder von ihnen gehört.«

»Vielleicht haben sie ihre Namen geändert. Das haben damals viele Leute getan«, sagte Leila und wandte sich dann an Mateo. »Du kennst doch Leute, oder?«

»Ich …«, sagte er und blickte zur Seite. »Aber das ist schon lange her.«

»Aber ihre *abuela* ist sehr krank, Mateo. Du musst helfen, du weißt selbst am besten, warum«, sagte Leila und stemmte ihre Hände in die Hüften.

»Was meint sie damit, Mateo?«

»Sie meint, dass ich mich an meine eigene Geschichte erinnern soll, aber dazu bin ich noch nicht bereit.«

»Ich verstehe nicht ganz«, sagte Charlotte.

»Das ist eine lange Geschichte.« Mateo lächelte. »Ich vermute, das haben wir gemeinsam.«

»Du wirst also helfen?«, fragte Leila.

Mateo schaute sie lange an. »Ich verspreche nichts, was ich nicht halten kann.«

NEUNTES KAPITEL

Mateos Wagen holperte über Schlaglöcher, als sie zurück zur Hauptstraße fuhren. Er hielt das Lenkrad krampfhaft umklammert, und seit dem Gespräch mit Leila hatte er keinen Ton mehr gesagt.

»Das mit deiner Malerei, warum ist das eine lange Geschichte?«, fragte er dann plötzlich, den Blick auf die Straße gerichtet.

Charlotte biss sich auf die Lippen und starrte aus dem Beifahrerfenster. Der vorher blaue Himmel über ihnen hatte ein bedrohliches Grau angenommen.

»Warum möchtest du nicht darüber reden?«

Sie konzentrierte sich weiter auf den immer dunkler werdenden Himmel. Irgendwo in der Ferne über den Pferdeweiden blitzte es.

»Na ja …« Wo sollte sie beginnen? Das alles war so kompliziert, hatte so viel mit ihrer Art zu denken und zu fühlen zu tun, dass sie sich ihm würde radikal öffnen müssen, um ihm verständlich zu machen, warum sie aufgehört hatte zu malen. Ob sie das Vertrauen hatte?

»Es ist nichts.«

»Du wirkst aber nicht so, als wäre es nichts, Charlotte.« Er berührte ihr Knie kurz mit seiner Hand. »Es ist richtig, darüber zu reden.«

Sie blickte in seine dunklen Augen. Es war so leicht, sich in ihnen zu verlieren.

»Charlotte?«

»Alles in Ordnung.« Sie wandte ihren Blick wieder dem grauen Himmel zu und spürte den warmen Abdruck, den seine Hand auf ihrem Knie hinterlassen hatte.

Ein lauter Donner ließ sie zusammenzucken. Kurz darauf trommelten dicke Regentropfen auf das Autodach, augenblicklich konnte man nichts mehr sehen. Mateo schaltete die Scheibenwischer ein, doch auch sie halfen nicht gegen den sintflutartigen Regen. Er bog auf eine schmale Straße ab und hielt den Wagen an. »Die Natur zwingt uns offenbar zu einem Stopp. Vielleicht ist das eine gute Gelegenheit für ein Gespräch.«

Charlotte schloss ihre Augen und atmete tief durch. Sofern sie in diesem Unwetter keinen theatralischen Abgang machen wollte, saß sie hier fest.

»In meinem Leben gibt es eben auch Dinge, über die ich nicht gerne rede«, sagte sie.

»Willst du nicht darüber reden, oder weigerst du dich, darüber zu reden?«, fragte Mateo, zog die Augenbrauen zusammen und drehte sich in seinem Sitz zu ihr um. Er roch nach Sandelholz, und am liebsten hätte sie sich zu ihm gebeugt und ihn geküsst. »Die Malerei ist einfach nur ein Hobby.«

»Das glaube ich nicht, dafür nimmt dich das Thema zu sehr mit.«

Über ihnen donnerte es erneut, und Charlotte fröstelte, mittlerweile war es richtig kühl in dem Auto. Mateo zog seine Jacke aus und reichte sie ihr. Die Wärme seines Körpers und der Duft seines Parfums hingen noch in dem Stoff.

»Danke, Mateo.«

»Aber gern. Also, Charlotte Kavanagh, erzähl mir von der Sache mit der Malerei. Malst du, weil deine Großmutter dieses Bild besitzt?«

»Nein!«, sagte sie so nachdrücklich, dass Mateo abwehrend die Hände hob und schwieg.

»Tut mir leid«, murmelte sie und starrte auf das komplizierte Strickmuster an den Ärmeln seiner dunkelgrünen Wolljacke.

»Ist schon okay.«

»Im Grunde hat es schon mit meiner *abuela* zu tun, jedoch anders, als du denkst. Meine Großmutter fand immer schon, dass ich meinem Herzen folgen und die Malerei zu meinem Beruf machen sollte. Es gab eine Zeit, da haben sich sogar einige Galerien für meine Arbeiten interessiert. Und auch wenn mein Vater Kunst für Zeitverschwendung hielt, gab er mir die Möglichkeit, für eine Vernissage zu malen. Sollte die sich als erfolgreich herausstellen, wäre er damit einverstanden gewesen, dass ich das Familienunternehmen verlassen könnte.«

»Das ist ziemlich viel Druck für eine Ausstellung. Braucht man nicht Jahre, um sich überhaupt einen Namen zu machen?«

»Ja.«

»Und?«

»Viele Kritiker mochten meine Bilder, ich habe aber nur eines verkauft – meiner Großmutter.« Der Regen prasselte so hart auf das Autodach, dass sie fürchtete, es könnte beschädigt werden.

»Deine *abuela* liebt und unterstützt dich wohl sehr, nicht wahr?«

»Ja, das tut sie, und das Gleiche möchte ich für sie tun.«

»Natürlich, das kann ich verstehen. Aber eine Frage habe ich noch. Wenn du von der Kritik gelobt wurdest, wäre es doch nur eine Frage der Zeit gewesen, bis du alles verkauft hättest.«

»Diesen Luxus konnte ich mir nicht leisten. Ich hatte dummerweise mit meinem Vater eine Abmachung getroffen, an die ich mich halten musste. Du verstehst das vielleicht nicht, aber ich kenne die Wurzeln seiner Abneigung. Meine Großeltern hatten finanziell sehr zu kämpfen, und mein Vater wuchs in äußerst bescheidenen Verhältnissen auf. Das Geld reichte kaum für Essen, Wohnung und Kleidung, auch wenn *abuela* und mein Großvater sehr hart gearbeitet haben. Als er erwachsen war und seine eigenen Kinder hatte, schwor er sich, dass keiner aus seiner Familie jemals in Armut leben sollte, und der einzige Weg, um das zu vermeiden, war eine gute Ausbildung für seine Kinder.«

»Ich verstehe den Wunsch deines Vaters, euch eine gute Ausbildung zu ermöglichen und sichere Jobs zu verschaffen, aber manchmal muss die Seele eben frei sein, damit sie nicht verkümmert und zugrunde geht.« Sein Ton klang verbittert. »Warum lässt du dir von deinem Vater vorschreiben, was du zu tun hast?«

»Am Ende hat es nichts gebracht, mit ihm zu streiten. Vor allem aber war mir dadurch klargeworden, dass ich nicht gut genug war, um die Malerei zu meinem Beruf zu machen.«

»Und so etwas sagst du nach einer einzigen Ausstellung? Wenn ich nach meinem ersten Flamencokonzert aufgegeben hätte, wäre ich niemals so glücklich geworden. Ich wäre untergegangen. Ich habe grässlich gespielt, habe unzählige Fehler gemacht, mich aber niemals aufhalten lassen.« Mateo stieß sie freundlich mit dem Arm an. »Du solltest ein bisschen mehr Courage beweisen.«

»Ja, aber …«

»Kein Aber … nimm deinen Mut zusammen und folge deinem Traum. *¿Entiende?*«

»Ja, ich verstehe.«

»Du solltest deinen Job kündigen.«

»Wie bitte?«, fragte sie total verwirrt.

»Sag deinem Vater, dass du kündigst, dann erfüllst du dir deinen Traum und malst. Geringes Risiko bedeutet auch geringer Erfolg, großes Risiko bringt großen Erfolg. Sei nicht so feige. Worauf wartest du noch?«

»Ich bin nicht feige.« Trotzig verschränkte sie die Arme vor der Brust.

»Doch, das bist du.«

»Bin ich nicht, woher willst du wissen …« Wie schaffte Mateo es nur, dass sie sich so unzulänglich fühlte?

»Wie kannst du erwarten, glücklich zu sein, wenn du nicht das tust, was dich glücklich macht?«

»Aber die Malerei macht mich unglücklich.«

Mateo sah sie verwirrt an. »Ich verstehe nicht ganz.«

»Ich auch nicht.«

Mateo öffnete den Mund, doch sie hob ihre Hand. »Bitte, lass mich zu Ende reden. Vielleicht habe ich tatsächlich genügend Talent, um die Malerei zu meinem Beruf zu machen, aber ich habe nicht genügend Selbstvertrauen. Dieser Misserfolg hat mich wirklich hart getroffen. Vor allem da es mir schon schwer genug gefallen ist, meine Bilder überhaupt der Öffentlichkeit zu zeigen. Die Malerei ist wie Musik oder Tanz – in dem Moment, in dem man damit an die Öffentlichkeit geht, wird man beurteilt. Aber wenn ich der Malerei mein Leben widmen möchte, dann muss ich auch Kritik zulassen. Und ich weiß einfach nicht, ob ich das noch mal schaffe.«

»Also entscheidest du dich lieber für einen Beruf, der deinen Vater glücklich, dein Leben aber erbärmlich macht? Will er denn nicht, dass seine Tochter das Beste aus ihren Fähigkeiten herausholt und zufrieden wird?«

»Natürlich will er das, er ist schließlich kein Ungeheuer. Er denkt, dass er mir einen Gefallen tut, wenn er mich in diese berufliche Richtung drängt, damit ich mein Leben selbst meistere. Das werfe ich ihm nicht im Geringsten vor. Aber es hätte keinen Sinn, meinen jetzigen Job aufzugeben, wenn ich nicht den Mut habe, professionell zu malen.«

»Wenn du es so betrachten willst …«

Blitze zuckten über die Hügel in der Ferne. »Die Familie ist wichtig, natürlich, aber manchmal sind Träume größer, stärker, und auch wenn sie uns ängstigen, sollten wir sie uns erfüllen. Wenn wir nicht unserer Leidenschaft folgen, betrügen wir uns und können unser wahres Selbst nicht finden. Würdest du einen Marathon laufen und kurz vor der Ziellinie aufgeben?«

»Natürlich nicht. Ich würde mich, wenn nötig, auf Händen und Knien durchs Ziel schleppen.«

»Warum tust du das dann nicht im richtigen Leben? Verschwende keinen Gedanken daran, was die Leute sagen. Es ist dein Leben, dein Traum, und niemand hat das Recht, etwas anderes zu behaupten.«

»Du klingst schon wie meine Großmutter.«

»Ich glaube, ich würde sie sehr mögen.«

»Du würdest ihr auch gefallen.«

Einen Moment saßen sie noch schweigend da, dann drehte Mateo den Zündschlüssel um. Beim Anfahren spritzte das Wasser unter den Rädern. Charlotte war völlig in Gedanken versunken. Mateos Worte über die Malerei und ihre Träume hatten sie aufgewühlt und ließen ihr Herz schneller schlagen.

Schließlich erreichten sie Granada, die Straßen dampften noch nach dem Regen. Als sie vor dem Hotel ankamen, stieg Mateo aus und öffnete Charlotte die Tür. »Sehen wir uns heute Abend im *Club Alegría*? Um neun?«

»Ja, das wäre wunderbar. Danke, dass du mich heute mitgenommen hast.«

»Tut mir leid, dass wir nicht mehr erfahren haben«, sagte Mateo.

»Was ich dich noch fragen wollte … was meinte Leila vorhin damit, als sie dich an deine eigene Geschichte erinnerte?«

»Darüber möchte ich jetzt nicht sprechen …« Mateo küsste sie auf die Wangen und setzte sich wieder hinters

Steuer. Er winkte ihr kurz zu, dann verschwand er im Verkehr.

Zurück in ihrem Zimmer warf Charlotte ihre Tasche auf das Bett, holte ihr Handy heraus und schrieb eine Nachricht an ihren Bruder. Seit einem Tag hatte sie nichts mehr von ihrer Familie gehört.

Kurz darauf kam die Antwort.

Abuela *sagt zwar, es gehe ihr gut, aber sie wirkt grauer denn je. Irgendwelche Neuigkeiten?*

Charlotte antwortete ihm ausweichend, dann legte sie ihr Handy weg, setzte sich ans Kopfende des Bettes und starrte ihre Malutensilien an. Mateos Worte stimmten sie mehr als *abuelas* bohrende Fragen nachdenklich. Wie seltsam, dass jemand, den sie erst so kurz kannte, solch einen Einfluss auf sie hatte.

»Verdammter Mist.« Sie griff nach einem der Pinsel und fuhr damit sanft über ihre Hand. Die weichen Borsten erinnerten sie an die Tage, als sie noch ein Kind und bei *abuela* zu Besuch war, stundenlang malte und nur aufhörte, um ihr ihre Bilder zu zeigen. Bei *abuela* hatte sie sich immer sicher genug gefühlt, einfach draufloszumalen und ihrer Kreativität freien Lauf zu lassen. Ohne die Angst, beurteilt oder gar kritisiert zu werden.

Sie nahm die restlichen Malutensilien, ging zum Fenster und lehnte die Leinwand gegen die Scheibe, Farbe, Pinsel und Palette legte sie auf das Fensterbrett. Dann öffnete sie die erste Tube. Wie lange war es schon her, dass sie Ölfarben gerochen hatte? Wie oft hatte sie sich schon gelähmt gefühlt, wenn sie nur daran dachte zu malen?

Wenn wir nicht unsere Träume erfüllen, betrügen wir uns, hatte Mateo gesagt.

Sie drückte ein wenig von der weißen Farbe auf die Palette, öffnete dann das Blau und mischte beides vorsichtig zusammen, ihre Finger kribbelten erwartungsvoll. Sie fing immer mit Blau an, das war die Farbe des Meeres, die sie so liebte. Sofort war da dieses Gefühl von Weite und Freiheit, das der Anblick des Ozeans immer bei ihr auslöste.

Früher hatte sie nichts aufregender gefunden als eine leere Leinwand und die Möglichkeit, der Phantasie freien Lauf zu lassen, eine Welt zu erschaffen und Gefühle Gestalt annehmen zu lassen. Was Syeria Mesa Flores Giménez wohl empfunden hatte, als sie die Frau malte, die über das Feuer sprang? Was hatte sie inspiriert? Welche Geschichte verbarg sich hinter diesen wunderschönen, kraftvollen Pinselstrichen?

Sie legte die Palette zur Seite, nahm Syerias Bild und betrachtete es eingehend. Die Arbeit war unglaublich. Die Art und Weise, wie Syeria mit Farbe dem Bild eine Tiefe und Lebendigkeit gab, war genial. Charlotte schloss die Augen und ließ die Szene lebendig werden. Musik und

Gesang, Gelächter, das Klirren von Gläsern, Kinder, die vor Vergnügen quiekten, Feuerrauch und Jasminduft … Sie hörte den Sänger ein melancholisch-sehnsüchtiges Lied anstimmen. Die Frau tanzte, nahm den Rhythmus der Musik auf, raffte ihren schwingenden Rock, um über die Flammen zu springen. Wie hatte die Professorin das genannt? *La Leyenda del Fuego.*

Charlotte starrte noch kurz in die Flammen, legte dann das Bild weg, griff nach den roten und gelben Farben und mischte sie wild auf der Palette zusammen. Ohne nachzudenken, trug sie rote, orangefarbene und gelbe Striche auf die Leinwand auf. *Zambra*-Melodien klangen in ihrem Ohr, das Stück, das Mateo bei ihrer ersten Begegnung im Flamencokeller gespielt hatte. Ihre Pinselstriche nahmen den Rhythmus auf und erschufen einen feurigen Hintergrund, der Syerias Bild ähnelte. Charlotte war völlig in ihrer Arbeit versunken, ein Gefühl, als käme sie nach Hause. Nie zuvor hatte sie das gespürt.

Sie starrte auf die Leinwand. Kräftige rote Farben leuchteten ihr entgegen, aufgetragen in dicken Pinselstrichen, die ein ganz eigenes Leben zu haben schienen. Wo kam das plötzlich her?

Nachdem sie beinahe fluchtartig ihr Zimmer mit dem halbfertigen Bild verlassen hatte, war sie zum *Club Alegría* gegangen, wo sie nun, den Ellenbogen auf den Tresen gestützt, auf das Bier wartete, das sie bei Pedro bestellt hatte. Statt der elektrisierenden Atmosphäre vom Vorabend, in der die Leute zur Flamencomusik getanzt hatten, herrschte jetzt, am frühen Nachmittag, ein lockeres Kaffeehausambiente. Grüppchen von zwei bis drei Personen saßen an Tischen, unterhielten sich leise, nur ab und zu unterbrach ein heiseres Lachen die friedliche Stimmung.

Pedro stellte neben dem eiskalten Bier ein Schnapsgläschen ab. »*Chinchón*, gut für die Gesundheit.«

Sie hob das Gläschen, roch daran und hustete, als ihr der starke Anisgeruch in die Nase stieg.

»Der Klare wird in der Nähe von Madrid gebrannt. Vierundsiebzig Prozent. Trinken Sie, auf ein langes Leben.«

Sie setzte das Glas an die Lippen und kippte den Aperitif hinunter. Er brannte in ihrer Kehle.

Pedro schaute sie zufrieden an und schob ihr dann in Olivenöl, Knoblauch und Kräutersauce gegarte Garnelen hin. »Essen Sie – *gambas al pil-pil*. Köstlich. War der *Chinchón* gut?«

»O ja, sehr«, krächzte sie, »wissen Sie zufällig, wann Mateo kommt?«

»Haben Sie sich mit ihm verabredet?«

»Wir wollten uns später treffen«, sagte sie und räusperte sich.

»Er kommt erst in drei Stunden, soll ich ihn rufen?« Pedro wischte über den fleckenfreien, bereits glänzenden Tresen.

»Ja, danke.« Sie nippte an ihrem Bier und wartete, dass Pedro den Hörer vom alten Wandtelefon nahm. Stattdessen ging er gemächlich zum Ausgang, legte die Hände an den Mund und rief über die schmale Gasse: »Mateo!«

Eine Balkontür im zweiten Stock eines Hauses auf der anderen Straßenseite öffnete sich, Mateo steckte seinen Kopf heraus: *»¿Sí?«*

»*La guiri* für dich!« Pedro drehte sich herum, zwinkerte Charlotte zu.

»*¡Un momento!*«, rief Mateo und schloss energisch die Balkontür.

Vierzig Minuten später betrat Mateo den Club. »Tut mir leid, es hat etwas länger gedauert.«

»Keine Sorge, ich gewöhne mich langsam an das spanische Zeitgefühl. Möchtest du auch ein Bier?«

Mateo nickte, und Pedro öffnete zwei Flaschen, stellte Gläser auf den Tresen und schenkte ein. Kurz darauf kehrte er mit Kartoffelecken in scharfer Tomatensauce zurück.

»Mmh … *patatas bravas*«, sagte Mateo.

»Ich begreife immer noch nicht, warum man immer etwas zu den Getränken serviert bekommt. Wer muss da noch zum Essen ins Restaurant?« Sie stach in einen Kartoffelwürfel, kaute darauf herum und genoss die würzige Köstlichkeit.

»Du bist ja schon hier, ist etwas passiert?«

»Überhaupt nichts.« Sie hatte sich gar nicht überlegt, was sie tun oder sagen sollte, wenn sie Mateo ausfindig gemacht hätte. »Ich wollte einfach mit dir reden.«

Gleich darauf wurde ihr klar, dass das ein wenig zu vertraut geklungen hatte.

»Tut mir leid, ich wollte sagen …«

»Das muss es nicht. Wir sind doch Freunde?«

»Freunde?«

»Ja.«

»Freunde«, wiederholte sie und versuchte die Enttäuschung zu ignorieren, die diese Bezeichnung in ihr auslöste. »Gut, dann bedanke ich mich wie bei einem Freund, dass du mich unter deine Fittiche genommen und mir geholfen hast.«

»Freunde tun das.«

»Alles okay.«

»Worüber wolltest du denn mit mir reden?«

»Du hattest recht mit den Malutensilien. Nach gestern Abend hatte ich plötzlich das Bedürfnis, wieder zu malen. Das hatte ich seit Jahren nicht. Und nach unserem Gespräch heute, da habe ich einfach zum Pinsel gegriffen, und … normalerweise male ich Meerlandschaften, doch als ich anfing, konnte ich plötzlich nicht mehr damit aufhören …«, sie holte tief Luft, »dann habe ich Rot-, Orange- und Gelbtöne gemischt, und mein filigraner Pinselstrich, den ich über die Jahre perfektioniert hatte, kam plötzlich wirr und dickflüssig auf die Leinwand.«

»In dir wohnt eine Flamencoseele«, sagte Mateo mit solcher Überzeugung, dass sie lachen musste.

»Ich habe überhaupt keine Ahnung vom Flamenco.«

»Aber deine *abuela* hat Flamenco getanzt. Es liegt dir im Blut. Du hast gestern Abend sehr gut getanzt. Der Flamenco hat sich in deine Malerei eingeschlichen, in dir verbergen sich viele Geheimnisse, Charlotte. Dein Talent wartet nur darauf, endlich entdeckt zu werden.«

ZEHNTES KAPITEL

1944 – Katarina

Katarina zupfte ein letztes Mal ihr aufwendiges Rüschenkleid zurecht, nickte Raúl und Salvador zu, die bereits auf der Bühne standen und darauf warteten, dass Federico ihnen das Zeichen zum Einsatz gab. Sie konnte ihren Blick nicht von Raúl abwenden.

Hoffentlich war die Entscheidung für den *tango gitano* richtig gewesen. Diese Tangos wurden traditionell auf Festen getanzt, es war also ein Risiko, sie in einem Theater aufzuführen, doch Katarina wusste, dass das die einzige Chance war, um die Premiere noch zu retten.

Sie atmete tief durch, nahm ihren Platz neben Raúl ein und wartete darauf, dass der Vorhang aufging. Als es endlich so weit war, blickte sie in versteinerte Mienen im Zuschauerraum. Ignoriere sie einfach.

Dann begann sie zu tanzen. Sie glitt über die ganze Bühne, schwang die Hüften und klatschte den Rhythmus. Raúl spielte phantastisch, und nach einer weiteren *llamada* füllte Salvadors Stimme den Raum. Jetzt verschwendete sie keinen Gedanken mehr an das Publikum. Sie entspannte ihren Körper, und als es an der Zeit war, die komplizierte Schrittfolge zur *escobilla* auszuführen, ließ sie sich von der Erinnerung an Raúls Kuss forttragen. Sie schloss die Augen und gab sich ganz dem Moment hin, in dem sich ihre Lippen berührt hatten, er sie zärtlich umarmt und sanft gestreichelt hatte. Leidenschaft und Verlangen ergriffen sie, es war, als schwebte ihr Körper, ihre Bewegungen wurden größer und ausdrucksvoller. Als es zur *llamada* kam, stampfte sie so fest mit dem Fuß auf, dass es schmerzte. Durch jede Zelle ihres Körpers strömte Energie. Mit hocherhobenen Armen verharrte sie dann regungslos in ihrer Pose, atmete schwer und wartete darauf, dass Salvador und Raúl den *palo* beendeten.

Einen qualvoll langen Augenblick herrschte Stille im Theater, dann setzte ein ohrenbetäubender Applaus ein, begleitet von »*olé!*«-Rufen. Rote Nelken landeten auf den Brettern. Sie nahm eine auf, hielt sie an die Nase und atmete den süßen Duft ein. Das Publikum überschüttete sie mit lautem Jubel. Raúl und Salvador sammelten die unzähligen Nelken auf, mit denen die Bühne übersät war, und überreichten Katarina den Strauß.

Dann beugte Raúl sich vor und flüsterte ihr zu: »*El duende*, meine liebe Katarina.« Er küsste sie auf die Wange, und das Publikum im Theater brach neuerlich in tosenden Beifall aus.

Eng umschlungen verneigten sich die drei mit strahlenden Gesichtern. Dann fiel der Vorhang, und sie verließen die Bühne. »Habt ihr das gehört?«, rief Katarina. »Sie waren enthusiastisch!«

»Das habe ich euch zu verdanken«, sagte Federico. »Die *tangos gitanos* haben den Abend gerettet. Vielleicht sogar die ganze Saison. Bravo, bravo, *La Flama*.« Er hauchte ihr einen Kuss auf die Wange und lief zu den anderen Ensemblemitgliedern, die sich seitlich an der Bühne versammelt hatten. »Habt ihr das gesehen? Genau das brauchen wir bei jedem Auftritt und jeden Abend. Lasst uns in der *Bar Noche* darauf anstoßen!«

Alle suchten ihre Sachen zusammen, es wurde getuschelt, und Katarina konnte sich trotz des Dämmerlichts, das hinter der Bühne herrschte, des Eindrucks nicht erwehren, dass sie angestarrt wurden. Hatten sie sich gerade in eine gefährliche Situation begeben, waren sie zu weit von den Reglementierung abgewichen?

Das Ensemble verschwand durch den Bühnenausgang, und Katarina lief zu ihrer Garderobe und konnte es kaum erwarten, sich umzuziehen und abzuschminken.

Sie blickte in den Spiegel. Immer noch rauschte der Applaus in ihren Ohren. Sie hatte es gespürt. Auch das Publikum hatte es gespürt. Raúl.

El duende.

Und wieder einmal hatte sie es nur dank Raúl erreicht. Wie konnte das sein? Warum war ihnen das nur zwei Mal gelungen, obwohl sie seit Wochen probten?

Wir entscheiden das nicht. Wir können es nicht erzwingen. Wir können uns nur dafür öffnen. Sie verstand jetzt, was Raúl damit gemeint hatte, und fügte sich der Tatsache, dass er recht behalten hatte. *El duende* ließ sich nicht erzwingen, genau wie das Publikum sich nicht zwingen ließ, einen Auftritt zu bejubeln, oder Raúl, seine Vergangenheit zu offenbaren. Die Dinge mussten von selbst geschehen.

Es klopfte, und Raúl trat ein. »Du siehst aus, als wärst du im siebten Himmel.«

»Vermutlich bin ich das auch.«

Raúl lehnte sich mit den Händen in den Taschen gegen die Wand. Ein unbehagliches Schweigen breitete sich aus. Katarina folgte Raúls Blick durch den Raum, der an dem Bild mit der Frau in dem roten Kleid hängengeblieben war.

»Das Bild ist wunderschön.«

»Danke.« Sie beugte sich vor, zog kurz ihre Strümpfe hoch und wusste nicht, ob sie verlegen sein oder sich geschmeichelt fühlen sollte, dass er das Kunstwerk bemerkt hatte. Sie hatte es nur als Erinnerung an die Liebe ihres

Vaters und an das Glück aufgehängt, das es ihr zu bringen schien, sobald sie es in der Nähe hatte.

»Wer hat es gemalt?«

»Es gibt keine Signatur, keiner weiß es genau.«

Raúl streckte sich. »Der Abend war lang.«

»Ich bin noch total überdreht«, sagte Katarina, schlüpfte in ihre neuen Pumps, ihre Füße hatten sich noch immer nicht an Schuhe ohne Löcher in den Sohlen gewöhnt.

»Katarina, wegen des Kusses vorhin …«

»Der war sicher nicht so ernst gemeint.«

Er kam einen Schritt auf sie zu, blieb dann stehen und schaute sie an.

»Raúl …«

Mit unendlicher Zärtlichkeit nahm er ihren Kopf in seine Hände und küsste sie. Sie schmiegte sich an ihn, ihre Gefühle überwältigten sie. Erschrocken wich sie zurück. »Was machen wir hier, das ist alles so verwirrend …«

»Katarina«, sagte Raúl und zog sie erneut an sich. Er liebkoste ihren Nacken und flüsterte: »Es macht mich verrückt, wenn ich dir beim Tanzen zusehe. Ich kann unmöglich länger so tun, als würde ich nichts für dich empfinden.«

»Ich …« Ihr Mund war trocken, und sie hatte einen Kloß im Hals. »Aber du hast doch gesagt, dass das keine gute Idee wäre, wenn –«

»Ich habe mich geirrt.«

»Woher weiß ich, dass du deine Meinung nicht wieder ändern wirst?«

»Du merkst doch, dass ich dir nicht widerstehen kann.« Raúl zog sie fest an sich. »Vertraust du mir?«

»Du wirkst besorgt«, sagte Raúl, nachdem sie sich auf sein kleines Sofa in seinem spärlich eingerichteten Apartment gesetzt hatten. Seit sie Raúl wiedergesehen hatte, war ihr größter Wunsch gewesen, dass sie wieder zusammenfinden würden. Dennoch hatte sie sein Geständnis durcheinandergebracht. Raúl hatte ihr zwar immer noch nicht erklärt, warum er sich so abweisend ihr gegenüber verhalten hatte, aber in den letzten Stunden begann sie zu begreifen, dass es nichts mit ihr zu tun hatte. Und mit der Zeit würde er sich ihr sicher öffnen.

»Also, erzähl mir, was ist los?«, fragte er erneut und reichte ihr einen Teller mit Oliven, Käse und Brot.

»Ich bin nicht besorgt, nur ein wenig traurig.«

»Worüber?«

»Wir haben so viele gemeinsame Jahre versäumt …«

»Darüber habe ich auch schon oft nachgedacht.«

Katarina steckte eine Olive in den Mund und kaute sie nachdenklich. »Immer wieder blicke ich zurück und frage mich, wie anders mein Leben verlaufen wäre, wenn ich mich früher gegen meine Familie durchgesetzt hätte, wenn ich die Möglichkeit gehabt hätte, mit dir nach Sevilla zu gehen, wenn mein Vater nicht …« Sie unterbrach sich und wünschte, nicht weitergesprochen zu haben.

Raúl nahm ihre kalte Hand. »Salvador hat kurz erwähnt, dass dein Vater gestorben ist, mehr weiß ich jedoch nicht, kann aber verstehen, wenn du nicht darüber reden willst.«

Warum konnte Salvador es nicht ihr überlassen, von ihrer Vergangenheit zu erzählen? Auch nach all den Jahren fiel es ihr noch schwer, über den Tod ihres Vaters zu sprechen, die Zeit des Schmerzes, der Einsamkeit und Verzweiflung, die ihm folgte. Andererseits konnte sie nicht von Raúl verlangen, seine Vergangenheit mit ihr zu teilen, wenn sie sich selbst weigerte, über ihre zu sprechen.

Trotzdem, ermahnte sie sich, musste sie vorsichtig sein. Auch wenn ein Teil von ihr am liebsten alle Zurückhaltung fallengelassen und sich Raúl komplett anvertraut hätte, musste sie sich auch eingestehen, wie wenig sie eigentlich über ihn wusste. Als sie vorhin miteinander geschlafen hatten, hatte sie gesehen, dass er ein Medaillon mit dem Porträt von García Lorca trug. Der Dichter, dessen Texte in den vergangenen Jahren Flamencotänzer und Musiker inspiriert hatten, war 1936 einen Monat nach Ausbruch des Bürgerkrieges von Francos Schergen festgenommen und hingerichtet worden. Seine Werke wurden verboten, und jeder, der beim Lesen seiner Lyrik oder seiner Theaterstücke erwischt wurde, schwebte in Todesgefahr. Dass Raúl zuließ, dass sie dieses Medaillon sah, war eigentlich ein großer Vertrauensbeweis, dennoch hatte sie keine Ahnung, was während seines Aufenthalts in Sevilla geschehen war, ob er Kontakt zu den Rebellen oder den Regierungstruppen gehabt hatte.

Sie saßen schweigend da, nur das Geräusch eines tropfenden Wasserhahns war zu hören. Dann holte Katarina tief Luft. Sie durfte nicht zweimal denselben Fehler machen.

»Mein Vater war der einzige Mensch, der mich verstand, nach seinem Tod ist mir klargeworden, dass ich kein Leben führen könnte, in dem ich vorgab, jemand anderer zu sein.«

»Darum hast du wieder mit dem Flamencotanzen angefangen.«

»Ja«, sagte sie und nickte.

»Hast du deine Entscheidung je bereut?«

»Manchmal frage ich mich schon, was aus mir geworden wäre, wenn ich bei meiner Familie geblieben wäre. Aber ich weiß, dass das, was ich tue, richtig für mich ist.«

»Zu gehen hat sicher viel Kraft gekostet.«

»Nicht wirklich. Nach dem Tod meines Vaters hat meine Mutter mir das Leben zur Hölle gemacht. Ich weiß bis heute nicht, warum, doch mir fiel die Entscheidung zu gehen so deutlich leichter«, sagte sie und seufzte. »Trotzdem vermisse ich meine Geschwister.«

»Ihr habt also gar keinen Kontakt?«

»Nein …« Sie machte eine Pause. Warum fiel es ihr in Gegenwart von Raúl so leicht, über all das zu reden? Noch nie hatte sie so sehr das Bedürfnis verspürt, sich jemandem gegenüber zu öffnen und ihn an ihrem Innersten teilhaben zu lassen.

»Katarina?«

»Ja?«, sagte sie und blinzelte. »Tut mir leid … der Kontakt zu meiner Familie ist komplett abgebrochen, seit ich sie verlassen habe. Vor einiger Zeit sind sie aus dem Land geflohen. Das Letzte, was ich gehört habe, war, dass sie sich in Marokko im spanischen Protektorat aufhalten.«

»Das tut mir leid.«

»Das muss es nicht.« Sie trank einen Schluck Wein, ließ sich von ihm wärmen und nahm dann allen Mut zusammen, den es brauchte, um nach all den Jahren sich wieder einem Menschen zu öffnen. »Mein Vater kam bei den Luftangriffen auf Guernica ums Leben.«

Man sprach immer noch wenig über den Bombenangriff von 1937 auf die alte baskische Hauptstadt, da es im politischen Sinne immer noch gefährlich war. Doch ihr Bedürfnis, ihm zu erzählen, wie dieser schicksalhafte Tag ihr Leben für immer verändert hatte, war einfach zu groß.

Raúls Griff um ihr Handgelenk wurde fester. »Warst du dabei?«

»Nein. Mutter hatte immer zu viel Angst, um Guernica zu besuchen, weil sie Francos Ressentiments gegenüber den Basken fürchtete. Ich bettelte darum mitzudürfen, doch sie lehnte ab, also musste ich in Granada bleiben. Mein Vater hingegen fuhr los, um seine Cousins zu besuchen. Da er sehr gerne kochte, überredete er jemanden vom Küchenpersonal, ihn auf den örtlichen Markt mitzunehmen.« Katarina schloss kurz die Augen und wünschte, sie könnte den Schmerz und die Schuldgefühle vertreiben, die seither immer wieder in ihr aufstiegen. Wenn auch sie mitgekommen wäre, hätte ihr Vater diesen Ausflug vielleicht gar nicht unternommen. Oder sie wäre an seiner Seite gestorben und hätte nicht mit ihrer Trauer leben müssen.

»Wie hätte man ahnen sollen, dass Franco sich gegen die eigenen Landsleute stellen und Hitler gestatten würde, seine Bomben an ihnen zu testen?«

»Ich glaube, das wird niemand jemals verstehen.« Raúl legte seine Hand in ihren Nacken und streichelte sie sanft.

»Diese armen Menschen waren für Hitler nichts weiter als Versuchskaninchen. Wenn der Angriff misslungen wäre oder er nicht die Möglichkeit gehabt hätte, in Spanien seine Waffen zu testen, vielleicht hätte auch das Bombardement auf London nicht stattgefunden.«

»Ich bin sicher, dass er immer einen Weg gefunden hätte, um die Bomben zu testen. Dann hätte es andere Unschuldige getroffen.«

»Für Franco waren sie nicht unschuldig.« Sie stellte das Weinglas auf den Tisch und verschränkte die Arme vor der Brust. »Mein Vater war allerdings unschuldig. All die Mütter, Kinder und Bauern waren unschuldig. Franco ist genauso schlimm wie Hitler.« Über ihre eignen Worte erschrocken, schlug Katarina die Hand vor den Mund.

Lächelnd griff Raúl nach ihren zitternden Fingern und führte sie an seine Lippen. »Ist schon in Ordnung, ich bin kein Franco-Anhänger. Wie könnte ich auch? Ich durchschaue seine Lügen über die Neutralität in diesem Krieg. Es besteht kein Zweifel daran, dass er …« Raúl sprach den Satz nicht zu Ende.

»Dass er was?«, fragte Katarina, beugte sich zu ihm vor und lächelte ihn an. »Du kannst es aussprechen. Ich nehme an, wir sind derselben Überzeugung.«

Raúl starrte in eine Ecke und schien mit sich zu ringen. Sie kannte dieses Gefühl nur zu gut. Seit Ausbruch des Bürgerkrieges konnten Worte tödliche Folgen haben. Ein einfacher Satz konnte Gefängnis bedeuten, Folter oder sogar den Tod.

Er schloss die Augen und neigte für einen Augenblick seinen Kopf. »Ich habe so viel Zeit damit verbracht, niemandem mehr zu vertrauen, dass es mir jetzt schwerfällt, wieder Vertrauen zu fassen.«

»Vertraust du mir?«, fragte sie.

»Es könnte mein Verderben sein, aber ich vertraue dir bedingungslos.«

Katarina fühlte plötzlich eine Geborgenheit, von der sie lange angenommen hatte, sie nie wieder empfinden zu können. Gleichzeitig spürte sie, wie zornig und verbittert sie war. »Ich hasse Franco. Ich hasse Hitler. Ich hasse sie dafür, dass sie mir meinen Vater genommen haben. Dass sie unschuldige Menschen ermordet haben. Dass sie mein Leben für immer verändert haben.«

Raúl räusperte sich und sah sie prüfend an. »Ist dein Hass so groß, dass du auf Rache sinnst?«

Katarina zog ihre Augenbrauen zusammen. »Wie meinst du das?«

»Wenn du die Möglichkeit hättest, ihre Verbrechen zu rächen oder zumindest die ihrer Handlanger, würdest du es dann tun?« Raúl hielt inne, schüttelte den Kopf und sagte dann: »Vergiss es.«

»Du kannst jetzt keinen Rückzieher mehr machen«, entgegnete sie. »Wenn du das unausgesprochen lässt, dann werde ich nur voreilige Schlüsse ziehen, und das sind vielleicht die falschen. Bitte«, sagte sie und nahm seine Hand, »sag mir, was du damit meinst.«

Raúl legte die Ellenbogen auf die Knie und seinen Kopf in die Hände. Er atmete ein paarmal tief durch, richtete sich dann wieder auf und sah sie an. »Wenn es dir wirklich um Vergeltung geht, kenne ich Leute, die genauso denken.«

Ein dunkler Schatten huschte über sein hübsches Gesicht. Er fuhr mit seiner Hand sanft ihren Arm entlang. »Aus deiner Art zu tanzen kann ich alles ablesen, den Schmerz, den Kummer. Ich würde nicht zögern, dir alle meine Geheimnisse anzuvertrauen.«

»Das tust du alleine schon dadurch, dass du mit mir darüber redest.«

»Stimmt.« Raúl legte seinen Arm um ihre Schulter und zog sie an sich. »Aber lass uns jetzt nicht mehr über Politik reden.«

Als Raúls Lippen ihren Mund berührten, wusste sie, dass ihr Herz bei ihm Schutz suchen würde.

ELFTES KAPITEL

Nachdem Mateo sein Bier ausgetrunken hatte, stellte er das leere Glas auf die Theke und sagte: »Gehen wir.«

»Wohin?«, fragte Charlotte überrascht.

»Zur Alhambra. Du kennst doch die Alhambra, nicht wahr?«

»Aber natürlich.« Fast überall in Granada konnte man die atemberaubende Stadtburg hoch oben auf dem Hügel sehen.

Sie suchte ihren Geldbeutel, doch Mateo hielt sie zurück. »Lass mich das bezahlen.«

»Aber …«

Er hob eine Augenbraue, und sie wollte nicht mit ihm streiten. Er warf ein paar Münzen auf den Tresen, dann traten sie in die Sonne hinaus und schlenderten schweigend durch die gepflasterten Gassen zum Río Darro hinunter. Sie überquerten den Fluss und gelangten auf die

Flaniermeile Cuesta de Gomérez, die direkt zur Alhambra führte. Die Festung auf dem Sabikah-Hügel ragte aus dem dichten Pinienwald heraus.

»Unglaublich«, sagte Charlotte, legte ihren Kopf in den Nacken und nahm die Schönheit des Gebäudes in sich auf.

»Beeindruckend, nicht wahr?«

»Absolut!«

»Gehen wir hinein«, sagte Mateo. »Ein Besuch in der Alhambra wird dir bei der Lösung deines Dilemmas mit der Malerei helfen.«

»Ich verstehe nicht ganz.«

»Das musst du jetzt auch noch nicht.« Mateo sah sie von der Seite an, und seine Augen funkelten. Je mehr Zeit sie mit ihm verbrachte, desto schwerer würde ihr die Abreise fallen, das war ihr klar.

»Muss man nicht mindestens einen Tag vor dem Besuch die Tickets buchen?«

»Oder eben die richtigen Leute kennen.« Er grinste, lief dann zu einem Mann in Uniform und plauderte ein wenig mit ihm. Sie lachten, klopften einander auf die Schultern, dann gab Mateo ihm Geld. Kurz darauf kehrte er mit zwei Eintrittskarten zurück. »Alles okay.«

»Kommen alle Einheimischen so einfach hinein?«

»Nur, wenn sie zum Flamenco in der Lieblingsbar von jemandem Gitarre spielen.«

»Nicht schlecht. Was schauen wir uns als Erstes an?«

»Wir fangen abseits der Menschenmassen an.« Er warf einen Blick auf die munter plaudernde Menge, die sich um den Eingang drängte.

»Sie sind doch überall.«

»Macht nichts. Wir werden so tun, als wären wir ganz alleine hier.«

Kurze Zeit später liefen sie durch eine große mit Blau, Schwarz und Gold verzierte Halle mit einem Gewölbe, das vor Geschichte und Geheimnissen überquoll, die vielleicht niemals enthüllt werden würden.

Mateo legte seine Hände in den Nacken und räusperte sich. »Ursprünglich wurde die Alhambra im Jahre 889 von Sawwar Ibn Hamdun als kleine Festungsanlage erbaut.« Er wartete ihre Antwort nicht ab. »Als Sawwar starb, verfiel die Festung. Viele Jahre später kam ein maurischer König und verwandelte den Ort in den Palast, den wir jetzt sehen. Der Mann, dem wir diese Schönheit zu verdanken haben, hieß Yusuf I., Sultan von Granada.«

»Es gab einen Sultan hier?«, fragte Charlotte, als sie aus dem Gewölbe in den Garten traten. An einem Ende stand ein Springbrunnen, dessen Wasser in ein rechteckiges Becken lief, welches den gesamten Vorplatz einnahm. Entlang der Einfassung wuchsen, umgeben von üppigen Büschen, weiße und lavendelfarbige Blumen.

»Granada, vor allem aber die Alhambra, verband früher zwei Welten. Dieser Flügel diente jahrhundertelang dem

Führungsstab der muslimischen Emire und katholischen Monarchen.«

Charlotte blickte ihn an und verfolgte das Spiel der Schatten auf seinem Gesicht, die sein kantiges Kinn und seinen olivfarbenen Teint unterstrichen.

»Charlotte?«

»Wie bitte?« Etwas verwirrt kehrte sie in den Augenblick zurück.

»Sieh dir das an.« Mateo zeigte zu einer nahegelegenen Mauer. Filigrane Blumenornamente und goldfarbene Linien funkelten in der Sonne, die die seltsam geschwungenen, verschnörkelten Schriftzeichen zum Leuchten brachte.

Ihr verschlug es die Sprache, und sie konnte sich an der märchenhaften Pracht um sie herum gar nicht sattsehen.

»Und, was fühlst du, wenn du merkst, welche tiefe Emotionen die Kunst bei dir auslöst?«

»Ich … hast du mich deshalb hierhergebracht? Um mich daran zu erinnern, wie sehr mich Kunst fasziniert?«

Mateo zuckte die Achseln. »Es gibt verschiedene Gründe, weshalb wir hier sind. Du solltest dich wieder daran erinnern, was Kunst mit dir macht, wenn du nur die richtige Inspiration findest. Öffne dich wieder deiner Leidenschaft.«

Er beugte sich zu ihr, seine Nähe war beunruhigend. »Vielleicht findest du sogar *el duende*.«

Sie schloss für einen Moment die Augen. Wie kam es, dass Mateo ihr so unter die Haut ging und stets die richtigen Worte fand? Warum tat er das?

Lächelnd schaute sie ihn an. »Ich befürchte, dass ich *el duende* leider niemals erreichen werde …«

»Sei nicht so streng zu dir. Habe ein wenig Vertrauen, ein wenig Glauben.« Er legte einen Finger unter ihr Kinn und sah sie an. »Erinnere dich daran, wie du dich beim Tanzen fallenlassen konntest, lass dich von deiner Intuition leiten.«

»Das kann ich nicht.«

»Das hast du doch schon getan. Weißt du das nicht? Nach deinem Tanz hast du wieder begonnen zu malen. Du hattest den Mut, deine Gefühle direkt auf die Leinwand zu bringen.« Er schaute ihr eindringlich in die Augen, und sie fragte sich, ob er spürte, wie aufgeregt sie war.

Unwillkürlich wich sie einen Schritt zurück. »Das war nur ein flüchtiger Augenblick.«

»Ich bezweifle, dass er flüchtig war. Wovor hast du solche Angst?«

»Ich …« Sie ließ ihre Schultern hängen und senkte den Kopf. »Es hat keinen Sinn.«

»Es gibt immer einen Sinn. Komm.« Mateo nahm sie bei der Hand und führte sie durch einen weiteren Garten, in dem helle Myrtensträucher rund um ein Becken gepflanzt waren, in dem sich die geometrischen maurischen Muster der Bogen spiegelten.

»Das ist der Myrtengarten.«

Sie nickte bewundernd, dann blieben sie schweigend stehen und beobachteten die Fische, die in dem kristallklaren Wasser schwammen.

»Schön, nicht wahr?«

»Absolut.« Charlotte traute sich nicht, den Blick zu heben und ihn anzusehen.

»Meine Stadt hat Jahrhunderte damit verbracht, zwischen den Kulturen Brücken zu bauen und maurische und europäische Wurzeln miteinander zu verbinden. Manchmal ist das eine Herausforderung, doch das Verlangen, das Beste aus beiden Welten zusammenzuführen, ist immer präsent. Ähnlich wie bei dir und der Malerei.«

»Ich kann dir nicht folgen.« Sie nahm all ihren Mut zusammen und sah ihm in die Augen, und als sich ihre Blicke trafen, wurde ihr bewusst, wie dankbar sie war, ihn getroffen zu haben.

»Du steckst in der Klemme und weißt nicht, ob du auf dein Herz hören oder deinem Verstand folgen sollst, nicht wahr? Doch was willst du am Ende deiner Reise erreicht haben? Glück? Erfüllung? Einmal den magischen *el duende* erlebt haben?«

»Alles«, murmelte sie.

»Dann finde ihn, indem du malst. Danach sehnst du dich doch. Hör auf, dieses Bedürfnis zu kontrollieren. Lass zu, dass es sich auf natürliche Weise entfaltet. Der beste Flamenco entsteht erst, wenn Musiker oder Sänger gemeinsam auf eine Reise gehen. Ich bin mir sicher, dass auch die Handwerker der Alhambra ihren künstlerischen Talenten freien Lauf ließen. Und sieh selbst, zu welchen Ergebnissen das geführt hat.« Er breitete seine Arme aus und ließ die atemberaubenden Farben der grünen und blauen Kacheln, die goldenen arabischen Schriftzüge und üppigen Gärten auf sich wirken.

»Ich weiß ja, du hast recht …«

»Und ich weiß, dass es schwer ist, nach einer Niederlage wieder den Mut zu finden, weiterzumachen. Aber versuche, Vergangenes zu vergessen und nach vorne zu schauen. Die *gitanos* beherrschen das ziemlich gut.«

»Eigentlich habe ich es immer für wichtig gehalten, die Vergangenheit nicht zu vergessen – besonders in kultureller Hinsicht.«

»Aber manchmal sollte man sie auf sich beruhen lassen und seinen Frieden mit ihr machen«, sagte Mateo, und ein Schatten huschte über sein Gesicht.

»Willst du mir deshalb nicht helfen? Weil du dich dann wieder mit etwas auseinandersetzen müsstest, was in deiner eigenen Vergangenheit liegt?«

Charlotte erschrak selber vor der Direktheit ihrer Frage. »Tut mir leid.«

Mateo hatte den Blick abgewandt und starrte auf den Teich.

»Ich möchte nicht neugierig sein oder dir zu nahe treten … aber wenn du eine Möglichkeit hast, meiner Großmutter zu helfen, und dennoch zögerst, würde ich gerne erfahren, warum.«

»Ist schon in Ordnung.« Er legte seine Hand auf ihren Arm. »Du suchst nach deiner Familie, und das ist wichtig. Familien sind manchmal sehr wichtig, aber nicht immer. Meine Familie war nicht so wichtig für mich. Wenn ich dir helfen will, laufe ich Gefahr, meiner Familie zu begegnen. Das habe ich seit Jahren vermieden. Damit du verstehst, weshalb das alles so schwer für mich ist, müsstest du meine Geschichte kennen.«

»Ich möchte nicht, dass du etwas tust, das dir unangenehm ist.«

»Komm, wir suchen uns einen Ort, wo wir nicht gestört werden.« Er nahm ihre Hand und führte sie durch das Portal in die kleine und große Halle zurück und vorbei an dem Besucherstrom in einen anderen Innenhof. Sie setzten sich unter die Zypressen auf eine Steinbank und lauschten dem Plätschern des Wassers.

»Weißt du, meine Verbindung zum Klan der Giménez hat eine lange, sehr turbulente Geschichte. Ich möchte nicht ins Detail gehen, sondern mich lieber auf meine Familie beschränken. Ich bin kein gebürtiger *gitano*, habe mich aber schon immer zur Musik der Zigeuner und ihrer Kultur hingezogen gefühlt. Meine Familie ist …« Er schloss kurz die Augen und seufzte. »Sie ist materialistisch und nicht an Kultur interessiert, ihnen geht es nur ums Geld. Ich komme aus einer gehobenen spanischen Familie, habe mich dann aber von ihr losgelöst. Eine Zeitlang habe ich für meinen Vater gearbeitet und viel Geld verdient. Als ich jedoch merkte, wie unglücklich es mich gemacht hat, bin ich gegangen. Seitdem hat mein Vater nicht mehr mit mir gesprochen, er konnte nicht verstehen, warum ich einem Lebensstil, den er so liebte, den Rücken kehrte. Wir sind sehr verschiedene Menschen. Um dir zu helfen, müsste ich mit alten Freunden meiner Familie sprechen. Charlotte, du musst verstehen, dass die Chancen sehr gering sind. Viele Familien haben damals Spanien verlassen, andere haben während des Francoregimes ihre Namen geändert. Es kann daher schwer sein, an Informationen heranzukommen, weil Aufzeichnungen, wie so oft während eines Krieges, verlorengingen oder absichtlich verbrannt wurden. Wie dem auch sei, ich bin in einer Familie aufgewachsen, die gerne über andere Leute geredet hat – und nicht immer auf freundliche Art –, vermutlich kenne ich also eine Person, die helfen könnte. Falls sie überhaupt mit mir reden möchte. Vielleicht weigert sie sich auch aus Loyalität zu meinen Eltern.«

Mateo verstummte und trommelte mit den Fingern auf sein Knie.

»Du könntest mir doch die Einzelheiten erklären, damit ich selbst die Familie aufsuchen kann. Mein Spanisch ist zwar nicht sehr gut, aber ich käme bestimmt zurecht.«

»Diese Señora, von der ich sprach, lebt sehr zurückgezogen und ist bekannt dafür, dass sie keinem Fremden traut. Ich bin mir sicher, dass du von ihr keine Auskunft erhalten würdest, wenn man dich vorher nicht einführte.« Entschlossen erhob er sich. »Wir haben keine andere Wahl. Wir gehen gemeinsam hin und versuchen es.«

»Danke.«

Charlotte war aufgesprungen und fiel Mateo um den Hals. Einen Moment lang genoss sie seine Wärme und lauschte dem schnellen Schlag seines Herzens. Dann löste sie sich von ihm und ging schnellen Schrittes auf die Pforte zu.

Charlotte lag in ihrem Hotelzimmer auf dem Bett und wählte die Nummer ihres Bruders.

»Oh, na endlich! Ich habe dir zwanzig Nachrichten hinterlassen!« Steve klang außer Atem, als er an den Apparat ging.

»Es waren fünf, und von denen klang aber keine wirklich dringend. Hör zu, ich konnte endlich etwas herausfinden.«

»Ich kann dir gar nicht sagen, wie sehr mich das freut. *Abuela* geht es nicht besonders gut.«

»Wie bitte?« Charlotte setzte sich ruckartig auf.

»Die Untersuchungen hat sie gut überstanden, aber sie ist immer noch sehr schwach. Ein Team aus Fachärzten kümmert sich um sie, aber bisher konnte niemand die Ursache der Verschlechterung herausfinden.«

»Ich komme sofort zurück.«

»Nein, das tust du nicht. Ich musste *abuela* versprechen, dich zum Bleiben zu zwingen, solange …«

»Ich könnte kurz zurückkommen.«

»Nein. Sie hat gesagt, dass sie sich weigern wird, dich zu sehen, wenn du das tust.«

»Okay, ich tue mein Bestes.«

»Hör mal, es ist schon spät. Schick mir eine Mail und halte mich auf dem Laufenden.«

»Mache ich. Danke, Steve.«

Steve hatte aufgelegt, und Charlotte fühlte sich einsamer denn je. Sie biss sich auf die Lippen und sah sich prüfend das Bild an, das sie gestern gemalt hatte.

Abuela wäre begeistert gewesen, Charlotte endlich wieder mit einem Pinsel in der Hand zu sehen, doch diese Farben … diese Bewegung … das Thema … ob ihr das gefallen hätte?

Charlotte öffnete den Schrank, holte die Leinwand von Syeria heraus und stellte sie neben ihr eigenes Bild. Sie wollte nicht Syerias Arbeit kopieren. Selbst wenn die Pinselstriche und Farben sich auffallend ähnelten, wirkte

Charlottes Werk doch fließender. Woher kam das? Egal, sie hatte jetzt keine Zeit zu verlieren. Mateo wartete sicher schon in der Lobby.

»Du bist aber pünktlich«, sagte Charlotte, drückte ihm wie üblich einen Kuss auf jede Wange und versuchte sich nicht anmerken zu lassen, wie sehr ihr sein Duft gefiel.

»Ich wollte wissen, wie es sich anfühlt.«

Gemeinsam verließen sie das Hotel, und Charlotte sah sich nach dem vertrauten gelben Fahrzeug um. »Wo ist das Auto?«

»Heute benutzen wir diese hier.« Er zeigte auf seine Füße. Sie bogen nach links ab und gingen schweigend die Straße hinunter. Dieser Spaziergang gab ihr die Gelegenheit, die herrlichen schmiedeeisernen Balkone an den Häuserfronten sowie die Alleen zu bewundern, die kühlende Schatten auf die Gassen warfen.

»Ich würde gerne wissen, was du denkst«, sagte Mateo und stieß sie sachte mit dem Ellenbogen an.

»Gar nichts.«

»Aber du runzelst die ganze Zeit die Stirn.«

»Meiner *abuela* geht es nicht gut. Aber sie will, dass ich erst nach Hause komme, wenn ich hier alles geklärt habe. Ich vermisse sie. Ich will bei ihr sein. Es fühlt sich an, als würde sie mich fortstoßen, dabei bin ich der Mensch, der ihr am nächsten ist.«

»Warte es ab, vielleicht wissen wir gleich mehr, und du kannst schnell wieder nach Hause zurückkehren.«

Mateo verstummte, und kurze Zeit später erreichten sie eine prächtige Straße. Vor einem herrschaftlichen Gebäude blieben sie stehen.

»Alles in Ordnung?«, fragte Charlotte und spürte, wie ihre Hände zitterten.

Mateo nickte und drückte auf die Klingel.

»*¿Quién es?*«, ertönte die etwas brüchige Stimme einer älteren Frau. »*Soy yo,* Mateo.«

»*¡Mi querido!*« Kurz darauf schwang das schwere Portal auf, und eine zierliche Frau stand vor ihnen. Sie trug ihr graues Haar hochgesteckt, legte ihre Arme um Mateo und sprach schnell auf ihn ein. Ab und zu hielt sie inne, sah ihm in die Augen und kniff in seine Wangen. Schließlich wandte sie sich an Charlotte, die noch in der Tür stand. Sie sah Mateo an und hob eine Augenbraue.

»Das ist meine Verlobte Charlotte«, sagte er auf Englisch und sah dabei keiner der Frauen in die Augen.

La señora nahm Charlotte so fest in die Arme, dass sie Angst hatte, ihre Rippen würden brechen. Dann bedeutete sie ihnen, ihr zu folgen. Sobald sie das schwere Haustor geschlossen hatte, verging auch die Hitze des Tages, denn sie befanden sich in einer kühlen Halle. Wände und Böden waren mit Marmor gefliest, der schon etwas beschädigt war.

Sie folgten der Señora weiter zu einem großen Salon mit Parkettboden, der im Art-déco-Stil eingerichtet war. Die schweren Möbel hatten glänzende Oberflächen mit gerundeten Kanten und füllten den gesamten Raum. Dicke orangefarbene und rote Vorhänge mit geometrischen Mustern hingen vor den Fenstern. Die alte Dame zeigte auf ein bequemes senffarbenes Sofa, das so aussah, als gehörte es in einen Film aus den dreißiger Jahren. Mateo setzte sich dicht neben Charlotte. Ein tiefer, glücklicher Seufzer entfuhr der Gastgeberin.

»Wartet, ich mache Kaffee.« *La señora* eilte aus dem Zimmer und fing in der Küche mit Tellern und Tassen zu klappern an.

»Wird diese Begegnung nicht zu peinlich werden?«, flüsterte Charlotte, sah sich im Zimmer um und bemerkte, dass es nirgendwo Fotos gab. »Sie scheint sich sehr darüber zu freuen, dich zu sehen. Und mich auch.«

»Tut mir leid, sobald ich sie gesehen habe, hielt ich es für besser, ihr zu sagen, dass wir verlobt sind.« Er grinste. »Wahrscheinlich ist sie froh, dass ich alter Junggeselle noch jemanden gefunden habe. Außerdem ist Señora Blanco Alves wie der Wind – bei ihr weiß man nie, aus welcher Richtung er blasen wird. Heute ist sie vielleicht froh, mich zu sehen, aber das kann sich morgen schon wieder ändern.«

Sie blickte sich um. »Ist das alles eine einzige Wohnung?«

»Ja. Sie lebt hier schon seit vielen Jahren alleine und hat

sich immer standhaft geweigert, in eine kleinere Wohnung zu ziehen. Ich nehme an, es ist immer noch so. Ich verbinde viele glückliche Erinnerungen aus Kindertagen mit diesen Räumen.«

»Señora Blanco Alves war also eine enge Freundin der Familie?«

»Das ist sie immer noch, und das ist auch der Grund, weshalb dieser Besuch problematisch werden könnte. Sie ist eine der wichtigen Personen der besseren Gesellschaft Granadas. Niemand tut etwas, ohne dass *la señora* davon erführe. Sie sagt auch gerne ungefragt ihre Meinung.« Er sah sie unter seinen langen Wimpern an. »Aber ich war schon immer ihr Liebling, darum freut sie sich, mich zu sehen.«

»Und warum wolltest du sie dann nicht gleich besuchen, wenn sie dich so gern hat?«

»*La señora* hat ein großes Herz, aber sie ist an jedem Gesellschaftsklatsch beteiligt. Meine Familie soll nichts über mich erfahren.«

»Deswegen sind wir also ein Paar?« Mateos Logik ergab keinen Sinn.

»*La señora* ist gläubige Katholikin und hat einen ausgeprägten Familiensinn.«

»Verstanden.« Charlotte drückte seine Hand. »Herzlichen Dank, dass du das für mich tust.«

»Keine Ursache.« Sie hatte den Eindruck, dass er mit seinem lässigen Charme etwas überspielen wollte. »Ich helfe ihr mit dem Kaffee.«

Mateo verschwand, und Charlotte blieb allein auf dem Sofa. Offensichtlich brauchte Mateo ein wenig Zeit allein mit der alten Dame.

Aus der Küche klangen gedämpfte Stimmen an ihr Ohr. Charlotte versuchte, nicht darauf zu hören, doch es war schwer, sie zu ignorieren, wenn man in einem stillen Nebenzimmer saß. Worte wie unglücklich, Flucht und Reue drangen durch die Küchentür, Charlotte wurde immer ungeduldiger.

Nach zwanzig Minuten kehrte Señora Blanco Alves mit Kaffeegeschirr und einer kupfernen Kaffeekanne zurück. Ihre Augen und ihre Nase waren gerötet, Mateo folgte ihr mit ernster Miene.

Ohne Charlotte zu fragen, wie sie den Kaffee haben wollte, schenkte sie eine Tasse ein und gab drei Löffel Zucker hinzu. Charlotte nahm sie freundlich lächelnd entgegen und balancierte geschickt Tasse und Unterteller, während *la señora* einen Teller mit süßem Gebäck anbot.

»*Pionono*«, sagte sie.

»Sie werden in Santa Fé, in der Nähe von Granada hergestellt«, erklärte Mateo und schien seine gewohnte Ruhe wiedergefunden zu haben. »Der Teig wird gerollt, darüber kommt ein spezieller Sirup, dann wird alles mit Sahne bestrichen.«

Die Süßigkeit schmolz auf der Zunge. »Mmh! Schade, dass ich diese Köstlichkeit erst jetzt entdeckt habe.«

La señora faltete ihre Hände im Schoß und sah Charlotte direkt an. »Ich kenne Ihre Großmutter.« Sie sprach Englisch mit starkem Akzent, war aber leicht zu verstehen.

Charlotte stellte vorsorglich ihre Tasse auf den Tisch. »Woher?«

»Wir sind zusammen aufgewachsen.« *La señora* schluckte mühsam.

Charlotte war so verblüfft, dass sie nur stammeln konnte: »Ihr Englisch ist sehr gut.«

»Mein Sohn lebt in Amerika. Seine Kinder sprechen kein *español*, also habe ich ihretwegen *inglés* gelernt.« Bitterkeit schwang in ihrer Stimme mit. »Sagen Sie mir, wie geht es ihr? Wie sieht sie aus?«

»Es geht ihr nicht gut«, brachte Charlotte heraus, ihre Augen füllten sich mit Tränen, als sie an das Telefonat mit ihrem Bruder zurückdachte.

»Hat Mateo Ihnen alles erzählt?«

»Ja.« Ein Lächeln huschte über ihre Lippen. »Für mich ist es immer noch schwer, zu verstehen, dass eine Eskapade ihr Leben verändern sollte.«

»Eine Eskapade?« Charlottes Herz schlug schneller. Könnte es sein, dass sie an einem einzigen Nachmittag alles erfahren würde?

»Ihre *abuela* war wie eine Schwester für mich. Wir sind

immer wieder ohne Begleitung aus dem Haus entwischt, was unsere Familien nicht duldeten. Ich bin zum Beispiel oft ohne Anstandsdame mit einem Jungen ins Kino gegangen, während Katarina heimlich Flamencounterricht nahm.«

La señora stand auf und ging zu einem eleganten Schreibtisch mit hellen und dunklen Einlegearbeiten. Sie nahm kleine Schachteln voller Zettel in die Hand, öffnete eine nach der anderen und murmelte dabei. Schließlich griff sie einen Schuhkarton und setzte sich neben Charlotte.

Rosenduft umgab die alte Dame. Sie reichte ihr den Karton »Das ist für Sie.«

Charlotte nahm ihn und starrte ihn an.

»Für Ihre Familie.«

»Wie bitte?«, sagte Charlotte und strich mit der Hand über die glatte Oberfläche.

»Meine Familie war gut mit der Familie *de los Sánchez* befreundet – der Familie Ihrer *abuela*. Granada ist zwar groß, aber dennoch wie ein Dorf. Nach Señor Sánchez' Tod verschärften sich die Konflikte zwischen Katarina und der Familie. Ich habe versucht, ihr zu helfen, doch mir waren die Hände gebunden. Meine Familie stand auf der Seite von Katarinas Mutter, und ich konnte nicht riskieren, ebenfalls ausgeschlossen zu werden. Mateo weiß, wie schwer damals die Zeiten waren.«

Allmählich wurde Charlotte klar, warum *abuela* nicht über ihre Vergangenheit sprechen wollte.

»Familien haben über Nacht ihre Häuser verlassen, ihre Besitztümer zurückgelassen und träumten davon, eines Tages, sobald sich die politische Lage beruhigt hätte, zurückzukehren.« *La señora* starrte ins Leere, als durchlebte sie noch einmal all diese Ereignisse.

»Das ist mit vielen Geschehnissen verknüpft, die meisten davon waren nicht angenehm. Meine Familie weigerte sich, Granada zu verlassen. Als Familie Sánchez loszog, überreichte sie meinen Eltern diesen Karton. Ich selbst habe erst Jahre nach dem Tod meines Vaters davon erfahren.«

»Warum haben sie ihn nicht mitgenommen?«

La señora zuckte die Achseln. »Sie haben uns vertraut. Und sie wussten, dass wir niemals gehen würden. Vielleicht sollte es eine Art Versprechen sein, dass sie eines Tages zurückkehren würden, vielleicht hofften sie, dass Katarina nach ihnen suchen würde. Und jetzt übergebe ich Ihnen, als Nachfahrin der Familie Sánchez, was sie damals hinterließen.«

»Ich … danke Ihnen.« In Charlottes Kopf drehte sich alles, sie hob vorsichtig den Deckel, doch Señora Blanco Alves legte energisch ihre Hand darauf.

»Jetzt ist nicht der richtige Moment dafür. Mateo wird später alles erklären.« Sie legte ihre Hände in den Schoß und starrte auf den Boden. Schließlich blickte sie wieder auf und sah Charlotte an. »Mateo hat mir von dem Bild erzählt.«

»Ach, hat er das?« Charlotte warf ihm einen fragenden Blick zu.

Mateo machte große Augen. »Es war doch wichtig. Señora Blanco Alves kannte deine *abuela*, als beide jung waren, vielleicht erinnert sie sich an das Bild.«

»Und, erinnern Sie sich daran?«, fragte Charlotte. Die alte Dame nickte langsam, als habe sie Angst zu antworten.

Charlotte beugte sich zu ihr vor. »Bitte erzählen Sie mir alles, woran Sie sich noch erinnern können.«

»Mein Problem ist, dass ich mich an zu vieles erinnere.« Sie verschränkte die Arme vor der Brust, ihr Blick ging ins Leere.

Verzweiflung ergriff Charlotte, doch sie zwang sich, ruhig zu bleiben. »Mir ist bewusst, dass Sie meine *abuela* Katarina schon lange nicht mehr gesehen haben, aber Sie waren einst Freundinnen, nicht wahr? Möchten Sie nicht, dass sie die Wahrheit erfährt? Würde ein Freund so etwas nicht tun?«

»*¡Virgen santa!*« *La señora* schloss die Augen und bekreuzigte sich. »Das Bild, das ihr Vater ihr gegeben hat, ist von großer Bedeutung. *La gitana* Syeria Mesa Flores Giménez hat es gemalt, aber das wissen Sie vermutlich schon. Was Sie allerdings nicht wissen, ist, dass Syeria Katarinas Mutter ist.« *La señora* schluckte mühsam und fächelte sich mit einer Serviette Luft zu. Mit zitternder Hand griff sie nach einem Glas Wasser und trank es in einem Zug aus.

»Aber, wie …« Charlotte fehlten die Worte. Mit einem Satz war das Leben ihrer Großmutter auf den Kopf gestellt. Bestimmt war es nicht wahr. Menschen liebten Skandale und machten gerne aus kleinen Geschichten große Tragödien. »Tut mir leid, Señora Blanco Alves, aber Sie irren sich bestimmt.«

»Ich fürchte, nicht. Katarina hatte alles, ihre Familie war einflussreich. Es war nicht bloße Neugier, die sie in die Flamencowelt gezogen hatte. Sie dürfen nicht vergessen, dass unser Land zur damaligen Zeit im Chaos versank. Der Flamenco war ein riskantes Unternehmen. Und Katarina hat immer betont, dass sie sich in ihrer Familie fremd fühlte. Sie hatte diese feuerroten Haare und typisches *Gitano*-Temperament. Als ich viele Jahre später davon erfuhr, habe ich versucht, Katarina zu finden. Aber ich hatte gleichzeitig auch große Angst vor den Problemen, die das für meine Familie mit sich gebracht hätte. Ich habe gesehen, was die Familie Katarina angetan hat.« Sie schüttelte langsam den Kopf. »Ich habe immer bereut, dass ich mich nicht mehr bemüht habe, sie zu finden.«

Charlotte legte ihre Hand auf die trockene, faltige Hand

der Señora. »Die Zeiten damals waren anders. Man lehnte sich nicht einfach so gegen die eigene Familie auf, wie das heutzutage üblich ist.« Wie schwer war es schon für sie, sich gegen ihren Vater zu behaupten. »Können Sie mir sagen, warum sie glauben, dass Syeria die leibliche Mutter meiner Großmutter sein soll?«

»Ich war damals zwanzig.« *La señora* machte eine Pause und tupfte sich die Augen mit einer Serviette ab. »Señora Sánchez kam zum Abendessen zu uns. Das hat sie oft getan. Katarinas Vater war zwei Jahre zuvor gestorben. Nach dem Abendessen mussten wir Kinder, auch wenn wir bereits erwachsen waren, in die Bibliothek gehen, während meine Mutter und mein Vater mit Señora Sánchez Portwein tranken. Ich hatte ein Buch in der Küche liegen gelassen, und als ich es holen wollte, fiel mir auf, dass die Tür zum Salon der Erwachsenen geschlossen war. Bei uns standen die Türen immer offen, mir kam das seltsam vor. Dann hörte ich ein Schluchzen … ich hätte nicht lauschen sollen, aber damals war ich jung und töricht.« Sie strich sich eine Haarsträhne aus dem Gesicht und fuhr fort: »Ich habe das Geheimnis lange mit mir herumgetragen, aber das ist die gerechte Strafe dafür, dass ich gelauscht und Sachen gehört habe, die nicht für meine Ohren bestimmt waren.«

Die alte Dame atmete tief durch. »Señora Sánchez war erregt, weil der Giménez-Klan sie kontaktiert hatte und mehr Geld forderte. Meine Mutter versuchte sie zu trösten, doch es war vergeblich. Mein Vater hingegen sagte wütend, dass Señora Sánchez niemals das halbblütige Zigeunerkind Katarina als ihr eigenes hätte ausgeben dürfen und dass Señor Sánchez Glück gehabt hätte, schon tot zu sein, weil mein Vater ihn sonst wegen seiner Affäre mit der nichtsnutzigen Zigeunerkünstlerin umgebracht hätte.«

Charlottes Herz hämmerte wie wild. Wenn das alles stimmte, wie sollte sie es *abuela* erzählen? Was würde das bei ihr auslösen? Aber durfte sie so ein Geheimnis für sich bewahren? Charlotte kniff die Augen zusammen und spürte dann einen Arm um ihre Schultern. Mateo saß neben ihr und sah sie mitfühlend an.

»Wollen Sie damit sagen, dass meine *abuela* zur Hälfte eine *gitana* ist?« Sie konnte den Satz kaum aussprechen und brauchte auch nicht wirklich die Antwort der Señora, denn plötzlich ergab alles einen Sinn. *Abuelas* Liebe zum Flamenco, ihr Talent, ihr Freiheitsdrang und ihre Bereitschaft, dafür ihre Familie zu verlassen, um ihrem Traum zu folgen, Syerias Bild und der Widerwille von *abuelas* Vater, seiner Tochter dessen Hintergründe zu erzählen, bevor sie erwachsen war … Plötzlich fügten sich alle Teile zusammen.

»So habe ich das gehört. Ich bin vielleicht alt, habe aber noch immer einen klaren Verstand.« Sie deutete auf ihren

Kopf. »Man kann unmöglich so etwas hören und es dann vergessen.« Dann sah sie Charlotte und Mateo an. »Es ist Zeit, dass ihr geht.«

ZWÖLFTES KAPITEL

Charlotte klemmte die Schachtel unter den Arm und stieg mit Mateo die Hügel von Sacromonte hinauf in Richtung *Club Alegría*.

Die Neuigkeiten, die sie von Señora Blanco Alves erfahren hatte, hatten sie erschüttert. Eigentlich hätte sie sich freuen sollen, dass sie endlich am Ziel ihrer Suche war und nun wusste, was für ein Geheimnis sich hinter dem Gemälde verbarg. Doch sie hätte niemals damit gerechnet, dass dadurch die Biographie ihrer Großmutter so tiefgreifend in Frage gestellt wurde.

Mateo schien zu verstehen, wie sehr sie die neuen Informationen bedrückten, ohne sie mit Fragen zu belästigen, lief er schweigend neben ihr her. Und wieder einmal merkte Charlotte, wie wohl und geborgen sie sich in seiner Gesellschaft fühlte.

»Komm, wir gehen zu mir, da sind wir ungestörter«,

schlug er vor, als sie die Calléjon, in der der Club lag, erreicht hatten.

Mateo öffnete die Tür eines alten Hauses und führte sie durch ein dunkles Treppenhaus in den zweiten Stock hinauf. Vor einer dicken Holztür blieb er stehen und öffnete den Eingang zu seinem kleinen Reich.

An einer Wand des Zimmers befand sich eine Kochnische, an der anderen stand ein Sofa. Gitarren unterschiedlicher Größen und Bauweisen waren an der Wand aufgereiht. In einer hinteren Ecke stand ein zerwühltes Doppelbett, auf dem sich Kleidungsstücke stapelten. Gegenüber befand sich ein Paravent, hinter dem sich vermutlich Toilette und Dusche verbargen.

»Entschuldige die Unordnung«, sagte Mateo und eilte zum Couchtisch, der mit Notenblättern überhäuft war. »Wie du siehst, habe ich nur selten Besuch.«

»Ist schon in Ordnung, Mateo.« Trotz des Chaos' fühlte sie sich sofort wohl hier.

»Wie wäre es mit einem kühlen Getränk?«

»Ja, ja, das wäre großartig, *gracias*.«

Er deutete mit dem Kopf zur kleinen Küche. »Dort gibt es gekühltes Mineralwasser. Wenn du Bier möchtest, müssten wir zu Pedro gehen.«

»Mineralwasser ist gut.« Sie öffnete den Kühlschrank und holte zwei kleine Flaschen heraus, während Mateo sein Handy an zwei Lautsprecherboxen anschloß. Plötzlich erfüllte Gitarrenmusik den Raum. Mit dem Klang der Musik wurde auch sie ruhiger. »Wer spielt da?«

»Paco de Lucía«, sagte Mateo vom Sofa aus. »Für mich ist er der größte Flamencogitarrist aller Zeiten. In den siebziger Jahren hat er ganz entscheidend zu einem neuen Flamencostil beigetragen. Gefällt dir sein Spiel?«

»Ja, sehr.«

Sie setzte sich zu Mateo auf die Couch, reichte ihm das Mineralwasser und trank in großen Schlucken.

»Jetzt geht es mir schon besser«, sagte sie.

Er stellte seine Flasche ab und zeigte auf die Schuhschachtel auf ihrem Schoß. »Da drinnen könnten sich noch mehr Antworten verbergen.«

»Oder noch mehr Fragen.« Sie trommelte ungeduldig mit den Fingern auf den Deckel.

Mateo zuckte die Achseln.

Charlotte atmete tief durch und hob vorsichtig den Deckel, dann zog sie einen Stapel Papiere heraus. Behutsam nahm sie jedes einzelne Blatt in die Hand. Es waren Kontoauszüge, Grundbucheintragungen, Einladungen zu gesellschaftlichen Ereignissen – Unterlagen, die wenig über *abuela* aussagten.

Sie zeigte Mateo ein Foto. »Sieh dir das an.«

Er beugte sich über sie, so dass sich ihre Schultern berührten. Das vergilbte Foto war an den Ecken zerfledert und zeigte einen jungen Mann in Anzug und auf einer Steinstufe sitzend, der sich zu einem etwa dreijährigen Mädchen beugte, das auf seinem Schoß saß und ihm einen Strauß Nelken unter die Nase hielt. Das Mädchen blickte mit großen Augen und keckem Lächeln zu ihm auf, ihr langes helles Haar umrahmte ihr engelhaftes Gesicht.

»Könnte das *abuela* sein?«

»Könnte sein. Wäre das dann ihr Vater?«

»Ich nehme an.« Charlotte sah die Unterlagen durch in der Hoffnung auf ein weiteres Foto, fand aber nichts. »Warum sollte ihre Mutter als einziges Foto ein Bild von *abuela* und ihrem Vater aufgehoben haben, wenn sie sie doch verstoßen hatte? Das ergibt doch keinen Sinn.« Sie sah sich das Bild an. »Vielleicht liebte *abuelas* Mutter sie, kam aber nicht über die Tatsache hinweg, dass sie eine halbe *gitana* war.«

»Schau mal, was ich hier gefunden habe, vielleicht hilft das ja weiter.« Mateo reichte ihr einen Umschlag.

»Was ist das?« Sie öffnete ihn, dabei fiel etwas Schweres, Metallenes auf ihre Knie: ein Schlüssel. Auf dem Papier, das ebenfalls im Umschlag lag, stand in schnörkeliger Handschrift eine Adresse.

Avenida Riviera 689.

Charlotte drehte den schweren Schlüssel in ihrer Hand. »Zu welchem Haus er wohl gehört?«

»Zum Familienanwesen der Sánchez.«

»Aber wie kann das sein, es wird doch sicher längst wieder bewohnt sein?«

»Nein. Außer, es gibt Hausbesetzer.«

»Weißt du das von der Señora? Warum hat sie es mir nicht gesagt?«

»Weil sie dachte, dass du es wohl besser aufnehmen würdest, wenn ich es dir sage, als dein Verlobter.« Er hob eine Augenbraue.

»Oh, na klar.« Sie betrachtete ihren leeren Ringfinger.

»*La señora* wollte, dass du weißt, dass sie das Haus nicht mehr betreten hat, seit die Familie Sánchez von hier fortgezogen ist. Doch bevor die Señora mit den Jungen Granada verließ, eröffnete sie auf den Namen der Alves ein Konto, das dazu dienen sollte, die Grundsteuern zu bezahlen und das Haus für eine baldige Rückkehr bereitzuhalten. Leider kehrten sie nie wieder zurück, niemand kennt den Grund dafür.«

»Und warum hat sie das Haus nicht vermietet?«

»Sie hat gesagt, ihr Vater habe die strikte Anweisung erhalten, das Haus bis zur Rückkehr der Familie Sánchez leer stehen zu lassen.«

»Sie ging vermutlich davon aus, dass Franco sich nicht lange an der Macht halten würde.«

»Wahrscheinlich.«

»Aber es ist unmöglich, dass genug Geld hinterlassen wurde, um über all die Jahre die Unkosten zu decken.«

»Das ist ja das Seltsame. Das Geld war kurz nach dem Tod von Señora Blanco Alves' Vater aufgebraucht. Doch sie fühlte sich verantwortlich für den Familiensitz. Und es plagte sie ihr schlechtes Gewissen. Darum hat Señora Blanco Alves wohl beschlossen, auch weiter die Steuern zu bezahlen.«

»Also gehört das Haus jetzt ihr?«

»Ihrer Meinung nach gehört es noch immer deiner Familie.«

»Da trägt sie aber viele Schuldgefühle mit sich herum.«

Mateo zuckte die Achseln. »Die Schuldgefühle sind ihr eigenes Problem. *La señora* hat mir erzählt, dass das Haus dem ihren gleicht. Als deine *abuela* noch ein Kind war, kümmerte man sich in der Nachbarschaft nur um die eigenen Angelegenheiten, als dann der Krieg ausbrach und viele Leute im Laufe der Jahre ihre Häuser verließen, achtete niemand auf ein leerstehendes Haus.«

Charlotte entfuhr ein leiser Pfiff. »Können wir jetzt hineingehen?«

»Wir sollten vielleicht bis morgen warten, es wird dort sicher keinen Strom geben.«

Charlotte schaute nach draußen, es begann zu dämmern.

»Ich muss kurz einmal nachfragen, wie es *abuela* geht.« Sie griff nach ihrem Handy und eilte auf den Balkon hinaus. Dort wählte sie Steves Nummer, trommelte dabei nervös mit den Fingern auf das Geländer und wartete, bis er sich meldete.

»Charlotte, es ist mitten in der Nacht!«

»Aber ich habe Neuigkeiten!« Charlotte fasste kurz die Ereignisse der letzten paar Stunden zusammen. Ihr Bruder war genauso überrascht wie sie. Dann beschlossen sie, *abuela* noch nichts zu sagen, bevor Charlotte nicht irgendeinen Beweis für die Richtigkeit der Geschichte der Señora Blanco Alves gefunden hatte.

»Wie geht es *abuela*?«, fragte sie zum Schluss.

»Sie wird allmählich missmutig.«

»Dann geht es ihr also besser?«

»Die Ärzte machen sich immer noch Sorgen, aber sie versucht jedem einzureden, dass sie auf dem Weg der Besserung ist. Sie wollte den Physiotherapeuten eindringlich davon überzeugen, dass ihre Hüfte in Ordnung sei, dabei kommt sie kaum ohne Schmerzen aus dem Bett.«

Charlotte sah über das Balkongeländer hinunter auf die Menschentrauben, die sich vor den Bars und Restaurants gebildet hatten, Straßenlaternen und grelle Neonschilder erhellten das Dunkel, Kellner standen mit Speisekarten in der Hand auf der Straße und warteten darauf, die ersten Passanten in die Lokale zu lotsen.

»Glaubst du, sie wird sich wieder erholen?«

»Ehrlich gesagt, weiß ich das nicht«, sagte Steve. »Wann kommst du nach Hause?«

»Sobald ich mir das Haus angesehen habe. Warum muss Australien auch am anderen Ende der Welt liegen?« Sie freute sich bei dem Gedanken, ihre *abuela* wiederzusehen, scheute sich aber vor dem Gespräch, das sie über Syeria führen mussten. Allein der Gedanke daran, dass sie sich von Mateo würde verabschieden müssen, machte sie traurig.

Nachdem sie aufgelegt hatte, zog Charlotte den Schlüssel aus ihrer Tasche, hielt ihn sich vors Gesicht und drehte sich zu Mateo um.

»Und, Mateo, welches Geheimnis hast du?«

»Ich?« Mateo trat zu ihr auf den schmalen Balkon, ihr blieb die Luft weg.

»Ja, ich habe das Gefühl, dass Sie viele Geheimnisse zu verbergen haben, Señor Vives.«

»Mag sein, und Sie?«

»Ich bin ein offenes Buch.«

»Ich lese gerne.« Er war jetzt so nahe, dass sie seinen Atem spürte. Ihre Finger kribbelten, ihre Brust bebte, in ihrem Kopf drehte sich alles. Bitte, küss mich …

»*¡Mateo! ¡Aquí está Cristina buscándote!*«

Pedro stand auf der Straße und winkte zu ihnen hinauf.

»*¡Mierda!* Bleib da, ich bin gleich wieder zurück.« Mateo stürmte aus der Tür und knallte sie hinter sich zu.

Charlotte seufzte. Mit klopfendem Herzen schaute

sie auf die Gasse und sah Mateo, der Pedro im Vorbeigehen auf den Rücken klopfte und dann, ohne sich umzuschauen, im *Club Alegría* verschwand. Ob dort Cristina auf ihn wartete?

Enttäuscht verließ Charlotte den Balkon und setzte sich auf das Sofa. Sie drehte den Schlüssel in der Hand und versuchte sich vorzustellen, in welcher Straße das Haus ihrer Großmutter stand. Sie hatte in den letzten Tagen ein wenig die Gassen und Straßen von Granada erkundet, erinnerte sich aber nicht daran, jemals die Avenida Riviera gesehen zu haben.

Ihr Blick fiel auf die Wand mit den Gitarren. Sie unterschieden sich in Farbe, Größe und Form und waren alle in einwandfreiem Zustand. Sie konnte der Versuchung nicht widerstehen und strich mit den Fingern über die glänzende Oberfläche einer Gitarre aus Palisanderholz.

Die Wohnungstür ging leise auf, sie drehte sich verlegen um und stammelte: »Tut mir leid, ich wollte nur –«

Er lachte und kam zu ihr. »Kein Problem. Spielst du?« Er griff nach ihrer Hand und sah sich ihre Finger an.

»Ich? Ich bin so musikalisch wie eine Gitarre ohne Saiten.«

»Das kam mir aber nicht so vor, als du vergangene Nacht getanzt hast. Du hast ein gutes Rhythmusgefühl.«

Bei dem Gedanken an ihren Flamencotanz mit Leila musste sie lächeln.

»Weißt du noch, welche Probleme ich mit meinem Bild hatte?«

»Ich weiß nicht, ob eine neue Maltechnik Probleme bedeutet, aber ich erinnere mich.«

»Ob das etwas mit meiner Veranlagung zu tun hat? Weißt du, je mehr ich darüber nachdenke, desto mehr frage ich mich, ob meine Urgroßmutter Syeria war. Vielleicht habe ich ihre Gene geerbt.«

»Vielleicht trägst du ja doch das Flamencotalent deiner Großmutter in dir.«

Charlotte schüttelte den Kopf und lachte kurz auf. »Das glaube ich kaum. Flamenco ist interessant, aber nicht meine Leidenschaft, nicht so wie bei dir«, sagte sie und zeigte auf die Gitarren. »Warum hast du so viele?«

»Manchmal spezialisieren sich Flamencosänger auf bestimmte *palos*. So muss zum Beispiel ein Sänger, der *siguiriyas* singt, in den Liedern Schmerz und Trauer mit der Stimme ausdrücken. Damit ihm das gelingt, muss er großes Talent haben und es über Jahre perfektionieren. Sobald er sich einem anderen Genre widmet, etwa den fröhlicheren *bulerías*, kann das die Stimme ruinieren.«

»Gilt das auch für Gitarristen?«

»Von einem Flamencogitarristen wird erwartet, dass er sich mühelos von einem *palo* zum anderen bewegt. Einmal spielt er langsam und emotional wie für *siguiriyas*, dann wieder schnell und rhythmisch wie für *alegrías*. Darum brauchen wir unterschiedliche Gitarren. Hier«, er nahm ein Instrument und reichte es ihr, »spürst du, wie leicht die Gitarre ist?«

Sie nickte zerstreut. Wie konnte er so einfach ignorieren, was eben auf dem Balkon geschehen war?

»Je nach Gitarre und Klang benötigt man ein anderes Holz, Palisander zum Beispiel für den Schlag.« Er klopfte mit seinen Fingerknöcheln rhythmisch auf die Gitarre, die er ihr gereicht hatte.

»Die traditionelle Flamencogitarre heißt *la blanca*«, fuhr er fort, und seine Augen leuchteten vor Begeisterung. »Sie ist aus leichtem Zypressenholz. In Spanien gab es damals große Zypressenwälder. Heute sind sie seltener, darum werden moderne Gitarren aus dunklem brasilianischen Palisanderholz gefertigt. Sie werden auch *la negra* genannt und haben, ähnlich wie die klassischen Gitarren, einen vollen Klang. Wie diese hier.«

Sie starrte auf seine langen Finger und schwieg.

»Verzeih mir die ganzen Erklärungen, eine schlechte Angewohnheit von mir.«

»Gar keine schlechte Angewohnheit«, sagte sie und gab ihm die Gitarre zurück. »Es ist schön, wenn man sich für etwas begeistern kann.«

Er lehnte die Gitarre an die Wand, lächelte sie schüchtern an und streckte seine Hand nach ihrer aus. »Leila will dich sehen.«

»Du meinst Cristina.«

»Cristina?« Er lachte kurz auf. »Cristina hat mir nur die Nachricht überbracht, dass Leila sich gerne vor meinem heutigen Auftritt mit uns treffen möchte, sie ist schon unterwegs.«

»Ah.«

»Du bist doch nicht etwa enttäuscht?« Er schlüpfte in seine Jacke.

»Nein, keineswegs! Ich mag Leila. Sehr sogar.« Charlotte hängte ihre Tasche über die Schulter und überlegte, wann sie wohl Mateo das nächste Mal alleine für sich haben würde.

»Sie mag dich auch, wobei ich nicht richtig nachvollziehen kann, warum«, sagte Mateo, zwinkerte ihr zu und schloss die Haustür hinter sich.

DREIZEHNTES KAPITEL

1944 – Katarina

Katarina saß auf der Couch und strich zärtlich über den Brief, den Raúl auf dem Kissen für sie hinterlassen hatte. Als sie aufgewacht war, war er bereits zu einem Treffen aufgebrochen. Lächelnd faltete sie das Papier auf, um seine Worte noch einmal zu lesen.

Meine liebste Katarina,
Deine Liebe berührt mein Innerstes.
Deine Liebe lässt mich wachsen.
Deine Liebe stellt mein Leben vor einen Neuanfang.
Für immer,
Dein Raúl.

Ihr Herz hüpfte, während sie den Brief in ihre Handtasche steckte, um ihn mit nach Hause zu nehmen. Obwohl sie in den vergangenen Wochen fast ununterbrochen zusammen gewesen waren, hatte Raúl angefangen, ihr Liebesbriefe zu schreiben. Und auch wenn Katarina versuchte, darauf zu antworten, war es für sie unsagbar schwer, ihre Gefühle auf Papier zu bringen. Aber sie gab nicht auf.

Sie holte Stift und Notizblock aus ihrer Handtasche und fing mit einem tiefen Seufzer zu schreiben an.

Mein liebster Raúl!
Auch wenn es mir nicht leichtfällt, Worte zu finden, so möchte ich gerne meine Liebe für Dich niederschreiben. Du hast mich in zwei unterschiedlichen Welten kennengelernt, sie akzeptiert und mich in beiden geliebt. Niemand hat mehr Glück als ich.

Sie machte eine Pause, las ihre Worte noch einmal durch und schüttelte den Kopf. Sie schaffte es einfach nicht. Allerdings zeigte sie ihm ihre Liebe, wenn sie in den Gängen des Theaters an ihm vorbeihuschte, ihm ein Lächeln schenkte, wenn sich ihre Blicke im Probenraum trafen oder sie beim Tanzen mit ihrem gerafften Rock eine Geste in seine Richtung machte.

Sie seufzte, kaute an ihrem Stift und blickte auf die vielen Zettel mit dem erbärmlichen Gekritzel. Eines Tages wollte sie ihrem Geliebten einen Liebesbrief schreiben, der ihn zum Weinen bringen würde.

Die Haustür ging auf, und Katarina steckte eilig Stift und Notizblock hinter sich unter das Kissen. Raúl kam herein und ging mit ausladenden Schritten durch das Apartment direkt auf sie zu.

Er kniete sich vor sie und sah ihr tief in die Augen. Dann sagte er ruhig: »Ich nehme an, du weißt, was der Maquis ist.«

Sie nickte, und Angst kroch ihr den Nacken hinauf. Die Anti-Franco-Bewegung, der spanische Maquis, hatte vor Ende des Bürgerkrieges 1939 begonnen, doch mit Francos Vormarsch flohen viele Anhänger der Widerstandsbewegung nach Frankreich. Niemand ahnte, dass diese erfahrenen Widerstandskämpfer sich dort sammeln und der französischen Résistance zu Hilfe eilen würden, nachdem die Deutschen Frankreich besetzt hatten. Der spanische Maquis legte Schienenverkehr und Fabriken lahm, nahm Tausende Deutsche gefangen und befreite viele französische Ortschaften. Für Franco-Gegner waren die Widerständler Helden, die jede Möglichkeit der Deutschen vereitelt hatten, in das angeblich neutrale Francospanien einzumarschieren. »Seit die Deutschen sich aus Frankreich zurückgezogen haben, konzentriert der Maquis sich wieder auf Spanien.« Er machte eine Pause.

»Werden sie Franco stürzen?«

Raúl nickte. »Es gibt noch immer Maquisarden in Spanien, aber sie arbeiten im Verborgenen, warten auf den richtigen Augenblick und helfen ihren Gleichgesinnten in Frankreich, Informationen und Waffen zusammenzutragen. Sie haben vor, einen Teil Spaniens zu erobern, um von dort einen allgemeinen Aufstand zu provozieren. Wenn sie das erreichen, werden ihnen die Alliierten vielleicht auf die gleiche Weise dabei helfen, Spanien zu befreien, wie sie es schon bei den anderen europäischen Ländern getan haben.«

»Das ist aber doch nur eine vage Hoffnung.«

»Was bleibt ihnen anderes übrig? Diese Menschen haben jahrelang gelitten und mussten dabei zusehen, wie Franco ihre Liebsten ermordet hat. Der spanische Maquis hat die Franzosen unterstützt, jetzt ist die Zeit gekommen, sich um unser eigenes Land zu kümmern und es vom Tyrannen zu befreien, der es seit Jahren beherrscht.«

Katarina sah ihn mit geröteten Wangen an.

»Denk doch nur, was Franco deinem Vater, deiner ganzen Familie angetan hat.«

»Ich weiß.« Tränen stiegen ihr in die Augen, sie wischte sie wütend weg. »Die Gruppe braucht deine Hilfe.« In dem Moment, in dem er diese Worte aussprach, wusste sie, dass sich ihr Leben auf dramatische Weise verändern würde.

»Aber sie kennen mich doch gar nicht.«

»Das müssen sie auch nicht. Sie kennen mich, und wenn

ich mich für jemanden verbürge, reicht ihnen mein Wort. Du bist nicht die Erste, die ich anwerbe. Je weniger Menschen wissen, wie sie aussehen, desto besser ist es.«

»Das hast du also all die Jahre getan?«

»Viele Jahre, ja.« In seinen Augen lag unbeschreiblicher Schmerz. »Ich habe vieles getan, worauf ich nicht stolz bin, doch ich habe es im Namen der Freiheit für das spanische Volk getan.«

»Hast du …«

Raúl hob abwehrend seine Hand und flüsterte: »Bitte frage mich nicht nach Einzelheiten, ich werde sie nicht preisgeben … um deinet- und meinetwillen.«

»Weil wir sonst nicht sicher wären?«

Er schüttelte seinen Kopf, sein Blick wirkte glasig. »Zu traumatisch. Niemand sollte sich an solche Erfahrungen erinnern müssen oder sie teilen.«

Katarinas Herz quoll über vor Mitgefühl. Welche Gräueltaten müsste er erdulden oder anderen zufügen? Sie war nicht so naiv zu denken, dass er, ohne seine Hände zu beschmutzen, für den Maquis gekämpft hatte. Über Jahre hatte die Politik auf so vielfältige Weise das spanische Volk verbogen, verdreht und gebrochen, dass es für niemanden möglich gewesen war, unbeschadet davonzukommen.

Mit zitternder Hand strich Katarina sich eine Haarsträhne hinter das Ohr. »Und warum bist du nicht mit den anderen in Frankreich?«

»Der Maquis braucht Leute, hier genauso wie in Frankreich.« Er nahm ihre Hand und verschränkte seine warmen Finger mit ihren. »Und hier brauche ich deine Hilfe.«

Sie setzte sich gerade hin. »Was soll ich tun?«

»Flamenco tanzen.«

»Wie könnte das irgendwem helfen?«

Er senkte kurz seinen Kopf und sah ihr dann in die Augen. »Franco hat die wahre Bedeutung des Flamenco verfälscht, richtig?«

Sie nickte.

»Was wäre besser geeignet als der Flamenco, um gegen ihn zu arbeiten?«

»Ich kann dir nicht ganz folgen.«

»Du wirst auch weiterhin mit deinem wunderbaren Tanz bezaubern und frei sein, die Musik so zu interpretieren, wie du es bisher tust, doch bei bestimmten *palos* wird es kleine Abschnitte geben, die zuvor choreographiert werden«, sagte Raúl und drückte ihre Hand.

»Sind die choreographierten Bewegungen Codes?«, fragte sie und verstand nicht, wie irgendwer davon ausgehen konnte, dass so etwas erfolgreich sein würde.

»Ja.« Raúl schaute Katarina ernst an. »Niemand wird einen Unterschied bemerken, nur ich und die Leute, die die Codes geben und erhalten.«

»Wenn eine Person mir den Code gibt und eine andere

ihn im Publikum empfängt, warum treffen sich dann die beiden Personen nicht einfach und tauschen sie aus?«

»Das ist zu riskant, ich bin auch nicht im Einzelnen eingeweiht. Ich weiß nur, dass du einmal in der Woche einen Brief aus Frankreich von einer angeblichen Flamencolehrerin erhalten wirst. Sie wird über ihr Leben und ihre Familie und die neuen Schritte berichten, an denen sie gerade arbeitet. Sie wird ins Detail gehen, als wärest du noch daran interessiert, von ihr zu lernen, weil sie einmal deine Tanzlehrerin war. Dann wirst du diese Schritte auf der Bühne tanzen. Die Person im Publikum wurde darin geschult, deine Bewegungen zu speichern, besonders die Schritte, und wird die nötigen Informationen dem hiesigen Maquis weitergeben.«

»Als eine Art Morsecode? Und woher erhält meine vermeintliche Freundin die Informationen, die sie dann in Tanzschritte übersetzt?« Es war kompliziert, doch langsam verstand sie, wie es funktionieren sollte.

»Sie erhält ihre eigenen Codes von den Anführern der Gruppe und übersetzt sie in Tanzschritte, die dir dann zugeschickt werden.«

Katarinas Schläfen fingen zu pochen an, mit den Fingern massierte sie gegen den Schmerz an. »Aber, wenn diese Codes über so viele Leute gehen, besteht doch die Gefahr, dass sie missverstanden werden und die ganze Nachricht falsch übermittelt wird.«

»Der Maquis arbeitet schon seit Jahren mit Codes. Deine Aufgabe besteht allein darin, dich strikt an die Choreographie zu halten.«

»Ich erfahre also nicht, was hinter den Codes steckt?«, fragte sie.

»Ganz genau, das dient deinem Schutz. Wir müssen zusammenarbeiten, weil ich sicherstellen muss, dass mein Spiel perfekt mit deinen Bewegungen übereinstimmt.«

»Weiß Federico davon?«, fragte Katarina.

»Nein«, sagte Raúl und schüttelte entschieden den Kopf.

Unzählige Gedanken schossen Katarina gleichzeitig durch den Kopf. »Ist er ein Franco-Anhänger?«

»Ich kenne ihn seit vielen Jahren, aber wir haben uns nie über Politik unterhalten, weil das ein todsicherer Weg ist, um eine Freundschaft zu beenden. Ich vermute aber, dass er neutral ist. Sicher weiß ich es allerdings nicht.«

»Riskierst du nicht deine Freundschaft mit ihm, wenn du so etwas direkt vor seiner Nase tust?«

»Katarina, wir kämpfen hier einen verdeckten Krieg. Ich schätze meine Freundschaft mit Federico sehr, doch wenn Franco weiter an der Macht bleibt, wird das Land versinken, Federico wird kein Publikum und kein Theater mehr haben und wir werden auf der Straße sitzen. Auf Umwegen helfe ich ihm und unzähligen anderen. Selbst Salvador.«

»Dir ist klar, dass wir es vor der Nase der glühendsten Franco-Anhänger tun.«

»Den Lobo-Brüdern?« Ein Lächeln huschte über seine Lippen. »Ich muss gestehen, dass es mir eine große Freude wäre, die geheime Botschaft von ihren Bühnen aus zu schicken.«

»Müsste Salvador auch mitmachen?«

»Du hast zwar einmal angedeutet, dass er kein Franco-Anhänger ist, aber wir brauchen Salvador derzeit nicht.«

»Je weniger er weiß, desto besser für ihn, richtig?« Die Vorstellung, ihren ältesten Freund, dem sie so viel verdankte, oder dessen Familie in Gefahr zu bringen, war ihr unerträglich. »Und was ist, wenn das Ganze schiefgeht? Was ist, wenn wir verhaftet werden und Salvador der Mittäterschaft beschuldigt wird?«

»Das Netzwerk weiß schon, was es tut, und wenn Salvador nichts weiß, kann er auch nicht für schuldig erklärt werden.«

»Man könnte Anklagen fingieren.«

»Heutzutage kann jeder für alles Mögliche angeklagt werden. Mach dir keine Sorgen, liebste Katarina. Sehr, sehr viele Leute passen auf dich auf, das verspreche ich dir. Du wirst sie niemals sehen und auch nichts von ihnen hören, aber sie sind da draußen und sorgen für deine Sicherheit. Du bist wichtig für sie, und mir bist du das Teuerste, was ich habe.« Er legte einen Arm um ihre Schultern, und sie fühlte sich augenblicklich in Sicherheit. »Wir tun das Richtige für unsere Leute.«

Sie nickte, heiße Tränen stiegen ihr in die Augen. Katarina verabscheute es, ein Geheimnis vor Salvador zu haben, doch es war richtig, ihn im Ungewissen zu lassen.

»Hast du Salvador überhaupt schon von uns erzählt?«, fragte Raúl.

»Äh …«

»Sagtest du nicht, dass du nach einer Weile mit ihm reden wolltest? Es ist aber seither viel Zeit vergangen.« Raúl rückte von ihr ab. »Wenn wir ihm Bescheid sagen, würde das erklären, weshalb wir so viel Zeit miteinander verbringen.«

»Und es könnte als Schutz für die Arbeit dienen, die wir tun werden«, sagte sie betont gleichgültig. »Das klingt alles so berechnend.«

»Das ist es nicht, das verspreche ich dir«, sagte Raúl und holte tief Luft. »Warum hast du ihm nicht von uns erzählt? Schämst du dich?«

»Nein, überhaupt nicht. Es ist nur …« Sie schaute an die Decke und versuchte ihre Gedanken zu sammeln. »Er würde mich nur bitten, über meine Gefühle zu sprechen, und ich finde es schwer, ein Wort dafür zu finden.«

»Wäre Liebe ein treffendes Wort dafür?«, fragte Raúl und sah sie von der Seite an.

»Vielleicht.« Sie beugte sich zu ihm und streichelte seine

Wange. Dann rückte sie dicht an ihn heran, küsste ihn auf den Mund und spürte seine Wärme. »Ja, ich denke, dieses Wort trifft es eindeutig.«

VIERZEHNTES KAPITEL

Charlotte und Mateo betraten den *Club Alegría*, die Stimmung war bereits ausgelassen. Pedro nickte ihnen kurz zu, lief zwischen den Tischen hin und her und balancierte Tabletts mit Tapas und Getränken, während Charlotte und Mateo sich den Weg in den hinteren Teil der Bar bahnten. Cristina hatte einen Fuß auf die Bühne gestellt und dehnte zuerst das eine, dann das andere Bein. Sie ignorierte Charlotte und ging schnurstracks auf Mateo zu, erdrückte ihn fast mit ihrer Umarmung und lächelte ihn zuckersüß an.

»Wo ist Leila?«, fragte er und wand sich aus ihrer Begrüßung.

»Hier bin ich!« Sie küsste zuerst Mateo und dann Charlotte auf die Wange. »Hast du einen Auftritt?«

Mateo nickte.

»Dann nehme ich die reizende Charlotte mit, und wir

sehen zu.« Sie nahm Charlotte an der Hand und zog sie zu einem kleinen Tisch, der seitlich an der Bühne stand.

Cristina widmete sich wieder ihren Dehnübungen und sah dabei wunderschön und sexy aus. Charlotte spürte förmlich, wie die Eifersucht in ihr emporstieg.

»Lasst uns etwas trinken«, sagte Leila und winkte Pedro heran. »*Una botella de vino* –«

»Für mich nur Wasser, danke«, unterbrach Charlotte.

Leila zuckte die Achseln. Als Pedro gegangen war, beugte sie sich zu Charlotte. »Ich habe Informationen.«

»Worüber?«

»Über die Frau aus unserem Klan, die Künstlerin.«

Wie? Konnte es noch mehr Neuigkeiten geben?

Pedro kehrte mit den Getränken und einer extragroßen Portion Tapas zurück.

»Gutes Essen, iss«, sagte er und zwinkerte Charlotte zu.

»*Gracias.*« Charlotte steckte sich pflichtbewusst eine Olive in den Mund.

»Köstlich.«

Pedro nickte zustimmend und eilte dann davon, um die vielen Gäste zu bedienen, die in das Lokal drängten.

Leila sah sich um und schaute dann Charlotte an. »Versprich mir etwas.«

»Was soll ich versprechen?«

»Dass du nichts weitersagst von dem, was ich erfahren habe.«

»Natürlich, versprochen …«

»Mateo kannst du es natürlich sagen, ich vertraue ihm wie einem Bruder, aber sonst niemandem. Und deiner *abuela* natürlich.«

»Okay«, sagte Charlotte und fragte sich noch immer, warum Leila so geheimnisvoll tat.

»Ich habe mich mit der Geschichte meines Klans befasst.«

»Verstößt das nicht gegen eure Überzeugungen?«

»Gegen die meines Klans, aber nicht gegen meine persönlichen. Darum muss ich dir auch vertrauen können.« Leila zupfte nervös ihr Jäckchen auf ihren schmalen Schultern zurecht. »Ich werde den Namen der Person nicht erwähnen, über die wir hier sprechen, gewisse Dinge respektiere ich, aber ich glaube, die kommenden Generationen meines Klans werden in Frieden leben, wenn sie unsere Geschichte im Gedächtnis behalten. Die Künstlerin war außerhalb des Klans sehr bekannt und eine kleine Rebellin wie ich.« Sie grinste. »Granadas Elite liebte ihre Kunst und lud sie in ihre Welt ein. Wie eine gezähmte Wildkatze.«

»Das klingt nicht gerade würdevoll.«

»Das waren andere Zeiten. Wir wissen nicht, warum sie plötzlich zu malen aufhörte.«

»Woher weißt du es?«

»Von einem Anthropologen. Alle paar Jahre hat er versucht, meinen Klan davon zu überzeugen, seine Geschichte zu erzählen, aber *El Jefe* hat sich stets geweigert. Wir beide trafen uns heimlich, damit er etwas über die Künstlerin erfahren konnte, für die er sich sehr interessierte.«

»Genau wie die Kunsthistorikerin an der Universität. Sie hat sofort ihr Werk wiedererkannt«, sagte Charlotte.

»Ja, es gibt ein paar Bilder, aber über ihre Geschichte ist nur sehr wenig bekannt. Es ist äußerst seltsam, dass deine Großmutter ein Bild von ihr besitzt, denn die Künstlerin hat ihre Bilder nie verkauft. Wann wurde deine Großmutter geboren?«

»1920. Warum?«

»Interessant. Um diese Zeit muss sie aufgehört haben zu malen. Mein Klan hat ein Lieblingslied, eine *siguiriya* über Schmerz und den Verlust der künstlerischen Leidenschaft, weil man zwei Lieben verliert – eine junge und eine alte.«

»Handelt nicht vieles im Flamenco davon?«

»Ja, aber dieses Stück erinnert mich besonders stark an sie.«

»Warum?«

Leila zuckte die Achseln. »Ich weiß nicht, wie ich das in Worte fassen soll. Ich fühle mich einfach innerlich mit ihr verbunden«, sagte Leila.

»Du bist die Zweite heute, die denkt, dass S… – dass die Künstlerin eine besondere Verbindung zu meiner Großmutter hat.«

»Wenn schon zwei das glauben, dann stimmt es vielleicht.« Leila packte Charlotte am Arm. »Vielleicht sind wir ja miteinander verwandt?«

»Daran habe ich noch gar nicht gedacht!« Freude durchströmte sie. Obwohl sie sich kaum kannten, hatte sie Leila ins Herz geschlossen. »Danke, dass du mir das gesagt hast, ich verspreche dir auch, nur Mateo und *abuela* von dieser Unterhaltung zu erzählen.«

»Ich hoffe, ich konnte dir helfen.«

»Leila, danke, dass du mir vertraut hast.« Charlotte umarmte die zierliche Frau.

»Sie fangen gleich an«, sagte Leila verlegen und nickte in Richtung Mateo, Cristina und der anderen Künstler.

Als Mateo bemerkte, dass sie in seine Richtung sahen, kam er mit der Gitarre in der Hand zu ihrem Tisch. Er beugte sich zu Charlotte herab und sagte: »Zuerst werde ich *tangos gitanos* spielen. Wenn du genau hinhörst, dann wirst du darin die afrikanischen und karibischen Wurzeln erkennen. Du solltest es mit *palmas* versuchen, du weißt schon, mit Klatschen. Es sind zwei Sätze im Viervierteltakt mit Betonung auf dem zweiten, dritten und vierten Schlag im ersten Satz, dann auf dem zweiten, auf dem und, auf dem dritten und vierten Schlag im zweiten Satz. Klatsche auch beim Auftakt.«

»Das klingt kompliziert.«

»Leila wird dir helfen.«

Kurz nachdem Mateo zu seiner Gruppe zurückgekehrt war, betrat eine ältere Frau die Bühne. Alle nahmen ihre Plätze ein, die Menge verstummte und schien zu spüren, dass gleich etwas Besonderes geschehen würde.

Mateo spielte eine melodische Phrase, die Charlotte als eine *falseta*, den Anfang eines *palo*, erkannte. Seine Finger bewegten sich flink über die Saiten, sein ganzer Körper schien im Einklang mit der Musik, während die Töne in schneller Folge an- und abschwollen. Cristina stieß plötzlich einen gellenden Schrei aus, stampfte mit dem Fuß auf und stemmte ihre Hände in die Hüften. Die ältere Frau begann zu singen, und ihre wunderschöne starke Stimme vibrierte im Raum. Cristinas Füße arbeiteten flink, sie steppte zu einem komplizierten Rhythmus. Charlotte versuchte auf den Takt zu achten, von dem Mateo gesprochen hatte, doch sie hatte ihn verloren.

Leila fing mit den *palmas* an und hielt perfekt mit Cristinas Schritten Takt. Dann nickte sie Charlotte zu, doch sie schüttelte den Kopf, ihre Angst, sich lächerlich zu machen, war zu groß. Das Vertrauen, das sie bei den *gitanos* empfunden hatte, war nun verflogen. Wie gebannt starrte sie auf die Bühne.

Mateos Augen glänzten, und Cristinas Wangen glühten, als die Sängerin eine neue Phrase begann und Cristina zu einer langen Schrittfolge einlud. Mateo spielte weiter, beobachtete Cristina und reagierte auf jede ihrer Bewegungen. So feindselig Cristina auch gewesen war, sie hatte Talent und etwas, das Charlotte nicht in Worte fassen konnte.

Mit einer abschließenden, kraftvollen Bewegung stampfte Cristina mit ihrem Fuß auf, hielt ihren Kopf hoch erhoben und formte ihre Arme zu einem perfekten Bogen. Das Publikum schrie vor Begeisterung, Pfiffe ertönten durch das Lokal und drangen in Charlottes Ohren. Die Gruppe nahm die *palos* wieder auf, von denen Charlotte jedoch keinen wiedererkannte.

Der Auftritt neigte sich seinem Ende zu, das Publikum jubelte, dann machte die Gruppe eine Pause, stand an der Bar und trank Limonaden und Wasser. Mateo und Cristina steckten ihre Köpfe zusammen und schienen in eine Unterhaltung vertieft.

»In welchem Verhältnis steht Mateo zu deiner Schwester?«, fragte Charlotte.

»Sie … sie ist tot.«

Leila verzog ihre Lippen zu einem traurigen Lächeln. »Also nicht Cristina, ich hatte noch eine andere Schwester. Sie starb vor vier Jahren.«

»O Gott, Leila, das tut mir sehr leid! Mateo hat nie etwas davon erwähnt.«

»Manchmal ist das Leben furchtbar grausam. Es nimmt die Menschen fort, von denen wir uns wünschten, sie mögen ewig bei uns bleiben.«

»Das stimmt.« Charlotte musste an ihre Großmutter

denken, und ihr wurde das Herz schwer. Spanien hätte genauso gut auf einem anderen Planeten liegen können, so weit fühlte sie sich von ihrer Heimat entfernt.

»Ich vermisse sie jeden Tag«, sagte Leila. »Darum verstehe ich auch diese Weigerung nicht, der verstorbenen Lieben nicht zu gedenken. Wie soll ich meine Schwester je vergessen? Sie war meine beste Freundin, und sie wollen, dass ich so tue, als hätte sie nie existiert? Das ist doch unsinnig.«

»Willst du deshalb der Familiengeschichte auf den Grund gehen?«

»Ja.«

Charlotte sah zu Mateo hinüber, der lächelte und wohl spürte, dass er beobachtet wurde.

»Ich hoffe, du kannst noch länger in Granada bleiben«, sagte Leila.

»Das würde ich zu gerne, aber ich muss so schnell wie möglich wieder zurück.« Sie hatte bereits mögliche Flüge nach Hause geprüft, es gab noch genug freie Plätze.

»Es ist so schade, dass du nicht bleiben kannst, aber ich verstehe das. Du gehörst zu deiner Familie.«

»Ja.« Die Worte klangen erstickt. Sie hatte sich in Granada so wohl gefühlt, und der Gedanke, Mateo vielleicht nie wiederzusehen, machte sie traurig.

»Seit Jahren habe ich Mateo nicht so glücklich gesehen. Er mag dich. Ich bitte dich, komm bald wieder.«

»Ja, das möchte ich wirklich gerne«, sagte sie und kämpfte mit den Tränen, während sie zur Bar schaute.

Mateo küsste Cristina auf die Wange, schüttelte ein paar Männern die Hand und kam dann zu ihnen herüber. Leila stand auf und begrüßte ihn.

»Wir sind fertig. War es ein schöner Abend?«

»Wunderbar, danke.«

»Auch wenn wir nicht miteinander verwandt sein sollten, wirst du immer eine Seelenverwandte für mich sein«, flüsterte sie ihr ins Ohr und umarmte sie fest.

»Danke.«

Cristina war unbemerkt gegangen, doch Charlotte beschloss, sich nicht verunsichern zu lassen. Inzwischen hatte sie ein paar Anhaltspunkte zu Mateos Geschichte und seiner Verbindung zu dem Klan. Sie konnte Cristinas Verhalten verstehen.

FÜNFZEHNTES KAPITEL

»Du warst sehr schweigsam heute Abend«, sagte Mateo, als sie die Straße zu Charlottes Hotel überquerten. Trotz der lauen Nacht waren die Straßen menschenleer, auch die Restaurants waren geschlossen und ihre Lichter erloschen.

»Tut mir leid, ich musste erst einmal meine Gedanken sortieren.« Charlotte zog ihre Umhängetasche auf die Schulter.

Vor den Stufen des Hotels ließ Mateo sie vorgehen. »Nach dir, Señorita.«

»*Gracias.*« Sie ging an ihm vorbei, blieb dann aber stehen und streichelte fast verlegen seine Wange. »*Gracias* für alles.«

»Nichts zu danken.«

»Wirklich, Mateo, es bedeutet mir sehr viel. Wenn du nicht gewesen wärst, hätte ich niemals so viel über die Vergangenheit meiner Großmutter erfahren. Ich weiß wirklich zu schätzen, was du für mich getan hast.«

Sie schaute ihn an und versuchte das Kribbeln zu ignorieren, das sie jedes Mal in seiner Nähe spürte.

»Charlotte, muss ich es erst für dich buchstabieren? Vielleicht verstehst du es so besser?«

Er lächelte sie an, drückte sie an sich und küsste sanft ihre Lippen. Charlotte legte ihren Kopf ein wenig zurück und spürte seinen warmen Körper. Sie wünschte, dieser Moment möge nie vergehen.

Dann löste Mateo sich von ihr und strich ihr zärtlich über die Wange.

»Verstehst du jetzt endlich?«

»Sehr gut, danke, da wäre nur noch eine Sache.«

»*¿Sí?*« Er versuchte sie zu küssen, doch sie entzog sich ihm geschickt.

»Cristina … ich meine … vielleicht besprechen wir das lieber drinnen.«

»Das ist ein ziemlich hinterhältiger Plan, mich in dein Zimmer zu lotsen«, sagte Mateo, und seine Augen funkelten.

Kichernd gingen sie die Stufen hinauf, und der Portier eilte herbei, um ihnen die Tür zu öffnen. Charlotte lächelte dankbar und ging mit Mateo zum Aufzug. Sie betraten den Lift, standen Schulter an Schulter da und hielten sich fest an den Händen.

Vor ihrer Zimmertür blieben sie stehen. »Vergiss, was ich eben gefragt habe, es geht mich nichts an.«

»Mir macht es aber nichts aus, dass du fragst.« Er streichelte ihre Wange. »Ich bin ein offenes Buch.«

»Das sagen nicht viele Menschen.«

Sie gingen in das Zimmer, und Mateo setzte sich auf das Bett.

»Also, was Cristina betrifft …«, sagte Mateo und hob eine Augenbraue.

Charlotte hatte sich ihm gegenüber auf einen Stuhl gesetzt. »Ich habe gerade erst verstanden, warum sie mich nicht leiden kann. Sie will dich beschützen, ich kann das vollkommen verstehen. Leila … entschuldige, ich …« Warum hatte sie bloß mit diesem Thema angefangen?

»Ah«, sagte Mateo und zog die Augenbrauen zusammen, sein Lächeln erlosch. »Leila hat dir also von Alicia erzählt?«

»Sie hat keinen Namen genannt. Ich weiß nur, dass du jemanden verloren hast, den du sehr mochtest. Es tut mir … so leid, Mateo.«

»Was tut dir leid? Du bist nicht an ihrem Tod schuld.«

»Es tut mir leid, dass wir jetzt darüber sprechen. Ich wollte nicht, dass du traurig wirst.«

»Ich bin die meiste Zeit traurig ihretwegen, aber im Laufe der Jahre habe ich gelernt, mit diesem Gefühl umzugehen. Es ist inzwischen vier Jahre her, doch auch ich vermisse Alicia jeden Tag, genau wie Leila. Leider lässt sich nicht ändern, was wohl vorbestimmt ist. Bedauerlicherweise war das Leben für Alicia auf dieser Erde nur sehr kurz.«

»Ich möchte nicht, dass du das Gefühl hast, mit mir darüber reden zu müssen. Ich wäre dir nicht böse, wenn du es für dich behalten möchtest.«

»Die Regeln des Klans verbieten mir, mit ihnen über Alicia zu reden, und auch mit Leila spreche ich nur selten über sie, es tut ihr immer noch zu sehr weh.«

»Ich glaube, es ist wichtig, über den Schmerz zu reden, damit man verarbeiten kann, was passiert ist.« Die Worte waren einfach so aus ihr herausgekommen, und Mateo unterbrach sie. »Manchmal ist es aber auch besser, wenn man schweigt.«

»Manchmal.« Sie neigte ihren Kopf zur Seite.

Mateo starrte vor sich hin.

»Aber vielleicht ist die Zeit ja reif«, sagte er dann ruhig.

»Wofür?«

»Über den Unfall zu sprechen.«

»Unfall?«

»Ja.« Er strich sich eine Locke aus dem Gesicht und betrachtete sie schweigend. Schließlich räusperte er sich. »Zunächst musst du wissen, dass ich mich früher nicht sonderlich für Flamenco interessierte, bis ein Freund mich zu einem Auftritt von Alicia mitnahm. In dem Moment, als ich sie sah, wusste ich, dass wir zusammengehörten.« Er holte tief Luft. »Du musst allerdings auch wissen, dass wir aus ganz unterschiedlichen Welten stammten, sowohl ihre als auch meine Familie waren gegen unsere Verbindung.« Er schluckte mühsam.

»Ihretwegen hab ich mit dem Gitarrenspiel angefangen und entdeckt, wie viel es mir bedeutet und dass ich ein besonderes Talent dafür habe.« Er seufzte und starrte auf die geschlossenen Vorhänge. »Alicia war äußerst verwegen, sie liebte das Abenteuer und war auch für gefährliche Unternehmungen zu haben, wie etwa …« Er legte seine Arme über den Kopf, runzelte die Stirn und schien nach den richtigen Worten zu suchen.

»Alicia liebte die Geschwindigkeit – vor allem Motorräder hatten es ihr angetan.« Er ließ seine Arme wieder neben sich herabsinken.

»Ist sie dabei ums Leben gekommen?«

»Alicia hat viele gefährliche Sachen gemacht, aber dann hat sie ein dämlicher Unfall das Leben gekostet.«

Sie hätte ihn am liebsten umarmt und getröstet, wollte ihn aber nicht in seinen Erinnerungen stören.

»Ich war zum Klan gefahren, um mich mit *El Jefe* zu unterhalten und ihn noch einmal davon zu überzeugen, dass ich kein schlechter Einfluss für Alicia sei. Als ich dort ankam, sah ich Alicia mit ihrem Cousin auf dem Feld. Alicia saß auf einem wackeligen Pferdekarren, allerdings schien das Pferd recht störrisch. Beide versuchten es zu beruhigen, doch es galoppierte einfach los und riss den Karren mit Alicia um … und … und …« Mateo vergrub sein Gesicht in den Händen und senkte den Kopf.

Charlotte rutschte auf ihrem Stuhl nach vorne und wusste nicht, ob er getröstet oder lieber in Ruhe gelassen werden wollte. Dann beschloss sie, ihrem Instinkt zu folgen, und setzte sich neben ihn. Vorsichtig legte sie ihre Hand auf seinen Rücken.

Er atmete tief durch und lächelte sie an. »Es tut gut, darüber zu reden. Als Alicia zu Boden fiel, rannte das Pferd einfach los, der Wagen …« Er holte erneut tief Luft und atmete dann langsam wieder aus. »Das Pferd riss sich los, und der Wagen landete auf ihr.«

»Mateo, wie schrecklich!«

»Sie lebte noch, aber der Karren hatte sie fest auf den Boden genagelt. Ihr Cousin war so unter Schock, dass er sich nicht regen konnte. Also rannte ich zu ihr und drehte den Karren um.« Er drückte so fest ihre Hand, dass es fast schmerzte. »Sie hatte überlebt, doch ihre Verletzungen waren so schwer, dass die Ärzte nichts mehr für sie tun konnten.«

Charlotte lehnte sich an ihn. Als er ihre Berührung spürte, entspannte er sich.

»Im Krankenhaus bin ich die ganze Zeit nicht von ihrer Seite gewichen, da wurde auch ihrem Klan klar, wie sehr ich sie geliebt habe. Von da an änderte sich alles. Sie nahmen mich in ihre Mitte auf, doch für mich und Alicia kam das zu spät.«

»Und du bist wütend darüber, dass erst so etwas Schreckliches passieren musste, damit sie dich akzeptierten?«

»Nein. Ich war überhaupt nicht wütend. So sind eben *los gitanos*. Der Klan und ich verstandeneinander, Alicia und der Flamenco haben uns zueinandergeführt. Dafür bin ich sehr dankbar. Der Giménez-Klan ist jetzt meine Familie.«

Mateo seufzte tief. »Du kannst gut zuhören, Charlotte Kavanagh.«

»Das habe ich dir zu verdanken, Mateo.« Die dunklen Wolken, die über ihnen gehangen hatten, schienen sich langsam zu verziehen. »Ich bin gleich wieder da.«

Als sie kurze Zeit später wieder aus dem Badezimmer zurückkam, saß Mateo zusammengekauert auf dem Bett und hatte sein Gesicht in den Händen vergraben.

»Mateo?« Charlotte legte ihren Arm um seine Schultern.

»Vielleicht war es doch zu früh für mich, darüber zu reden«, murmelte er.

»Vielleicht, aber es hat dich doch erleichtert.«

Er lehnte sich an sie und legte seinen Kopf auf ihre Schulter. Charlotte fuhr sanft mit ihren Fingern durch sein dichtes Haar und versenkte sich in seine Trauer. Im Badezimmer tropfte der Wasserhahn in schleppendem, leisem

Rhythmus und erinnerte sie an einen *palo*, den sie von Mateo gehört hatte. Wie hieß er? *Siguiriya?* Ein *palo* über Tragödien und Trostlosigkeit.

Plötzlich stand er auf. »Ich muss jetzt gehen.«

»Oh … okay.« Sie zog ihre Hand fort. War sie zu weit gegangen?

Mateo beugte sich zu ihr hinab und gab ihr einen flüchtigen Kuss auf die Wange. Dann nahm er seine Jacke und verließ eilig ihr Zimmer.

Charlotte blieb auf dem Bett sitzen und schloss die Augen. Was war geschehen? Hatte sie etwas falsch gemacht, oder brauchte er einfach nur Ruhe, um wieder einen klaren Kopf zu bekommen?

Sie stand auf und ging zum Fenster, zog die Vorhänge beiseite und blickte suchend auf die menschenleere Straße hinunter. Mateo war längst verschwunden.

SECHZEHNTES KAPITEL

1944 – Katarina

Federico kam in die Garderobe und schloss mit einem Fußtritt die Tür. Dann setzte er sich auf einen Stuhl, nahm mit abwesendem Gesichtsausdruck das Parfumflakon vom Tisch, roch daran und stellte es wieder zur Seite. »Hat man dich schon über die Programmänderungen informiert?«

»Ja, danke.« Katarina bemühte sich, unbefangen zu klingen. Nachdem sie den Brief von ihrer Kontaktperson in Frankreich erhalten hatte, hatten Raúl und sie die Codes tagelang einstudiert und überlegt, wie sie diese möglichst unauffällig in die Choreographie einbauen konnten.

Federico saß nur schweigend da und sah ihr zu, wie sie sich für den Auftritt schminkte. Katarina ließ sich von seiner Gegenwart nicht beirren, auch wenn es sie beunruhigte, wie bedrückt Federico in letzter Zeit wirkte. Anfangs hatte sie seine Stimmungsschwankungen seinen finanziellen Sorgen zugeschrieben. Doch dann hatten die unberechenbaren Lobo-Brüder die Eintrittspreise gesenkt, und nun trat das Ensemble jeden Abend vor ausverkauftem Haus auf, was jedoch Federicos Stimmung nicht hatte bessern können. Mittlerweile litten sie alle darunter.

Federico wippte nervös mit dem Bein, und ein kleines Notizbüchlein glitt aus seiner Hosentasche und fiel auf den Boden. Als Katarina sich danach bückte, entriss er es ihr und steckte es hastig in seine Jackentasche.

»Ich sollte meine Abrechnungen lieber nicht verlieren, oder?«, fragte er, doch sein Lächeln wirkte gezwungen.

»Wohl besser nicht.«

Federico war aufgestanden, rückte seine Krawatte zurecht und griff nach der Türklinke. »Du bist in einer Stunde dran.«

Sie nickte, drehte sich wieder zum Spiegel und sah, wie er den Raum verließ. Kaum hatte er die Tür hinter sich geschlossen, betrat Raúl die Garderobe. Sein Blick war von tiefen Augenringen umschattet.

Katarinas Hand zitterte, als sie ihren Lippenstift auftrug. Sie blickte ihn im Spiegel an. »Alles in Ordnung?«, fragte sie knapp.

»Ich bin …« Er steckte die Hände in die Hosentaschen und starrte zu Boden.

Sie legte den Lippenstift beiseite und drehte sich zu ihm um. »Hast du etwa deine Meinung geändert?«

»Was wir vorhaben, ist ziemlich riskant. Ich mache mir Sorgen um dich, um uns beide natürlich.«

»Aber wir haben doch darüber gesprochen. Das ist unsere Möglichkeit, den Maquis im Kampf um die Freiheit zu unterstützen. Nichts, wofür es sich zu kämpfen lohnt, birgt kein Risiko.«

»Das stimmt nicht. Dich zu lieben ist vollkommen risikofrei«, sagte er und sah sie mit einem verschmitzten Lächeln an.

»Auch das ist riskant, Raúl. Ich könnte morgen von einem Lastwagen überfahren werden oder mir eine Kopfverletzung zuziehen und dich nicht mehr wiedererkennen oder …«

Er hob eine Hand und schloss für einen Moment die Augen. »Schon gut, ich habe verstanden. Der Plan ist äußerst gefährlich«, sagte er, nahm ihre Hand und hielt sie fest.

»Und dennoch hast du mir wochenlang einzureden versucht, dass dem nicht so sei.« Sie sah ihn von der Seite an. »Was verheimlichst du mir?«

»In der Nähe der französischen Grenze kam es zu einem Zwischenfall«, sagte er leiser und trat auf sie zu.

»Was ist passiert?«

»Unsere Leute wollten in der Nähe vom Val d'Aran die

Straßen sichern, damit die Partisanen von Frankreich aus nach Spanien vordringen könnten, aber Francos Männer sind ihnen auf die Spur gekommen. Es hat Verhaftungen gegeben und auch …« Raúl verstummte und starrte ins Leere. »Es ist besser, wenn du es nicht so genau weißt.«

»Aber wenn Guerilleros aufgeflogen sind, ist es doch umso wichtiger, dass wir den Code so schnell wie möglich übermitteln, nicht wahr? Es liegt jetzt auch in unserer Hand, den Widerstand gegen Franco auszubauen. Wir können helfen, Spanien zu befreien!«

Raúl nickte. »Das stimmt. Aber ich sollte es wohl besser allein machen. Es war eine verrückte Idee von mir, dich in die Sache mit hineinzuziehen. Das hätte ich nicht tun dürfen.«

»Hast du mich deshalb zurückgewiesen, als wir uns im Theater zum ersten Mal wiedergesehen haben? Weil deine Tätigkeit für den Maquis auch für mich gefährlich werden könnte? Wolltest du mich vor dem, was in deiner Vergangenheit passiert ist, schützen?«

Er nickte, und plötzlich ergab für Katarina alles einen Sinn. Sosehr sie seine Zurückweisung in den ersten Wochen verletzt hatte, so sehr rührte sie nun seine Fürsorge. Gleichzeitig wusste sie, dass sie stark genug war, mit allem, was in Raúls Vergangenheit passiert sein mochte, umzugehen. Der Bruch mit ihrer Familie, das Gefühl fallengelassen worden und ganz auf sich gestellt zu sein, war schmerzhaft gewesen. Andererseits hatte diese Erfahrung sie aber auch stark und unabhängig gemacht. Heute wusste sie, dass die Entscheidung, die sie getroffen hatte, die richtige gewesen war. Daher wünschte sie sich von dem Mann an ihrer Seite genau das: Dass er an dieselben Dinge wie sie glaubte und auch bereit war, für sie zu kämpfen. Und in Raúl hatte sie so jemanden gefunden.

Zärtlich streichelte sie ihm über die Wange und blickte in seine dunklen Augen. »Wir stehen das zusammen durch, koste es, was es wolle.«

Dann lächelte sie, ihr Blick streifte den Gitarrenkoffer, der in der Ecke des Zimmers stand. »Ich habe ein Geschenk für dich.«

Überrascht schaute er sie an, griff nach dem Koffer, legte ihn auf einen Stuhl und öffnete ihn vorsichtig. Vor ihm lag, auf grünem Samt gebettet, ein herrliches Instrument aus Palisanderholz, das sie extra für ihn bei einem der bekanntesten Gitarrenbauer bestellt hatte. »Was für ein herrliches Instrument. Wo hast du …«

»Es kommt von Herzen.«

»Ich weiß gar nicht, was ich sagen soll …« Raúl strich über die Gitarre, legte sie dann auf seine Knie und zupfte vorsichtig die Saiten.

»Es war mir so wichtig, dir ein Zeichen zu geben, das für meine Liebe steht. Ich wollte dir einen Brief schreiben, aber …« Katarina stockte und schaute ihn einen Moment schweigend an. »Ich habe es einfach nicht geschafft. Ich habe einfach nicht die Worte gefunden, die ausgereicht hätten, um meine Liebe zu dir zu beschreiben. Deswegen die Gitarre, sie soll das Zeichen für die bedingungslose Liebe sein, die uns verbindet.

»Ich werde sie immer bei mir tragen. Danke, *eres el fuego de mi alma*, du bist das Feuer meiner Seele.«

Raúl legte die Gitarre in den Koffer zurück, schlang seine Arme um ihre Taille und küsste ihren Nacken. »Du hast mir mein Herz gestohlen.«

»Und du mir meines.« Sanft schob sie ihn von sich. »Wir müssen uns jetzt fertigmachen, nun geh schon!«

Sie drehte sich zum Schminktisch und zog ihre Lippen nach. Ihr stiegen Tränen in die Augen. Der heutige Abend konnte für immer ihre Leben verändern, und diese Aussicht machte ihr plötzlich Angst. Sie wollte für die Freiheit Spaniens kämpfen, aber war sie auch bereit, ihr Leben dafür zu riskieren?

Sie drehte sich um und starrte auf das Bild, das ihr Vater ihr gegeben hatte. Die Frau strahlte Stärke und ein tiefes Selbstvertrauen aus. Sie schien keine Zweifel zu haben.

Sag mir, tue ich das Richtige?

Federico betrat die Bühne, schob den Vorhang einen Spalt auseinander und verschwand. Mit dem geschliffenen Charme eines Verkäufers kündigte er *La Flama*, Raúl und

Salvador an. Elena, die neue *palmista*, die das Ensemble mit ihrem rhythmischen Klatschen begleiten sollte, knetete nervös ihre Hände.

Salvador drängte sich zu Katarina durch. »Was ist heute Abend mit dir los?«

»Nichts. Warum?« Sie hätte wissen müssen, dass sie Salvador nichts vormachen konnte.

»Du wirkst nervös. Kannst du überhaupt auftreten?«

»Natürlich.« Sie räusperte sich gekünstelt. »Mein Hals ist nur ein wenig rau. Vielleicht brüte ich etwas aus.«

»Du musst etwas trinken.« Salvador lief zu einem Tischchen, auf dem ein Wasserkrug mit Gläsern stand. Er schenkte ein Glas voll und reichte es Katarina. Sein Blick war so besorgt, dass sie sofort wieder ein schlechtes Gewissen bekam, ihren besten Freund derart zu hintergehen.

»Du trainierst zu viel«, sagte er.

»Es wird schon gehen. Das liegt bloß an der Jahreszeit.« Sie trank noch einen Schluck und bemühte sich um ein Lächeln.

»Aber versprich mir, dass du dich danach ausruhen wirst.« Er drückte ihren Arm und lief zu Elena hinüber.

Als sie ihr leeres Glas wieder auf den Tisch stellte, trat Raúl zu ihr und fragte scharf: »Was hast du zu Salvador gesagt?«

»Nichts.«

»So sah das aber nicht aus.«

Sie trat einen Schritt von ihm weg, es verletzte sie, dass er ihr offenbar nicht glaubte. »Er weiß nichts, falls dir das Sorgen bereitet.«

»Gut. Wir können nicht riskieren, dass irgendetwas schiefgeht.« Raúl suchte ihren Blick, seine Gesichtszüge wurden sanfter.

Vorsichtig sah sie sich um und stellte fest, dass niemand in Hörweite war. »Raúl, ich –«, flüsterte sie. Doch in dem Moment huschte Federico an ihnen vorbei. »Auf die Bühne!«

»Was?«, fragte Raúl heiser. Hilflos zuckte Katarina mit den Schultern, während Federico sie fingerschnippend in Richtung Bühne trieb.

Als Erster trat Raúl vor das Publikum, dann folgten Salvador und Elena, und Katarina war dankbar, dass sie und Raúl beschlossen hatten, zuerst den *palo* mit den Codes aufzuführen. Sie atmete tief ein und ließ dann die Luft langsam wieder aus dem Mund entweichen. Allmählich beruhigte sie sich ein wenig, während Raúl Tempo und Tonart für die *tientos* vorgab und seine Finger über die Gitarrensaiten gleiten ließ. Salvador fing mit den *estribillos* an, und seine tiefe Stimme schwang sich voller Wehklagen bis zu den höchsten Tönen empor. Katarina ballte die Fäuste und stemmte sie in die Hüften, dann trat sie auf die Bühne. Einen Augenblick lang quälte sie der Gedanke, dass ihr Leben und das unzähliger anderer kurz davor stand, einen vollkommen anderen Verlauf zu nehmen. Dann begann sie zu tanzen. Nach der *llamada* erhöhte Raúl das Tempo, während sie die Schritte für die getragenen *tientos* ausführte. Sie und Raúl hatten beschlossen, dass dies der perfekte *palo* war, um Nachrichten zu übermitteln, denn in ihm spiegelte sich der Ernst der Weltlage und der Menschen wider, die mit Verlusten, Liebe und der Sehnsucht nach einem freien Leben zu kämpfen hatten.

Salvador sang die *letra*, machte nach der ersten Zeile eine *respira*, eine Pause, und Katarina konzentrierte sich auf ihre Drehungen, richtete stolz den Rücken auf und ließ ihre Arme in langsamen, fließenden Bewegungen an ihrem Körper entlanggleiten. Federico beobachtete sie aus dem Augenwinkel. Er stand neben der Bühne, hatte die Arme vor der Brust verschränkt, seine Miene verhieß nichts Gutes.

Sie war die Blicke gewohnt, die jede ihrer Bewegungen verfolgten, und tanzte mit verbissener Energie, dennoch war irgendetwas anders als sonst. Und dann sah sie den Mann mit dunklen Locken, der in der ersten Reihe saß.

Seine Augen.

Diese kleinen dunklen, misstrauischen Augen starrten sie mit einer Intensität an, die sie erschaudern ließ. Wenn Katarina tanzte, schärften sich ihre Sinne und ihre Gefühle brachen auf. Aber das bildete sie sich nicht ein. Dieser Mann beunruhigte sie.

Wieder musste sie an das Bild denken, das in ihrer Garderobe stand. Diese stolze, mutige Frau. Ihr Vater, der durch Francos Willkür aus dem Leben gerissen worden war. All die unschuldigen Menschen, die in Francos Namen ermordet worden waren. Um ihretwillen hatte sie sich entschlossen, Widerstand zu leisten und für die Freiheit zu kämpfen.

Mit einer stolzen Bewegung hob sie den Kopf und warf ihren linken Arm schwungvoll zum Himmel empor.

Es durfte nichts schiefgehen.

SIEBZEHNTES KAPITEL

Nach einer unruhigen Nacht wachte Charlotte nur mühsam auf. Beim Einschlafen hatte sie noch lange über Mateos seltsames Verhalten am gestrigen Abend nachdenken müssen, und in der Nacht hatte sie dann von *abuela* geträumt.

Sie zuckte zusammen, als jemand laut an ihre Hotelzimmertür klopfte.

»Einen Moment!«, rief Charlotte, schlug die Laken zurück und sprang aus dem Bett. Sie zog schnell Jeans und Bluse an, tapste zur Tür und lugte durch den Türspion. Als sie Mateos dunkle Augen unter den dichten schwarzen Wimpern sah, schmolz ihr Herz dahin.

»*Buenos días*«, sagte er, seine Stimme drang gedämpft durch die Tür.

»*Buenos días*«, antwortete sie.

»Lässt du mich herein, *por favor*?«

»Ja, ja, gleich.« Sie schloss auf. Vor ihr stand Mateo, die Hände in den Hosentaschen vergraben und mit dunklen Ringen unter den Augen.

»Hast du überhaupt geschlafen?«, fragte sie besorgt.

»Verzeih mir!«, sagte er leise, seine Stimme klang schwer und traurig.

»Ich brauchte die Zeit. Zum Nachdenken …« Mateo legte die Stirn in Falten, als wollte er seine Gedanken in eine bestimmte Richtung lenken. Am Ende wandte er sich ihr wieder zu. »Es war nicht richtig von mir, einfach so zu verschwinden, nachdem du so verständnisvoll warst und mir zugehört hast.«

»Mateo …« Sie ging auf ihn zu und ergriff, ohne zu zögern, seine Hand.

»Warte, da wäre noch etwas, das du wissen solltest. Seit Alicia bin ich mit keiner Frau mehr zusammen gewesen. Es hat mich nicht interessiert. Bis ich dir begegnet bin.« Auf seinen Lippen formte sich ein schüchternes Lächeln, das ihr eine Gänsehaut bereitete. »Ich weiß nicht, was das ist, Charlotte, aber in deiner Gegenwart fühle ich mich sehr glücklich.«

»Wirklich?«, fragte sie, und ihre Stimme zitterte.

»Ja, mit dir ist alles besonders, ich fühle mich geborgen und unbeschwert.«

»Ich weiß gar nicht, was ich sagen soll«, stotterte sie. »Danke, aber …«

Mateos Lächeln erstarb, und er blickte auf den Boden. Plötzlich war ihr ganz flau zumute; was hatte sie bloß gesagt?

»Mateo …«, hilflos streckte sie die Hand aus, aber Mateo ignorierte sie.

»Entschuldige, ich habe wohl etwas falsch verstanden –«

»Du hast gar nichts falsch verstanden. Ich …«

Sie umfasste sein Gesicht mit den Händen, erhob sich auf die Zehenspitzen und küsste ihn. Sie spürte, wie sein Körper sich unter ihrer Berührung entspannte, sich an sie schmiegte, und ihr Herz fing wie wild an zu pochen. Mateo drückte sie sanft an die Wand, erwiderte ihren Kuss. Dann wanderten seine Lippen über ihren Hals und Nacken, mit den Fingern zeichnete er den Bogen ihres Schlüsselbeins nach. So viel Zärtlichkeit hatte sie noch nie erlebt, und dennoch hätten sie aufhören sollen.

Das brachte doch alles nichts.

Wahrscheinlich kehrte sie schon innerhalb der nächsten zwei Tage nach Australien zurück.

»Mateo …«, flüsterte sie. Doch dann fuhr sie mit ihrer Hand unter sein Hemd und ließ die Finger über seine weiche, warme Haut tanzen. Sie fand keine Worte mehr und wollte auch keine finden.

Charlotte stand an den Stufen, die zum Anwesen ihrer Familie führten. Sie starrte auf die Steintreppe und stellte sich vor, wie das Leben ihrer Vorfahren in diesen hochherrschaftlichen Hallen wohl ausgesehen hatte. Was war das für ein Moment gewesen, als ihre Großmutter der Familie ihre Liebe zum Flamenco gestanden hatte? Ob sie mit der Unterstützung ihrer Brüder hatte rechnen können? Wie hatte *abuelas* Mutter sie überhaupt verstoßen können, noch dazu so kurz nach dem Tod ihres Vaters? Welche Familie tat so etwas?

Meine Familie.

Charlotte kniff die Augen zusammen. Sie konnte nur ahnen, welchem sozialen und politischen Druck die Menschen damals ausgesetzt gewesen waren, aber verstieß man deshalb die eigene Tochter? Ihr Vater war zwar ebenfalls herrisch und fordernd, aber er hätte sie niemals im Stich gelassen.

»Sollen wir reingehen?«, fragte Mateo. »Charlotte?«

»Entschuldige, was hast du gesagt?«

Er legte seinen Arm um sie und drückte sie sanft. »Bist du bereit?«

»Nicht wirklich.« Das Sonnenlicht fiel auf den Schlüssel in ihrer Hand, und sie musste sich zwingen, das schwere Portal zu öffnen.

«*¡Sólo hazlo!*«, sagte Mateo und tätschelte erneut ihre Wange.

Charlotte zögerte.

»Also los!« Mateo nickte ihr noch einmal aufmunternd zu, und sie schob den uralten Schlüssel in das Schloss, konnte ihn aber nicht herumdrehen.

Sie drehte und rüttelte erfolglos, dann stemmte sie sich kurzentschlossen mit voller Wucht gegen den Schlüssel. Er glitt ins Schloss, und nach ein paar weiteren Drehungen sprang das Tor auf. Mit einem lauten Knarzen öffnete sich das Portal und gab den Blick in eine große Eingangshalle frei.

Mit ihrer Schuhspitze wischte Charlotte ein wenig Staub beiseite und legte den alten Parkettboden darunter frei. Sie sah sich in der Eingangshalle um. Eine ausladende Holztreppe, die mit dunkelrotem Teppich ausgelegt war, führte nach oben. Auf einem zierlichen Tisch in einer Ecke stand eine Porzellanvase.

»Ich weiß gar nicht, wo wir anfangen sollen«, sagte Charlotte, bemüht, möglichst leise zu sprechen, so seltsam fremd kam ihr ihre Stimme in dem großen leeren Raum vor. Sie ging weiter in ein dunkles Zimmer, in dem es nach verstaubten Büchern und Schimmel roch. Ein blasser Lichtschimmer fiel durch die fadenscheinigen Vorhänge. Vorsichtig zog sie sie beiseite, und ein paar Sonnenstrahlen bahnten sich den Weg ins Innere des Zimmers. Staubpartikel wirbelten überall in der Luft herum. Vor dem Fenster standen zwei Polstersessel mit hoher Lehne und ein Schreibtisch, dahinter reihten sich Wandregale mit ledergebundenen Büchern.

Charlotte richtete ihre Aufmerksamkeit wieder auf den Tisch, auf dem ein offenes Buch mit vergilbten Seiten lag. Vorsichtig nahm sie es zur Hand und sah sich den Ledereinband mit verblasster Goldschrift an.

Odas de Federico García Lorca konnte sie entziffern. »Werden seine Gedichte nicht auch manchmal für *palos* verwendet?«, fragte sie Mateo und legte das Buch wieder beiseite.

»Ich bin beeindruckt, dass du das weißt.«

»Wie könnte es anders sein? In Granada begegnet man ihm doch überall.«

Mateo trat neben sie und blätterte dann vorsichtig durch die Seiten.

»Es ist interessant, dass sie ein Buch von García Lorca hatten. Ich dachte, die Familie … meine Familie hätte eine Abneigung gegen Flamenco gehabt«, sagte sie. Charlotte ging zum Bücherregal und ließ den Blick flüchtig über die Titel gleiten.

»Das ist seltsam, aber vieles ergibt bei Familie Sánchez keinen Sinn.«

»Warum zum Beispiel haben sie ein offenes Buch auf dem Tisch liegen gelassen? Offenbar mussten sie überstürzt verschwinden, haben aber dennoch die Zeit gefunden, Familie Blanco Alves Unterlagen zu übergeben und ein Treuhandkonto zu eröffnen. Das passt doch nicht zusammen.«

Sie ging zum Sekretär hinüber und versuchte, den Deckel zu öffnen, doch er war fest verschlossen. »Dafür muss es doch irgendwo einen Schlüssel geben.«

Sie durchsuchten die Regale, sahen in Dosen und Vasen und hinter den Vorhängen nach, aber ohne Ergebnis. Charlottes Blick fiel noch einmal auf den Garderobenständer im Flur. Ein Lächeln huschte über ihr Gesicht, als sie zu dem Möbelstück ging und es ein paar Zentimeter von der Wand rückte. Tastend fuhren ihre Finger über das raue Holz. Da war es, genau das, wonach sie gesucht hatte: ein kleines, in die Rückwand eingelassenes Fach. Vorsichtig öffnete sie es und zog triumphierend einen kleinen Schlüssel mit goldenen Troddeln heraus.

Zurück in der Bibliothek steckte sie den Schlüssel hastig in das Schloss des Sekretärs und drehte ihn um, doch er klemmte.

Mateo, der ihr staunend zugeschaut hatte, seufzte auf. »Vielleicht ist es der falsche? Woher wusstest du überhaupt, dass du ihn in der Garderobe finden würdest?«

»*Abuela* versteckt ihre Schlüssel auch immer in einem verborgenen Kästchen im Garderobenständer im Flur.« Sie lächelte. »Das hat sie wohl noch von ihrer Familie.«

»Manche Dinge liegen einem einfach im Blut. Bei dir scheint es die Malerei zu sein …«

»Können wir bitte das Thema wechseln?« Entnervt rüttelte sie an dem Schlüssel, plötzlich war ein leises Klicken zu hören, und der Schlüssel schnappte ein. Langsam öffnete Charlotte den Rollladen.

Sie hockte sich vor den Sekretär, öffnete und schloss eine Reihe von kleinen Schublädchen und fuhr dann mit den Fingern an den Brieffächern und Ablagen entlang.

»Hast du was gefunden?«, fragte Mateo und sah ihr über die Schulter.

»Nein, nichts. Wir müssen wohl doch das ganze Haus durchsuchen. Das wird eine Ewigkeit dauern«, erwiderte sie seufzend. »Soll ich hinaufgehen, während du hier unten weitersuchst?«

»Wie du möchtest«, sagte Mateo und strich ihr zärtlich eine Haarsträhne aus der Stirn.

»Mateo …«

»Entschuldige. Es ist nur … Ich bin einfach gern in deiner Nähe.«

»Mir geht es genauso, ich weiß auch, dass wir nur noch wenig Zeit zusammen haben, aber …«

»Du musst zu deiner *abuela* zurück. Das verstehe ich.« Seine Stimme klang niedergeschlagen.

Zum ersten Mal in ihrem Leben hatte sie sich einem Mann so nahe gefühlt, warum musste er ausgerechnet am anderen Ende des Erdballs leben? Wie sollten sie so eine Beziehung führen?

»Also dann.« Er klatschte in die Hände, als wolle er die düstere Stimmung vertreiben. »Schauen wir mal, was wir finden können. Willst du wirklich allein raufgehen?«

»Ich komme schon zurecht. Ich habe das hier, damit kann ich großen Nagetieren auf den Kopf hauen.« Sie zog eine Taschenlampe hervor. »Die hat man mir im Hotel geliehen. Los geht's!« Sie grinsten einander an, und die bedrückende Atmosphäre verflüchtigte sich ein wenig.

Ihr Herz schlug lauter, als sie am Fuße der Treppe stand, die ins obere Stockwerk hinaufging. Seit Jahrzehnten war hier kein Mensch mehr gewesen. Sie strich über das Treppengeländer, Staub wirbelte auf.

»Ich kann es gar nicht glauben, dass *abuela* als kleines Kind hier hinauf- und heruntergehüpft ist und mit meinen Großonkeln gespielt hat.«

Charlotte knipste die Taschenlampe an, ging die Treppe hinauf und öffnete die Tür zum ersten Zimmer. Vor ihr lag ein kleiner düsterer Raum, mit vorsichtigen Schritten bahnte sie sich den Weg durch das Dämmerlicht zum Fenster, öffnete die verblichenen Vorhänge und ließ die Sonnenstrahlen herein. Sie versuchte, sich vorzustellen, wer wohl in dem Zimmer gewohnt hatte und wie es früher hier ausgesehen hatte.

Sie fühlte sich unbehaglich. Obwohl sie nicht zu den Leuten gehörte, die an Geister glaubten, wurde Charlotte das Gefühl nicht los, dass sie nicht allein war. In einer Ecke des Zimmers entdeckte sie kleine Holzlaster und Autos, einen Metallzug, ein paar Kinderbücher und Spielzeug. Daneben stand eine Holztruhe. Langsam öffnete sie den wurmstichigen Deckel. Ein stockfleckiges Hemd lag oben auf einem ordentlichen Stapel. Es schien einmal einem kleinen, ungefähr acht Jahre alten Jungen gehört zu haben. Als Charlotte das Hemd gegen das Licht hielt, zerbröselten Kragen und Ärmelstoff unter ihren Fingern.

Vorsichtig legte sie das brüchige Kleidungsstück wieder in die Truhe zurück und schloss schnell den Deckel. Der Besitzer lebte vielleicht schon lange nicht mehr. Wie es wohl sein musste, Zuhause und Heimat über Nacht zu verlassen, ohne zu wissen, ob man jemals zurückkehren würde …

Das nächste Zimmer wirkte ebenso ordentlich, war jedoch spärlicher eingerichtet. Weder sah sie Spielzeug, Bücher noch sonst einen Hinweis auf den Menschen, der es einmal bewohnt hatte. Sie zog die Schubladen der Kommode heraus und hoffte, noch mehr Kleidungsstücke darin zu finden, doch sie waren leer.

Konnte das das Zimmer ihrer Großmutter gewesen sein? Vielleicht hatte ihre Mutter, nachdem *abuela* die Familie verlassen hatte, alles entfernt, das sie irgendwie an ihre Tochter erinnerte?

Charlotte ging auf den Flur zurück und spähte über die

Brüstung hinunter ins Foyer, wo Mateo Möbel hin und her rückte. »Schon irgendwas gefunden?«

»*Nada*, und du?«

»*Nada.*«

Im Türrahmen des letzten Zimmers im Flur blieb sie stehen. Der Raum war größer als die anderen, in der Mitte stand ein schmales Bett. Sie zog die schweren Samtvorhänge beiseite und bemerkte erst im hereinfallenden Licht eine unscheinbare Tür, die, mit Tapete überzogen, in eine Wand eingelassen war. Vorsichtig zog sie sie auf. Vor ihr lag ein kleiner dunkler Raum. Der Lichtstrahl ihrer Taschenlampe fiel auf eine Reihe von Kleidern, die nach Jahreszeit geordnet aufgehängt waren. Eine dicke Staubschicht hatte sich auf die breiten Kragen der Blusen und Jacken und mindestens ein Dutzend paillettenbestickter Abendkleider gelegt. Die feinen Stoffe schienen darauf zu warten, dass ihre Besitzerin zurückkehrte. Als Charlotte einen Schritt zur Seite trat, stieß sie gegen einen Stapel Hutschachteln.

»Mist!« Sie bückte sich und klopfte den Staub von den Hüten ab, die herausgefallen waren. »Alles in Ordnung?«, fragte Mateo, der plötzlich hinter sie getreten war.

»Ja, alles in Ordnung, ich war nur ein wenig ungeschickt.« Sie lächelte ihn an, als er sich neben sie hockte und ihr half, die Hüte wieder in die Schachteln zu ordnen.

Als sie die letzte Hutschachtel verschlossen hatten, fiel

Charlottes Blick auf einen Spalt in einer Bodendiele. Sie bückte sich und wischte die Staubschicht weg, unter der eine roh gehobelte Holzdiele zum Vorschein kam, die ein wenig abstand. So, als wäre sie nie richtig festgenagelt worden.

Sie grub ihre Finger in die Ritze und versuchte, die Diele wegzuziehen, doch sie bewegte sich nicht vom Fleck. »Vielleicht befindet sich unter der Diele ein Versteck. Ich gehe mal in die Küche und sehe nach, ob ich ein geeignetes Werkzeug finde, um sie aufzuhebeln.«

»Wie wäre es damit?« Mateo zog ein Schweizer Taschenmesser heraus und klappte es auf. Dann rückte er beiseite, so dass Charlotte sich an dem Holz zu schaffen machen konnte.

Sie schob das Messer hinein und rüttelte daran. Das Holz gab ein wenig nach, doch das Messer glitt ab. Beim dritten Versuch hörte man einen lauten Knacks, und die Bodendiele löste sich. Mateo leuchtete mit der Taschenlampe in das dunkle Loch, doch es war leer.

»Verdammt«, entfuhr es Charlotte. Als sie die Diele anhob, um sie wieder an Ort und Stelle zu legen, fiel das Licht der Taschenlampe auf ein grauweißes Viereck aus Pappe, das an der Unterseite der Bodendiele klebte.

»Schau mal!«

Die Pappe ließ sich mühelos ablösen, und Charlotte drehte sie hastig um. Auf der Unterseite befand sich das

Foto einer Frau mit einem Pinsel in der Hand, die vor einem unfertigen Gemälde stand. Sie trug ihr langes dunkles Haar in einem sorgfältig frisierten Knoten, nur eine Strähne fiel in ihr zartes Gesicht. Sie wirkte ernst, doch in ihren Augen blitzte der Schalk.

Charlotte löste das Foto von der Pappe. Auf seiner Rückseite waren in einer wunderschön geschwungenen Handschrift Worte geschrieben.

»Komm, lass uns ans Fenster gehen, da haben wir mehr Licht.«

Mateo folgte ihr und beugte sich über das Bild in ihrer Hand.

»Was ist das für eine Sprache?«, fragte sie.

»Das ist *caló*, ein Dialekt der spanischen Roma. Ich habe das schon einmal beim Giménez-Klan gehört, weiß aber nicht, was die Worte bedeuten. Ich kenne allerdings jemanden, der das lesen kann.«

»Leila.«

Mateo nickte, während Charlotte das Foto noch einmal herumdrehte und die junge Frau mit dem halbfertigen Bild im Hintergrund genauer betrachtete.

»Erkennst du es?«, fragte sie und zeigte auf das Gemälde.

Mateo beugte sich näher heran und betrachtete es aufmerksam. »Das ist das Bild, das dein Großvater deiner *abuela* gegeben hat.«

Plötzlich wurde ihr alles klar.

»Dann muss die Frau auf dem Bild Syeria sein.«

Wenn jemand dieses Foto so sorgfältig versteckt hatte, konnte das nur bedeuten, dass diese Frau für die Familie Sánchez eine besondere Bedeutung gehabt hatte.

ACHTZEHNTES KAPITEL

Charlotte saß auf dem Boden in ihrem Hotelzimmer und versuchte, Leila nicht zu unterbrechen, die sich auf das kleine Sofa gesetzt hatte, um in Ruhe das Foto zu betrachten. Mateo pfiff leise vor sich hin und bereitete etwas zu essen vor.

»Die Frau auf dem Bild ist wunderschön«, sagte Leila.

»Ja, das ist sie wirklich. Kannst du lesen, was auf der Rückseite steht?«

Leila sah sich wieder das Foto an und versuchte, die Schrift zu entziffern. »Das ist ganz sicher spanischer *caló*. Man hört ihn heute nicht mehr oft, aber meine Großeltern sprachen den Dialekt noch. Ich werde es mal versuchen.«

»Wenn die Sterne im Dunkel der Nacht leuchten
Und die Bäume im Wind flüstern,
Wenn der Mond scheint und deine Seele ganz ruhig wird,

Dann, mein Liebster, wirst du nie allein sein,
Denn auch wenn wir getrennt sind,
Wirst du, mein Liebster, stets meine Welt bewohnen,
Und stets wird mein Herz dir gehören«, las sie vor.

Dann hielt sie einen kurzen Moment inne und ließ die Worte nachklingen.

Mateo stellte einen Teller mit Oliven, sonnengetrockneten Tomaten und frischem Brot vor sie hin, das sie vorhin auf dem Markt gekauft hatten. Außerdem zog er eine Flasche Rotwein und drei Becher aus seiner Tasche und schenkte ihnen ein.

»Ich schätze, mein Urgroßvater hat das Gemälde zusammen mit dem Foto geschenkt bekommen«, sagte Charlotte. »Und der Text auf der Rückseite wurde in *caló* verfasst, damit nicht jeder ihn lesen konnte.«

»Es sieht so aus, als hätte Señora Alves doch recht. Vielleicht trafen sie einander auf einer Veranstaltung, hatten eine Affäre, sie wurde schwanger, bekam ein Baby – meine *abuela* –, und dann wurde meine Großmutter irgendwie zur Tochter von Señor und Señora Sánchez. Aber warum?«, fragte Charlotte, doch Mateo und Leila zuckten nur die Achseln.

»Zwischen meiner *abuela* und ihren Brüdern besteht ein großer Altersunterschied. Was ist, wenn Señora Sánchez zunächst nicht schwanger werden konnte, aber unbedingt ein Baby haben wollte und deswegen damit einverstanden war, das uneheliche Kind ihres Mannes anzunehmen? Und wenn sie dann Jahre später doch schwanger geworden ist und es bereut hat, durch Katarina immer und immer wieder an die Affäre ihres Mannes erinnert zu werden? Das würde auch erklären, warum sie Katarina verstoßen hat, als sie erfuhr, dass sie Flamenco tanzte. Es war nicht nur der Ungehorsam der Familie gegenüber, sondern auch das Erbe ihrer leiblichen Mutter, das sich darin zeigte.«

»Das wäre schon möglich«, sagte Mateo.

Leila stand auf und leerte ihr Glas. »Ich muss jetzt leider gehen, weil ich eine Verabredung habe.«

»Vielen Dank für deine Hilfe«, erwiderte Charlotte, drückte ihr einen Kuss auf jede Wange und umarmte sie fest. »Ich werde dich vermissen.«

»Reist du schon ab?«, fragte Leila und sah Charlotte und Mateo mit großen Augen an.

»Ich muss zu meiner *abuela* zurück. Sie muss doch erfahren, was wir herausgefunden haben«, sagte Charlotte und seufzte hörbar. Wie um alles in der Welt sagte man einer Sechsundneunzigjährigen, dass die Frau, die sie großgezogen hatte, aller Wahrscheinlichkeit nach nicht ihre leibliche Mutter war?

»Mateo, kann ich dich kurz sprechen?«, fragte Leila und nickte in Richtung Tür.

»Natürlich.«

Sie schlossen die Tür hinter sich, und Charlotte hörte,

wie ihre Unterhaltung immer lauter wurde. Es war schwer, die hitzige Diskussion draußen zu überhören. Wörter wie *hermano* – Bruder – und *problema* drangen an ihr Ohr. Kurz darauf rannte Leila die Treppe hinunter, und Mateo kam wieder herein.

»Tut mir leid, dass du unseren Streit mitbekommen hast, aber es ist alles schrecklich kompliziert.« Er ließ sich schwer auf das Sofa fallen.

»Kein Problem, ich …« Charlotte berührte ihn vorsichtig am Arm. »Wenn du darüber reden willst, weißt du, dass ich immer für dich da bin.«

»*Gracias*, das weiß ich zu schätzen, aber ich behalte das lieber für mich.«

Dann schaute er sie ernst an. »Würdest du mir dein Bild zeigen?«

Sie schüttelte schweigend den Kopf.

»Bitte!« Er streckte ihr seine Hand entgegen, und ein warmes Lächeln umspielte seine Lippen. »Ich würde gerne auch diesen Teil von dir kennenlernen.«

Charlotte biss sich auf die Lippe. Wie gut er doch Menschen überzeugen konnte.

»Na schön.« Sie hob das Bild, das gegen einen Stuhl gelehnt stand, hoch und wickelte es aus. »Aber es ist noch nicht fertig.«

Er blickte die Leinwand lange schweigend an. »Es ist wunderschön«, sagte er dann endlich. »Es hat Bewegung,

Leidenschaft, sprühende Farben. Man sieht gleich, dass du es hier gemalt hast. Du musst es unbedingt vollenden.«

Mateo beugte sich zu ihr, und Charlotte spürte, wie sehr sie seine körperliche Nähe genoss.

»Ich kann nicht. Mein Flug geht morgen, und ich …«

Er hob eine Augenbraue, seine wunderschönen braunen Augen glitzerten, und er sah sie mit einer Innigkeit an, die sie die Welt um sich herum vergessen ließ.

»Ich …«

»Du?« Mateo berührte sanft ihr Gesicht.

»Der Flamenco, die *gitanos*, die in meiner Familiengeschichte auftauchen, meine Malversuche … In dieser kurzen Zeit ist so viel passiert, ich weiß gar nicht, wie ich damit umgehen soll«, sagte sie heiser.

»Versuch nicht, alles immer einordnen zu wollen. Lass die Dinge einfach geschehen.«

»Aber ich weiß nicht, wie es weitergehen soll!«

»Hör auf dein Herz.«

Am liebsten hätte sie ihn umarmt und nie mehr losgelassen.

»Wenn mir Alicias Tod etwas gezeigt hat, dann, dass man auf sein Herz hören und die eigenen Gefühle nicht verbergen soll. Man weiß nie, wann man wieder eine Chance dafür bekommt.«

Ohne weiter darüber nachzudenken, lehnte sie sich zu Mateo und küsste ihn. Erst berührten ihre Lippen ihn nur zart, dann zog Mateo sie zu sich heran, und ihre Umarmung wurde immer leidenschaftlicher. Sie glaubte zu schweben. Plötzlich hielt Mateo inne, und Charlotte öffnete die Augen.

»Was ist los?«

»Vielleicht sollten wir es doch dabei belassen, du hast recht. Morgen reist du ab, was soll dann werden …«

»Eben hast du noch gesagt, wir sollen darauf vertrauen, dass die Dinge sich von selbst ergeben.«

»Anscheinend bin ich sehr gut darin, Ratschläge zu erteilen, ohne sie selbst zu befolgen.«

»Können wir nicht einfach den Moment genießen?«

Sie lachte kurz auf. »Was machst du nur mit mir? Bisher drehte sich mein ganzes Leben unaufhörlich darum, das Risiko, verletzt zu werden oder andere zu verletzen, zu vermeiden. Und jetzt denke ich, ich sollte endlich mal aufhören, die Welt als einziges großes Risiko zu betrachten.« Plötzlich fühlte sie sich ganz befreit und leicht.

»Und vielleicht solltest du jetzt auch einmal aufhören zu grübeln und mich einfach küssen«, sagte sie.

Mateos Augen leuchteten, während er sie mit unendlicher Zärtlichkeit streichelte.

»Du hast recht, vielleicht sollte ich einfach aufhören, so viel nachzudenken«, sagte er und bedeckte ihren Hals mit Küssen.

Charlotte öffnete die Augen und beobachtete die goldenen Sonnenstrahlen, die in das Hotelzimmer drangen. Vorsichtig schob sie Mateos Arm beiseite, stand auf, griff sich ein paar Kleidungsstücke und tappte damit ins Badezimmer. Während sie gerade so viel Wasser in das Waschbecken laufen ließ, dass sie ihr Gesicht waschen konnte, zog sie sich an und beobachtete durch die Tür Mateo, wie er friedlich schlief.

War es falsch, ihn jetzt zu verlassen? Doch was wäre die Alternative?

Charlotte ging zum Fenster und nahm das immer noch unfertige Bild in die Hand. Das frühe Morgenlicht fiel auf die Leinwand und ließ die kräftigen Farben erstrahlen.

»Warum bist du schon wach? Komm doch wieder ins Bett«, sagte Mateo, auf einen Ellenbogen gestützt. »Charlotte? Woran denkst du?«

»Das willst du lieber nicht wissen«, sagte sie und setzte sich auf die Bettkante.

»Ich fürchte, ich weiß es«, sagte er und fuhr mit einem Finger ihren Arm entlang.

»Mateo … ich fliege in ein paar Stunden.«

»Ich verstehe.« Er stand auf, sammelte seine Sachen ein, ging ins Bad und schloss die Tür hinter sich. Kurz darauf hörte sie das Wasser in der Dusche rauschen.

Charlotte versuchte sich abzulenken und packte ihre restlichen Sachen zusammen. Dann sah sie ihr unvollendetes Bild und die Ölfarben und überlegte fieberhaft, was sie damit anstellen sollte. Alles zurücklassen? Es mitnehmen? Sie malte sich aus, welche Zukunft sie haben könnte. Ein Leben voller Kreativität und Lebensfreude. So wie sie es sich immer gewünscht hatte.

»Wie ich sehe, bist du schon wieder tief in Gedanken versunken.« Mateo stand angezogen hinter ihr, die dunklen Haare sorgfältig zurückgekämmt.

»Mateo, wegen vorhin –«

»Du hattest recht, so ist es das Beste.«

Ihre Augen füllten sich mit Tränen, alle Leichtigkeit und Freude waren plötzlich verschwunden. Wie sollte sie bloß von ihm Abschied nehmen? Die ganz große Liebe gab es selten, manche erlebten sie nie. Und dennoch stand sie hier und war bereit, den Mann zu verlassen, dem sie leidenschaftlich gern ihr Herz geschenkt hätte. Warum war sie immer darauf bedacht, das Risiko zu vermeiden, und verzweifelte gleichzeitig bei dem Gedanken, ihre Liebe der Vernunft zu opfern?

NEUNZEHNTES KAPITEL

1944 – Katarina

Das Publikum im *Teatro del Arte* sprang auf, und nicht wenige wischten sich zwischen Klatschen und Jubelrufen eine Träne aus dem Auge. Wieder einmal hatten sich die *tientos* als populärster *palo* erwiesen, und Katarina überlegte, ob ihre sorgsam choreographierten Bewegungen erst zusammen mit den Codes ihren Gefühlen mehr Tiefe gegeben hatten. Sie tanzte die Codes nunmehr seit Monaten, doch statt sich daran zu gewöhnen, wuchs die Anspannung von Mal zu Mal. Dennoch verschwendete sie keinen Gedanken daran aufzuhören.

Sie verbeugte sich noch ein letztes Mal, verließ dann mit der Darstellergruppe die Bühne und traf auf Federico, der im Seitenflügel wartete und sie mit derselben Besorgnis ansah, die er nun schon seit Monaten zur Schau trug.

»Ich bin gleich wieder da«, sagte Salvador und eilte zu den Toiletten.

»Heute Abend war es perfekt.« Raúls Augen strahlten vor Begeisterung.

»Aber es ist noch immer kein *duende.*« Katarina versuchte, sich ihre Enttäuschung nicht anmerken zu lassen.

»*El duende* kommt, wenn du ihn am wenigsten erwartest, wenn du alles loslässt«, sagte er und strich ihr flüchtig über die Schulter.

»Aber wie bringe ich das fertig?«, fragte sie und stemmte zornig die geballten Fäuste in die Hüfte. »Ich muss mich zu sehr darauf konzentrieren, was ich tun muss, und kann meinem Körper nicht freien Lauf lassen.«

»Psst …«, sagte Raúl und stellte sich vor sie. »Sei vorsichtig.«

»Ich bin so müde. Wir machen das jetzt schon seit Monaten, und es passiert immer noch nichts.«

»Es kann eine Weile dauern, bis die ersten Erfolge sichtbar werden. Mach einfach weiter wie bisher. Meine Leute sind mit deiner Arbeit sehr zufrieden.«

Katarina starrte auf die leere Bühne und sah dann den Besuchern im Zuschauerraum nach, die langsam den Saal verließen, immer noch begeistert von dem Abend.

»Bevor ich es vergesse, heute ist wieder ein Brief für dich gekommen«, sagte Raúl, fischte ihn aus seiner Tasche und überreichte ihr das Schreiben ihrer französischen Kontaktperson.

»Schon wieder?«, fragte sie und nahm den Brief aus dem Umschlag, entdeckte dann aber Federico, der mit hinter dem Rücken verschränkten Händen auf sie zukam. Schnell faltete sie das Schreiben wieder zusammen und steckte es in ihre Bluse.

»Dein Auftritt heute Abend war recht ordentlich«, begann er.

»Danke.«

»Ich beobachte dich schon eine ganze Weile.« Seine Stimme klang irgendwie bedrohlich.

Ihr Puls schnellte empor, dennoch blieb ihr Gesicht wie versteinert. »Und?«

»Irgendwas an deinem Tanz ist anders. Ich hatte schon seit einiger Zeit so ein Gefühl, dachte aber zuerst, ich bilde mir das nur ein. Heute Abend aber habe ich die Bestätigung bekommen. Dein Tanz hat … an Tiefe und Ausdruck gewonnen. Du wirkst mehr denn je eins mit ihm.«

Katarinas Mund wurde ganz trocken, und ihr Verstand versuchte, eine plausible Erklärung für diesen Wandel zu finden. »Seit ich deinem Ensemble beigetreten bin, habe ich das Gefühl, zu Hause angekommen zu sein«, sagte sie schließlich.

»Darum geht es nicht. Ich kann es nicht richtig beschreiben, aber was immer du da tust, mach weiter so. Es gefällt mir. Genauso wie den Lobo-Brüdern.« Er schaute ihr einen Moment lang fest in die Augen, drehte sich dann um und verschwand in den Tiefen des Theaters.

Katarina schloss kurz die Augen und atmete tief durch. Ihr wurde übel. Noch einmal war sie davongekommen, aber sie wusste auch, dass Federico sie ab jetzt nicht mehr aus den Augen lassen würde.

»Komm, lass uns gehen«, sagte Raúl, nahm sie am Ellenbogen und führte sie zu ihrer Künstlergarderobe.

»Und was ist, wenn er etwas ahnt?«, fragte Katarina, als sie endlich allein waren.

Doch Raúl schüttelte entschieden den Kopf. »Das kann nicht sein. Hast du nicht gehört, was er zu dir gesagt hat? Ihm gefällt deine neue Art zu tanzen. Wenn er irgendeinen Verdacht hätte, würdest du das mitkriegen. Glaube mir, um ihn brauchen wir uns keine Gedanken zu machen.«

Raúl schloss sie in die Arme.

»Ich habe dich so sehr vermisst.«

Sie schloss die Augen und genoss seine Nähe. Erst ein paar Stunden vor ihrem gemeinsamen Auftritt hatten sie miteinander geschlafen, doch für Katarina war das schon zu lange her. Sie konnte ihre Leidenschaft kaum im Zaum halten, sie brauchte seine Liebe und Nähe, und sie sehnte sich nach der Geborgenheit, die sie dabei empfand.

Geschickt öffnete sie die Knöpfe seines Hemdes, während er ihr die Bluse von den Schultern streifte.

Ein leises Klopfen an der Tür ließ sie erstarren.

»Katarina, bist du da drin?«

Raúl riss erschrocken die Augen auf, als er Salvadors Stimme erkannte. »Ich bin gleich so weit«, rief sie, zog sich hastig an und lief zur Tür. Ihr Herz schlug bis zum Hals.

»Warum hast du so lange –«, fragte Salvador, doch dann sah er Raúl. »Tut mir leid, wenn ich euch gestört habe.«

»Du hast uns nicht gestört«, sagte Katarina und strich ihren Rock glatt. »Wir sind gerade noch einmal den Auftritt von heute Abend durchgegangen, um herauszufinden, was wir noch verbessern können.«

»Nach der heutigen Vorstellung bezweifle ich, dass du noch irgendwas zu verbessern hast. Das Publikum hat dich mit Beifall ja nur so überschüttet.« Salvador legte Katarina den Arm um die Schulter.

»Alle waren enthusiastisch und haben uns gefeiert«, sagte sie lächelnd und spürte, wie ihr die Röte ins Gesicht stieg.

Raúl stand auf und ging zur Tür. »Ich muss los und noch etwas mit Federico besprechen. Danke euch beiden für die großartige Vorstellung heute Abend.«

»Es war mir ein Vergnügen«, sagte Salvador.

Katarina vermied es, Raúl anzusehen, am liebsten hätte sie ihn gefragt, ob sie sich später noch treffen könnten, doch er hatte den Raum bereits verlassen.

»Also, wie lange bist du jetzt schon mit Raúl zusammen?«, riss Salvador sie aus ihren Gedanken.

»Wie bitte?« Seine Frage kam nicht überraschend, dennoch brachte sie sie gehörig aus dem Gleichgewicht.

»Ihr seid wieder ein Paar, das sieht ein Blinder. Ich habe mir schon gedacht, dass das passiert, als ich hörte, dass Raúl unserem Ensemble beitreten wird. Bist du glücklich?«

»Mehr, als ich jemals zu träumen gewagt habe.« Verlegen neigte sie den Kopf zur Seite.

»Da gibt es nichts, wofür du dich schämen müsstest, liebe Katarina. Nach allem, was du durchgemacht hast, hast du die Chance auf Liebe verdient. Vielleicht findest du deinen persönlichen *duende*.«

»Die Möglichkeit besteht zumindest«, sagte sie lächelnd, obwohl sie im Moment das Gefühl hatte, davon weit entfernt zu sein. Die Arbeit für den Maquis übte einen unglaublichen Druck aus – auf sie als Paar und auf jeden von ihnen. Sie hoffte inständig, dass das irgendwann vorbei sein würde.

»Ich freue mich für dich.«

»Danke, Salvador.« Sie ging zu ihm und küsste ihn auf die Wange.

»Was soll das jetzt heißen?«, fragte er und lächelte mit strahlenden Augen.

»Danke dafür, dass du Vertrauen zu meinem Tanz und

mir hast, und dafür, dass du mich aufgenommen hast, als ich Hilfe so nötig hatte wie noch nie. Und danke, dass du mich auch jetzt nicht verurteilst, obwohl ich dich nicht in mein Geheimnis eingeweiht habe. Du bist wie eine Familie für mich, ich werde niemals vergessen, was du für mich getan hast«, sagte sie mit tränenerstickter Stimme.

Salvador runzelte die Stirn. »Das klingt nach einem Abschied.«

»Nein, nein, das soll es nicht«, erklärte sie und bemühte sich um einen unbeschwerten Ton. »Ich sage dir nur einfach nicht oft genug, wie sehr ich es zu schätzen weiß, was du alles für mich getan hast.«

»Danke, aber auch du hast viel für mich getan. Durch dich habe ich gelernt, dass Familie über die engsten Verwandten hinausreicht. Wir alle sind ein großartiges Team«, sagte er.

»Ja, das sind wir.« Erneut spürte sie, wie stark das Gefühl von Schuld war, das sie jedes Mal überkam, wenn sie daran dachte, was sie Salvador noch verschwieg. Es wäre so leicht gewesen, ihm von ihrem Plan zu erzählen, vor allem, weil auch er Franco hasste, doch er war junger Vater und hatte Verantwortung. Katarina und Raúl hingegen konnten tun und lassen, was sie wollten. Salvador durfte nichts davon erfahren. Es war zu seinem Schutz.

»Da hat jemand etwas fallen lassen.« Salvador bückte sich, hob einen zusammengefalteten Brief auf und betrachtete ihn, bevor sie auch nur die Möglichkeit hatte zu reagieren. Sie zitterte vor Aufregung, als er das Blatt entfaltete und überflog. »Ich glaube, der ist für dich.«

»Danke.« Sie griff danach und steckte ihn wieder in ihren Blusenausschnitt.

»Ich wusste nichts von einer Tanzlehrerin, die nach Frankreich gegangen ist.«

»Ich …«

»Was wird hier gespielt?« Sein Ton war misstrauisch geworden.

»Gar nichts«, sagte sie mit erstickter Stimme.

»Dieser Brief scheint aber nicht ganz ohne zu sein. Warum bekommst du Nachrichten von einer Frau, die in Frankreich lebt und vorgibt, dir vor Jahren Unterricht erteilt zu haben? Warum schickt sie dir Anweisungen für neue Schrittfolgen?«

»Bitte stelle mir keine Fragen.« Sie hob den Kopf und sah ihn flehentlich an.

»Warum nicht?«, fragte Salvador und fuhr sich durchs Haar. »Was hat das zu bedeuten?«

»Lass es einfach gut sein«, entgegnete sie heftiger als beabsichtigt.

»Das tue ich ganz sicher nicht.«

»Das musst du aber.«

»Hat das irgendwas mit Raúl zu tun? Tut ihr beide etwas, das ihr nicht tun solltet?«

»Salvador!« Ihre Stimme zitterte. »Raúl und ich sind sehr verliebt.«

»Da steckt noch mehr dahinter.« Salvador trat auf sie zu, und seine Miene wurde sanfter. »Es ist nicht deine Art, Dinge vor mir zu verheimlichen. Zuerst deine Beziehung zu Raúl und jetzt die französische Tanzlehrerin.«

»Sie ist Spanierin, lebt aber in Frankreich.« Katarina war überrascht, mit welcher Leichtigkeit sie log, so als gäbe es diese Frau wirklich. »Ich weiß, du meinst es nur gut, aber du musst dir keine Sorgen machen«, sagte Katarina und ergriff Salvadors Hand.

»Mach ich mir aber.«

»Es ist alles in Ordnung, versprochen.«

Salvador runzelte die Stirn. »Ich glaube dir zwar nicht, kenne dich aber gut genug, um zu wissen, dass ich nicht auf Antworten drängen darf. Ich hoffe nur, dass du zu mir kommen und es mir erklären wirst, wenn die Zeit reif dafür ist. Du sollst wissen, dass ich immer für dich da sein werde, auch wenn du in noch so großen Schwierigkeiten steckst. Du bist wie eine kleine Schwester für mich.«

»Ich stecke nicht in Schwierigkeiten.«

»Da bin ich mir nicht so sicher. Ich möchte auf dich aufpassen«, sagte er und küsste sie auf die Wange.

»Danke, Salvador.«

Nachdem er gegangen war, stieß Katarina einen tiefen Seufzer aus. Von jetzt an musste sie besonders aufpassen, denn auch er würde sie nicht mehr unbeobachtet lassen.

Es bestand zwar nicht die Gefahr, dass er sie an die Behörden verriet, was ihr jedoch Sorgen bereitete, war die Sicherheit seiner jungen Familie. Sie hoffte nur, dass er nicht begann, Nachforschungen anzustellen, sondern alles so beließ, wie es war.

ZWANZIGSTES KAPITEL

1944 – Katarina

Katarina saß zusammengesunken auf ihrer Bettkante. Sie war voller Sorge um Salvador. In den frühen Morgenstunden war Claudia bei Katarina aufgetaucht, weil er nach der Theatervorstellung am Vorabend nicht nach Hause zurückgekehrt war. Seit der Geburt ihres gemeinsamen Sohnes blieb Salvador abends nie länger als nötig weg, schon gar nicht über Nacht.

Eilig zog sie sich ein Kleid und einen Mantel über. Es war nicht einfach gewesen, Claudia davon zu überzeugen, mit ihrem Baby wieder nach Hause zu gehen, doch am Ende willigte sie ein, dass sich Katarina allein auf die Suche machen würde. Voller Sorge zog sie ihre Schuhe mit den niedrigen Absätzen an und dachte darüber nach, dass Salvadors Verschwinden zeitlich mit dem Eintreffen des

Briefes ihrer Kontaktperson zusammenfiel, den er gefunden hatte. Sie hoffte inständig, dass das nur ein Zufall gewesen war.

»Salvador, was habe ich nur getan?«, murmelte sie und kritzelte eilig eine Nachricht für Raúl auf einen Zettel. Er hatte im Theater noch ein paar *palos* geprobt und war erst spät in der Nacht und schlecht gelaunt in ihre Wohnung gekommen. Offenbar hatte er sich wieder mit Federico gestritten, der von Tag zu Tag schlechtere Laune bekam. Katarina hatte mit Raúl geschlafen, aber nicht die gewohnte Verbundenheit zu ihm gespürt. Er wirkte besorgt, stritt das aber vehement ab. Vielleicht hatte es etwas mit den jüngsten Strategien des Maquis zu tun. Die letzte Neuigkeit war, dass sich die Partisanen an der französischen Grenze versammelt und sich zum Einmarsch in Spanien bereitgemacht hatten, allerdings war bisher nichts dergleichen geschehen.

Da Raúl nicht hatte schlafen können, war er schon am frühen Morgen zum Markt aufgebrochen, um etwas von den knappen Lebensmitteln zu ergattern, bevor sie gänzlich ausverkauft waren.

Mein liebster Raúl,
S ist verschwunden. Gehe ihn suchen. Melde mich, wenn ich Hilfe brauche.
K – sei umarmt und geküsst

Sie legte den Zettel auf sein Kissen und verließ ihre Wohnung, die für Raúl inzwischen zu seinem zweiten Zuhause geworden war. Dann flitzte sie die Treppe hinunter und auf die menschenleere Straße hinaus. Es wäre ihr lieber gewesen, wenn Raúl ihr bei der Suche geholfen hätte, doch die Dringlichkeit in Claudias Stimme und die Ereignisse des vergangenen Abends trieben sie an, sich sofort auf den Weg zu machen.

Sie eilte die Calle del Consuelo entlang und lief an den fast menschenleeren Cafés und Restaurants vorbei. In der Ferne thronte die allgegenwärtige Sierra Nevada mit ihren schneebedeckten Gipfeln über der Stadt und bildete mit der jahrhundertealten marokkanischen Architektur der Alhambra eine magische Kulisse. Doch die Sorge um Salvador trübte ihre Stimmung, und der Anblick verlor seine Schönheit.

Sie erreichte Salvadors Lieblingsbar, blieb davor stehen und drückte die Stirn an die Fensterscheibe. Angestrengt versuchte sie, im Inneren etwas zu erkennen, doch alles war dunkel. Vielleicht lag er betrunken unter einem Tisch, und das Personal hatte ihn so liegen lassen, damit er seinen Rausch ausschlief. Es wäre nicht das erste Mal.

Sie klopfte an das Fenster und hoffte, irgendjemand würde aus dem Schatten auftauchen, doch alle ihre Versuche blieben ergebnislos. Also beschloss sie, es im Theater zu versuchen. Vielleicht war er von der Bar aus dorthin gegangen, weil er es in seinem Zustand nicht mehr geschafft hatte, den Hügel bis zu seinem Haus hinaufzuwanken. Katarina stellte ihren Mantelkragen auf, lief um ein paar Häuserblocks und bog dann in die schmale Gasse ein, in der das Theater lag. Sie kramte in ihrer Tasche nach dem Schlüssel zum Bühneneingang, schloss auf und ging hinein. Ihre Absätze klapperten im dunklen Gang, während sie zu Salvadors winziger Künstlergarderobe ging und mit den Fingern nach dem Lichtschalter tastete. Als sie ihn endlich fand, knipste sie das Licht an und hoffte, Salvadors stämmige Gestalt ausgestreckt auf der Couch liegen zu sehen, doch sie war leer.

Besorgt sah sie sich im Zimmer um und suchte nach Kleidungsstücken oder anderen Hinweisen, die darauf schließen ließen, dass Salvador die Nacht hier verbracht hatte, doch alles schien wie immer. Sie drehte sich um, machte das Licht wieder aus und ging nach oben zur Bühne.

»Salvador?«, rief sie in die dunkle Weite des Raumes hinein. »Bist du hier?« Sie rief noch ein paarmal seinen Namen, sprang von der Bühne und lief durch die Sitzreihen bis zum Gang, der ins Foyer hinausführte. Das Tageslicht fiel durch die Fenster auf den zerkratzten Marmor. Doch auch hier hatte sie kein Glück, also rannte sie zurück in ihre eigene Garderobe.

Als sie das Licht anknipste, musste sie sich am Türpfosten festhalten. Überall lagen Lippenstifte, Bürsten und

Haargummis, Puder und Papier verstreut, als hätte hier ein Wirbelsturm gewütet. Ihr Stuhl war umgekippt, das Bild ihres Vaters lag auf dem Boden daneben. Sie eilte hin, hob es auf und untersuchte es auf Schäden. Doch bis auf einen kleinen Riss an der unteren Ecke war es unbeschädigt. Traurig betrachtete sie den Riss.

Sie drückte das Gemälde mit einer Hand an die Brust, sammelte mit der anderen ihre Sachen zusammen und legte sie wieder auf den Schminktisch.

Das ergab alles keinen Sinn. Warum hatte man ihre Sachen durchwühlt, während Salvadors Garderobe vollkommen unberührt schien? Jetzt kroch ihr die Angst in die Knochen. Hatte irgendwer Verdacht geschöpft und nach Beweisen gesucht, die sie mit dem Maquis in Verbindung brächten? Sie rannte den leeren Flur entlang an Federicos Büro vorbei und bemerkte Licht, das unter seiner Tür hindurchschien. Was tat er so früh schon hier? Katarina hörte Papiergeraschel und leises Gemurmel durch die Ritzen der Tür und klopfte atemlos an.

Sie hörte, wie Federico sich mit schweren Schritten der Tür näherte und sie öffnete, als er sie sah, aber gleich wieder zuknallte und abschloss. Sie hämmerte dagegen. »Lass mich rein.«

»Ich habe zu tun«, ertönte die dumpfe Stimme.

»Federico!«, schrie Katarina und trommelte weiter gegen die Tür.

»Bin beschäftigt!«

»Lass mich rein.«

Weitere dumpfe Geräusche waren zu hören. Diesmal waren es zwei Stimmen. Sie versuchte zu lauschen, verstand aber kein Wort. Katarina konnte es nicht leiden, wenn man sie ignorierte, also hob sie die Hand und wollte schon gegen die Tür schlagen, als sie plötzlich aufging und Raúl vor ihr stand.

»Was machst du denn hier?«, fragte sie völlig überrascht. »Wolltest du nicht auf den Markt gehen?«

»Ich …«

»Du … was?«, zischte sie. Federicos Reaktion auf ihr Erscheinen war schon schlimm genug, doch dass auch Raúl sie jetzt belog, war schmerzlich und machte sie wütend.

»Ich …«

»Ich habe ihn wegen einer dringlichen Angelegenheit gerufen«, sagte Federico und sah Katarina direkt in die Augen, obwohl sie genau wusste, dass er sie belog.

»Wie bitte?«, fragte sie. »Raúl war letzte Nacht bei mir.«

Doch Federico reagierte nicht darauf, und mit einem Mal wurde ihr klar, dass er bereits von ihrer Beziehung mit Raúl wusste.

»Raúl ist ein Gewohnheitstier, was macht er also jeden Mittwoch um sechs Uhr früh?«

Katarina presste die Lippen so fest zusammen, dass sie zu einer schmalen Linie wurden.

»Er geht auf den Markt, oder?«, fragte Federico und lächelte selbstzufrieden. »Ich musste dringend mit ihm sprechen und habe ihn dort angetroffen. Im Übrigen weiß jeder von deinem Verhältnis mit Raúl«, sagte er und beugte sich anzüglich grinsend zu ihr.

»Federico, es reicht«, sagte Raúl.

Das Adrenalin schoss durch Katarinas Adern, als sie ihren Liebsten ansah, auf dessen Stirn sich eine tiefe Furche gebildet hatte.

»Das ist unmöglich. Salvador ist kein Dummkopf, und bis gestern Abend wusste auch er nichts von uns beiden.«

»Offensichtlich ist er doch sehr dumm«, sagte Federico, ging hinter seinen Schreibtisch und sammelte die Unterlagen ein, die darauf verstreut lagen. Er schob sie in eine Schublade, verschloss sie und steckte den Schlüssel in die obere Tasche seines Jacketts.

»Was soll denn das schon wieder heißen?«

»Lass es gut sein«, sagte Raúl und schüttelte den Kopf.

Sie bemühte sich, ruhig zu bleiben, obwohl sie außer sich war. Warum hatte Raúl sie angelogen? Ihr Blick wanderte zwischen den beiden Männern hin und her, doch keiner von beiden sah sie an. »Also, was ist los?«

»Ich habe deinen Freund Salvador gestern Abend dabei erwischt, wie er zuerst deine Garderobe und dann mein Büro durchwühlt hat«, sagte Federico.

Katarina sah Federico misstrauisch an. Sie hielt es durchaus für möglich, dass Salvador nach weiteren Briefen der vermeintlichen Lehrerin in Frankreich gesucht hatte. Aber er hätte ihre Garderobe niemals in so einem Zustand hinterlassen.

»Salvador würde niemals etwas hinter meinem Rücken tun. Oder hinter deinem«, erwiderte sie empört.

»Nun, offensichtlich doch«, knurrte Federico. »Und nicht nur das, er ist gewalttätig, man kann ihm nicht trauen.«

»Wovon redet er da?«, fragte Katarina und sah Raúl an.

»Katarina, du brauchst dir keine Sorgen zu machen, nicht wahr, Federico?«, sagte Raúl und sah Federico bedeutungsvoll an. Was führten die beiden im Schilde? Und warum hatte sie das Gefühl, als sei ihr Herz soeben in einen dunklen Schacht gefallen?

»Wenn sie schon so neugierig ist, dann soll sie auch das hier sehen«, sagte Federico, zog sein Hemd hoch und entblößte eine Prellung, die sich unter seinem Rippenbogen befand, groß wie ein Unterteller. »Dein Freund hat seine Visitenkarte hinterlassen. Wie findest du das?«

»Was?« Sie schlug sich entsetzt die Hand vor den Mund. »Salvador würde niemals jemanden verletzen. Er ist nicht gewalttätig.«

»Vielleicht nicht, wenn er nüchtern ist – wenn er aber getrunken hat, sieht das ganz anders aus«, knurrte Federico und steckte sein Hemd wieder in die Hose.

»Ich glaube das alles nicht, das muss ein Versehen gewesen sein.« Sie schüttelte den Kopf, und Raúl legte den Arm um ihre Schultern, doch sie schob ihn weg.

»Dein Freund Salvador ist gefeuert«, entgegnete Federico kalt.

»Aber er ist doch …«, dann erstarb ihre Stimme unter Tränen. Und wenn Federico doch recht hatte? Offensichtlich glaubte Raúl ihm ja. Hatte Salvador die Beherrschung verloren? Aber was hatte ihn so wütend gemacht? Sicher waren es nicht nur die Briefe gewesen. Oder etwa doch? War das alles ihre Schuld?

»Ich glaube, es ist besser, wenn wir jetzt gehen«, sagte Raúl und schob sie zur Tür.

»Gut. Geht nur«, sagte Federico und würdigte sie keines weiteren Blickes.

Katarina und Raúl liefen schweigend den Flur entlang zum Hinterausgang des Theaters. Als sie auf die Gasse hinaustraten, blieb Katarina stehen und lehnte sich erschöpft an eine Wand.

»Was geht hier vor?«

Er sah sich in der Gasse um. »Komm, lass uns einen Spaziergang machen.«

»Nein.«

»Katarina, bitte. Hier ist nicht der richtige Ort, um das zu besprechen.«

»Und wo wäre der? Egal, wo wir hingehen, es wird immer Ohren geben, die jedes Bruchstück einer Unterhaltung aufschnappen und sie zu etwas Größerem, Gefährlicherem aufbauschen können. Seit Franco –«

»Hör auf«, presste Raúl zwischen den Zähnen hervor und sah sich besorgt um.

»Warum? Nirgends ist man mehr sicher. Ich habe es satt, Raúl. Ich habe es satt, auf etwas hinzuarbeiten, ohne zu wissen, ob es jemals gelingen wird. Und selbst wenn es gelänge, in welchem Zustand wäre unser Land?«

Raúl trat auf sie zu, packte sie an beiden Armen, seine Finger gruben sich tief in ihre Haut. »Hör auf, so zu reden.«

»Warum?«

Raúl beugte sich zu ihr und flüsterte ihr ins Ohr: »Du musst mit mir kommen.«

Die Vormittagssonne schien auf die Alhambra hoch über der Plaza Nueva, und der strahlend blaue Himmel wirkte wie gemalt.

»Wann sagst du mir endlich, wo wir hingehen?«, fragte Katarina. Sie riss sich los und blieb stehen.

Raúl fasste erneut ihre Hand und zerrte sie weiter. »Das wirst du noch früh genug sehen. Komm mit!«

»Ich gehe keinen Schritt weiter, wenn du mir nicht sagst, wohin.«

»Wir besuchen einen sehr guten Freund von dir«, sagte er und hob die Augenbrauen.

»Wen?«

»Wen wohl? Bitte komm jetzt.«

»Sal –« Woher wusste Raúl, wo Salvador steckte?

»Wir müssen uns beeilen.«

»Bitte sag mir, was hier vor sich geht.«

Raúl beugte sich zu ihr und drückte seine warmen Lippen an ihr Ohr. »Du musst mir vertrauen.«

Das wollte sie nur zu gern, doch sein sonderbares Verhalten hatte sie misstrauisch gemacht.

Andererseits wusste sie, dass sie keine Wahl hatte, also fügte sie sich und ging weiter.

Raúl eilte mit ihr durch die alten Straßen von Sacromonte, dann bog er links ab und führte sie in eine Sackgasse, an deren Ende drei kleine Türen waren. Vor der kleinsten blieb Raúl stehen, zog einen Schlüssel aus der Tasche und öffnete.

Schweigend betrat Katarina hinter ihm das Haus und ging durch ein paar leere Zimmer, bis er vor einer weiteren Tür stehen blieb. Raúl klopfte im unverwechselbaren Vierschlag eines *palo tiento*, wartete einen Moment und trat dann ein. Katarina folgte ihm.

Als sie die große, massige Gestalt, die in einer Ecke zusammengekauert lag, erkannte, eilte sie zu ihm und schlang ihre Arme um ihn.

»Du solltest nicht hier sein«, sagte Salvador barsch, zuckte bei ihrer Berührung zusammen und rückte ein Stück von ihr ab. »Das gilt auch für dich.« Sie legte ihre Hand behutsam auf seine blutverkrustete Stirn, drehte sich dann um und sah Raúl finster an.

»Das war Federico, nehme ich an.«

Salvador versuchte sich aufzusetzen und verzog vor Schmerz das Gesicht. »Setz dich lieber, Katarina.«

»Ich stehe gut.« Sie lehnte das Bild, das sie aus dem Theater mitgenommen hatte, an die Wand und sah die beiden Männer an. »Was ist passiert?«

»Das spielt keine Rolle.«

»Das soll wohl ein Scherz sein? Du siehst aus, als hätte man dich zu Brei geschlagen, und deine Frau ist ganz krank vor Sorge, weil du nicht nach Hause gekommen bist.«

»Im Moment ist es für sie sicherer, wenn ich nicht nach Hause gehe.«

»Warum warst du heute Nacht im Theater, ich hatte dich doch gebeten, nicht weiter nachzuforschen. Jetzt hast du dich um dein Engagement gebracht.«

»Immerhin habe ich überlebt, außerdem hätte ich ohnehin nicht länger für Federico arbeiten wollen. Das geht dir doch jetzt sicher auch so, oder?«, fragte er und wechselte einen Blick mit Raúl.

»Wieso, was ist los? Genug mit der Geheimnistuerei«, sagte sie und verschränkte die Arme vor der Brust.

»Also schön«, sagte Salvador. »Ich habe schon vor einer ganzen Weile geahnt, dass irgendwas mit dir nicht stimmt. Fast unmerkliche Veränderungen in deinen Schritten, ein strahlender Gesichtsausdruck … Kleinigkeiten, die nur jemandem auffallen, der dich gut kennt. Zuerst dachte ich, der Grund dafür sei der, dass wir nicht mehr im *Café Cantaria* auftraten und endlich Geld verdienten, doch dann kam mir der Verdacht, dass es wohl daran lag, dass du wieder mit Raúl zusammen warst.«

»Aber wir waren doch so vorsichtig.«

»Katarina«, sagte Salvador und lächelte sie warmherzig an. »Glaubst du, ich bin blind? Ich wollte dich nur in dem Glauben lassen, weil du anfingst, dich ein wenig zu öffnen, und ich darüber glücklich war. Aber dann sah ich den Brief …« Er seufzte. »Ich habe mir natürlich sofort Sorgen um dich gemacht. Also habe ich ein wenig in deinen Sachen gekramt. Nachdem ich nichts gefunden hatte, dachte ich, Federico nutze dich aus und hätte dich … für irgendwas angeworben.«

»Warum Federico?«, fragte sie, und ihr Herz klopfte wie wild.

»Warum nicht? Er wollte dich für die *ópera flamenca* haben, mich hat er nur engagiert, weil du sonst nicht mitgekommen wärst. Bis gestern Abend dachte ich noch, er wolle mit dir als Startänzerin das Theater füllen, doch wegen der Entdeckung dieses Briefes und deines ausweichenden Verhaltens habe ich überlegt, ob Federico versucht hatte, dich für die Machenschaften der Lobo-Brüder einzuspannen.«

Salvador rieb sich behutsam den Arm. »Aber dann hat mir Raúl erzählt, was du tust.«

Sie öffnete den Mund und wollte etwas sagen, doch Raúl kam ihr zuvor. »Katarina, hör erst die ganze Geschichte.«

Salvador nickte dankbar und fuhr dann fort. »Du musst wissen, dass ich beim Stöbern in Federicos Büro etwas gefunden habe, was mich sehr beunruhigt.« Salvador nickte Raúl zu, der in seine Tasche griff und ein kleines, an den Kanten zerfleddertes Notizbüchlein herauszog. Er überreichte es Katarina, die die erste Seite aufschlug und versuchte, im dämmrigen Licht etwas zu erkennen.

Sie blätterte durch die Seiten und sah, dass Federico in seiner unverwechselbaren Handschrift neben den Namen von Raúl, Salvador und ihr auch jene aller weiteren Ensemblemitglieder der *ópera flamenca* aufgelistet hatte. Unter den Namen standen akribische Beobachtungen zu der jeweiligen Person, was sie wann gemacht hatte und was besonders auffällig gewesen war, ergänzt durch Notizen über Franco-feindliche Äußerungen, die Federico zu Ohren gekommen waren. Katarina blätterte weiter und kam schließlich zu einem Teil, in dem ihre Tanzschritte bis ins kleinste Detail aufgeführt waren.

»Wie hat er das gemacht?«, fragte sie. Ihre Hände zitterten, während sie weiterblätterte, und brachten das Papier zum Rascheln.

»Sind das die Schritte, die du von deiner angeblichen Tanzlehrerin erhalten hast und aufführen solltest?«

»Ja«, sagte sie und schluckte. »Wie konnte er sie sich bloß in allen Einzelheiten notieren? Ich tanze sie sehr schnell.«

»Er hatte schon immer ein hervorragendes Gedächtnis«, sagte Raúl.

»Und warum die Notizen?«, fragte Katarina. Sie drehte sich Salvador zu, der das Büchlein an sich nahm. »Wird er es nicht vermissen?«

»Er hat sehr viele Notizbücher, ich bezweifle, dass er den Verlust gleich bemerken wird. Eines musste ich aber mitnehmen, um es dir und Raúl zu zeigen, weil es ganz offensichtlich für viele Künstler Anlass zu großer Sorge sein wird – besonders aber für euch beide.«

»Aber er kann doch nicht wissen, was wir gemacht haben, oder? Außerdem sind wir doch seine Zugpferde. Warum sollte er Leute anzeigen, die dem Theater Geld einbringen?«, fragte Katarina, doch sie wusste, wie albern sie klang.

»Die Lobo-Brüder«, sagte Raúl und schüttelte den Kopf.

»Was ist mit ihnen?«, fragte sie.

»Ich habe ein wenig nachgeforscht, weil ich den Verdacht hatte, dass Federicos üble Laune etwas mit ihnen zu tun haben könnte. Schließlich haben sie Federicos Traum von einem eigenen Tanzensemble finanziert, und umsonst gibt es nichts.«

»Und was hast du herausgefunden?«, fragte sie.

»Leider nicht sehr viel. Du hast uns unterbrochen, bevor ich noch mehr hätte erfahren können.«

»Tut mir leid. Ich wollte unbedingt Salvador finden.«

»Du hast es ja nicht wissen können«, sagte Raúl. »Aber als du aufgetaucht bist, habe ich ihn gerade gefragt, was die Lobo-Brüder damals von ihm verlangt haben.«

»Und er wurde wütend.«

»Genau. Als wir vor Jahren zusammengearbeitet haben, hat er niemals die Beherrschung verloren und sich immer um andere gekümmert. Für ihn war es das Wichtigste, den Flamenco nicht in Vergessenheit geraten zu lassen.« Raúl schüttelte den Kopf. »Warum er sich mit Franco-Anhängern zusammengeschlossen hat, ist mir schleierhaft.«

Katarina legte den Kopf in den Nacken und starrte auf die vermoderten Deckenbalken. Dann sah sie Raúl an. »Er macht sich Notizen und gibt sie den Lobo-Brüdern weiter, oder?« Sie machte eine Kopfbewegung zum Notizbüchlein in Salvadors Hand. »Darf ich noch einmal einen Blick hineinwerfen?«

Salvador reichte es ihr, und sie sah es sich noch einmal an. Familie Ruíz … Familie Maronna … Familie Rodríguez … »Von all den Zuschauern, die auf der Liste stehen, weiß man, dass sie Franco-Gegner sind. Ernesto Ruíz wurde erst vergangene Woche verhaftet und des Verrats beschuldigt, und Henri Maronna wurde vor drei Wochen verhaftet.« Ihr stockte der Atem. »O mein Gott, meinst du, dass Federico dahintersteckt? Glaubst du, er wird auch uns ausliefern?«

»Ich fürchte, das hat er bereits«, sagte Raúl.

»Aber warum? Ist das Theater nur eine Fassade?«

»Ich glaube nicht, dass es das von Anfang an war, aber wer weiß schon, wozu es mittlerweile geworden ist.«

»Das ist unglaublich.« Katarina lehnte sich an die Wand und spürte die kalten Steine durch ihren dünnen Mantel. »Sie werden von unserer Verbindung mit dem Maquis erfahren, nicht wahr?«

»Das ist so gut wie sicher«, sagte Raúl.

»Aber du bist doch sein Freund! Wie kann er dich so hintergehen?«

»Heutzutage ist Freundschaft eben einfach nichts mehr wert«, sagte Raúl und starrte ins Leere.

Wie hatten sie nicht bemerken können, dass sie die ganze Zeit über beobachtet wurden?

»Glaubt ihr, Federico weiß über alles Bescheid?«

»Ich gehe davon aus, dass man in Francos Kreisen vermutet, dass irgendwas mit der Tanzkompanie nicht stimmt. Aber ich denke, es ist noch zu früh, um in Panik zu geraten. Eins ist jedenfalls klar: Wir müssen einen Weg finden, wie wir damit umgehen.«

EINUNDZWANZIGSTES KAPITEL

Charlotte trat in der St.-Thomas-Privatklinik aus dem Aufzug, der sie auf die Station ihrer Großmutter gebracht hatte. Gefühlt war sie noch gar nicht wieder in ihrer Heimat angekommen. Ihr Herz war noch zu sehr in Granada, bei Mateo. Plötzlich stand ihr Bruder vor ihr und grinste sie an.

»Du siehst schrecklich aus.«

»Ich bin gerade um die halbe Welt geflogen, besonders erholt ist man dann nicht.«

»Das merkt man«, spottete er.

»Sehr witzig. Also, wie geht es ihr?« Sie gingen zu *abuelas* Zimmer und blieben vor der Tür stehen.

Steve schüttelte verhalten den Kopf. »Es geht ihr weder besser noch schlechter – das ist ja das Seltsame. Ihr Zustand ist stabil. Soll ich mit dir kommen?«

Charlotte schüttelte den Kopf. »Danke, aber ich möchte sie erst einmal allein sprechen.«

»In Ordnung, dann sage ich Mom Bescheid, dass du gut gelandet bist.«

Vorsichtig öffnete Charlotte die Tür zum Krankenzimmer. Was würde sie wohl erwarten? *Abuela* lag friedlich in ihrem Bett und schlief, während das abnehmende Tageslicht Schatten auf sie warf. Charlotte schlich auf Zehenspitzen zu ihr, setzte sich auf einen Stuhl und nahm vorsichtig die Hand ihrer Großmutter. In Gedanken wiederholte sie noch einmal, was sie sich während des langen Fluges überlegt hatte. Die Vorbereitung auf das Gespräch mit *abuela* war auch eine gute Ablenkung von dem Abschied von Mateo gewesen. Obwohl sie darauf bestanden hatte, allein zum Flughafen zu fahren, hatte Mateo sie unbedingt begleiten wollen. Nachdem sie ihr Gepäck aufgegeben hatte, standen sie beide schweigend da. Von der Vertrautheit, die in den letzten Tagen zwischen ihnen geherrscht hatte, spürte Charlotte jetzt wenig. So vieles zwischen ihnen war unausgesprochen geblieben, und sie beide wussten nicht, welche Bedeutung dieser Abschied für sie haben würde.

Charlotte stiegen die Tränen in die Augen.

»*Abuela*«, flüsterte sie und merkte, wie Müdigkeit sie übermannte. Eine Dusche hätte ihr sicher gutgetan, doch so wie sie jetzt *abuela* vor sich sah, noch blasser und dünner als beim letzten Mal, wusste sie, dass ihre Entscheidung, direkt ins Krankenhaus zu fahren, richtig gewesen war.

»Hm?«, murmelte ihre Großmutter und öffnete zuerst das eine, dann das andere Auge. Sie sah Charlotte groß an und ergriff ihre Hände. »Mein liebes Kind, ich freue mich so sehr, dich zu sehen.«

»Und ich freue mich, dich zu sehen, *abuela*.«

»Erzähle, wie war es in meiner alten Heimat?« Mühsam versuchte sie, sich auf dem Kissen ein wenig aufzurichten, doch ihr fehlte die Kraft.

»Willst du nicht noch ein wenig schlafen?«

»Liebes Kind, so viel geschlafen wie hier habe ich in den vergangenen zehn Jahren nicht. Jetzt bin ich gespannt, von dir zu hören. Und lass ja nichts aus.«

Charlotte begann zu erzählen und hielt dabei die ganze Zeit die Hand ihrer Großmutter fest umschlossen. *Abuela* schwieg und nickte nur, als sie berichtete, wie sie herausgefunden hatte, dass die Künstlerin des Gemäldes ein Mitglied des Giménez-Klans gewesen war.

Dann hielt sie inne und schaute *abuela* in ihre großen blauen Augen. War es richtig, ihr davon zu erzählen? War sie dafür überhaupt stabil genug?

»Liebes, was bereitet dir solche Sorgen? Dich belastet doch etwas?«, fragte *abuela* und tätschelte Charlottes Hand.

Charlotte biss sich auf die Lippen, konnte sie *abuela* die Wahrheit zumuten? Ihre Großmutter lächelte sie gütig an.

»Mein Leben war voller Höhen und Tiefen, Charlotte.

Erzähle mir einfach, was du mir erzählen musst, wir werden es verkraften. Es kann mich nichts erschüttern.«

»Es geht nicht um mich, *abuela*, sondern um etwas, das ich über dich erfahren habe. Besser gesagt: über deinen Vater und … das Bild.«

»Ich habe dich losgeschickt, damit du die Wahrheit herausfindest, nun möchte ich sie auch erfahren. Erzähle es mir, ich bitte dich«, sagte sie und sah Charlotte beinah flehentlich an.

Dass diese stolze und starke Frau sie derart nachdrücklich um etwas bat, brach Charlotte fast das Herz. Nie hätte sie etwas vor ihr verheimlichen können, merkte sie jetzt.

»Ich habe Señora Blanco Alves getroffen –«

»Valery? Sie lebt noch?« *Abuelas* Augen begannen plötzlich zu strahlen. »Erzähl mir, wie geht es ihr?«

»Sie ist entzückend und scheint gesund und glücklich zu sein.« Charlotte schwieg. Wie sollte es jetzt weitergehen?

»Wie um alles in der Welt bist du auf sie gestoßen, und warum hast du sie überhaupt aufgesucht?«

»Mateo kennt sie und … alles, was ich dir erzähle, hängt damit zusammen.«

»Aha«, sagte *abuela*. »Dieser Mateo, er hat dir offensichtlich sehr geholfen …«

»Das stimmt … Jedenfalls hat Valery mir die Schlüssel zu deinem Haus gegeben.«

»Wessen Haus?«

»Zum Haus deiner Familie, wo du aufgewachsen bist.«

»Wie bitte?« *Abuela* starrte sie mit gerunzelter Stirn an. Die Information schien sie derart zu verwirren, dass sich Charlotte sofort wieder Sorgen machte. »Und warum hatte sie die Schlüssel?«

Nachdem Charlotte ihr erklärt hatte, wie es dazu gekommen war, hatte *abuela* mit einem Lächeln auf den Lippen genickt. »Meine Mutter überließ nie etwas dem Zufall, es überrascht mich gar nicht, dass sie den Weitblick und Vorsorge für das Haus getroffen hatte. Sie liebte Granada und wollte bestimmt dorthin zurückkehren. Aber offensichtlich ist das nie passiert.« *Abuela* starrte an die Decke. »Ich bin schockiert, dass Valerys Familie das Haus hüten sollte.«

»Warum?«

»Weil es immer sie waren, die die Stellung hielten. Sie haben niemals den Glauben aufgegeben und sind trotz aller politischen Unruhen im Land geblieben.« Ein Lächeln huschte über *abuelas* spröde Lippen. »Meine Mutter stand ihnen sehr nahe, vor allem Valerys Vater«, erklärte sie und hob vielsagend eine Augenbraue.

»Hatten sie etwa …?«

Abuela zuckte die Achseln. »Genau weiß ich es nicht, aber die Beziehung der beiden wirkte seltsam innig, vor allem nach dem Tod meines Vaters.«

»Das ist … sehr interessant«, sagte Charlotte. Was hätte sie auch darauf erwidern sollen? Hatten damals alle Affären? Ganz offensichtlich. Vielleicht hatten sie einander tatsächlich geliebt, konnten aber nicht zusammen sein, so dass es das Beste war, auf sichere Zeiten zu hoffen und auf ihre Rückkehr zu warten.

»Mateo und ich waren in dem Haus.« Sie griff in ihre Tasche, zog ihr Notizbuch heraus und entnahm ihm das Foto von Syeria. »Das haben wir dort gefunden.«

»Das ist ja das Gemälde, das mir mein Vater geschenkt hat. Aber wer ist die Frau?«

»Wir glauben, dass es sich um Syeria Mesa Flores Giménez handelt, die Malerin des Bildes.«

Abuela blinzelte kurz, führte das Foto näher an ihre Augen und betrachtete es aufmerksam. »Unglaublich, nach all den Jahren weiß ich endlich, wer das Bild erschaffen hat … konntest du noch mehr über sie herausfinden?«

Charlotte zögerte; es war ihr klar gewesen, dass *abuela* dies fragen würde, aber noch fehlte ihr der Mut, die Wahrheit in Worte zu fassen.

»Was hast du?«, fragte *abuela* und sah sie unter ihren langen blassen Wimpern hervor an. »Charlotte, nur keine Scheu.«

Charlotte blickte ihre Großmutter fest an. »Man munkelte, dass dein Vater eine Affäre mit dieser Künstlerin gehabt haben soll.«

Abuela schloß die Augen. Erschrocken beugte sich Charlotte zu ihr herüber … »Was ist los? Soll ich den Arzt rufen?« Sie hatte schon die Notklingel in der Hand, doch *abuela* winkte beruhigend ab.

»Keine Sorge, es geht mir gut. Ich bin gar nicht so schockiert, wie ich es vielleicht sein sollte. Das Verhältnis zwischen meinen Eltern war immer ein wenig angespannt. Manchmal war mir unverständlich, weshalb sie überhaupt zusammenlebten. Aber so war das damals – man heiratete in die eigene Gesellschaftsschicht, und oft wurden die Ehen von den Eltern eingefädelt. Man kann nicht im engen Sinne von arrangierten Ehen sprechen, es kam dem aber schon sehr nahe.« *Abuela* seufzte. »Ich will damit nicht sagen, dass Affären gern gesehen wurden, aber so wie meine Mutter meinen Vater oft für die kleinsten Kleinigkeiten beschimpfte, wundert mich nicht, dass er Verhältnisse hatte.« *Abuela* betrachtete erneut das Foto.

»Ob mein Vater es selbst aufgenommen hat?«, fragte sie, dann zog sie die Augenbrauen zusammen. »Eines verstehe ich nicht. Warum hat er mir ein Gemälde gegeben, das eine Frau gemalt hat, mit der er angeblich eine Affäre hatte?«

Charlotte biss sich auf die Lippe, Tränen stiegen ihr in die Augen.

»Liebes, was weißt du darüber?«, fragte *abuela*.

Charlotte schaute zu Boden. Dann murmelte sie leise:

»Deine Freundin Valery hat nach dem Tod deines Vaters und deinem Weggang ein Gespräch belauscht … Der Giménez-Klan hat sich wohl mit deiner Mutter in Verbindung gesetzt und Geld gefordert. Valerys Vater versuchte, deiner Mutter davon abzuraten zu zahlen …« Charlotte konnte den Satz nicht beenden.

»Du musst mich nicht schonen. Bitte sag mir die Wahrheit. Ich vertraue dir.« Ein Lächeln huschte über *abuelas* Lippen.

»Das hast du schon immer getan.« *Abuela* hatte recht, sie durfte sie jetzt nicht im Stich lassen. »Valerys Vater sagte zu deiner Mutter, dass sie das halbblütige Zigeunerkind Katarina niemals als ihr eigenes hätte ausgeben dürfen und dass er deinen Vater für sein Verhältnis mit der *gitana* gelyncht hätte, wenn er noch am Leben gewesen wäre.«

Charlotte traute sich nicht, ihre Großmutter anzusehen, sondern lauschte nur aufmerksam ihrer Atmung, die unverändert ruhig schien. »Es tut mir leid, *abuela*.«

»Ach, Charlotte«, sagte ihre Großmutter, legte einen Finger unter Charlottes Kinn und hob ihren Kopf an, so dass sie einander in die Augen blicken konnten. »Ich hatte schon als Kind den Verdacht, dass irgendwas nicht stimmte. Nach der Geburt meiner Brüder veränderte sich das Verhalten meiner Mutter mir gegenüber. Sie schien sich nicht mehr um mich kümmern zu wollen. An manchen Tagen konnte sie es sogar kaum ertragen, sich im selben

Raum mit mir aufzuhalten. Das war nicht immer so gewesen, im Gegenteil, als Kind hat sie mich mit Liebe nur so überschüttet.« Sie seufzte, die Erinnerungen schienen schmerzhaft für sie zu sein. »Ihr Verhalten mir gegenüber war nicht im eigentlichen Sinne schlecht, doch als die Jungen zur Welt kamen, hatte ich plötzlich das Gefühl, dass die Liebe, die sie vorher für mich hatte, nun auf meine Brüder übergegangen und für mich nichts mehr davon übrig war. Wenn also stimmt, was du sagst, dann verstehe ich auch, warum, selbst wenn es schwer ist, das zu hören.«

»Vielleicht konnte deine Mutter zunächst keine eigenen Kinder bekommen, sehnte sich jedoch so sehr nach einem Baby, dass sie dich aufnahm, obwohl du sie fortwährend an die Affäre ihres Mannes erinnertest.«

»Ja, vielleicht hast du recht. Egal, unter welchen Umständen ich zur Welt kam, meine Mutter … sie liebte mich bis zu einem bestimmten Zeitpunkt heiß und innig. Und falls Syeria tatsächlich meine leibliche Mutter ist, muss das sehr schwer für sie gewesen sein. Ich war der lebende Beweis für die Untreue ihres Mannes.«

»Darum hat er dich vermutlich auch gebeten, das Gemälde geheim zu halten.«

Abuela nickte, Tränen stiegen ihr in die Augen. »Ich wünschte, es wäre ihm noch möglich gewesen, mir die Wahrheit zu sagen.«

Sie nahm wieder das Foto zur Hand und strich mit ihrem faltigen Zeigefinger darüber. »Vielleicht ist es kein Wunder, dass ich mich zum Flamenco hingezogen gefühlt habe.«

»Das erklärt vieles, nicht wahr?«, fragte Charlotte. »Hinten steht etwas drauf, es ist in *caló* geschrieben, eine Freundin von Mateo hat es übersetzt.«

Abuela drehte das Foto um und bewegte leise die Lippen, während sie das Geschriebene ein paarmal las und sich dann die Tränen von den Wangen wischte. Sie atmete tief durch. »Mein Vater war häufig auf Geschäftsreisen, manchmal blieb er monatelang fort. Bevor er abreiste, setzte er sich am Abend an mein Bett und sagte ein kurzes Gedicht in *caló* für mich auf. Warum er das tat, habe ich nie herausgefunden, ich dachte, es sei eine seiner vielen Eigenarten, für die ich ihn so geliebt habe. Niemand sonst verstand seine seltsamen Angewohnheiten, vielleicht hingen wir deshalb so aneinander.« Sie machte eine Pause. »Ich hatte das ganz vergessen. Wo hast du das Foto gefunden?«

»In eurem Haus, im Kleiderschrank deiner Mutter.«

Abuela sog hörbar die Luft ein. »Gibst du mir bitte etwas zu trinken«, bat sie mit heiserer Stimme. Charlotte reichte ihr ein Glas Wasser mit einem Strohhalm, und sie trank vorsichtig ein paar Schlucke, bevor sie weitersprach.

»Du musst wissen, dass ich als Kind oft stundenlang

in dem Schrank gespielt und so getan habe, als wäre der kleine Raum mein Schloss. Ich hatte so viel Spaß, und als meine Brüder kamen und die ganze Aufmerksamkeit meiner Mutter forderten, fand mein Vater mich meistens im Schrank, krabbelte zu mir herein und wir lasen Bücher oder erfanden Geschichten über waghalsige Abenteuer.« Sie zuckte traurig die Achseln, dann lächelte sie Charlotte an. »Das sind sehr schöne Erinnerungen, die du in mir wachrufst. Ich danke dir.«

»Ich bin so froh, dass du die ganzen Informationen so gut verkraftest. Ich habe mir solche Sorgen gemacht.«

»Was soll ich machen? Ich hatte ein erfülltes und interessantes Leben. Wenn du erst einmal so alt bist wie ich, Charlotte, kann dich nichts mehr erschüttern.« Sie legte den Kopf zur Seite. »Ich habe fast mein ganzes Erwachsenendasein ohne eine Mutter verbracht, es erschüttert mich also nicht so sehr, wie du vielleicht vermutest. Traurig macht mich lediglich, dass ich wahrscheinlich eine andere Familie da draußen habe, die ich niemals kennenlernen werde. Bitte erzähle mir, was du über den Giménez-Klan herausgefunden hast.«

Charlotte lächelte, ein warmes Gefühl umhüllte sie. »Sie pflegen enge Familienbande und haben ein starkes Gemeinschaftsgefühl.« Sie sah Cristina vor sich. »Sie beschützen einander, halten an ihren Traditionen fest und sorgen dafür, dass diese an die kommenden Generationen weitergegeben werden. Sie sprechen nicht über die Vergangenheit, daher ist es manchmal schwer, an Informationen zu kommen. Mateo hat mich ihnen vorgestellt. Er ist mit keinem von ihnen verwandt, sie behandeln ihn aber, als gehöre er zur Familie.«

»Dieser Mateo kam sehr häufig in unserem Gespräch vor.«

»Ach nein«, wiegelte Charlotte ab, sie wusste genau, worauf *abuela* hinauswollte, mochte aber nicht näher darauf eingehen. »Er ist einfach ein hilfreicher Freund.«

»Du magst ihn, nicht wahr?« *Abuela* zwinkerte Charlotte schelmisch zu, so dass sie errötete.

»Ich … ich glaube, dass ich mich ein klein wenig verliebt habe.«

»Ich würde wohl eher sagen, dass es dich ganz schön erwischt hat. Sieh dich an, du wirkst beschwingt und glücklich. Ich freue mich, dass die Reise nach Spanien offenbar Wunder bei dir bewirkt hat.«

Sie tätschelte die Hand ihrer Enkelin. »Ich möchte, dass du noch einmal nach Spanien fährst.«

»Wie bitte? Ich bin gerade erst zurückgekommen! Allein die Reise dauert zwei Tage.«

»Aber wenn du jetzt ein Flugzeug nähmest, wärst du recht zügig wieder in Spanien und könntest deinen Jetlag umkehren«, sagte *abuela* und hob kaum merklich eine Augenbraue.

»*Abuela*, so funktioniert das nicht«, sagte Charlotte und lehnte sich auf ihrem Stuhl zurück. »Was ist mit der Arbeit? Papa wird mir die Hölle heiß machen.«

»Hast du ihm denn schon gesagt, dass du zurück bist?«

»Nein.«

»Dann setz dich in den nächsten Flieger nach Granada. Ich werde mit deinem Vater sprechen, und er wird es bestimmt nicht wagen, mit mir zu streiten, ich bin schließlich seine Mutter. Außerdem bin ich krank, schon vergessen? Hör auf, das Leben anderer zu leben, ziehe los und lebe dein eigenes.«

»Das tue ich doch!«, sagte Charlotte.

»Umso besser, dann mach weiter so.«

»Aber du bist krank, *abuela*, ich sollte hierbleiben und mithelfen, dass es dir wieder bessergeht.«

»Ich habe schon genügend Leute, die Wirbel um mich machen. Wenn ich weiß, dass du in Granada bist und Dinge für mich erledigst, werde ich mich sehr viel besser fühlen und einen Grund haben, nicht aufzugeben. Diskutiere nicht mit mir.« Ihre Stimme klang unbeschwert, doch der Unterton war ernst und gab Charlotte zu verstehen, dass sie keinen Widerspruch dulden würde. »Sei so nett und gib mir mal meine Handtasche.«

Charlotte tat, wie ihr geheißen, und wartete, bis ihre Großmutter gefunden hatte, wonach sie suchte. Schließlich zog sie ein Plastiktäschchen mit einem Reißverschluss heraus, in dem ein vergilbter Briefumschlag steckte, und überreichte ihn ihr.

»Ich trage ihn seit Jahrzehnten bei mir. Es ist ein Brief, den ich einmal für jemanden geschrieben habe, der mir sehr viel bedeutet hat. Als ich ihn schrieb, hatte ich zu große Angst davor, ihn diesem Jemand zu geben, ich hatte Scheu, meine Liebe in Worte zu fassen. Dann war es plötzlich zu spät, ich hatte zu lange gewartet und meine Chance verpasst. Er konnte ihn nicht mehr lesen. Seitdem habe ich immer wieder versucht, den Mut aufzubringen und zumindest seine letzte Ruhestätte aufzusuchen, um Abschied zu nehmen. Aber ich konnte es nicht, ich wollte mich einfach nicht diesen ganzen Gefühlen stellen, die mit solch einer Reise zusammengehangen hätten. Ich wollte nicht zurückschauen. Und nun bin ich zu alt. Aber du kannst nach Spanien fahren und den Brief auf sein Grab legen. Auch wenn ich zu seinen Lebzeiten nie meine Gefühle so ausdrücken konnte, wie ich es gewollt hätte, so wünsche ich mir doch jetzt, dass wenigstens dieser Brief bei ihm ist. Ich weiß leider nicht, wo er begraben liegt, du müsstest also Mateo um Hilfe bitten.«

»Es tut mir leid, dass du jemanden verloren hast, der dir so nahestand.« Charlottes Stimme wurde leise. »Würdest du mir erzählen, was passiert ist?« Aber statt zu antworten, griff ihre Großmutter nach dem Notizblock, der neben ihrem Bett lag, und kritzelte ein paar Wörter auf ein

Blatt Papier, dann faltete sie es in der Mitte zusammen. »Bitte versuche sein Grab ausfindig zu machen. Wenn du wieder da bist, bin ich vielleicht bereit, die Geschichte dazu zu erzählen. Es war eine komplizierte Situation, und das ist sie meiner Ansicht nach immer noch. Du solltest wissen, dass dieser Brief längst überfällig war. Nun hast du drei gute Gründe, um nach Granada zurückzukehren.«

»Zwei – den Brief aushändigen und herausfinden, ob Syeria wirklich deine Mutter ist, oder?«

»Nummer drei hast du vergessen – Mateo.«

»O nein. Das ist unmöglich. Wir –«

»Wirf die Chance auf eine Liebe nicht fort. Sie ist kostbar und verdient Achtung«, sagte *abuela.*

»Warum hast du mich nicht bei meiner ersten Reise nach Spanien gebeten, den Brief an sein Grab zu bringen?«

»Ich hatte nach deiner Abreise Zeit, in meinen Erinnerungen zu leben, sowohl in guten als auch in schlechten. Ich habe erkannt, dass jetzt die Zeit reif ist, mich ihnen zu stellen. Liebes, ich weiß, dass ich viel von dir verlange, aber ich würde dich nicht darum bitten, wenn es mir nicht wichtig wäre. Sei gewiss, ich bin dir sehr dankbar für alles, was du für mich tust. Außerdem möchte ich, dass du zurückkehrst, damit du nicht die Gelegenheit versäumst, mit jemandem zusammen zu sein, der dich sehr glücklich macht.«

»Aber Mateo und ich führen ganz unterschiedliche Leben. Wir wohnen an entgegengesetzten Enden der Welt.«

»Blödsinn. Lebe nicht für eine Zukunft des Was-wäre-wenn, Charlotte. Lebe den Augenblick, dann werden sich die Dinge von ganz allein entwickeln.«

Abuela nahm Charlottes Hand und hielt sie mit ihren weichen faltigen Händen fest umschlossen. »Es gibt viele Gründe, weshalb ich nicht über meine Zeit als Flamencotänzerin sprechen will, doch eines werde ich dir noch sagen, und ich möchte, dass du es im Gedächtnis behältst: Wer sich dem Flamenco öffnet, öffnet sich der Liebe.«

»Du klingst schon wie Mateo.«

»Dieser Mann ist mir sehr sympathisch.«

»Ja?«, fragte Charlotte und lächelte. »Er hat das Gleiche über dich gesagt.«

»Vielleicht sind wir im Geiste verwandt und passen deshalb beide auf dich auf«, sagte *abuela* und tätschelte Charlottes Arm. »Du arbeitest zu viel und nimmst das Leben zu schwer. Es ist höchste Zeit, dass du ein wenig Spaß hast. Geh jetzt und tu, was ich dir gesagt habe. Gönne dir die Gesellschaft des Mannes, bei dem du dich wohl fühlst. Ich möchte nicht, dass du eines Tages so alt bist wie ich und etwas bereust.«

ZWEIUNDZWANZIGSTES KAPITEL

Charlotte wischte sich den Schweiß von der Stirn und ging mit energischen Schritten über das Kopfsteinpflaster zum *Club Alegría*. Der Abend war bereits vorangeschritten.

Nach ihrer Ankunft in Granada hatte sie erfolglos bei Mateo Sturm geklingelt und versucht, ihn auf dem Handy zu erreichen. Jetzt betrat sie die Bar und drängte sich durch verschwitzte Körper zum Tresen.

»Charlotte! Wie schön, dich zu sehen!«, sagte Pedro lächelnd, während er Gläser mit Bier füllte.

»Ist Mateo da?«

»Nein«, erwiderte Pedro, ignorierte die anderen Gäste und musterte Charlotte, die erschöpft und verschwitzt vor ihm stand, dann reichte er ihr ein Glas Wasser.

»*Gracias*. Weißt du, wo er ist?«, fragte sie und trank einen großen Schluck.

»Nein, aber vielleicht weiß sie es«, sagte Pedro und drehte den Kopf nach links.

Charlotte wandte sich um und sah Cristina, die sich durch die Menge zur Theke drängte und dabei Charlotte unsanft zur Seite stieß.

»Aua!«

»*¿Cuál es tu problema?*«, fragte Cristina und strich sich energisch das dunkle Haar aus dem Gesicht. Als sie erkannte, wen sie angerempelt hatte, stutzte sie kurz und redete dann wild auf Pedro ein. Erst als die Gäste, die auf ihre Bestellung warteten, protestierten, drehte sie sich um und begann, wüst auf sie einzuschimpfen. Einer der Gäste versuchte, sie am Arm zu fassen, aber sie stieß ihn weg und drängte sich Richtung Ausgang. Ein junger Mann, den Charlotte bei ihren früheren Besuchen schon mal gesehen hatte, drehte sich plötzlich zu Cristina um und verstellte ihr den Weg, was zu einer erbitterten Auseinandersetzung führte. Als sie zu entgleisen drohte, sprangen ein paar Musiker von der Bühne, packten Cristina und schoben sie durch die Menge auf die Straße hinaus. Charlotte rannte hinter ihr her und sah sie kochend vor Wut vor der Bar stehen und einen der Gäste anschreien.

»Cristina, hör auf, du machst es nur noch schlimmer!« Charlotte versuchte, sie wegzuziehen, aber Cristina ignorierte sie. »Nun komm schon, lass uns gehen, du Idiotin!«

Cristina wand ihren Arm aus Charlottes eisernem Griff

und sah sie mit weit aufgerissenen Augen an. »*¿Idiota? ¿Yo soy una idiota?*«

»Das einzige englische Wort, das du verstehst, ist Idiotin?«, fragte Charlotte, lächelte spöttisch und packte die überraschte Cristina erneut am Arm und zerrte die laut schimpfende Frau den Hügel hinunter und über die Brücke in eine enge Gasse. Dort fischte sie ihr Handy heraus und wählte erneut Mateos Nummer. »Bitte, bitte melde dich!«

»*¿Hola?*«

»Mateo! Hallo –«

»Charlotte! Ich habe den ganzen Tag an dich gedacht. Wie geht es deiner *abuela*? Wie ist es in Melbourne?«

»Ich bin nicht …«

Doch Cristina riss ihr das Handy aus der Hand und brüllte hinein. Dann legte sie auf und gab es Charlotte zurück.

»Hey, ich wollte gerade –«

»*Espera.*«

»Hör mal, du kannst nicht einfach …«

»Psst.«

Im selben Moment hörte Charlotte das Knattern eines alten Motors, und Mateos gelbes Auto bog um die Ecke.

Als er ausstieg, traten Charlotte Tränen in die Augen. Am liebsten wäre sie auf ihn zugerannt. Mateo sah sie mit strahlenden Augen an. »Was machst du denn hier? Hör zu, ich kann Cristina jetzt nicht allein lassen, aber ich komme später zu dir. Wohnst du im selben Hotel?«

»Ja, aber lass mich doch mitkommen. Vielleicht kann ich helfen.«

»Nein, es geht um …« Er runzelte die Stirn und schien zu überlegen. »In Ordnung, komm mit. Aber bleib bitte im Auto, wenn wir bei ihrer Familie sind.«

»Versprochen.«

»Okay, dann los, wir haben keine Zeit zu verlieren«, rief Mateo. Charlotte setzte sich auf den Rücksitz neben Cristina, Mateo ließ den Wagen an und raste den Hügel hinunter. Das kleine Auto holperte über das Kopfsteinpflaster und dann über die Schlaglöcher auf der Landstraße, sobald sie die Stadt hinter sich gelassen hatten.

»Interessant, dich und Cristina zusammen zu sehen.«

»Man hat sie aus der Bar geworfen.«

Mateo lachte. »Das wäre nicht das erste Mal und wird auch nicht das letzte Mal sein.«

»Hast du eine Ahnung, worum es ging?«

Mateo presste die Lippen zusammen. »Sie hat mich gesucht.«

»Fängt sie immer Streit an, wenn sie jemanden, den sie sucht, nicht gleich findet?«

»Nein, nein, das ist ein Notfall. Und ich habe das Telefon nicht gehört, weil ich laut Musik gehört habe. Reiner Zufall, dass ich gesehen habe, dass du anriefst …

Er bog von der Hauptstraße auf den Feldweg ab, der zum Waldrand führte. Mateo sprang aus dem Wagen, Cristina folgte ihm schnell, hob ihren langen Rock an und rannte auf Stöckelschuhen über den unebenen Boden auf den Mann zu, der einige Meter entfernt stand. Die Scheinwerfer des Autos beleuchteten gespenstisch die Szene.

»Jax!«, rief Mateo, und im selben Moment brach Geschrei los. Cristina war kaum zu stoppen. Schließlich trat Mateo auf Cristina zu, legte ihr die Hände auf die Schultern und flüsterte ihr etwas ins Ohr. Was immer er ihr auch sagte, es schien sie zu überzeugen, denn sie hörte mit den Schimpftiraden auf und ließ von Jax ab.

Mateo versuchte, ruhig mit dem Mann zu sprechen, doch der Kerl zog einen Stapel Papiere aus seiner Hosentasche und hielt sie Mateo unter die Nase. »Du bekommst immer, was du willst, jetzt bin ich mal dran!« Von einer Sekunde zur nächsten wirbelten die Papiere durch die Luft, und der Kerl nahm Mateo in den Schwitzkasten und drückte ihn zu Boden.

Cristina verdrehte die Augen und trat auf Charlotte zu. »Wir müssen sie aufhalten!«

Im selben Moment holte der Fremde aus und schlug Mateo auf die Nase. Ein Knacken hallte durch die Dunkelheit. Mateo keuchte auf und sackte in sich zusammen. Charlotte und Cristina eilten zu ihm. Gemeinsam packten sie ihn an den Ellenbogen und halfen ihm, sich aufzusetzen. Jax sammelte die Papiere ein, die überall auf der Wiese verstreut lagen, stieg in ein am Waldrand parkendes Auto und brauste davon.

Charlotte zog ihren Pullover aus, rollte ihn zu einem Knäuel zusammen und drückte ihn vorsichtig auf Mateos Nase, aus der Blut strömte.

Mateo sagte etwas, doch seine Stimme klang nur dumpf und unverständlich durch den Pulli.

»Wir müssen dich ins Krankenhaus bringen.«

Er nahm den Pulli weg und lachte nur. »Es geht schon, vielleicht hat dieser Bruch meine Nase wieder zurechtgerückt.«

»Wie kannst du Witze darüber machen?«, fragte Charlotte ernst. »Was ist los mit euch? Zuerst gerät Cristina in der Bar in einen Streit, dann legst du einen Faustkampf mit so einem brutalen Schläger hin.« Er wischte das Blut mit dem Pulli ab.

»Moment mal … sagtest du nicht, dein Bruder habe dir vor ein paar Wochen die Nase gebrochen? Ist Jax etwa dein Bruder?«, fragte sie und atmete die kühle Nachtluft ein.

»*Sí.*«

Sie nahm sich einen Moment Zeit, um das zu verarbeiten. »Warum … was sollte das mit den Papieren?«

»Er will das Grundstück zurück«, sagte Leila, die aus dem Schatten getreten war. Sie beugte sich hinab, leuchtete mit einer Taschenlampe auf Mateos Nase und untersuchte sie vorsichtig. »Es ist nicht so schlimm wie beim letzten Mal.«

»Ist es in deiner Familie üblich, sich zu schlagen?«

»Meine Familie ist der Giménez-Klan, nicht Jax.«

Die Bitterkeit in seinen Worten überraschte sie, denn sie passte so gar nicht zu ihm. Offensichtlich ging das Zerwürfnis tiefer, als sie zunächst vermutet hatte. »Was um alles in der Welt haben sie dir angetan?«

»Was spielt das schon für eine Rolle? Vergangenheit ist Vergangenheit.«

»Mateo, du hast mir gesagt, du wärst ein offenes Buch«, sagte Charlotte ruhig.

»Bitte, lassen wir es einfach gut sein.« Er lehnte sich gegen einen Baum und zog sich daran hoch, geriet aber ins Wanken. Charlotte wollte ihm helfen, doch er winkte ab.

Sie stellte sich vor, welche Schmerzen er gerade hatte, und beschloss, es für den Moment auf sich beruhen zu lassen.

»*Abuela* hat mir einen Brief mitgegeben, den ich überbringen soll. Sie hat ihn vor vielen Jahren verfasst, hatte aber dann nicht die Kraft, nach Spanien zurückzukehren, um ihn persönlich zu übergeben.«

»Es gibt doch die Post, oder?«

»Ich glaube kaum, dass die Post auch an Gräber zustellt.«

Mateo hob eine Augenbraue. »Ist das ein Brief für einen Toten?«

»Ja. Für jemanden, den sie wohl sehr geliebt hat.«

Mateo runzelte die Stirn, doch ihr wurde klar, dass das nichts mit seiner gebrochenen Nase zu tun hatte.

»Tut mir leid«, sagte sie und legte ihre Hand auf seine Schulter. »Ich hätte wissen müssen, dass das Erinnerungen in dir wachruft. Und so gern ich dich und Leila auch um Hilfe bitten würde, so sehr weiß ich auch, dass ich es selber herausfinden muss. Ihr habt jetzt andere Sorgen.«

»Du hast recht«, sagte Leila. »Ich würde dir sehr gerne helfen, aber erst einmal muss ich mich vergewissern, dass es Cristina gutgeht. Es ist gut möglich, dass sie gerade eine Armee gegen Jax zusammentrommelt.«

»Sie ist ziemlich impulsiv.«

»Ja, und manchmal weiß sie nicht, wie man sich an die Regeln hält. Dafür bin ich dann zuständig.« Leila drückte Charlottes Hand. »Schön, dich zu sehen. Ich freue mich, dass du wieder da bist.« Sie drückte ihr und Mateo einen Kuss auf die Wange und eilte dann davon.

Charlotte und Mateo gingen langsam zum Auto, er humpelte ein wenig, versuchte es aber zu überspielen.

»Ich fahre«, sagte sie.

Im Auto griff sie unter den Fahrersitz und suchte nach dem Hebel, um ihn auf ihre Größe einzustellen.

»Bemühe dich nicht, er ist eingerostet.«

Charlotte steckte den Autoschlüssel ins Schloss und rutschte nach vorne. Es war zwar nicht sonderlich bequem, doch sie fühlte sich wohler bei dem Gedanken, dass sie den Wagen fuhr und nicht Mateo mit seiner kaputten Nase und dem lädierten Auge. Obwohl sie nur langsam fuhr, war jedes Schlagloch zu spüren.

»Tut mir leid«, sagte sie mit zusammengebissenen Zähnen.

»Nicht so schlimm«, murmelte Mateo. Als sie zur Hauptstraße kamen, gab Charlotte Gas, und je mehr Meilen sie zurücklegte, desto freier fühlte sie sich. Bilder ihres letzten Malversuchs leuchteten plötzlich vor ihrem geistigen Auge auf, und sie packte fest das Lenkrad, so dass der Wagen kurz ins Schlingern geriet.

»*¿Qué pasa?*«, fragte Mateo, öffnete die Augen und wirkte verwirrt.

»Tut mir leid. Da war etwas auf der Straße.« Die Lüge kam ihr mühelos über die Lippen. Ihre Malerei war einfach etwas, über das sie nicht gerne redete. Sicher ging es Mateo mit dem angespannten Verhältnis zu seinem Bruder genauso. Es hatte sie verletzt, dass er mit ihr nicht darüber reden wollte. Aber verhielt sie sich nicht genauso?

Mateo hatte während der Fahrt die Augen geschlossen. Erst als sie den Parkplatz in der Nähe seiner Wohnung erreicht hatten und sie den Wagen abgestellt hatte, weckte sie ihn.

»Schlafmütze, aufwachen.« In ihrer Stimme schwang Zärtlichkeit mit. Mateo hatte seine Gründe, wenn er etwas tat oder nicht tat, genau wie sie. Sie musste darauf vertrauen, dass er es ihr schon mitteilen würde, sobald er dazu bereit sein würde.

»Aufwachen. Wir müssen in die Notaufnahme.«

Doch Mateo behielt die Augen fest geschlossen, sein Kopf lag schwer auf dem Sitz.

Plötzlich bekam sie es mit der Angst zu tun. »Mateo!« Sie rüttelte ihn an den Schultern.

Stöhnend setzte er sich auf. *»¿Qué hay?«*

»Du hast vielleicht eine Gehirnerschütterung. Wir müssen einen Arzt aufsuchen.«

»Es war ein langer Tag, das ist alles. Ich habe keine Gehirnerschütterung, freue mich aber, dass du dich so um mich sorgst.« Er lächelte schief.

»Soll ich bei dir bleiben?«

»Es wäre schön, wenn du auch bei mir bliebst, ohne dass mein Bruder mir erst eins auf die Nase geben muss.«

Charlotte spürte, wie sie rot wurde. Sie stieg aus dem Auto, schloss die Tür und beobachtete Mateo, der leicht wackelig auf den Beinen auf dem Gehsteig stand. »Bist du sicher, dass du allein gehen kannst? Der Hügel ist steil. Und soviel ich weiß, geht es zum Krankenhaus da entlang«, sagte sie und zeigte das kurze Stück ins Tal hinunter.

»Es geht mir gut, nur meine Nase hat was abbekommen, nicht die Beine. Komm.« Er nahm ihre Hand, und sie gingen die Straße hinauf an Restaurants, Häusern und Flamencostudios vorbei. Sie sah auf die Uhr und bemerkte, dass es fast zwei Uhr morgens war.

»Mir hat Granada gefehlt – und der Flamenco«, sagte sie, um das Schweigen zu brechen.

»Er ist dir also schon unter die Haut gegangen. Manchmal kann der Flamenco jemanden sehr schnell verzaubern.« Endlich waren sie bei Mateos Haus angekommen. Langsam stiegen sie die Treppe zu seiner Wohnung hinauf. Nachdem er aufgeschlossen hatte, lief Charlotte schnurstracks zum Kühlschrank, holte Eis und wickelte es in ein Geschirrtuch. Während sie herumfuhrwerkte, machte sie der Gedanke nervös, allein mit ihm in der Wohnung zu sein. Sie war schon einmal hier gewesen, warum also kam es ihr diesmal so anders vor? Sie riss sich zusammen und führte Mateo zur Couch. »Setz dich.«

»Sí, señorita«, sagte Mateo müde, zog mühsam die Schuhe aus und lehnte sich in die dicken Polster.

Vorsichtig legte sie ihm den kühlen Wickel auf Augen und Nase. »Du solltest dir wirklich ärztliche Hilfe holen.«

»Und du solltest aufhören, dir unnötig Sorgen zu machen. Macht das deine *abuela* auch ganz verrückt?«

Sie lächelte. »Vielleicht hat sie mich deshalb wieder hergeschickt.«

»Das war sicherlich der Hauptgrund«, sagte Mateo grinsend. »Vielleicht hat sie dir den Brief nur mitgegeben, um dich beschäftigt zu halten, damit du dir keine Sorgen um sie machst.«

Charlotte erinnerte sich genau an den tiefen Schmerz, der in *abuelas* Augen aufgeleuchtet hatte, als sie sie bat, den Brief an einem Grab niederzulegen.

»Ich glaube, dass dieser Brief für sie viel zu wichtig ist. Ich fürchte, dass sie weiß, dass sie nicht mehr viel Zeit hat, um Dinge in Ordnung zu bringen.«

»Sie ist eine kluge Frau.«

»Es sind die Was-wäre-wenn-Fragen, die jedem zu schaffen machen, nicht wahr? Was wäre, wenn ich dieses Grab für *abuela* fände? Was wäre, wenn die Beschäftigung mit ihrer Vergangenheit so viele schmerzliche Erinnerungen mit sich brächte, dass das ihre labile Gesundheit noch mehr angreifen würde? Was wäre, wenn ich jemanden aus dem Giménez-Klan dazu bringen könnte, einen DNA-Test zu machen, um zu wissen, ob *abuela* Syerias Tochter ist oder nicht?«

»Wie bitte?«, fragte Mateo und setzte sich ruckartig auf. »Bist du deshalb nach Granada zurückgekehrt?«

»Es gibt viele Gründe dafür. Einmal ist da natürlich der Brief … Und seit ich ihr außerdem das Foto gezeigt habe, das wir im Haus gefunden haben, ist sie davon überzeugt, dass Syeria ihre leibliche Mutter ist und …« Sie verstummte. Sie scheute sich davor, Mateo zu erzählen, dass sich ihre *abuela* außerdem wünschte, dass sie ihre Chance mit Mateo ergriff.

»Und?«

»Und das ist es einstweilen.«

»Was die Bitte um Hilfe bei dem DNA-Test angeht, so lautet die Antwort nein.«

»Aber du kennst sie, sie lieben dich. Könntest du niemanden um Hilfe bitten?«

»Nein, auf gar keinen Fall.«

»Würde Leila mir helfen?«

»Um so etwas kannst du sie nicht bitten.«

»Du hast recht. Es tut mir leid.«

»Leila ist zwar die Einzige in ihrer Familie, die gerne in beiden Welten zu Hause wäre. Aber du würdest von ihr verlangen, sich gegen ihr eigenes Volk zu stellen, und das wäre nicht fair. Hast du vergessen, dass *gitanos* nichts über ihre Vergangenheit wissen wollen?«

»Stimmt.« Die Gedanken schwirrten in ihrem Kopf herum, kamen dann aber zur Ruhe. »Außerdem wäre Leila eine zu weitläufige Verwandte. Für den DNA-Test kommen nur Verwandte ersten Grades in Betracht.«

Mateo verzog den Mund und vermied es, sie anzusehen.

»Du weißt etwas, nicht wahr?«

»Ja, aber ich kann es dir nicht sagen.«

»Wie war das noch mit dem offenen Buch? Zuerst sagst du mir nicht, was mit Jax vorgefallen ist, und jetzt hältst du mit Informationen hinter dem Berg, die mir helfen könnten. Du erzählst ziemlich viel Blödsinn, Mateo Vives. Dein Buch hat sieben Siegel.«

»Das ist nicht wahr.«

»Ich kann verstehen, dass du dich loyal verhalten willst, aber ich versuche hier einer ganz besonderen älteren Dame zu helfen, herauszufinden, wo ihre Wurzeln liegen, bevor sie …« Charlotte konnte den Satz nicht zu Ende bringen.

Sie griff nach Mateos Hand, doch er entzog sie ihr. Charlotte wusste, dass sie lieber das Thema wechseln sollte, doch das Bedürfnis, ihrer *abuela* zu helfen, trieb sie an. »Würden die Giménez nicht gern erfahren, ob sie noch eine lebende Verwandte haben? Vor allem eine, die ihr Leben lang mit dem Flamenco verbunden war?«

»Tatsache ist, dass *La Flama* mein Land verlassen und sich geweigert hat, über ihr Leben als Flamencotänzerin und über Spanien zu sprechen. Wie kannst du behaupten, dass sie dem Flamenco ein Leben lang verbunden geblieben ist?«

»Als ich noch klein war und sie sich um mich gekümmert hat, während meine Eltern arbeiteten, habe ich *abuela* oft in der Küche oder hinter dem Haus beim Schuppen gesehen, wie sie ihre Flamencoschritte übte. Ich bin mir sicher, dass sie ihr altes Leben sehr vermisst hat.«

»Es ist schwer, in der Gegenwart zu leben und sich nach

etwas zu sehnen, das unwiederbringlich vorbei ist. Warum hat sie Spanien verlassen?«

»Ich weiß es nicht.«

»Und sie wollte es dir auch nicht sagen?«

»Nein. Ich weiß nur, dass die Erinnerungen ihr großes Leid verursachen.« Genau wie Mateo war auch *abuela* ein Buch mit sieben Siegeln.

Mateo tippte mit den Fingern auf die Sofalehne. »Ich helfe dir bei der Suche nach diesem Grab, einverstanden? Wie heißt denn der Mann, nach dem wir suchen?«

Charlotte griff nach ihrer Tasche und holte den Beutel mit dem Umschlag heraus. Seit sie in Granada angekommen war, war so viel passiert, dass sie ganz vergessen hatte, nachzuschauen, was auf dem Umschlag stand. Jetzt hielt sie den Atem an, faltete das Papier auseinander und versuchte, die schnörkelige Schrift zu entziffern.

DREIUNDZWANZIGSTES KAPITEL

1944 – Katarina

Katarina eilte durch die engen Gassen zu ihrer Wohnung. Noch immer konnte sie nicht fassen, dass Federico sie alle ausspioniert hatte. Was, wenn die Unterlagen in die falschen Hände gerieten? Wenn entdeckt würde, dass sie geheime Codes übermittelten? Sie mussten ab jetzt noch viel vorsichtiger sein.

Obwohl Katarina ihn davon abhalten wollte, war Raúl noch einmal zu Federico gegangen, um herauszufinden, was er mit den Aufzeichnungen vorhatte. Ihr Herz zog sich zusammen, wenn sie daran dachte, in welcher Gefahr Raúl möglicherweise gerade schwebte.

Als sie um die nächste Straßenecke bog, fiel ihr ein dunkles Fahrzeug auf, das mit quietschenden Reifen vor ihrem Wohnhaus hielt. Zwei Männer in Anzug und Hut stiegen aus, knallten die Autotüren zu und hasteten in das Gebäude. Katarina zuckte zusammen: Das waren sie, Francos Geheimpolizei!

Reflexartig duckte sie sich zwischen die parkenden Autos und zwang sich, ruhig zu bleiben. Raúl war bei Federico – war er etwa in eine Falle gegangen? Oder war der Besuch der Geheimpolizei von langer Hand geplant worden?

Auf keinen Fall durfte man sie entdecken, sie musste schleunigst von hier verschwinden. Sie presste das Bild fest an ihren Körper und überquerte gebückt die Straße. Dann blieb sie zwischen zwei Autos stehen, richtete sich auf und ging möglichst unauffällig zur nächsten Straßenkreuzung.

Noch bevor sie um die Ecke biegen konnte, um endlich loszulaufen, kam ihr ihre Freundin Camila entgegen, die zwei Körbe voller Essen jonglierte.

»Katarina! Ich habe dich schon so lange nicht mehr gesehen. Erzähl mir, wie läuft es mit der *ópera flamenca*? Ich habe nur begeisterte Stimmen darüber gehört.«

Katarina zwang sich zu lächeln und blieb vor lauter Angst wie versteinert stehen. Hatten die Männer Camila gehört? Bestimmt hatten sie mittlerweile bemerkt, dass sie nicht zu Hause war. Vielleicht waren sie sogar in ihre Wohnung eingedrungen und warteten dort auf sie. Fieberhaft dachte Katarina nach. Die Männer konnten jeden Moment um die Ecke biegen, und wenn Camila mit ihr gesehen würde, könnte dies negative Konsequenzen für sie haben. Katarina bemühte sich, äußerlich ruhig zu bleiben, obwohl sie innerlich vor Angst zitterte und am liebsten losgerannt wäre.

»Tut mir leid, Camila, ich muss zur Probe und bin schon spät dran.«

»Du hast nicht einmal Zeit für einen Kaffee und ein kleines Schwätzchen?«, fragte ihre Freundin.

»Ich …« Noch bevor sie weiterreden konnte, sah sie, wie einer der beiden Männer aus dem Haus trat und sie anstarrte. Dann tauchte hinter ihm der Kleinere der beiden auf, in seiner Hand hielt er ein Foto. Selbst auf die Entfernung erkannte sie den Mann mit den langen Haaren und dem misstrauischen Blick wieder: Er hatte in der ersten Reihe gesessen, als sie zum ersten Mal die Codes getanzt hatte. Hatten Francos Schergen etwa schon damals davon gewusst? Und wenn ja, wie hatten sie so schnell davon erfahren?

»Tut mir leid, ich muss jetzt los«, rief Katarina der verdutzten Camila zu und rannte, ohne auf den Verkehr zu achten, über die Straße. Jetzt zahlte es sich aus, dass sie so viele Jahre im selben Viertel gelebt hatte und die Straßen kannte. Aber wo sollte sie hin und vor allem, wie sollte sie Raúl erreichen, um ihn zu warnen? Denn wenn nach ihr gesucht wurde, suchte man sicherlich auch nach ihm.

Mit Schrecken fiel ihr plötzlich Claudia ein. Sie und das Baby waren ebenfalls in Gefahr; und das, ohne es überhaupt zu ahnen. Nach mehreren Schleichwegen durch schmale Gassen und Hinterhöfe erreichte sie den Markt, hier konnte sie unauffälliger in dem Getümmel untertauchen. Sie eilte zwischen den Ständen hindurch und hoffte, dass niemand sie beachtete oder wiedererkannte. Als sie den Platz überquert hatte, bog sie nach links in eine Seitenstraße ein, die zu Salvadors Wohnung führte.

In dem Haus angekommen, nahm sie zwei Stufen gleichzeitig und hämmerte gegen die Tür.

»Claudia!«, schrie sie. Hoffentlich hatte es die Geheimpolizei noch nicht bis hierher geschafft. Oder etwa doch? Warum sonst brauchte Claudia so lange? »Ich bin's, Katarina!«, schrie sie und hämmerte erneut mit den Fäusten an die Tür. Ein Baby fing an zu schreien, kurz darauf öffnete Salvadors Frau verstört die Tür. »Hast du ihn gefunden?«

Katarina blickte durch die staubigen Fenster auf die Straße, doch von ihren Verfolgern war weiterhin nichts zu sehen. Ohne ein Wort zu sagen, drückte sie sich an Claudia vorbei in die Wohnung und warf die Tür hinter sich zu.

»Du musst sofort von hier verschwinden«, sagte Katarina und rang nach Luft. »Ich habe Salvador gefunden, er ist in Sicherheit. Noch! Aber die Geheimpolizei könnte jeden Moment hier auftauchen«, fügte sie hinzu, eilte zum Bettchen und fing an, Kindersachen und Kleidung in einen Baumwollbeutel zu stopfen.

»Was?«, keuchte Claudia mit vor Schreck weit aufgerissenen Augen. »Wie haben sie es herausgefunden?«, rief sie, und ihr stiegen die Tränen in die Augen.

Katarina hielt inne und starrte die Freundin an. »Was sollen sie herausgefunden haben?«

Claudia schüttelte den Kopf und drückte ihren Sohn noch enger an sich. »Nichts. Nichts. Tut mir leid, das ist alles so verwirrend.«

Katarina beäugte Claudia misstrauisch, sie wusste, dass sie log, doch jetzt war keine Zeit, sie danach zu fragen.

»Nimm nur das Nötigste mit«, sagte Katarina. »Vielleicht ist es auch nur ein Fehlalarm, aber wenn nicht, müssen wir von hier verschwinden. Und zwar sofort.«

Sie rannte zum Telefon und rief mehrmals im Theater an, bis jemand vom Kartenverkauf an den Apparat kam.

»Guten Tag«, sagte Katarina, zwang sich zu einem Lächeln und hoffte, dass es sich auf ihre Stimme übertrug. »Ich bin von der Zeitung *El Tiempo* und würde gern Herrn Raúl Sierra Abano für eine Geschichte interviewen, die wir über aufstrebende Flamencostars planen. Könnte ich mit ihm sprechen?«

»Einen Moment.« Der Hörer landete auf einer harten Unterlage, danach hörte man Schritte, die sich entfernten. Nach einer Weile, die ihr wie eine Ewigkeit vorkam, kehrte die Frau zurück. »Es tut mir sehr leid … wie war noch Ihr Name?«

»Romina Ramírez Palomo«, log Katarina angewidert und gleichzeitig erleichtert darüber, wie einfach es war.

Claudia sah sie besorgt an.

»Señora Ramírez Palomo, ich fürchte, dass er heute nicht kommt. Ich habe mit Federico Basa Trujillo, unserem Direktor, gesprochen, er hat ihn auch nicht gesehen, erwähnte aber, Señor Raúl sei krank und trete vermutlich eine Weile nicht auf. Soll ich ihm eine Nachricht hinterlassen?«

»Nein, das ist nicht nötig, ich rufe nächste Woche wieder an«, sagte Katarina und ließ den Hörer fallen.

Ihr wurde schwarz vor Augen. Etwas stimmte nicht. Federico hatte gelogen – Raúl war doch bei ihm. Katarina versuchte, die quälende Frage in ihrem Kopf zu unterdrücken. Sie lief zum Fenster und spähte durch die Vorhänge. Die Straße war noch immer menschenleer.

Sie schnappte Claudias Taschen und legte ihrer Freundin den Arm um die Schultern. »Los, wir müssen jetzt gehen.«

Es war bereits dunkel geworden, als Katarina Claudia und ihr Baby in die schmale Gasse brachte, die zu Salvadors Versteck führte. Sie hatten sich durch Hinterhöfe geschlichen und kamen nur langsam voran. Trotz des lauen Abends zitterte Claudia am ganzen Körper, weigerte sich aber, Paulito aus der Hand zu geben, sondern presste das Baby in der kleinen Decke nur noch fester an sich.

Als sie zur Tür kamen, klopfte Katarina im bekannten Rhythmus der *tientos*, genau wie Raúl es vor ihr getan hatte. Kurz darauf wurde ein Riegel zur Seite geschoben, und Salvador trat mit großen Augen aus dem Schatten.

»Claudia«, sagte er tonlos und streckte eine Hand nach seiner Frau und seinem Kind aus.

»Schnell, schnell hinein!« Katarina scheuchte alle ins Haus und sperrte die Tür hinter sich zu. Dann schlichen sie durch die Dunkelheit zu dem Zimmer im hinteren Teil, aus dem der flackernde Schein einer einsamen Kerze zu sehen war. Salvador fuhr seinem schlafenden Sohn über das Köpfchen und umarmte seine Frau.

»Hast du etwas von Raúl gehört?«, fragte Katarina und stellte die Taschen auf den Boden.

Salvador schüttelte den Kopf. Katarina sank auf den Boden und kämpfte mit den Tränen. Zum ersten Mal, seit sie sich der Widerstandsgruppe angeschlossen hatte, überkamen sie Zweifel an ihrer Entscheidung. Wie hatte sie nur so naiv sein können, zu glauben, dass sie jemals in der Lage sein würde, Francos Schreckensregime Einhalt zu gebieten? Das Einzige, was sie bewirkt hatte, war, ihre engsten Freunde in Gefahr zu bringen.

»Das ist nicht deine Schuld«, sagte Salvador und legte ihr seine Hände auf die Schultern.

»Woher wusstest du, was ich gerade gedacht habe?«

»Ich kenne dich, Katarina. Und ich freue mich, dass

du es endlich zulässt, deine Emotionen zu zeigen. Das ist gut.«

»Warum hasst du mich nicht? Du hättest jedes Recht dazu.« Verzweifelt schluchzte sie auf. »Ich habe euch ins Unglück gestürzt. Wie kannst du mich lieben, wenn ich euch in etwas so Gefährliches verwickelt habe?« Sie vergrub ihren Kopf in den Händen und murmelte: »Jetzt habe ich durch meine Selbstsucht zwei Familien zerstört.«

»Wie meinst du das?«, fragte Claudia sanft.

»Meine ursprüngliche Familie hat mich verstoßen, weil sie meine Art zu leben, meine Träume nicht akzeptieren wollte. Du hast mich wie eine Schwester aufgenommen, und ich habe euer Leben in Gefahr gebracht, weil ich selbstsüchtig war und den Tod meines Vaters rächen wollte.«

Salvador blickte zu seiner Frau hinüber, die kaum merklich nickte.

»Wir haben dir auch etwas verschwiegen«, erklärte Salvador.

»Wir gehören zwar nicht zum Maquis, aber wir haben seine Mitglieder immer wieder in Granada beherbergt.«

Katarina schaute forschend in ihre Gesichter. »Aber ich war doch so oft bei euch. Wie konnte mir das entgehen?«, fragte sie erstaunt.

»Der Maquis nutzt verlassene Häuser wie dieses hier«, sagte Salvador. »Meine Aufgabe war es, Essen, Decken und Landkarten zu besorgen und in die immer neue Unterkunft zu bringen.« Er machte eine Pause und sah Katarina an.

»Aber … Warum hast du mir nichts davon gesagt?«

»Liebste Katarina, aus genau demselben Grund, aus dem auch du uns deine Tätigkeit für die Gruppe verschwiegen hast. Wir wollten dich nicht gefährden. Offenbar haben wir auf dasselbe Ziel hingearbeitet.« Salvador überlegte, dann zuckte er die Achseln. »Allerdings weiß ich nicht, wie es jetzt weitergeht.«

»Wir müssen Raúl finden«, presste sie mit erstickter Stimme hervor.

»Natürlich müssen wir das, aber jetzt ist nicht der richtige Zeitpunkt dafür. Wir können auf keinen Fall länger hierbleiben. Mein Kontaktmann sagte mir, dass die Sympathisanten des Maquis sich in der Nähe der französischen Grenze in den Bergen versammelt haben, dort sollten wir in Sicherheit sein. Zur größten Not können wir nach Frankreich fliehen und dann entscheiden, was zu tun ist.«

Salvadors Stimme hallte in ihrem Kopf wider, aber seine Worte wollten keinen Sinn ergeben. Sie sollte Raúl in Granada zurücklassen, ohne zu wissen, wie es ihm ginge? Er war alles, was sie auf der Welt hatte, er war ihre große Liebe. Wie sollte sie auch nur einen Tag mit dieser Ungewissheit leben? Sie stand auf und strich ihren Rock glatt. »Ich muss Raúl finden, ich gehe nicht ohne ihn.«

Salvador blickte auf und sah sie besorgt an. »Wir müssen aber so schnell wie möglich weg. Beruhige dich, es geht ihm bestimmt gut.« Sie wollte zur Tür gehen, doch Salvador stellte sich ihr in den Weg. »Du kannst nicht gehen, du wirst gesucht. Aller Voraussicht nach werden wir alle gesucht. Raúl weiß, wo wir sind. Wir bleiben bis Mitternacht hier, dann müssen wir los – mit oder ohne Raúl.«

»Ich gehe nicht ohne ihn«, wiederholte Katarina.

»In Ordnung, aber bitte bleib erst einmal hier, vielleicht sieht es in ein paar Stunden ganz anders aus«, sagte Salvador und sah sie flehentlich an, und sie spürte, wie die Unsicherheit sie zerriss. Vielleicht hatte er recht. Wenn sie jetzt ihr sicheres Versteck verließ, würde sie voraussichtlich festgenommen, bevor sie die Suche nach Raúl überhaupt beginnen konnte. Granada war groß, aber nicht groß genug, um unterzutauchen. Sie musste vernünftig sein und einfach abwarten.

Die Stunden verstrichen, aber Raúl tauchte nicht auf. Katarina musste sich regelrecht zwingen, nicht auf die Straße hinauszurennen und nach ihm zu suchen. Je länger er weg war, desto größer wurde die Angst, dass sie ihn nie wiedersehen würde.

»Katarina, wir müssen jetzt wirklich gehen.«

Salvador stand mit den Taschen in der Hand vor ihr.

»Ich kann nicht«, entgegnete Katarina tonlos. »Geht ihr vor, ich komme später nach.«

»Nein«, sagte Salvador und schüttelte entschieden den Kopf. »Ich lasse dich nicht zurück. Wir wissen nicht, was mit Raúl los ist, aber wir können es auch nicht wagen, ihn zu suchen.« Er berührte sie mit einer Hand. »Sobald wir in den Bergen sind, werde ich ihn benachrichtigen lassen.«

»Aber wir können ihn doch nicht einfach im Stich lassen. Wie kannst du so etwas von mir verlangen?«, sagte sie mit erstickter Stimme und wischte sich verzweifelt die Tränen weg. »Ich kann das nicht.«

»Aber du kannst unmöglich hierbleiben. Ich besorge uns jetzt einen Wagen, dann sind wir in wenigen Minuten auf dem Weg.«

Hätte sie mit Raúl doch nur einen Treffpunkt ausgemacht. Aber wer hätte ahnen können, dass die Situation so schnell eskalieren würde.

Salvador und Claudia standen mit den Taschen in der Hand an der Tür.

»Bitte, komm mit uns«, bat Claudia.

»Ich kann nicht.« Verschiedene Szenarien spielten sich im Geiste vor ihr ab, sie schloss kurz die Augen und versuchte, für einen Moment klar zu denken. Wenn sie bliebe und nach Raúl suchte, brächte sie nicht nur sich in Gefahr, sondern auch Salvador und seine Familie. Andererseits hatte sie keine Ahnung, ob er überhaupt noch in Granada war, ob er überhaupt noch ... Allein der Gedanke schnürte ihr den Hals zu, und sie schluckte mühsam. Sie musste eine Entscheidung treffen, und zwar sofort.

»Katarina, bitte«, bettelte Claudia.

Katarina zog einen Stift und Papier aus der Tasche und fing an, eine Nachricht zu schreiben. Sie versuchte, sie so zu verfassen, dass sie für einen Fremden rätselhaft klänge, aber von Raúl verstanden würde. Wo aber sollten sie sich treffen? Plötzlich musste sie an ihre letzte Reise nach Linares denken. Sie hatten einen Tag vor den Toren Granadas verbracht, um ein wenig an der frischen Luft zu sein und auf andere Gedanken zu kommen. Die Erinnerungen an die wunderschönen Stunden, die sie mit Raúl verbracht hatte, ließen sie unendlich traurig werden. Die Sonne hatte geschienen, und ihre Welt hatte nur aus Liebe und Zweisamkeit bestanden.

Bauernhaus – Linares kritzelte sie hastig auf das Papier. Jeder, der den Zettel in Granada fände, hätte Schwierigkeiten, alle verlassenen Bauernhäuser in der Nähe von Linares zu durchsuchen, Raúl hingegen wüsste, wo die nächste Nachricht hinterlegt werden würde. Es war kein perfekter Plan, aber mehr konnte sie im Moment nicht tun.

Sie schnappte sich das Bild und ging zum Eingang. Vorsichtig entriegelte sie die Tür und spähte auf die dunkle Gasse hinaus. Alles war ruhig.

»Falls irgendwas schiefgehen sollte, treffen wir uns in dem kleinen Dorf Unha im Val d'Aran oder schlimmstenfalls auf französischem Boden in Bonac-Irazein«, flüsterte sie Salvador zu. Dann schlang sie sich einen Schal um den Kopf und huschte über das Kopfsteinpflaster. Claudia und Salvador folgten ihr.

Die Straßen waren ruhig, keine Menschenseele begegnete ihnen, und so kamen sie schnell voran. Dabei versuchten sie, unauffällig nach einem Auto zu suchen, welches sie leicht aufbrechen konnten, um damit möglichst schnell aus der Stadt herauszukommen.

Katarina zitterte am ganzen Körper, je weiter sie sich von ihrem Versteck entfernte, desto unsicherer wurde sie.

Hätten sie doch auf Raúl warten sollen? Hatte er versucht, zu ihr zu kommen, oder war er etwa festgenommen worden …? Schaudernd zog sie den Schal enger.

»Da«, flüsterte Salvador und zeigte auf ein kleines, ziemlich altes Auto am Ende der Straße. »Ihr gebt mir Deckung, und ich zaubere.« Er zwinkerte ihnen zu, und für einen kurzen Moment hob sich ihre Stimmung.

Er vergrub die Hände in den Hosentaschen und schlenderte die Straße hinunter, während Katarina, Claudia und das Baby sich in einer nahegelegenen Gasse versteckten. Paulito begann sich zu rühren und streckte seine kleinen Händchen aus dem Wickeltuch.

»Sch-sch-sch«, flüsterte Claudia beschwichtigend und versuchte, ihn zu beruhigen, doch er war aufgewacht und schien Hunger zu haben. »Ich kann ihn hier nicht stillen«, flüsterte sie.

»Aber wenn er weint, werden die Nachbarn aufmerksam und werden nachsehen, was los ist.«

Claudia nickte und steckte dem Baby ihren kleinen Finger in den Mund. Er nuckelte eine Weile daran, wurde aber immer unzufriedener und verlangte leise quäkend nach Milch. Katarina schaute nervös zu Salvador hinüber, der sich gerade an einer Wagentür zu schaffen machte.

Kurz darauf schob er das Fahrzeug mit einer Hand am Steuer die Straße hinunter. Als er die Gasse erreichte, in der sich die Frauen versteckt hielten, startete er den Motor und lief um den Wagen herum, um Claudia beim Einsteigen zu helfen.

Plötzlich hallten laute Schritte durch die Dunkelheit. Ein Schrei gellte, und ein dunkler Schatten rannte auf sie zu. Kurz darauf schoss ein großes schwarzes Fahrzeug mit grellem Scheinwerferlicht um die Ecke.

»Los, steigt ein! Macht schon!«, rief Katarina, riss die Fahrertür auf und sprang in das Fahrzeuginnere, während Salvador Claudia und das Baby schnell auf den Rücksitz beförderte, sich neben seine Frau zwängte und die Tür zuknallte. Katarina trat mit voller Kraft auf das Gaspedal, die Räder drehten durch, und Schüsse schlugen in die Karosserie. Claudia schrie auf, und das Baby fing an zu weinen. Salvador fluchte laut, als das grelle Licht der Scheinwerfer des Wagens hinter ihnen auf ihre entsetzten Gesichter fiel. Katarina versuchte, ihre Verfolger abzuhängen, und raste, das Lenkrad fest umklammert, um die nächste Straßenecke und durch die schmalen Straßen und Gassen, die sie seit ihrer Jugend kannte.

Ohne nachzudenken, fuhr sie immer weiter, bis sie Granada, ihre Vergangenheit und ihren Geliebten hinter sich gelassen hatte.

Katarina saß auf der Veranda, nippte an einem Glas Wasser und blickte in das Tal hinunter. Sie hatten fast eine Woche gebraucht, um mit Hilfe ihrer Kontakte zum Maquis durch abgelegene Dörfchen das Val d'Aran im Herzen der spanischen Pyrenäen zu erreichen. Seit sechs Tagen waren sie nun schon in diesem Unterschlupf des Maquis, und noch immer wussten sie nicht, wie es weitergehen sollte. Die schneebedeckten Bergspitzen der Pyrenäen ragten unter einem tiefblauen Himmel über ihnen auf, und wäre Katarina aus irgendeinem anderen Grund hier gewesen, hätte sie wohl die frische Luft, die Weite und die Schönheit der Natur genossen. Doch sie nahm dies alles nicht wahr. Seit ihrer Flucht aus Granada in jener Nacht hatte sie so gut wie kein Wort gesprochen, sie fühlte sich völlig leer, unfähig, auf ihre Umgebung einzugehen. Mit jedem Tag, der verstrich, sank ihre Hoffnung, dass Raúl sie noch erreichen würde. Es gelang ihr nur mit großer Mühe, sich zusammenzureißen und sich nicht fortwährend vorzustellen, was passiert war, was passiert sein könnte. Nur nachts kam sie kaum dagegen an, sich immer wieder die gleichen Fragen zu stellen. Was wäre gewesen, wenn sie zum Theater gegangen wäre und Raúl gesucht hätte? Was wäre gewesen, wenn sie in dem Bauernhaus in der Nähe von Linares geblieben wäre? Was wäre passiert, wenn das Netzwerk des Maquis nicht darauf bestanden hätte, sie Richtung Norden zu schicken, weil man ihnen sonst keine Sicherheit garantieren konnte?

Was wäre gewesen, wenn sie Raúl damals einfach nicht wiedergetroffen hätte?

Bei diesem Gedanken seufzte sie tief auf und legte ihren Kopf in die Hände.

Claudia, die aus dem Haus gekommen war, riss sie aus ihren Grübeleien. »Man hat uns geraten, die Grenze zu überqueren«, sagte Claudia und streichelte sanft über Katarinas Rücken.

»Geht ihr schon mal vor. Ich warte hier.«

»Niemand vom Netzwerk findet ihn in Granada.«

»Das heißt doch nur, dass er sich gut versteckt hält«, entgegnete Katarina ruppig. Sie war es leid, immer wieder zu hören, dass sie Raúl aufgeben sollte. Ihre Liebe zu ihm war unerschütterlich, und ihr Instinkt sagte ihr, dass er noch am Leben war. Sie hätte es gespürt, wenn es anders wäre. »Er wird kommen. Er muss einfach kommen.«

Claudia seufzte hörbar, stand auf und ging ins Haus zurück. Katarina war froh, wieder allein zu sein. Ihr Blick schweifte zu der ungepflasterten schmalen Straße hinunter, die zum Haus führte. Eine sanfte Brise blies Staub über die abgeernteten Felder. Sie verabscheute es, nichts tun zu können, sondern nur hilflos auf ein Lebenszeichen zu warten.

Sie würde wohl wahnsinnig werden, wenn sie noch länger einfach nur herumsaß. Entschlossen stand sie auf und ging ins Haus zu Claudia und Salvador, die an einem kleinen Tisch saßen.

»Ich kehre nach Granada zurück und suche Raúl«, sagte sie.

Salvador sprang von seinem Stuhl auf und schlug wütend mit der Faust auf den Tisch. »Herrgott noch mal, Katarina! Ich werde es nicht zulassen, dass du dich dieser Gefahr aussetzt. Ich fühle mich für dich verantwortlich und werde dich unter keinen Umständen alleine lassen. Raúl würde nicht wollen, dass du für ihn dein Leben aufs Spiel setzt«, erklärte er und sah sie durchdringend an.

»Aber ich werde hier noch verrückt!« Ihre Stimme bebte. »Salvador, geht ihr über die Grenze nach Frankreich und wartet ab, bis der Maquis hierher vordringt. Aber ich werde hier nicht tatenlos herumsitzen und meine Zeit vergeuden«, sagte sie und zog ihren Mantel an. »Ich gehe, ich …«

Das Geräusch von herannahenden Hufschlägen, das durch die offene Eingangstür drang, unterbrach sie. Ihre Augen weiteten sich vor Schreck. An diesem Tag war keine Proviantlieferung angekündigt. Katarina riss den friedlich spielenden Paulito vom Boden hoch, drückte ihn Claudia in den Arm und scheuchte sie ins Hinterzimmer.

Sie und Salvador blieben mit dem Rücken zur Wand neben der Eingangstür stehen. Das Hufgetrappel kam näher. Katarinas Herz fing an zu hämmern, Schweiß rann ihren Rücken herunter. Das Pferd wieherte, dann ertönte eine Stimme. »Ich habe Neuigkeiten.«

Katarina stürmte durch die Tür hinaus, stürzte über die Veranda die Stufen hinunter zu Javier, ihrem Kontaktmann beim Maquis. Er nahm seinen Hut ab und wischte sich über die Stirn.

»Sag schon etwas!«, stammelte Katarina und ergriff Javiers Hand.

»Das soll Raúl selbst tun«, sagte er, zwinkerte und deutete mit dem Kopf auf ein weiteres Pferd, das den Hügel hinauf zum Haus galoppierte. Noch bevor Katarina das Ausmaß seiner Worte begriffen hatte, kam der Reiter vor ihr zum Stehen.

Raúl.

Sein Lächeln löste sie aus ihrer Erstarrung, und sie flog in seine Arme.

»*Mi amor*, ich dachte –«

»Du musst nichts mehr denken, halte mich einfach nur fest«, stieß er hervor, und als sich ihre Lippen berührten, lösten sich alle Qualen der vergangenen Wochen auf.

Sie nahm sein Gesicht in ihre Hände. »Ich kann dir gar nicht sagen, wie glücklich ich gerade bin«, flüsterte sie.

»Dann zeig es mir«, entgegnete er und drückte sich so fest an sie, dass sie glaubte, mit ihm zu verschmelzen.

VIERUNDZWANZIGSTES KAPITEL

1944 – Katarina

Als Claudia zu frösteln begann, rutschte Katarina näher an sie heran und legte ihr den Arm um die Schulter. Die Sonne ging gerade am Horizont unter, und Dunkelheit hüllte sie allmählich ein. Zusammengekauert saßen sie im Schutz der Bäume, Kiefernduft stieg Katarina in die Nase. Nach dem langen Marsch über die schmalen Bergpfade schmerzten ihre Beine, und vom angespannten Lauschen auf jedes ihr unbekannte Geräusch war sie mit ihren Nerven am Ende.

Seit dem frühen Morgen waren sie den detaillierten Karten gefolgt, mit deren Hilfe der Maquis seine Anhänger über die französische Grenze schmuggelte. Katarina konnte es kaum erwarten, Spanien zu verlassen und endlich in Freiheit zu sein, gemeinsam mit den Menschen, die sie von ganzem Herzen liebte.

In den vergangenen Stunden waren sie schweigend nebeneinanderher gegangen, daher zuckten alle zusammen, als Raúl plötzlich das Wort ergriff. »Wir sollten uns jetzt auf den Weg machen.«

»Ist es denn überhaupt dunkel genug?«, fragte Katarina und blickte zum Mond, der gerade aufging.

»Wir können nicht ewig hier warten.«

»Ich glaube nach wie vor, dass es keine gute Idee ist, wenn wir uns trennen«, sagte sie, obwohl sie am Vortag lange mit Javier darüber diskutiert hatten. Er hatte ihnen versichert, dass es der ungefährlichste Weg sei, falls sie an der Grenze spanischen Patrouillen in die Arme liefen.

Raúl nahm den Gitarrenkoffer in die Hand und stand auf. »Lasst uns losgehen.«

Katarina hatte sich ebenfalls erhoben und war neben ihn getreten. »Du solltest ihn hierlassen«, sagte sie. »Ich kann dir eine neue Gitarre kaufen. Der Koffer ist viel zu sperrig und hält uns nur auf.«

»Ich werde sie nie im Leben zurücklassen. Sie ist doch das Zeichen deiner Liebe und der Leidenschaft, die uns beide verbindet.«

Sie blickte in seine Augen, in denen sie in diesem Moment keine Furcht fand, nur Liebe. Noch immer konnte sie ihr Glück nicht fassen, dass sie wieder mit ihm vereint war.

Raúl streichelte mit dem Finger sanft über ihre Wange.

»Jetzt sollten wir uns wirklich auf den Weg machen. Und zwar genauso, wie mit Javier vereinbart. Es hat sich herumgesprochen, dass nach vier Erwachsenen und einem Baby gesucht wird, es ist also besser, wenn du und Claudia mit dem Baby vorausgeht. Salvador und ich folgen euch. So habt ihr uns im Rücken, falls etwas passiert.«

»Ich weiß, aber …«

»Du hast Angst«, murmelte Raúl.

»Mehr als je zuvor in meinem Leben.« Sie schlang die Arme um seinen Hals, stellte sich auf die Zehenspitzen und küsste ihn.

»Ich liebe dich, *fuego de mi alma*.«

Katarina lächelte – Feuer meiner Seele.

»Wir sehen uns auf der anderen Seite.« Raúls gezwungenes Lächeln konnte ihre Furcht vor dem, was ihnen bevorstand, nicht mildern. Widerwillig löste Katarina ihre Umarmung, nahm das Bild, wickelte es vorsichtig in ein altes Hemd und lief zu Claudia, die sich an Salvador klammerte.

»Wir müssen los«, sagte Katarina sanft. Sie drehte sich zu Salvador um und wollte ihn umarmen. Aber er schüttelte mit einem zaghaften Lächeln den Kopf. »Heb dir das für Frankreich auf, gleich haben wir es geschafft. Gleich sind wir frei.«

Sie lächelte zurück, rückte ihr Kopftuch zurecht und nahm Claudias Tasche. Gemeinsam gingen sie zum Waldrand und blickten prüfend ins Tal, um zu sehen, ob sich dort irgendetwas regte. Alles schien ruhig, und so traten Katarina und Claudia mit dem Baby auf die Lichtung hinaus und schauten angestrengt auf die winzigen Lichter, die aus dem französischen Dorf heraufleuchteten.

»Bist du bereit?«, fragte Katarina und legte schützend ihren Arm um Claudia, die immer noch am ganzen Leib zitterte, obwohl die Nacht außergewöhnlich lau war. Zunächst waren ihre Schritte zögerlich, je mehr sie sich jedoch an den unebenen steilen Boden gewöhnt hatten, desto schneller kamen sie voran. Alles, was sie zu tun hatten, war, den gerölligen Abhang hinunterzugehen, die Brücke zu überqueren, dann waren sie in Frankreich und hoffentlich vor jeder Bedrohung durch Francos Regime sicher. Sobald sie sich in ihrer neuen Heimat eingerichtet hatten, würden sie sich dem französischen Maquis anschließen, um von dort aus den Widerstand voranzutreiben.

Katarina stützte Claudias Ellenbogen, während sie im Dunkeln über Steine und Löcher stolperten. Bei jedem Schritt kämpfte sie auf dem unebenen Boden um ihr Gleichgewicht.

»Vorsicht«, flüsterte sie Claudia zu und deutete auf eine Wurzel. Doch die Warnung kam zu spät. Claudias Fuß verfing sich, und sie drohte den Halt zu verlieren. Schützend presste sie Paulito an sich, konnte aber einen spitzen

Schrei nicht unterdrücken. Im letzten Moment erwischte Katarina ihre Freundin am Arm und konnte gerade noch verhindern, dass sie den Abhang hinabstürzte. Aber der Schrei hatte Paulito geweckt, und nun hallte sein ängstliches Weinen durch das Tal.

»Lauf!«, schrie Katarina. »Wenn sie hier sind, werden sie uns ohnehin gehört haben, lauf, so schnell du kannst!« Die beiden Frauen stürmten den Abhang hinunter, bis sie zu der Brücke kamen. Ohne ihren Schritt zu verlangsamen, liefen sie über die wackelige Holzkonstruktion, deren Bohlen unter ihren Füßen dröhnten. Eine Wolke war vor den Mond gezogen, und plötzlich war es so dunkel, dass sie kaum das andere Ende der Brücke sehen konnten. Blind rannten sie weiter, dann endlich tat sich das andere Ufer vor ihnen auf: Sie waren in Frankreich.

Nur wenig später hatten sie das Dorf erreicht und auch den Schuppen gefunden, den Javier ihnen beschrieben hatte.

»Wir haben es geschafft. Mein Gott, wir haben es geschafft.« Claudia keuchte schwer.

»Das habt ihr gut gemacht«, ertönte Javiers Stimme aus der Dunkelheit.

Katarina zuckte zusammen, dann begann sie zu lachen. »Hast du mich erschreckt!«

»Tut mir leid, ich wollte nicht gesehen werden. Für

Francos Späher bin ich nichts weiter als ein einfacher Bauer.«

Katarina vergrub ihre noch immer zitternden Hände in den Taschen ihres Mantels und hatte plötzlich ein Stück Papier zwischen den Fingern. Im Schein der kleinen Gaslaterne, die Javier entzündet hatte, zog sie es heraus und faltete es auf. Es war der Brief, den sie am Tag zuvor geschrieben hatte. Bei der Erinnerung daran, wie nach ihrem Wiedersehen endlich die Worte nur so aus ihr herausgesprudelt waren, musste sie lächeln. Wie sehr hatte sie in den Wochen und Monaten zuvor damit gerungen, dass sie nicht die richtigen Worte fand, um Raúl ihre Liebe zu zeigen. Wie lächerlich waren ihr ihre Versuche, all die Zuneigung, Wärme und Vertrautheit zu beschreiben, vorgekommen. Aber jetzt, da sie endlich vereint waren, hatte sich alles wie von selbst ergeben. Endlich war sie fähig, zu ihren Gefühlen zu stehen, und hatte den Mut, sie auch vorbehaltlos zu zeigen. Mit einem Lächeln dachte sie an seinen Blick, wenn sie ihm den Brief überreichen würde.

Um den schmalen Schein der Lampe zusammengekauert, saßen Javier, Claudia und Katarina im Schuppen und warteten auf Raúls und Salvadors Ankunft.

Die Stunden vergingen, und obwohl sie vermuteten,

dass die beiden sicher erst etwas Zeit verstreichen lassen wollten, bevor sie sich ebenfalls auf den Weg machten, wurden sie immer unruhiger.

Katarina rührte sich nicht von der Stelle, sondern spähte die ganze Zeit wie gebannt durch die Bretter, die vor die Fenster genagelt waren. Mittlerweile war der Himmel sternenklar, und der Vollmond tauchte die Umgebung in ein helles Licht. Plötzlich bewegten sich die Büsche, die auf der anderen Seite das Ufer säumten. Ihr Herz fing wie wild an zu hämmern. Das mussten sie sein!

»Sie kommen«, flüsterte sie Javier zu, und Claudia rückte nah an sie heran, um ebenfalls hinausspähen zu können.

Und tatsächlich, zwei Gestalten lösten sich aus dem Dickicht und rannten über die Lichtung in der Nähe der Brücke. Beim Laufen schlug einem von ihnen etwas Unförmiges gegen den Körper, das musste Raúl sein; unwillkürlich musste Katarina lächeln, er war einfach unverbesserlich, warum ließ er die verfluchte Gitarre nicht einfach zurück?

»Komm schon, komm!«, stieß Katarina zwischen zusammengepressten Zähnen hervor.

Dann zerriss plötzlich ein Schuss die Stille. Der Knall der Explosion wurde durch den Talkessel um ein Vielfaches verstärkt.

»O mein Gott!«, keuchte sie und drückte sich noch fester an die Bretter, um die beiden nicht aus dem Blick zu verlieren. Die beiden Gestalten näherten sich der Brücke, Salvador hatte die Führung übernommen, dicht dahinter kam Raúl. Dann tauchten plötzlich zwei weitere Gestalten auf. Spanische Soldaten mit schussbereiten Gewehren.

Katarina stockte der Atem. Jede Zelle ihres Körpers drängte sie nach draußen, doch sie zwang sich, in Deckung zu bleiben, aus Angst, ihr Versteck preiszugeben und Claudia und das Baby in Gefahr zu bringen. Obwohl Frankreich und Spanien ein Grenzabkommen hatten, gab es keine Garantie dafür, dass sich Francos Männer an die Regeln hielten. Vor allem nicht, wenn sie vermuteten, dass sie in den französischen Grenzdörfern unbemerkt Mitglieder des Maquis gefangen nehmen konnten.

In ihrem Kopf hämmerte nur ein Gedanke: Beeilt euch. Schnell! Ein stechender Schmerz durchfuhr ihre Schläfen. Wie gebannt starrte sie nach draußen.

»Bitte, bitte«, hörte sie Claudia hinter sich flüstern.

»Sie sind ganz nah«, stieß Katarina hervor. »Los, lauft.«

Dann erschütterten weitere Schüsse die Nacht. Eine Gestalt sackte zusammen und fiel zu Boden. Es war Raúl.

»Nein!« Katarinas Schrei war nur ein Jaulen, hohl und spitz. Mit schreckgeweiteten Augen drehte sie sich zu Javier um. »Schaff Claudia hier raus!«

Einen Sekundenbruchteil später riss Katarina die Tür auf und rannte das Ufer hinunter und über die Brücke. Zurück nach Spanien.

»Bleib, wo du bist!«, brüllte Salvador, der über Raúl kniete, ihr entgegen.

Ein Schuss zischte an ihrem Ohr vorbei, sie duckte sich, drehte sich um und sah ein Dutzend Männer, die von der französischen Uferseite aus das Feuer auf die spanischen Soldaten eröffneten. Auf Knien rutschte sie zu Raúl, der mit geschlossenen Augen und unnatürlich verrenkten Beinen dalag, den Gitarrenkoffer immer noch fest in der Hand. Ihre Hände zitterten, als sie sie unter seine Achseln schob und versuchte, seinen leblos wirkenden Körper zur Brücke zu zerren.

Schüsse und laute Schreie dröhnten durch die Nacht. Salvador packte Raúl an den Beinen, und sie zogen ihn beide, so gut es ging, gebückt Richtung Brücke.

»Raúl, halte durch«, flehte Katarina mit heiserer Stimme, die über dem Lärm der Schüsse kaum zu vernehmen war.

»¿Mi fuego?«

»Ich bin hier, halte durch.«

Katarina und Salvador liefen geduckt und versuchten, dem pfeifenden Kugelhagel auszuweichen.

»Wir sind fast da, Liebling«, keuchte sie und setzte ihren Fuß auf die Brücke. Plötzlich wurde sie von einem stechenden Schmerz zu Boden gerissen. Unerträgliche Schmerzen breiteten sich von ihrer Mitte bis zu den Schultern aus. Als sie eine Hand auf ihren Bauch legte, sah sie, dass sie blutverschmiert war. Raúl war ihren Armen entglitten und lag neben ihr. Schwer atmend rollte sie sich zur Seite und schmiegte ihren Kopf an Raúl. Sie achtete nicht auf ihre schmerzende Wunde, als Raúl sie mit glasigen Augen ansah. Für einen kostbaren Moment schien die Welt um sie herum stehen geblieben zu sein. Reine Liebe erfüllte ihren Körper, ihren Kopf und ihr Herz.

»*El duende* unserer Herzen«, flüsterte sie mit letzter Kraft.

»Auf ewig.« Seine Lippen formten ein zaghaftes Lächeln. Dann schlossen sich seine Augen, und sein Atem wurde flacher, bis er ganz verstummte.

Ein verzweifelter Schrei wollte ihrer Kehle entweichen, doch er blieb ihr im Hals stecken. Jeder Muskel in ihrem Körper erschlaffte, vor ihren Augen fing es an zu flimmern.

»Er ist tot«, flüsterte Salvador.

Eine dunkle Welle schlug über Katarina zusammen, und sie verlor das Bewusstsein.

FÜNFUNDZWANZIGSTES KAPITEL

Charlotte stand vor der Bibliothek und wartete auf Mateo, der mal wieder zu spät kam. Erneut rief sie ihn an, erreichte aber nur seine Mailbox.

»Mateo, geht es dir gut? Ich habe Angst, dass du doch eine Gehirnerschütterung hast. Ruf mich bitte zurück, wenn du das hörst. Ich gehe jetzt in die Bibliothek und bin sicher noch eine Stunde hier.«

Seufzend legte sie auf und betrat das Gebäude. Die prachtvolle Architektur des Foyers verschlug ihr den Atem. Es verging kein Tag, an dem sie nicht mit Ehrfurcht auf die Schönheit Granadas, auf seine klassischen spanischen Bauten und die atemberaubende maurische Kulisse blickte.

Charlotte durchquerte die riesige Halle und ging auf die Computer zu. Hoffentlich würde sie hier in Ruhe recherchieren können. In einer Ecke fand sie einen freien Tisch, zog einen Stift und ein Stück Papier aus ihrer Tasche und las erneut den Namen, den *abuela* in ihrer wunderschön geschwungenen Handschrift daraufgeschrieben hatte. Raúl José Sierra Abano.

Ihre erste Idee war es gewesen, zum *Ministerio de Justicia* zu gehen, um nach der Sterbeurkunde von Raúl zu fragen, sie war dann jedoch davor zurückgeschreckt, weil sie befürchtete, dass man ihr diese nicht ohne weiteres aushändigen würde.

Wieder schaute Charlotte auf ihr Handy. Meldete sich Mateo wegen dieses Anrufs nicht bei ihr, den er heute Morgen erhalten hatte? Er hatte danach sehr bedrückt gewirkt und kaum mehr ein Wort mit ihr gesprochen. Schweren Herzens hatte sie seine Wohnung verlassen und war zur Bibliothek gefahren. Den ganzen Weg über hatte sie versucht, sich einzureden, dass sie nicht von seinem Verhalten enttäuscht war. Doch wenn sie ehrlich zu sich war, dann hatte ihre zaghafte Begrüßung bei ihrem Wiedersehen sie zutiefst verunsichert.

Charlotte schüttelte den Kopf, sie musste aufhören, immer alles in Frage zu stellen. Entschlossen nahm sie den Umschlag zur Hand.

Wer war dieser Raúl gewesen, und welche Rolle genau hatte er im Leben ihrer Großmutter gespielt? War er der Grund dafür, dass sie nie über Spanien reden wollte?

Ihre Großmutter hatte ihr versprochen, dass sie ihr nach

ihrer Rückkehr alles erklären würde; bis dahin musste sie sich wohl noch gedulden.

Charlotte gab Raúls Namen ein und startete die Suche. Einen kurzen Moment später tauchten die Einzelheiten auf.

Vollständiger Name – Raúl José Sierra Abano
Beruf – Kleinunternehmer
Geburtsdatum – 04. 12. 1919
Geburtsort – Moclín
Sterbedatum – 09. 08. 2016
Sterbeort – Granada
Grabstätte – Cementerio de San José
Ehegattin – Lucía Gracia Báez Abano (verstorben)
Kinder – Felicidad Hermina Báez Abano

Charlotte wollte ihren Augen nicht trauen. Mit angehaltenem Atem las sie die Informationen noch einmal durch.

Sterbedatum – 09. 08. 2016

Raúl war erst vor kurzem gestorben.

»Das kann nicht sein«, murmelte sie. Sorgfältig kritzelte sie alle Informationen auf ein Papier. Dann suchte sie nach der Adresse dieses Cementerio de San José. Er lag ganz in der Nähe der Alhambra. Sogleich tauchten vor Charlottes innerem Auge wieder die Stunden auf, die sie dort mit Mateo verbracht hatte. Aber sie wollte sich nicht ablenken lassen, also zog sie den vergilbten Brief aus dem Umschlag und sah ihn sich genauer an. *Abuelas* geschwungene Handschrift war kaum mehr zu entziffern. Ihr war die Chance genommen, hatte sie gesagt. Wieso war sie davon ausgegangen, dass er schon lange tot war? Hatte sie etwa die falsche Person gefunden?

»Das ergibt alles keinen Sinn«, murmelte sie. Dann tippte sie den Namen von Raúls Tochter ein. Als vor ihr die Beiträge einer gewissen Felicidad Báez Abano auftauchten, die sie für die Internetzeitung *Fuerza* in Granada geschrieben hatte, lächelte sie. Neben manchen Artikeln war das Foto der Journalistin zu sehen, sie musste um die fünfzig sein. Charlotte notierte sich die Anschrift der Zeitung, packte ihre Sachen zusammen und stand auf.

Vor der Bibliothek wählte sie erneut Mateos Nummer.

»Ich verlasse jetzt die Bibliothek und mache ein paar Erledigungen. Hoffe, bei dir ist alles in Ordnung, bitte ruf mich zurück.«

Dann schrieb sie eine Nachricht an Steve.

Habe Informationen für abuela*, sind aber unverständlich. Bin weiter auf der Suche. C.*

Kurz darauf leuchtete Steves Name auf ihrem Handy auf, und sie hob ab.

»Was suchst du weiter, was macht keinen Sinn? Ich versteh dich nicht.«

Sie zögerte, ihr war es wichtig, nicht zu viel von dem zu verraten, was *abuela* ihr im Vertrauen erzählt hatte.

»*Abuela* hat mich gebeten, noch ein paar Dinge für sie zu klären.«

»Hör zu«, sagte Steve und atmete hörbar durch. »Ich muss dir was sagen. *Abuelas* Erinnerungsvermögen lässt langsam immer mehr nach. Irgendetwas wurde abgeschaltet und lässt sich nicht wieder einschalten.«

»Und das Herz?«, fragte Charlotte und fürchtete sich vor der Antwort.

»Seltsamerweise hat sich ihr Zustand sehr verbessert, sie soll jetzt auf die Pflegestation verlegt werden. Dann …«, sagte Steve und räusperte sich, »Dad meint, die Zeit sei reif.«

Sie wusste sofort, was es zu bedeuten hatte. In den vergangenen Jahren war immer wieder die Rede davon gewesen, doch *abuela* hatte sich stets dagegen gewehrt. Schließlich entsprach ihr Zustand eher dem einer Frau um die sechzig als um die neunzig.

»Das könnt ihr nicht machen. In einem Pflegeheim würde sie verkümmern.«

»Es wird sich nicht vermeiden lassen. Dad will aber warten, bis du wieder zurück bist, weil du die Einzige bist, auf die sie hört. Also komm so schnell wie möglich heim und berichte.«

»Aber sie ist noch so klar im Kopf. Warum kann sie

nicht zu Hause bleiben und von einem Pflegedienst versorgt werden? Wenn nötig, könnte ich eine Weile zu ihr ziehen und mich um sie kümmern, bis es ihr wieder bessergeht«, sagte Charlotte und lehnte sich gegen eine Ziegelwand.

»Das ist ja das Problem, Schwesterherz. Sie muss rund um die Uhr überwacht und medizinisch versorgt werden. Und du bist in einem fremden Land. Was tust du da überhaupt?«

»Ich darf das nicht sagen, *abuela* hat mich gebeten, es für mich zu behalten.«

»Hm …« Steve machte eine Pause. Okay, aber komm schnell zurück, damit wir sie in einer geeigneten Einrichtung unterbringen können.«

»Wenn sie ihre Unabhängigkeit verliert –«

»Die hat sie bereits verloren.«

»Ich will jetzt nicht darüber reden.«

»Genau wie *abuela* musst auch du der Realität ins Auge sehen.«

»Ich brauche noch ein bisschen Zeit, dann komme ich.«

»Aber wir haben keine Zeit mehr, wir müssen so schnell wie möglich alles organisieren.«

»Ich beeil mich ja, und ich verspreche, dass ich dann mit ihr reden werde«, sagte sie, und Tränen stiegen ihr in die Augen. »Sprechen wir uns später?«

»Klar.«

Sie legte auf und starrte auf ihr Handy. Warum musste ihre Familie immer sie zur Botin für schlechte Nachrichten machen? Wie um alles in der Welt sollte sie ihrer Großmutter erklären, dass Raúl erst vor kurzem gestorben war, und ihr zur gleichen Zeit klarmachen, dass alle es für besser hielten, wenn sie in einem Pflegeheim unterkäme? Charlotte wollte sich gar nicht ausmalen, wie sehr derart folgenschwere Nachrichten ihre Großmutter belasten würden. Umso wichtiger war es, schnell zu ihr zurückzukehren, um ihr in Ruhe alles erklären zu können. Charlotte packte ihr Handy in die Tasche und machte sich auf den Weg. Die Redaktion der Internetzeitung lag nur ein paar Häuserblocks südlich der Bibliothek, so dass Charlotte nicht viel Zeit blieb, um sich auf ihr Gespräch mit Señora Báez Abano vorzubereiten.

Nachdem sie sich ein wenig hatte durchfragen müssen, stand sie schließlich vor einer kleinen hellgrünen Tür und wollte gerade anklopfen, als sie sich öffnete. Die Frau ihr gegenüber konnte niemand anders sein als Felicidad Hermina Báez Abano, die sie erstaunt über ihre breitrandige Brille hinweg ansah.

»Ich … Bitte verzeihen Sie!« Charlotte stotterte vor Aufregung.

Dann zog sie ihr Notizbüchlein heraus, in dem sie alles über Raúl notiert hatte, und reichte es ihr zögernd.

»Sind Sie Señora Báez Abano?«

»*Sí.*« Felicidad nahm das Notizbüchlein und las mit undurchdringlicher Miene Charlottes Aufzeichnungen. »*¿Inglés?*«, fragte sie kurz darauf, und Charlotte nickte.

Mit einer flinken Handbewegung winkte Felicidad sie herein, und sie gelangten über ein paar Stufen in eine kleine Diele, deren Boden mit blauen, weißen und gelben maurischen Kacheln ausgelegt war.

Felicidad bedeutete Charlotte, kurz zu warten, und eilte mit klackenden Pumps in einen Raum am Ende des Flurs, wo sie leise etwas auf Spanisch sagte. Kurz darauf tauchte ein kleiner rundlicher Herr in Hemdsärmeln auf.

»Was wollen Sie?«, fragte er.

»Mein Name ist Charlotte Kavanagh, ich bedaure sehr, dass ich Sie störe, würde aber gern mit Señorita Báez Abano sprechen. Leider ist mein Spanisch nicht sonderlich gut und …«

»Señorita?«, fragte Felicidad und unterdrückte ein Lachen. Dann redete sie schnell auf ihren Kollegen ein.

»Sie sagt, sie mag Sie, weil sie seit Jahren keiner mehr Señorita genannt hat.«

Charlotte errötete – sie hatte völlig vergessen, dass man Señorita nur zu sehr viel jüngeren Frauen sagte.

»Außerdem möchte sie gerne wissen, warum Sie sich den Namen ihres Vaters notiert haben. Sind Sie Journalistin?«

»Journalistin? Nein, meine Großmutter war vor vielen

Jahren offensichtlich mit ihrem Vater befreundet, hat aber durch den Krieg den Kontakt zu ihm verloren. Aber ihr ist es wichtig, etwas darüber zu erfahren, wie es ihm nach dem Krieg ergangen ist.«

Der Mann und Felicidad sprachen wieder miteinander.

»Sie sagt, dass sie keine persönlichen Details über ihren verstorbenen Vater preisgeben wolle.«

»Entschuldigen Sie, das war taktlos. Bitte sagen Sie Señora Báez Abano, dass ich ihren Verlust sehr bedaure.« Charlotte bemühte sich, ruhig zu bleiben, auch wenn sie wusste, dass Felicidad ihre einzige Chance war, mehr über Raúl zu erfahren oder zumindest Klarheit darüber zu haben, dass ihr Vater tatsächlich der Raúl war, den sie suchte. »Meine Großmutter ist sehr krank und bedauert, dass sie den Kontakt zu Señor Sierra Abano verloren hat. Sie möchte nur wissen, ob er ein friedliches Leben hatte?«

Felicidad legte ihre Hand vor den Mund und flüsterte dem Mann etwas ins Ohr. »Wie heißt Ihre *abuela*?«, fragte er daraufhin.

»Katarina Sánchez.«

Felicidad starrte sie an, strich ihren Rock glatt und zischte dann unüberhörbar: *»Te vas.«*

»Warum soll ich wieder gehen?«

Die Worte sprudelten nur so aus Felicidad heraus, ihr unterdrückter Zorn war auch für Charlotte nicht zu überhören.

»Es gebe dafür viele Gründe, sagt sie, aber vor allem möchte sie nicht mit Ihnen in einem Raum sein. Tut mir leid, aber Sie sollten jetzt wirklich gehen.«

»Aber –«

»Bitte tun Sie, was sie sagt.« Der Mann nahm sie am Arm und hielt die Tür auf.

»Können Sie mir das nicht erklären?«, fragte Charlotte verzweifelt.

»Sie wird nichts erklären. Gehen Sie jetzt.« Hilflos drehte Charlotte sich noch einmal zu Felicidad um. Als sie bemerkte, wie sehr ihr das Gespräch nahegegangen zu sein schien, schämte sie sich für ihren Egoismus. Ohne darüber nachzudenken, dass die Erinnerung an Raúl für seine Tochter schmerzhaft sein könnte, hatte sie sie mit Fragen gelöchert.

»Tut mir leid, dass ich Sie belästigt habe.«

Mit langsamen Schritten ging Charlotte die Treppe hinunter und verließ das Gebäude. Hatte sie wirklich geglaubt, dass es so einfach werden würde, Raúls Tochter aufzuspüren und sie dazu zu bringen, über sein Leben zu erzählen? Was glaubte sie eigentlich?

Sie kontrollierte ihr Handy. Immer noch keine Nachricht von Mateo. Wenn er keine Gehirnerschütterung hatte, was hielt ihn dann auf? Außer … Sie schüttelte den Kopf. Die Vorstellung, dass er sauer auf sie sein könnte, versetzte ihr einen Stich. Aus seiner Sicht mochte ihre

Bitte unverschämt gewirkt haben, aber was sollte sie machen? Sie hatte ihre *abuela* nicht enttäuschen wollen. Jetzt gab es nur noch eine Sache, die sie wirklich für sie tun konnte.

SECHSUNDZWANZIGSTES KAPITEL

Charlotte erreichte den *Cementerio de San José* und versuchte sich anhand einer schlecht leserlichen Karte, die sie in der Bibliothek ausgedruckt hatte, zu orientieren. Sie lief die gepflegten Wege auf dem Friedhof entlang und bestaunte die herrlichen Engelsstatuen, die sauberen Rasenflächen und marmornen Mausoleen. Zwischen den großen Gruften befanden sich kleinere Grabstätten, von denen nur manche mit Namen versehen waren. Das beruhigende Plätschern von Wasser in den zahlreichen Brunnen, die auf dem Friedhof standen, und die angenehme Kühle im Schatten der hohen Zypressen und Pinienbäume verschafften ihr ein wenig Erleichterung.

Seit ihrer Kindheit hatten sie und *abuela* unzählige Stunden auf Friedhöfen verbracht, hatten Namen und Daten gelesen und spekuliert, welches Leben diese Menschen geführt haben mochten. Doch dieser Friedhofsbesuch hatte eine ganz andere Bedeutung. Als sie die Wege entlanglief und sich die Namen auf den Grabsteinen ansah, fühlte sie sich wie in einer anderen Welt. Sie blieb stehen und atmete ein paarmal tief durch. Plötzlich war es wieder da, das Gefühl der Angst und Verzweiflung, das sie gehabt hatte, als ihre Großmutter mit Blaulicht ins Krankenhaus gebracht worden war. An jenem Tag hatte sie sich zum ersten Mal dem Gedanken gestellt, *abuela* verlieren zu können, sich mit ihrer Sterblichkeit auseinandersetzen zu müssen.

Ein kalter Schauer lief ihr über den Rücken. Hör auf! Das bringt jetzt nichts.

Über eine Stunde lang lief Charlotte die Pfade auf und ab und suchte nach der Grabstätte von Raúl José Sierra Abano, aber ohne Erfolg.

Erschöpft lehnte sie sich gegen die Mauer einer Kapelle und kramte in ihrer Tasche. Der Brief fiel heraus, und eine leichte Brise trug ihn ein paar Meter fort. Charlotte rannte los, fing ihn auf und wäre dabei beinah über ein unscheinbares Grabmal gestolpert, das von Efeu überwuchert war. A-B-A-N-O las sie im Augenwinkel.

»Das gibt es nicht.« Sie drückte den Brief an die Brust, wich ein wenig zurück und sah sich die goldene Gravur auf dem schwarzen Marmor genauer an. Der Grabstein war schlicht, aber edel.

Helena Ruiz Sierra Abano

01. 05. 1898–17. 09. 1933

Charlotte stand auf, ging langsam die Reihe der angrenzenden Grabsteine entlang und studierte Namen, Geburts- und Sterbedaten, von denen manche Generationen zurücklagen.

»Er muss doch hier sein«, murmelte sie und ließ den Blick noch einmal über die Inschriften wandern. Plötzlich fiel ihr Blick auf eine Grabstelle, die ein wenig nach hinten versetzt in der Reihe lag. Eine Handvoll roter Nelken auf einer glattgemeißelten taubengrauen Marmorplatte, die schwarzen Buchstaben waren in den Stein graviert.

Raúl José Sierra Abano

04. 12. 1919–09. 08. 2016

Sie kniete sich hin und strich über den kühlen Stein und hielt einen Moment lang inne. »Meine Großmutter Katarina Sánchez hat dir vor vielen Jahren einen Brief geschrieben. Sie hat ihn dir nicht mehr geben können. Ich weiß nicht, warum, aber sie glaubte, dass du schon vor Jahren gestorben wärst, und ich fühle mich schrecklich bei der Vorstellung, ihr die Wahrheit sagen zu müssen. Ich weiß nicht, was ich machen soll, wenn ich ehrlich bin.« Sie hatte sich neben den Grabstein gesetzt. Menschen kamen und gingen langsam an ihr vorbei, sahen sie neugierig an, liefen aber weiter, in ihre eigenen traurigen Gedanken versunken.

»Hier.« Charlotte hatte kurz mit dem Gedanken gespielt, den Brief laut vorzulesen, aber es war *abuelas* Brief an Raúl. Also schob sie ihn in einen schmalen Schlitz des Grabsteins. Ein Lächeln huschte über ihre Lippen. »Raúl José Sierra Abano, du hattest einen besonderen Platz im Herzen meiner Großmutter, darum erweise ich dir in ihrem Namen die letzte Ehre. Es tut mir leid, dass wir uns nie begegnet sind.« Sie atmete tief durch und war erstaunt über die Trauer, die sie ergriff. »Ich hoffe, du hattest ein gutes Leben, Raúl.«

Charlotte stand auf und blieb noch einen Moment stehen, dann sprach sie ein kurzes Gebet für Raúl.

Während sie zurück zum Eingang schlenderte, fiel Charlottes Blick auf eine schöne schlanke Dame, die einen großen Rosenstrauß im Arm trug.

»Felicidad«, flüsterte sie. Offensichtlich hatte Charlottes Besuch etwas bei Raúls Tochter ausgelöst.

Charlotte bog schnell in einen schmalen Weg ein, der von Raúls Grab wegführte. Daran, dass Felicidad irgendwann zum Friedhof kommen und *abuelas* Brief entdecken würde, hatte sie nicht gedacht. Das musste sie unbedingt verhindern.

Möglichst unauffällig lief sie hinter Raúls Tochter her, die sich gerade über das Grab ihres Vaters beugte, um den Strauß in die Vase zu stellen. Felicidad hielt einen Moment inne, dann beugte sie sich erneut vor und hob den Brief hoch. Zuerst sah sie sich um, dann öffnete sie den Umschlag.

Charlotte zuckte zusammen. Gebannt starrte sie auf Felicidad, die das Papier herauszog, es auseinanderfaltete und begann, Katarinas Worte zu lesen. Bei ihrem Anblick zerbrach etwas in Charlotte. Sie konnte verstehen, dass Felicidad wissen wollte, wer einen Brief am Grab ihres Vaters hinterlassen hatte, aber diese Worte waren allein für Raúl bestimmt. Ihre Großmutter hatte diesen Brief über all die Jahrzehnte gehütet, vielleicht waren die Gedanken, die sie damals zu Papier gebracht hatte, das Vertraulichste, das sie jemals einem Menschen gesagt hatte. Auf jeden Fall durfte jemand Fremdes es nicht einfach so lesen. Kurzentschlossen trat Charlotte aus ihrem Versteck und ging auf sie zu.

»Entschuldigen Sie, das ist für Ihren *padre*, Raúl.«

Felicidad war zusammengezuckt und sah sie erschrocken an. »Wie?«

»Verstehen Sie ein wenig Englisch?«

Felicidad nickte, dann zeigte sie auf den Brief. »Das. Für. Deine. *Abuela*.«

»Dieser Brief ist von meiner *abuela* für Ihren Vater.«

Felicidad nickte. »*Entiendo*. Ich verstehe. Ich habe Brief für *abuela*.«

»Wie bitte?«

»*En mi casa*.« Sie wedelte mit dem Brief in der Luft herum. »*¡Ven commigo!*«

Charlotte war wie vor den Kopf gestoßen. Was musste in

abuelas Brief gestanden haben, dass Felicidad sich ihr gegenüber plötzlich so anders verhielt? Raúls Tochter bückte sich, steckte *abuelas* Brief zurück in den Umschlag und schob ihn wieder in den Spalt.

Schweigend gingen die beiden Frauen nebeneinanderher durch Granadas Straßen zum Haus von Raúls Tochter. Schließlich blieb Felicidad vor einem sehr gut erhaltenen Haus mit glänzend schwarzer Tür stehen. Mit einem Lächeln bat sie Charlotte hinein. Vom Flur aus gingen sie in ein helles, freundliches Zimmer, in dem große Sofas standen.

»Es ist sehr hübsch hier«, sagte Charlotte, fühlte sich aber ein wenig unwohl.

»*Gracias.* Mein Haus«, sagte Felicidad und zeigte auf sich. »*Y mi padre Raúl.*«

Dann verschwand Felicidad aus dem Zimmer und stieg mit klappernden Absätzen eine Treppe hinauf. Kurz darauf hörte Charlotte Schritte über sich. Sie zog das Handy heraus und sah, dass sie Anrufe verpasst hatte. Sie wählte die Nummer ihrer Mailbox, um die Nachrichten abzuhören.

Von Mateo, vor zwei Stunden. »Ich komme. Das verspreche ich.«

Von Mateo, vor zehn Minuten. »Tut mir leid, Charlotte, wir können uns heute nicht sehen.«

Wütend warf sie ihr Handy wieder in die Tasche. Warum konnte er ihr nicht wenigstens sagen, warum er sie nicht sehen wollte? Gedankenverloren sah sie sich im Zimmer um. In einer Ecke standen mehrere gerahmte Schwarzweiß- und Farbfotos. Ein Foto zeigte ein kleines Mädchen mit einem jungen Paar am Strand, ein anderes dasselbe Mädchen ein paar Jahre älter auf einem Pferd mit einem gutaussehenden Mann an ihrer Seite. Dann der Schulabschluss des Mädchens, derselbe Mann, etwas älter, aber noch immer attraktiv. Auf einem Bild Felicidad im Brautkleid mit einem älteren Mann, höchstwahrscheinlich Raúl, der den Arm um sie gelegt hatte, sie lächelten einander an. Felicidad mit einem Baby in den Armen –

Felicidad hatte geräuschlos das Zimmer betreten und räusperte sich.

»Oh, tut mir leid, ich wollte nur –«, stammelte Charlotte und richtete sich auf.

»Ist okay«, sagte sie und zeigte auf die Couch. »Kommen.«

Sie setzten sich, und Felicidad legte ihr einen Gitarrenkoffer auf den Schoß. Charlotte fuhr mit ihren Fingern an dem zerbeulten Holz entlang, bis sie zu einer kleinen Delle kam. Charlotte drückte leicht auf die Vertiefung, und der Koffer sprang auf. In ihm lag gut gepolstert eine Gitarre, deren Holz glänzte, als wäre sie neu. Außerdem steckte ein dickes Bündel vergilbter Briefumschläge in dem Futteral.

Sie zog ein Kuvert heraus und strich über die altmodischen schnörkeligen Buchstaben. *Para Katarina Sánchez.*

Charlotte nahm behutsam den ganzen Stapel heraus und blätterte durch die Briefe. Alle waren an ihre *abuela* adressiert.

Ihr Herz klopfte laut, als sie einen der Umschläge nahm und den Brief herauszog. Er war auf den dreißigsten August 1948 datiert. Charlotte überflog den Brief und suchte nach Worten, die sie verstand – Herz, Liebe, immer, meine Seele. Sie zog einen weiteren Brief heraus und überflog den Inhalt, er glich dem vorherigen. Nur dass dieser das Datum dreißigster August 1955 trug. Vorsichtig zog sie noch weitere Briefe aus ihren Umschlägen, und bald hatte Charlotte einen ganzen Stapel Briefe von Raúl an ihre Großmutter vor sich liegen, die alle dasselbe Datum hatten und mehrere Jahrzehnte umfassten.

»*Una carta por cada año*«, sagte Felicidad, hob einen Finger und zeigte für jedes Jahr einen Brief an. »*Para su abuela, Katarina. ¿Qué romántico, verdad?*«

»Das ist sehr romantisch.« Auch wenn Charlotte nicht verstand, weshalb ein Mann, der verheiratet war und eine Tochter hatte, jedes Jahr einen Brief an eine andere Frau schrieb. Und warum hatte er die Briefe nicht abgeschickt?

»*Mi padre y Katarina …*«, sagte Felicidad mit Tränen in den Augen und schluckte schwer.

Charlotte drückte ihre Hand. »Ich kann mir vorstellen, wie schwer das ist. Es tut mir leid.«

Felicidad nahm Charlottes Hand und drückte sie ebenfalls, sie nickte zum Gitarrenkoffer: »*Para su abuela.*«

»Für meine Großmutter? Sind Sie sicher?«

»*Sí.*« Sie schniefte und zog ein Taschentuch aus ihrem Ärmel. Nachdem sie sich die Tränen abgewischt hatte, stapelte sie vorsichtig die Briefe auf dem Couchtisch und zog die Gitarre aus dem Koffer. Zärtlich fuhr sie mit den Fingern über das makellose Palisanderholz. Auf ihren Lippen formte sich ein zartes, trauriges Lächeln. »Viel mehr seine Liebe.«

»Spielte er Gitarre?«

»*Sí. Katarina y mi padre*«, sagte Felicidad, bewegte ihre Hände wie eine Flamencotänzerin und zeigte dann auf die Gitarre.

»Oh, wie schön.« Charlotte wünschte, *abuelas* Geschichte wäre früher ans Tageslicht gekommen. Daran zu denken, dass sie über so viele Jahre getrauert hatte, machte ihr das Herz schwer. »Kennen Sie Katarinas und Raúls Geschichte?«

»*¿Historia?* Nein. *Mi padre* hat mir gegeben«, sagte sie und zeigte auf die Gitarre und die Briefe. »Bevor er gestorben. Sagte, ich aufbewahren. Sagte *muy especial*. Mehr weiß ich nicht …«, erklärte Felicidad und runzelte die Stirn.

»Ich kann das für Sie herausfinden. Ich werde meine *abuela* fragen.« Vielleicht würden diese Neuigkeiten über Raúl ihre Großmutter ermutigen, sich zu öffnen, oder dafür sorgen, dass sich ihre Lippen für immer verschlossen.

»*Gracias.*« Felicidad mimte Stift und Papier. »*Me E-Mail?*«

»Ja, natürlich.« Charlotte griff in ihre Tasche und holte ihre Visitenkarte heraus, Felicidad tat dasselbe. Sie tauschten ihre Karten aus und umarmten sich lange. »Warum haben Sie Ihre Meinung geändert? War es Katarinas Brief?«, fragte Charlotte nach einem Moment des Schweigens.

»*Mi padre* … mein Vater … hat meine Mutter geliebt, sie starb, als ich klein war.«

»Oh. Das tut mir leid.«

»Es ist lange her«, sagte Felicidad und zuckte die Achseln, doch ihre Miene verriet den Schmerz, den sie bei der Erinnerung empfand. »Er liebte *mi madre*, aber sie waren wie *amigos*, keine romantische Liebe. Nicht wie die Liebe für Katarina.« Felicidad biss sich auf die Lippen und schien nach den richtigen Worten zu suchen. »Mein Vater sagte, Katarina ist tot.«

»Sie dachte ebenfalls, er sei gestorben.«

»Ich verstehe nicht … Katarinas Brief zeigt viel Liebe. Es bricht mein Herz. *Mi padre,* er schrieb jedes Jahr am selben Tag, an dem er dachte, sie ist gestorben«, sagte Felicidad.

Eine Welle von Traurigkeit erfasste Charlotte.

Was wäre wohl passiert, wenn beide gewusst hätten, dass der andere noch lebt? Ihr graute davor, *abuela* diese Nachricht zu überbringen. Wie sollte sie mit diesem Wissen weiterleben?

Seufzend stand Charlotte auf und packte sorgfältig die Gitarre und die Briefe in den Koffer. Dann umarmte sie Felicidad noch einmal fest. »*Gracias*. Sie waren so freundlich, ich verspreche Ihnen, dass ich mein Bestes tun und die Geschichte hinter Katarinas und Raúls großer Liebe herausfinden werde.«

SIEBENUNDZWANZIGSTES KAPITEL

Charlotte stand in der Haupthalle des Flughafens Federico García Lorca und hielt ihr Ticket in der Hand. Bis auf ihr Handgepäck und den Gitarrenkoffer hatte sie alles aufgegeben. Sie war unendlich niedergeschlagen. Trotz weiterer Nachrichten, die sie ihm hinterlassen hatte, hatte Mateo sich nicht gemeldet. Verwirrt und ohne recht zu wissen, was sie noch machen sollte, hatte sie ihr Rückflugticket gebucht und war zum Flughafen gefahren. Sie fand es schrecklich, dass sie sich nicht würde verabschieden können – doch es hatte offenbar nicht sein sollen. Zumindest sagte das ihr Verstand, die Stimme ihres Herzens hingegen sagte, dass sie den Mann nicht aufgeben sollte, der ihr gezeigt hatte, wie wichtig es war, seinen Leidenschaften zu folgen, und dem gegenüber sie sich getraut hatte, sich zu öffnen.

»Verdammter Mist.«

»Fluchst du immer so vor dich hin?«, fragte plötzlich eine Stimme hinter ihr. Charlotte fuhr zusammen und errötete. Überraschend war Mateo neben sie getreten, als wäre nichts gewesen.

Ihr Herz hüpfte vor Glück, doch dann erinnerte sie sich wieder daran, dass sie eigentlich wütend auf ihn war. »Ich fluche nur dann, wenn Leute nicht auf meine Anrufe reagieren.«

»Ich habe doch auf deine Anrufe reagiert, oder?«

»Du hast nur angerufen, um mir mitzuteilen, dass du es nicht schaffen würdest, obwohl du mir versprochen hattest, mir zu helfen. Dann hast du meine Rückrufe ignoriert. Ich hätte es ja verstanden, wenn dir etwas dazwischengekommen ist, aber ich hätte mir gewünscht, dass du es mir zumindest kurz erklärst.«

»Ich musste etwas Dringendes erledigen.«

»Und?«

»Das ist alles. Ich … ich konnte ja nicht damit rechnen, dass du sofort wieder abreist.«

»Ich muss zurück zu *abuela*. Ich habe Neuigkeiten für sie.« Sie schaute ihn an und hatte das Gefühl, dass sich zwischen ihnen eine Wand aus unausgesprochenen Gefühlen und offenen Fragen befand.

»Darf ich fragen, was du herausgefunden hast?«

»Ich glaube nicht, dass es richtig wäre, mit irgendwem darüber zu sprechen, bevor ich es nicht *abuela* gesagt habe.« Ihre Worte klangen abweisend, obwohl sie nicht wollte, dass ihr letzter gemeinsamer Moment von dieser drückenden Atmosphäre überschattet wurde.

»Vor kurzem hast du noch mehr mit mir geteilt, warum jetzt nicht?« Als sie seinen aufrichtig erstaunten Blick sah, stieg die Wut erneut in ihr hoch.

»Früher habe ich auch gedacht, wir würden offen zueinander sein und uns vertrauen. Aber das funktioniert nicht, wenn du gar nichts von dir preisgibst. Du hast mir weder irgendetwas über die Trennung von deiner Familie erzählt noch warum du dich mit deinem Bruder gestritten hast. Auf dieses Versteckspiel habe ich einfach keine Lust.«

»Charlotte …«

Mateo griff nach ihrer Hand, doch sie zog sie weg. Sein Blick fiel auf den Gitarrenkoffer.

»Was ist das?«

»Etwas für *abuela*.«

»Ist das alles, was du zu sagen hast?«, fragte er und hob eine Augenbraue. »Nach allem, was wir geteilt haben?«

»Ich hätte viel zu sagen, Mateo, aber wozu soll das gut sein? Du wirst zu deinem Leben hier zurückkehren, und ich werde meines in Australien leben.« Sie biss sich auf die Lippe und verfluchte die Tränen, die ihr in die Augen stiegen.

»Wir könnten noch mehr solcher Momente haben, meinst du nicht?«, fragte er, und seine tiefe Stimme brach ihr das Herz.

»Wir haben so unterschiedliche Sichtweisen auf die Dinge, und wir leben so weit voneinander entfernt«, sagte sie leise. »Schau nur einmal, wie wir über Familie denken. Ich weiß, dass eine Familie nicht immer auf Blutsbanden beruht. Ich kenne genug Familien, in denen es Probleme und Streit gibt. Vielleicht ist das bei dir ähnlich.«

»Der Giménez-Klan ist meine Familie.«

»Ich kann verstehen, weshalb du so sehr an ihnen hängst. Ganz offensichtlich lieben sie dich und kümmern sich um dich, ich kann mir also vorstellen, dass es sie viel Überwindung gekostet hat, dich in ihre Gemeinschaft aufzunehmen. Das sagt viel über dich aus, nehme ich an. Du hast gezeigt, dass sie dir vertrauen können. Aber ich habe gedacht, dass ich dir auch gezeigt hätte, dass du mir vertrauen kannst. Ich habe mich dir geöffnet, und ich habe meinem Herzen erlaubt, mich in dich zu verlieben.« O Gott, was sagte sie da?

Mateo blickte sie mit großen Augen an. »Du liebst mich?«, fragte er nach einem endlosen Moment.

»Ja!« Wie konnte er das nicht wissen? »Aber mach dir keine Gedanken. Mein Flugzeug hebt bald ab, dann werde ich dir aus dem Weg gehen. Danke noch einmal für deine Hilfe –«

»Charlotte.«

»Ja?«

Aber Mateo schwieg und starrte zu Boden.

»Egal.«

In dem Moment wurde ihr Flug aufgerufen.

»Aber es ist doch offensichtlich wichtig.«

»Nein«, er schüttelte den Kopf. »Es ist nicht wirklich wichtig.«

Sie starrte ihn an. Traurigkeit und Enttäuschung machten sich in ihr breit, und sie hatte zum ersten Mal das Gefühl, mit den Kräften am Ende zu sein. Sie griff nach dem Gitarrenkoffer. »Ich muss jetzt gehen.« Sie beugte sich vor, bereute es aber, als ihre Lippen auf seine warme, raue Wange trafen.

Mist, wie sehr sie diesen Mann liebte.

Mateo stand wie angewurzelt da und reagierte nicht. Weder auf ihre Worte noch auf ihre Geste.

Sie drehte ihr Gesicht weg und nahm alle Kraft zusammen, um nicht laut aufzuschluchzen.

»Ich wünsche dir alles Gute, Mateo.«

Dann drehte sie sich um und lief davon. Wie dumm war sie doch gewesen, zu glauben, dass sie trotz ihrer unterschiedlichen Lebensentwürfe mit Mateo eine Zukunft haben könnte. Plötzlich fielen ihr wieder die Worte ein, die sie einmal irgendwo gelesen hatte: Der Flamenco erweckt genau wie die Liebe Leidenschaft in der Seele. Wenn Kummer eine Form von Leidenschaft war, dann konnte sie getrost darauf verzichten.

Viele Stunden später schob Charlotte den Gitarrenkoffer unter das Bett ihrer Großmutter und setzte sich dann auf den Stuhl neben sie. Der Flug zurück nach Australien war die Hölle für sie gewesen. Mit jeder zurückgelegten Meile spürte sie, wie sehr sie Mateo vermisste. Gleichzeitig spielte sich vor ihrem inneren Auge immer wieder seine eisige Reaktion auf ihr Geständnis ab. Sofort nach der Landung hatte sie ihre Nachrichten kontrolliert, in der Hoffnung, dass Mateo sich gemeldet hatte, sein Verhalten erklärte, ein Lebenszeichen von sich gab. Er hatte jedoch nichts von sich hören lassen.

Charlotte betrachtete ihre Großmutter, die schlafend neben ihr lag. Wie viel wichtiger war es, sich jetzt auf sie zu konzentrieren. Schließlich musste sie ihr erzählen, dass der Mann, von dem sie mittlerweile glaubte, dass er die Liebe ihres Lebens war, nicht nur viel länger gelebt hatte, als ihre Großmutter das annahm, sondern dass er ihr auch über Jahrzehnte Briefe geschrieben hatte, in dem Glauben, sie sei tot. Dass Raúl erst kürzlich verstorben war, würde ihre Großmutter tief erschüttern.

Abuelas Atem ging schwer. Obwohl Charlotte nur kurze Zeit weg gewesen war, hatte sich ihr Zustand deutlich verschlechtert, sie wirkte viel fahler und erschöpfter als noch vor ein paar Tagen. Jetzt erst sah Charlotte, dass *abuela* offensichtlich Musik hörte, einer der Ohrstöpsel war auf das Kopfkissen gerutscht. Charlotte hob ihn behutsam hoch und lauschte. Die Klänge einer Flamencogitarre.

Mateo.

Seit wann hörte *abuela* Flamencomusik?

Vorsichtig legte sie den Kopfhörer wieder an ihr Ohr. »*Abuela*«, sagte Charlotte und streichelte die Hand ihrer Großmutter, deren Haut sich jetzt noch dünner anfühlte.

»*¿Sí?*« Es war nicht ungewöhnlich, dass *abuela* auf Spanisch antwortete, besonders, wenn sie gerade aus dem Schlaf erwachte.

»Ich bin es, Charlotte.«

»Charlotte!« *Abuela* riss die Augen auf, und ein strahlendes Lächeln legte sich auf ihre Lippen. Mit ihren knochigen Fingern nahm sie die Hände ihrer Enkelin. »Hast du den Brief überbracht?«

»Ja, ich habe das Grab gefunden. Ich …«

»Was?« *Abuela* sah sie erwartungsvoll an.

»Ich habe gefunden, wo er begraben liegt, und ich habe den Brief auf sein Grab gelegt, genau wie du verlangt hast. Ich habe ein Gebet in deinem Namen gesprochen und … ich muss dir was sagen …« Sie atmete tief durch und versuchte, Zeit zu gewinnen, doch das half nichts. »Er ist erst vor kurzem gestorben.«

»Nein, nein, er starb am 30. August 1944. Ich … ich werde es niemals vergessen. Er lag in meinen Armen und …« Sie stockte und holte tief Luft. »Es war bestimmt das falsche Grab, das du gefunden hast. Aber ich weiß, wie sehr du dich bemüht hast, Liebes.«

»*Abuela*, ich weiß, dass ich den richtigen Raúl gefunden habe. Ich bin mir deswegen so sicher, weil ich mit seiner Tochter sprach.«

Charlotte war selber erschrocken über ihre direkten, schonungslosen Worte. Aber gab es überhaupt einen Weg, Nachrichten, die ein Leben erschüttern, richtig zu überbringen?

Abuela lächelte sie an und schüttelte heftig den Kopf. »Er hatte nie eine Tochter.«

»Doch, hatte er, *abuela*. Sie heißt Felicidad und ist um die fünfzig.« Charlotte machte eine Pause, um ihrer Großmutter Zeit zu geben, die Worte verarbeiten zu können. »Willst du die Geschichte hören?«

»Ich …« Über *abuelas* Augen huschte ein Schatten, ihre Lippen fingen zu zittern an. Charlotte schrie auf und griff nach dem Notknopf, doch *abuela* kam ihr zuvor und hielt ihre Hand fest. Charlotte war überrascht, wie viel Kraft in ihren zerbrechlich wirkenden Fingern steckte.

»Ich bekomme keinen Infarkt«, sagte sie, und ihre Stimme klang streng.

»Tut mir leid, *abuela* –«

»Ich bin diejenige, der es leidtun sollte.« Ihre Stimme klang nun sanfter. »Es war ungerecht, deine Aussage in Frage zu stellen. Ich wollte nur …« Sie holte tief Luft. »Ich habe das nicht erwartet.«

Ihre Schultern fingen an zu zittern, und Tränen liefen ihr lautlos über die Wangen. »Aber er war tot. Ich … er …« Sie legte den Kopf in die Hände. »Ich habe ihn sterben sehen.«

»Vielleicht hätte ich nichts sagen sollen. Vielleicht –«

»Mach dich nicht lächerlich. Am allerwichtigsten ist es mir, die Wahrheit zu erfahren. Außerdem wird man nicht so alt, wie ich es bin, ohne Enttäuschungen erfahren zu haben.« *Abuelas* Stimme wurde dünn. Charlotte spürte, wie sehr sie versuchte, sich zu beherrschen. Ihr traten die Tränen in die Augen. Schnell drehte sie ihren Kopf weg, damit *abuela* nichts davon mitbekam. Draußen zogen Sturmwolken am Himmel auf und schüttelten Blätter von den Bäumen. Das Gemurmel von Krankenschwestern und Ärzten drang in das Zimmer hinein. Minuten verstrichen, Charlotte wurde immer unruhiger, wollte aber *abuelas* Gedanken auch nicht unterbrechen.

»Wer bin ich, dass ich an Gottes Willen zweifle?«, fragte *abuela* schließlich.

Charlotte drückte die Hände ihrer Großmutter und bemerkte, dass ihr Griff viel schwächer geworden war.

»*Abuela*, tut mir leid, wenn ich so direkt frage, aber wer war Raúl für dich?«

Ein trauriges Lächeln huschte über *abuelas* Lippen. »Er war die Liebe meines Lebens.«

Wieder spürte Charlotte, wie die Tränen in ihr aufstiegen.

»War er glücklich?«, fragte *abuela* mit bebender Stimme.

»Felicidad glaubt, dass er glücklich war, aber er hat seine große Liebe zu dir niemals vergessen. Sie sagt, Raúl und ihre Mutter seien in einer Ehe verbunden gewesen, die mehr eine Freundschaft als eine romantische Liebe war. Lucia starb, als Felicidad noch ein kleines Mädchen war –«

»Oh, das arme Kind.«

»Raúl hat Felicidad allein aufgezogen. Ich hatte das Gefühl, dass er ein sehr guter Vater war und sie sehr geliebt hat. Er musste wohl gespürt haben, dass er im Sterben lag, als er ihr die Gitarre und die … Briefe übergeben hat. Er wollte, dass sie darauf aufpasste.«

»Welche Briefe?«, fragte *abuela*, und ihre Augen wurden mit einem Mal wieder munter. »Sind sie für mich?«

»Ja.«

»Aber warum hat er mich nie gesucht?«

Charlotte starrte aus dem Fenster. Der Himmel hing nun voller schwarzer Wolken, und der Wind rauschte durch die Bäume. Bisher hatte *abuela* die Neuigkeiten ganz gut aufgenommen, doch wie sollte sie ihr beibringen, dass Raúl dieselbe Trauer um ihre Großmutter gefühlt hatte wie sie um ihn?

»Charlotte?«

Sie holte tief Luft und sagte dann: »Er dachte, du seist gestorben, *abuela*.«

»Warum?«, stieß sie mit brüchiger Stimme hervor.

»Ich weiß es nicht. Ich weiß nur, dass er jedes Jahr am selben Tag einen Brief an dich schrieb, den er niemals abschickte.«

»An welchem Datum?«, fragte *abuela* und versuchte mühsam, sich aufzusetzen.

»Am dreißigsten August. Der erste Brief stammt aus dem Jahr 1945.«

»Du lieber Himmel!« Eine dicke Träne kullerte über *abuelas* Gesicht, die sie energisch wegwischte. »Wo sind sie?«

Charlotte stand auf, zog den Gitarrenkoffer unter dem Bett hervor und legte ihn auf ihren Schoß. Dann holte sie vorsichtig das Bündel Briefe heraus, das *abuela* mit beiden Händen an sich nahm.

»Ich habe keinen einzigen gelesen«, sagte Charlotte.

»Sie sind ja ohnehin auf Spanisch«, sagte *abuela* plötzlich verärgert. »Bitte lass mich jetzt in Ruhe, ich möchte allein sein.«

Charlotte stand auf und ging zur Tür. »Ich hole mir einen Kaffee. Möchtest du irgendwas?«

»Ich habe alles, was ich brauche, danke.«

ACHTUNDZWANZIGSTES KAPITEL

Charlotte lief vor *abuelas* Krankenzimmer auf und ab, wollte aber nicht in die Cafeteria gehen, obwohl sie sich nach einer Tasse Kaffee sehnte. Der Schlafmangel und zu wenig Essen verschafften ihr immer noch ein Gefühl der Benommenheit. Irgendwann würde sie schon Schlaf bekommen, wenn wohl auch nicht in absehbarer Zeit.

»Hör auf, da draußen herumzuschleichen, und komm herein«, ertönte plötzlich *abuelas* Stimme aus dem Zimmer.

Charlotte verkniff sich ein Lächeln, öffnete die Tür und setzte sich wieder neben ihre Großmutter, die inmitten der geöffneten Briefe aufrecht im Bett saß.

»Wie geht es dir?«, fragte Charlotte und widerstand der Versuchung, nach *abuelas* Hand zu greifen. Sie wollte nicht, dass sie sich bemitleidet fühlte, für so etwas hatte ihre Großmutter noch nie etwas übriggehabt.

»Er hat mir jedes Jahr am selben Tag einen Brief geschrieben«, sagte sie und schüttelte leicht den Kopf. Die Briefe schienen Erinnerungen an längst vergangene Tage heraufzubeschwören. »Liebeserklärungen über Jahrzehnte.« *Abuela* legte für einen Moment den Kopf in die Hände, dann blickte sie Charlotte an. »Ich hätte nicht weggehen sollen.«

»Von wo?«

»Von Spanien«, sagte sie und presste die Lippen zusammen.

»Vielleicht wird dir leichter ums Herz, wenn du darüber sprichst«, sagte Charlotte, obwohl sie sich gar nicht sicher war, ob sie es hören wollte. Wäre *abuela* in Spanien geblieben, wäre sie Charlottes Großvater nicht begegnet, und ihr Vater und auch sie wären nie geboren worden …

»Ich habe das alles jahrzehntelang für mich behalten und mit mir herumgetragen … ich möchte nicht, dass du schlecht von mir denkst, Charlotte.«

»Aber warum sollte ich das tun?«

»Ich … es ist einfach ein seltsames Gefühl, über das Leben zu sprechen, das ich einst geführt habe … Nicht einmal dein Vater weiß davon.«

»Und was ist mit Großvater?«

»Er wusste ein wenig über mein Leben in Spanien – über Raúl und den Flamenco –, aber den wahren Grund, weshalb ich das Land verlassen habe, hat auch er nie erfahren.

Dein Großvater war ein guter Mann. Als ich niemanden hatte, hat er mich unter seine Fittiche genommen und auf eine Art geliebt, die ich nicht verdiente. Ich habe deinen Großvater geliebt, aber …« Ihre Stimme wurde schwächer.

»Er war nicht Raúl.«

»Nein, er war nicht Raúl.«

Abuela schloss einen Moment die Augen. »Das Wissen, dass wir beide lebten und dachten, der andere sei gestorben, ist kaum auszuhalten. Es ist so unbegreiflich.«

»Ja. Aber wie konnte es dazu kommen?«

»Ich verstehe es selbst kaum«, sagte *abuela* und sah Charlotte an. »Das letzte Mal, als ich Raúl gesehen habe, hatten wir beschlossen, Spanien zu verlassen und nach Frankreich zu gehen. In Spanien wurden wir von Francos Schergen verfolgt, uns blieb keine andere Chance, als heimlich über die Grenze zu fliehen. Uns begleiteten Freunde von mir, mit ihrem Baby.«

Sie hörte auf zu sprechen, atmete tief durch und fuhr sich dann mit ihrer zitternden Hand durchs Haar. »Raúl und dieser Freund waren hinter uns. Es kam zu einer Schießerei … Kugelhagel … Blut …«

Abuela starrte ins Leere. Dann wandte sie langsam den Kopf und blickte Charlotte an. Tränen liefen ihr über die Wangen. »Ich bin zurückgerannt und wollte ihm aufhelfen, ihn über die Grenze zerren. Aber er war zu groß und zu schwer für mich … dann haben sie auch auf mich geschossen, ich bin gestürzt. Wir sagten uns noch …« *Abuela* atmete schneller, Charlotte schlang die Arme um ihre schmalen Schultern. Am liebsten würde sie diese schmerzlichen Erinnerungen für immer aus *abuelas* Gedächtnis vertreiben.

»*Abuela* –«

»Nein, du musst das erfahren.« Sie richtete sich auf, als wollte sie all ihren Mut zusammennehmen. »Er hatte keinen Puls mehr, Charlotte. Mein Freund Salvador hatte keinen Puls mehr bei ihm gespürt. Dann bin ich bewusstlos geworden, und Salvador schleppte mich nach Frankreich.« Sie schüttelte den Kopf. »Salvador wollte ihn holen und ging zurück, aber die spanische Armee hatte ihn bereits mitgenommen.«

»*Abuela*, es tut mir so leid.« Man durfte die Schichten nur vorsichtig abtragen, und der Intensität der Gefühle nach zu urteilen, mit denen ihre Großmutter immer noch zu kämpfen hatte, konnte es noch eine Weile dauern, bis sie die ganze Geschichte erzählen konnte. Charlotte hatte Zeit und betete, dass auch *abuela* sie haben würde.

»Ich muss erfahren, was Raúl zugestoßen ist, wie er überlebt hat.«

»Ich bin nicht sicher, ob Felicidad das weiß. Und selbst wenn sie es wüsste, weiß ich nicht, ob die Wahrheit die Sache nicht noch schlimmer machen würde.«

»Wie kann es noch schlimmer werden? Ich habe mein

ganzes Leben lang nicht gewusst, dass der Mann, den ich über alles geliebt habe, noch lebt.«

Charlotte nickte und sah zu den Briefen.

»Machen sie dich glücklich, die Briefe?«

»Sie sind einfach wunderschön. Raúl konnte sich das Herz aus der Seele schreiben. Ich konnte noch nicht alle lesen, aber die, die ich gelesen habe, haben mein Herz berührt.« *Abuela* blätterte die Briefe durch, lächelte und nahm einen heraus.

»Ich lese dir einen vor. Hoffentlich verlieren die Worte nicht bei der Übersetzung.

Mi querida, fuego di mi alma – *Feuer meiner Seele –, zehn Jahre sind vergangen, seit ich Dein Haar zum letzten Mal über Deine Schultern fallen und zum letzten Mal das Funkeln in Deinen blauen Augen und die Grazie gesehen habe, mit der Du Dich zu bewegen vermochtest – selbst wenn Du nicht getanzt hast.«*

Abuela hielt einen Moment lang inne, eine leichte Röte stieg ihr ins Gesicht. »Und es macht dir wirklich nichts aus?«, fragte sie und blickte auf.

»Nein, natürlich nicht«, sagte Charlotte.

»Meine Frau verstarb vor drei Monaten, nun sind ich und Felicidad allein. Für ein so kleines Mädchen hat sie ein sehr

großes Herz und eine Sensibilität und Freundlichkeit, die weit über ihr Alter hinausgehen. Ich vermisse meine Frau, sie war eine gute Kameradin und hatte wie unsere Tochter ein großes Herz. Gesegnet sei sie, dass sie verstand, dass meine Liebe zu Dir ewig währen würde. Das allein machte sie schon zu einem besonderen Menschen und hat in mir den Wunsch geweckt, ihr der bestmögliche Ehemann zu sein. Ich weiß, Du würdest mich verstehen. Obwohl ich sehr dankbar für meine wunderschöne Tochter und meine entzückende Frau bin, frage ich mich doch immerzu, was für ein Leben ich wohl geführt hätte, wenn alles anders gelaufen wäre.«

Die letzten Worte blieben ihr in der Kehle stecken.

»Er schreibt sehr schön«, sagte Charlotte.

Abuela tätschelte ihre Hand, dann atmete sie tief durch und fuhr fort.

»Liebste Katarina, ich vermisse Dich jeden Tag. Jede Minute. Jede Sekunde. Ich sehne mich danach, Dich in meinen Armen zu halten und mit Dir bis in die Morgenstunden dazuliegen und zu sprechen, so wie wir das einst taten.«

Abuela räusperte sich und wurde feuerrot im Gesicht.

»Doch an meinen Erinnerungen nagt die Zeit, auch wenn ich verzweifelt versuche, mich an diesem Rettungsanker

festzuklammern. Ich fürchte mich davor, eines Tages Deine Schönheit, Deinen wunderbaren Duft, Deine weiche, seidige Haut zu vergessen …

Das reicht wohl«, sagte *abuela* und ließ den Brief sinken.

»Es muss dir doch nicht unangenehm sein, *abuela*, ich weiß, auch du warst einmal jung.«

Sie nickte, ein mädchenhaftes Lächeln huschte über ihr Gesicht. Sie fuhr fort, aus dem Brief vorzulesen.

»Und aus diesem Grund schreibe ich Dir zu jedem Todestag einen Brief – damit ich mich an die Liebe erinnere, die ich für Dich habe und deren Verlust ich niemals verschmerzen werde. Liebe Katarina, es tut mir so leid. Es tut mir so unendlich leid, dass ich nicht ändern konnte, was sich in jener Nacht ereignete. Es bricht mir immer noch das Herz, wenn ich an den Augenblick zurückdenke, in dem ich die Nachricht bekam, dass Du Deinen Verletzungen erlegen warst. Seither bete ich täglich dafür, dass Du nicht leiden musstest.«

Abuela legte den Brief ab und sah Charlotte mit großen Augen an. »Gütiger Himmel, sie haben ihm gesagt, ich sei gestorben?«

»Wen meinst du mit sie?«

»Den spanischen Maquis«, erwiderte *abuela* tonlos.

»Die Widerstandskämpfer gegen Franco?«

Ihre Großmutter lächelte ein wenig. »Liebling, das ist eine lange Geschichte, ich werde sie dir zu gegebener Zeit erzählen, versprochen«, sagte sie.

»Wie konnten sie ihm nur so eine Lüge auftischen? Und warum? Was ergibt das für einen Sinn?«

Dann schloss sie die Augen und stöhnte auf. »O nein.«

»*Abuela?*«

Sie blickte auf, ihre Wangen waren tränennass. »Einige Mitglieder des französischen Maquis haben mich verarztet, und man hat mir geraten, ich solle meinen Tod vortäuschen und eine neue Identität annehmen, um mich aus Francos Fängen zu befreien. Francos Soldaten hatten Salvador beobachtet, wie er meinen leblosen Körper nach Frankreich zerrte, für den Maquis war es also leicht, die Nachricht zu verbreiten, dass ich gestorben sei.« Ihr lautes Schluchzen erfüllte das Krankenzimmer.

Charlotte legte ihre Hände auf *abuelas* zitternde Schultern. »Es tut mir so leid.«

»Dabei wollte ich doch nur wissen, woher dieses Bild stammt …«

Charlotte bewunderte ihre Großmutter für ihre Tapferkeit. Sie musste das Gefühl haben, vor den Trümmern ihres Lebens zu stehen, und dennoch rang sie sich ein Lächeln ab.

»Raúl ist der Grund, weshalb ich den Flamenco aufgegeben habe.«

»Wirklich?« Charlotte war froh, endlich mehr darüber zu erfahren, doch der Schmerz, der damit verbunden war, blieb ihr nicht verborgen.

»Raúls Tod hat bei mir einen Schmerz hinterlassen, bei dem ich spürte, dass ich ihn nie würde verwinden können. Raúl hat alles für mich bedeutet. Bevor ich ihm begegnete, dachte ich, ich hätte den Flamenco verstanden, aber tatsächlich wusste ich nichts darüber. Erst unsere gemeinsamen Auftritte haben etwas in mir gelöst und mir eine Leidenschaft gezeigt, die ich vorher nicht für möglich gehalten habe. Und seine Liebe – unsere Liebe – brachte unseren unglaublichen *duende* hervor. Charlotte, du musst ihn in dir selbst finden. Ob durch die Malerei oder –«

»Ich male nicht mehr, hast du das schon vergessen?«, fragte sie.

»Mädchen, was für ein Dummkopf du doch bist. Du hast Talent. Vergeude es nicht.«

»Es macht mir aber Angst.«

»Na und? Manchmal muss uns das Leben Angst einflößen, sonst können wir das Glück, das es für uns bereithält, nicht spüren. Das Gleiche gilt für die Liebe. Du musst dich ihr bedingungslos öffnen. Wenn du wirkliche Freude empfinden möchtest, musst du den Mut haben, auch das Leid zu erfahren.«

»Du hast mit Raúl alles riskiert und dadurch so viel Schmerz erfahren. Bereust du das nicht?«

»Natürlich nicht! Was uns verband, war so besonders, dass wir vielleicht sogar dazu bestimmt waren, es nur für eine kurze Zeit zu erfahren.« *Abuela* sah Charlotte an. »Was ist mit deinem jungen Spanier?«

»Darüber will ich nicht sprechen.«

»Liebst du ihn?«

»Wie kann es Liebe sein, wenn ich ihn erst so kurz kenne?«

»Meine Liebe, ich merke doch, dass du mir nicht die Wahrheit sagst!«, drohte *abuela* mit erhobenem Zeigefinger. »Raúl und ich haben keine Jahrzehnte miteinander verbracht, doch unsere Liebe ging so tief, dass sie mich durch mein gesamtes Leben getragen und auf gewisse Art die Liebe gestärkt hat, die ich für deinen Großvater empfunden habe. Zu lieben und diese Liebe dann zu verlieren, hieß für mich, dass ich jeden Moment zu schätzen wusste, weil mir die Liebe vielleicht doch ganz schnell wieder entrissen werden konnte. Wenn dieser Mann dein Herz erobert hat, dann bist du es dir schuldig, herauszufinden, wo das hinführen wird.«

»Aber sein Leben ist in Spanien, meines ist hier. Außerdem –«

»So ein Unsinn. Es kann funktionieren, wenn du dir Mühe gibst.«

»Aber Dad –«

»Du musst auf deine Intuition vertrauen, keiner darf dir

vorschreiben, wie du dein Leben zu leben hast. Folge deinem Herzen«, sagte ihre Großmutter. »Und lebe nicht ein Leben voller Reue, das schadet nur deiner Seele. Flamencotänzer können nur mit der Musik verschmelzen, wenn sie auf ihr Herz hören. Aber wenn der Funke erst einmal erloschen ist, wird es sehr schwer, ihn wieder anzufachen. Wenn du hingegen deiner Leidenschaft folgst und dir selbst vertraust, wird aus diesem Funken eine ewige Flamme, die dich emporhebt und dich lieben und leben lässt. Du musst die Flammen schüren.«

Bleierne Müdigkeit ergriff Charlotte, und eine Leere breitete sich in ihr aus. So gut *abuela* es mit ihren Worten auch meinte, im Moment war sie nicht mehr in der Lage, noch weitere Gefühle zu verarbeiten.

»Macht es dir etwas aus, wenn ich ein Weilchen nach Hause gehe? Ich bin unendlich müde.«

»Gar nicht.« *Abuela* legte ihre zerbrechliche Hand auf Charlottes Arm. »Ich danke dir für alles, was du für mich getan hast.«

»Mir tut es so leid, dass es nicht so gekommen ist, wie du es dir gewünscht hättest.«

»Ich musste so alt werden, um zu verstehen, dass man so vieles im Leben nicht kontrollieren kann. Reue führt zu nichts, wir müssen uns auf das Gute im Leben einstellen, zufrieden mit dem sein, was wir haben, und unser Bestes geben.«

»Wie bist du nur so weise geworden, *abuela*?«

»Von Seifenopern kann man viel lernen«, sagte sie lachend, und Charlotte lachte mit. Doch gleich darauf runzelte *abuela* wieder die Stirn. »Ich würde zu gern wissen, warum in den Briefen das Jahr 1987 fehlt.«

»Vielleicht hat er es vergessen.«

»Nein, Raúl hätte so etwas nie vergessen.«

»Ich kann Felicidad bitten, noch einmal nachzusehen.«

»Danke. Das wäre schön.«

Abuela faltete alle Briefe wieder zusammen und stopfte sie unter ihr Kissen. Dann streckte sie sich auf dem Bett aus, und Charlotte deckte sie rundum zu. »Die Briefe unter dem Kissen werden für süße Träume sorgen.«

»Das hoffe ich doch.«

»Bitte pass auf die Gitarre auf.«

»Natürlich.« Charlotte beugte sich hinab und küsste *abuela* auf die Stirn. »Soll ich nicht doch noch ein Weilchen bleiben?«

»Nein, nein. Kein Problem. Das war ein wichtiger Tag, ich bin müde. Mach dir bitte keine Sorgen um mich. Ich bin zwar traurig darüber, was hätte sein können, aber auch froh zu wissen, dass Raúl die Chance hatte, Vater zu werden und ein langes Leben zu haben.«

»Ich bewundere, wie stark du bist.«

»Der Flamenco hat mich gelehrt, wie man Kummer und Leid mit Würde und Liebe erträgt.« Ihre Lippen formten ein trauriges Lächeln. »Wie du weißt, konnte ich den Flamenco nie ganz loslassen. Wenn er dich einmal erobert hat, kannst du ihm nicht mehr entkommen.« Ihre Stimme wurde immer matter. »Bitte geh jetzt, ich muss mich ausruhen. Genau wie du auch.«

Charlotte sammelte ihre Tasche und die Gitarre ein, küsste *abuela* auf die Stirn, verließ das Zimmer und schloss die Tür hinter sich. Eine Träne kullerte über ihre Wange.

Dann zog sie ihr Handy heraus und sah nach, ob sich jemand bei ihr gemeldet hatte, aber außer ihrem Bruder und ihrer Mutter hatte niemand eine Nachricht hinterlassen. *Abuelas* Worte über die Liebe klangen noch eine Weile in Charlottes Ohren nach, doch sie schob sie hastig beiseite. Manche Menschen konnten mit Liebe offenbar etwas anfangen, Charlotte nicht. Sie hatte es versucht, aber sie passte nicht zu ihr.

Charlotte legte sich auf ihr Sofa und überlegte, was sie als Nächstes tun sollte. Sie hatte geduscht, eine Waschmaschine gefüllt, war einkaufen gegangen und in ihre Wohnung zurückgekehrt, die ihr nun größer und leerer als je zuvor erschien. Sie hatte die Krankenschwestern angerufen und sich nach *abuela* erkundigt, die friedlich schlief. Sie war so erschöpft, dass ihr Körper nicht spürte, ob es Morgen oder Abend war oder in welchem Land er sich befand.

Müde und ruhelos nahm sie ein Buch zur Hand, klappte es auf, doch die Wörter verschwammen vor ihren Augen.

Seit sie *abuela* verlassen hatte, begleitete sie ein ungutes Gefühl und war ihr bis nach Hause gefolgt. Sie wäre gern wie ihre Großmutter gewesen, die alle Wendungen des Lebens mit Würde nahm und fest daran glaubte, dass manches im Leben eben nicht sein sollte.

Kurzentschlossen stand Charlotte auf, ging zu dem großen Schrank im Flur und holte das halbfertige Bild heraus, das sie in Granada angefangen hatte. Sie stellte es neben Syerias Gemälde auf den Esstisch und betrachtete beide lange. Auch ihr Bild zeigte Bewegung und Feuer, hatte aber eine ganz andere Wirkung als das von Syeria. Sie verstand immer noch nicht, wie ihr dieses Werk geglückt war, doch sie hatte sich überwältigen lassen und ganz dem Moment hingegeben. So wie bei Mateo.

Wütend griff Charlotte nach Pinsel und Farben und machte sich an die Arbeit. Sie mischte Gelb mit Rot und summte dazu eine *zambra* – dasselbe Stück, das sie im Kopf gehabt hatte, als sie in Granada mit diesem Bild begonnen hatte. Es war eine einfache Melodie nach einem *Palo*-Rhythmus. Charlotte versuchte mit breiten Pinselstrichen, dieselbe Atmosphäre heraufzubeschwören, die sie einen Tag später gespürt hatte, nachdem sie zum ersten Mal Flamenco getanzt hatte. Doch leider war ihre Hand jetzt steif, und jeder Pinselstrich wirkte irgendwie mechanisch.

Seufzend legte sie den Pinsel beiseite und trat einen Schritt zurück, um sich anzusehen, was sie gemalt hatte.

Es war unbrauchbar. Die intensiven Farben und freien Pinselstriche waren verschwunden. Die kleine Ecke, an der sie sich soeben versucht hatte, wirkte statisch und seelenlos.

»Was für eine Zeitverschwendung!« Sie warf den Mallappen quer durch das Zimmer, der genau neben Raúls Gitarrenkoffer landete.

»Ja, du magst deinen *duende* und deine Lebensaufgabe gefunden haben, ich aber nicht.«

Entmutigt ließ sie sich aufs Sofa fallen und schaute sich in der Wohnung um. Alles hatte seinen Platz, Möbel und Teppiche waren perfekt aufeinander abgestimmt. Wie anders war es in Mateos chaotischem Zuhause gewesen. Und wie wohl hatte sie sich da gefühlt.

Warum hatte er ihr nicht vertraut, sich ihr geöffnet? Oder war sie ungerecht und maß der Tatsache, dass er ihr von Alicia erzählt hatte, zu wenig Wert bei? Immerhin hatte er ihr so weit vertraut, dass er sie zu den *gitanos* mitgenommen hatte. Wie konnte es sein, dass er sie hatte gehen lassen, nachdem sie ihm ihre Liebe gestanden hatte? Sie hatte sich fallenlassen, ohne sicher gewesen zu sein, ob er sie auffangen würde.

NEUNUNDZWANZIGSTES KAPITEL

Nach drei unbeantworteten Anrufen und elf Nachrichten in den vergangenen fünf Tagen musste sich Charlotte eingestehen, dass sie sich keine Hoffnung mehr machen sollte. Mateo würde sich einfach nicht melden.

Sie verbrachte nahezu ihre gesamte Zeit im Krankenhaus bei ihrer Großmutter oder bei der Arbeit. Sie hatte Felicidad eine Mail geschrieben, die *abuela* ihr diktiert hatte, bisher war jedoch noch keine Antwort gekommen.

Eines Abends klingelte es, und ihr Vater stand vor der Tür.

»Dad! Hallo! Wie war es in New York?«

»Wie immer.« Mit den Händen hinter dem Rücken ging er in ihrer Wohnung herum. Und wie immer fühlte sie sich auf den Prüfstand gestellt.

»Tee?«, fragte sie und hoffte, er würde sich irgendwo hinsetzen und sie nicht noch nervöser machen.

»Ja, danke.« Er setzte sich auf die Couch, das Leder quietschte unter seinem schlaksigen Körper. »Die Kissen sind etwas hart.«

»Die werden mit der Zeit noch weicher.« Sie ging in die Küche und achtete nicht weiter auf seine Bemerkung. Nie war ihm irgendwas gut genug. Charlotte nahm sich Zeit, um sich zu beruhigen, und machte frischen Tee. Lieber wäre sie ihren eigenen Weg gegangen, doch ihr Vater hatte sich wieder einmal in ihr Leben gedrängt.

Mit dampfendem Tee kehrte sie ins Wohnzimmer zurück. Ihr Vater war vor den Bildern stehen geblieben.

»Was ist das?«, fragte er verärgert.

»Das eine gehört *abuela* –«

»Ja, ich weiß. Sie hat mir davon erzählt. Und was ist mit dem daneben?«, fragte er und zeigte auf ihren gescheiterten Malversuch.

»Das ist nichts«, sagte sie schnell.

»Ganz offensichtlich ist es doch etwas«, sagte er und zog das Betttuch weg.

»Dad –«

»Ich wusste nicht, dass du wieder angefangen hast zu malen.«

»Du musst nicht immer alles wissen, was ich tue.« Ihr defensiver Ton schien angebracht.

»Du hast recht, das muss ich nicht, aber du musst mir zugestehen, dass es mich beunruhigt, wenn ich sehe, dass du offensichtlich wieder deinen Künstler-Ambitionen nachgehst. Von Luft alleine kann man nicht leben, Charlotte.«

»Bloß weil ich wieder zu malen angefangen habe, heißt das nicht, dass ich meine Karriere an den Nagel hängen möchte«, sagte sie. Die Lüge klang hohl in ihren Ohren.

»Das hoffe ich doch sehr. Wie oft haben wir uns schon über deine Malerei unterhalten?«

»Dad, das war nie eine Unterhaltung. Du hast mir immer nur vorgeschrieben, was ich zu machen habe.« Seltsamerweise stieg nicht die übliche Angst in ihr auf, die sie sonst immer verspürte, wenn sie ihrem Vater so vehement widersprach.

»Du magst deine Arbeit also nicht? Das alles hier konntest du dir nur mit dem Geld leisten, das du bei uns verdient hast. Dasselbe Geld, das für deine hervorragende Ausbildung gesorgt hat, das dir teure Urlaube finanziert und dir ermöglicht hat, viele schöne Dinge zu kaufen.«

»Das weiß ich, Dad, und ich danke dir für alles, was du für mich getan hast. Wirklich. Ich habe auch versucht, so zu sein, wie du mich haben willst. Ich kann mich aber nicht mehr verstellen. Ich kann nicht sechs Tage die Woche vierzehn Stunden täglich arbeiten. Und wenn ich freihabe und dich in Gesellschaft treffe, reden wir wieder nur über die Arbeit. Ich bin nicht die harte Geschäftsfrau, für die du mich hältst.«

»Verachtest du mich?«, presste er dann nach langem Schweigen heraus.

»Wie bitte? Nein! Wir wollen einfach nur unterschiedliche Dinge, mehr nicht.« Jahrelang hatte sie sich eine solche Unterhaltung in ihrem Kopf ausgemalt, und jetzt redeten sie wirklich miteinander – sie konnte es kaum fassen.

Er stützte das Kinn in die Hand und fuhr sich mit einem Zeigefinger über die Wange. Sein Blick war abwesend. »Was genau möchtest du?«, fragte er dann.

Charlotte holte tief Luft. »Ich habe keine Ahnung, was ich möchte. Ich weiß nur, dass mir dieser Bürojob nicht mehr passt.« Das hat er nie. »Ich bin unglücklich, Dad. Wirklich sehr unglücklich.« Mit der ersten Träne schien die Anspannung von ihr abzufallen, und sie konnte nicht aufhören zu weinen.

Ihr Vater schwieg und starrte auf den Teppich unter seinen Füßen. Er schien um Worte zu ringen, obwohl er ein so eloquenter Mann war. Charlotte wartete ab, ihr Herz pochte laut, ihre Nackenmuskeln waren angespannt, und sie versuchte, ihre Gefühle im Zaum zu halten.

Nach einer gefühlten Ewigkeit richtete ihr Vater sich auf. Ohne sie anzusehen, öffnete er die Doppelflügel der Balkontür und trat hinaus. Eine kühle Brise vom Fluss Yarra wehte herein, die Lichter der tanzenden Boote unter ihnen spiegelten sich im Fenster. Langsam folgte sie ihm hinaus. Ihr Bedürfnis, die Kontroverse beizulegen, überwog jede Angst vor den Konsequenzen. Sie zog ihre leichte Strickjacke enger um sich und spürte die kühle Luft im Gesicht.

Ihr Vater hielt sich so krampfhaft am Geländer fest, dass seine Fingerknöchel weiß schimmerten. »War ich wirklich so blind? Wie lange bist du schon unglücklich?«, murmelte er mit gesenktem Kopf.

»Ich weiß es nicht. Ich …« Sie schniefte.

»Aber du machst alles so gut in der Firma. Und was ist mit deiner Ausbildung? Willst du sie etwa aus dem Fenster werfen?«

»Ich drücke einfach auf Pause, Dad. Nichts wird aus dem Fenster geworfen.«

»So klingt das aber nicht.« Er zog die Augenbrauen zusammen und sah sie zweifelnd an. »Ich habe gewusst, dass es Probleme geben würde, wenn du dir eine Auszeit nimmst, um deiner Großmutter zu helfen. Was hat Spanien mit dir gemacht?«

»Es hat mir geholfen, mir darüber klarzuwerden, was ich nicht möchte.«

»Du willst also nicht mehr im Familienunternehmen arbeiten?«, fragte er.

»Ich weiß es nicht«, antwortete sie nach einem kurzen Zögern. »Ich brauche einfach Zeit, um es herauszufinden.

Ich muss mein Leben auf meine Art leben. Ich bin nicht du, Dad. Wieso verstehst du das nicht?«

»Beruhige dich, Charlotte –«

»Nein! Ich bin jahrelang ruhig geblieben und habe dir gestattet, mich in eine Karriere zu drängen, die ich nie wirklich wollte. Ich weiß, dass du nur das Beste für mich im Sinn hattest und dass Geld und beruflicher Erfolg und materielle Güter wichtig für dich sind, aber du willst das, nicht ich. Die Zeit in Spanien hat mir gezeigt, dass ich auf meine Wünsche hören muss, dass es mir wichtig ist, zu versuchen, meine Träume zu verwirklichen …«

Er ließ das Geländer los, drehte sich zu ihr um und sah sie an. »Ich nehme an, dass ich nicht nur deine Zeit in Spanien dafür verantwortlich machen kann, dass du deine Einstellung geändert hast. Diese Unterhaltung war schon lange überfällig. Ich habe sie kommen sehen. Wir alle haben das. Ich habe einfach nur gehofft, dass wir uns irren.«

»Bitte versteh mich nicht falsch, Dad, ich bin gern mit dir und Steve zusammen, nur die Arbeit liegt mir eben nicht.«

Ihr Vater seufzte leise. »Ich glaube, du machst einen Fehler.«

»Nein, Dad, ich habe den Fehler gemacht, irgendwie zu etwas gehören zu wollen, dem ich mich gar nicht zugehörig fühle. Das ist deine Welt. Es ist Steves Welt. Aber nicht meine –«

»Woher kommt das alles so plötzlich?«

»Weil ich noch nie zuvor eine solche Leidenschaft für etwas empfunden habe.«

»Du weißt aber schon, dass es dann kein Zurück mehr gibt, oder?«

»Du … du meinst damit doch nicht auch die Familie, oder?«, fragte sie, plötzlich panisch.

»Siehst du mich etwa so? Wie ein Ungeheuer?« Er starrte sie mit großen traurigen Augen an. Dann drehte er sich abrupt um und ging zur Balkontür. »Es tut mir sehr leid, wenn ich diesen Eindruck bei dir erweckt haben sollte.«

»Dad!« Sie rannte ihm nach und packte ihn am Arm. »Du bist kein Ungeheuer, wir sehen die Dinge einfach nur unterschiedlich.«

»Ich habe dir all das gegeben, was ich niemals hatte. Eine gute Ausbildung, die Möglichkeit, in einem Familienunternehmen zu arbeiten und Pflichtbewusstsein zu entwickeln –«

»Und habe ich nicht soeben genau das bewiesen, indem ich für *abuela* nach Spanien gereist bin?«

Seine Kiefermuskeln spannten sich. »Darum geht es also. Deine Großmutter hat dir mal wieder in den Ohren gelegen.«

»Vielleicht.« Doch sie kannten beide die Wahrheit.

»Mir auch. Sie ist …« Er sah zum Himmel und seufzte schwer. »Sie hat mir alles erzählt.«

»Über R –«

»Alles«, stieß er schnell und heftig aus.

»Oh.«

Bestimmt war es nicht leicht für ihn gewesen, zu erfahren, dass sich die eigene Mutter nach einem Mann sehnte, der nicht sein Vater war.

»Nein, es ist nicht alles in Ordnung, aber ich will nicht die kostbare Zeit, die meiner Mutter noch auf Erden bleibt, damit verbringen, wütend auf sie zu sein. Deine *abuela* hat uns betrogen, und ich muss jetzt einen Weg finden, wie ich ihr verzeihen kann.«

»Sie hat nie gelogen, sie hat einfach nur … nie darüber gesprochen. Und soweit ich weiß, wusste Großvater von ihrem Leben in Spanien. Na ja, zumindest das meiste. Er wusste bestimmt … von Raúl.«

»Sie hat dich nach Spanien geschickt, weil sie weiß, dass du der einzige Mensch bist, der sie versteht«, sagte er tonlos.

»Vielleicht nicht immer.«

»Aber meistens. Ich glaube ohnehin nicht, dass man einen anderen Menschen jemals vollständig verstehen kann. Aber ihr seid wie Pech und Schwefel. Ihr seid beide Freigeister.«

»Das ist vielleicht unser *Gitano*-Blut«, sagte Charlotte und wagte ein Lächeln.

»Früher war ich wie du.« Seine sonst so dröhnende Stimme klang nun viel sanfter.

»Wie bitte?«

»In mir steckte auch ein freier Geist, der so gern zum Vorschein gekommen wäre. Vielleicht«, sagte er und lächelte, »ist das unsere *Gitano*-Herkunft.«

»Und warum hast du nie vorher etwas darüber gesagt?«

Ihr Vater legte sanft eine Hand unter das Kinn seiner Tochter. »Weil ich dieses Verlangen unterdrückt habe und irgendwann einfach aufgehört habe, meine Träume zu verfolgen.«

»Wovon hast du denn geträumt?«

»Ich wollte Jazzmusiker werden.«

»Wirklich?« Eigentlich überraschte sie das nicht, denn Jazz begleitete ihren Vater überall, im Auto, zu Hause, bei der Arbeit …

»Und was hat dich davon abgehalten?«

»Machbarkeit. Ich habe zugelassen, dass mein Bedürfnis nach Sicherheit die Oberhand über meine Träume gewonnen hat.«

»Das ist wirklich schade.«

Er zuckte die Achseln. »Es war meine Entscheidung. Aber ich verstehe dich besser, als du denkst.« Er stützte sich auf ihre Schulter. »Du hast ein gutes Herz, Charlotte. Dich gefangen zu halten nutzt niemandem. Das sehe ich jetzt ein. Versprich mir nur eines.«

»Was denn?«

»Dass du glücklich wirst, egal, wofür du dich entscheidest.«

»Das verspreche ich dir.«

Sie gingen ins Wohnzimmer zurück, und Charlotte schloss die Balkontüren. »Und du bist wirklich nicht böse auf mich?«

»Ich bin wütend auf mich, weil ich versucht habe, dein Innerstes zu verändern. Du weißt, dass ich dich immer lieben werde.«

»Ich hatte solche Angst, dass du mich ablehnen würdest.«

»Ach Charlotte.« Er umarmte sie fest.

»Die *gitanos* glauben an ein Leben im Augenblick, sie vergessen die Vergangenheit und schauen voraus. Ich muss mir erlauben, dasselbe zu tun, Dad. Und ich muss es jetzt tun.«

»Dann tu es«, sagte er und nickte langsam.

Am nächsten Morgen saß Charlotte auf der Couch und starrte das halbfertige Bild an. Was mache ich mit dir?

Die Gedanken tobten in ihrem Kopf. *Abuela*, Mateo, das kleine Apartment in Granada und das Gespräch mit ihrem Vater. Sie brauchte dringend frische Luft.

Schnell zog sie sich eine Jacke über, griff nach ihren Schlüsseln und riss die Tür auf. Dabei wäre sie beinah mit jemandem zusammengestoßen. Ärgerlich blickte sie auf und verstummte.

Mateo.

Ihr wurde schwindelig.

»Wo willst du hin?«, fragte er mit einem verschmitzten Lächeln.

»Du scheinst die Angewohnheit zu haben, nicht auf Anrufe zu reagieren«, sagte sie.

»Oder auf Nachrichten. Oder Mails. Ja, ich weiß, das tut mir leid, aber ich habe einfach Zeit zum Nachdenken gebraucht.«

»Und bist du jetzt fertig mit dem Nachdenken?«

»Ich glaube schon, ja. Es ist erstaunlich, wie sehr man zum Nachdenken gezwungen wird, wenn man in so einem Metallding sitzt und fliegt.« Er lehnte sich an die Tür und sah sie durchdringend an. »Könnte ich bitte etwas zu trinken haben?«

»Natürlich.« Er folgte ihr in die Wohnung, seine Nähe irritierte sie. Wie gern sie ihn einfach geküsst hätte. Stattdessen fühlte sie eine seltsame Distanz zwischen ihnen, als wären sie plötzlich schüchtern. Unsicher zeigte sie zur Couch. »Bitte, setz dich doch.«

Dann holte sie ein Glas Wasser aus der Küche und reichte es ihm. Nach kurzer Überlegung setzte sie sich ihm gegenüber in den Sessel. Wann würde er ihr endlich sagen, warum er zu ihr gekommen war?

Mateo nippte an seinem Wasser und sah sich in der Wohnung um. »Es ist sehr ordentlich hier.«

»Meistens, ja.«

»Aber dahinten herrscht Unordnung«, sagte er und deutete auf die Bilder und Pinsel, die vor dem Kunstwerk verstreut auf dem Tisch lagen. »Schön, zu sehen, dass du wieder malst.«

»Ich male überhaupt nicht. Ich habe es versucht, aber …« Seit dem Gespräch mit ihrem Vater fühlte sie sich noch blockierter. Ob es die Angst war, zu versagen, oder der Druck, endlich ihren Traum leben zu können, sie wusste es nicht.

»Wie hast du mich überhaupt gefunden? Du kanntest doch meine Adresse gar nicht«, fragte sie.

»Du hast einmal den Namen des Krankenhauses erwähnt, in dem deine *abuela* liegt. Also habe ich von Granada aus angerufen, und sie hat mir deine Adresse gegeben. So kompliziert war das gar nicht.«

»Du hast sie und nicht mich angerufen?«

»Ich wollte dich überraschen.«

»Und in der Zwischenzeit bin ich …« In Selbstmitleid versunken, wollte sie eigentlich fortfahren.

»Bist du was?«

»Egal«, erwiderte sie und winkte ab, obwohl es alles andere als egal war.

»Deine *abuela* ist eine ganz besondere Dame.«

»Das klingt ja, als hättet ihr beide euch bereits ziemlich gut unterhalten.« Und *abuela* hat mich nicht angerufen und vorgewarnt? »Für ein Glas Wasser war das ein ziemlich langer Weg.«

Mateo zuckte die Achseln. »Ich wollte herausfinden, wie das Wasser hier schmeckt.«

»Ich hätte dir eine Flasche schicken können.«

»Ich trinke es lieber frisch.«

»Nun, angesichts der Tatsache, dass du aus Spanien angereist bist, ist das vor allem ein sehr teures Glas Wasser.«

»Als ich noch bei meinem Vater gearbeitet habe, habe ich für Notzeiten Geld beiseitegelegt. Und als du Granada verlassen hast, herrschte gerade Not.«

»Welche Not?«, fragte sie.

»Du hattest übrigens recht«, sagte er ernst, ohne ihre Frage zu beantworten.

»Inwicfern?«

»Als du sagtest, dass ich dir nicht vertraue.«

»Ich hätte dich nicht drängen sollen«, entgegnete sie. »Apropos, ich habe gestern meinem Vater gesagt, dass ich die Firma verlassen werde.«

»Wirklich?«, fragte er und lächelte sie an. »Könntest du dich neben mich setzen, bitte, ich mag diesen Abstand zwischen uns nicht.« Nach einigem Zögern stand Charlotte auf und ging zu ihm hinüber.

»Ja, und er hat es besser aufgenommen, als ich gedacht

hätte. Es hat sich herausgestellt, dass wir mehr gemeinsam haben, als ich ahnte. Momentan ist er allerdings damit beschäftigt herauszufinden, was die Neuigkeiten über *abuela* für ihn bedeuten. Aber ich habe mir erst einmal eine Auszeit genommen, um herauszufinden, was ich will.«

Er nahm ihre Hand. »Und was willst du?«

Sie lachte. »Ich habe keine Ahnung!«

»Und wie fühlt sich das an?«

»Es ist befreiend. Herauszufinden, was ich möchte, könnte bedeuten, dass ich mich von gewissen Dingen auch verabschieden muss, aber das ist in Ordnung – ich habe ein wenig Geld, ich bin jung, ich habe Zeit.«

»Und du hast mich«, sagte er und beugte sich zu ihr, so dass seine Lippen ganz nah an ihrem Mund waren.

Sie wich zurück. »Aber verstehst du auch, dass dein plötzliches Auftauchen hier ziemlich verwirrend ist?«

»Das ist mir klar.« Er zog sich zurück. »Möchtest du den wahren Grund wissen, weshalb ich hergekommen bin?«

»Vermutlich ist es nicht wegen des Wassers.«

»Das ist richtig.« Er rutschte auf dem Sofa zurück und brachte wieder ein wenig Abstand zwischen sie. »Dieses Gespräch, das wir in Granada über Familie geführt haben … hat mich sehr durcheinandergebracht. Ich liebe meine *Gitano*-Familie … als ich allerdings gesehen habe, wie sehr du an deiner Familie hängst, was du alles für deine *abuela* tust, musste ich an meine denken. Und nachdem mein Bruder mir zwei Mal ins Gesicht geschlagen hatte, habe ich natürlich …«

»Wie geht es deiner Nase?«

»Alles in Ordnung«, sagte Mateo. »Erinnerst du dich noch, dass mein Bruder Unterlagen hatte und damit in der Luft herumgefuchtelt hat?«, fragte er.

»Ja.«

»Das war ein Dokument, mit dem er die *gitanos* gewaltsam vom Grundstück vertreiben wollte.«

»Und warum hast du mir nicht vorher davon erzählt?«

»Es war mir peinlich. In meiner Familie sind viele Immobilienentwickler, sie sind nur an Geld interessiert. Mir ist das alles so fremd. Mein Herz schlägt für den Flamenco, die Magie, die er hervorbringt.«

»Ich weiß, was du meinst.«

»Ich weiß, dass du weißt …«, sagte er lächelnd und blickte sie schweigend an.

»Es ist alles so kompliziert«, fuhr er dann fort. »Meine Familie besitzt dieses Grundstück, der Klan zahlt seit vielen Jahren, um es besiedeln zu dürfen. Doch vor drei Monaten beschloss meine Familie, das Land zwangsräumen zu lassen.«

»Wollen sie etwas darauf bauen?«

»Nein, das ist ja das Seltsame. Es gibt keine andere Verwendung für das Grundstück.«

Er atmete tief durch. »Und für die *gitanos* ist es schwer,

einen Ort zu finden, an dem sie sich niederlassen können.«

»Warum will deine Familie sie nach all den Jahren ausgerechnet jetzt vom Grundstück jagen?«

»Mein Vater hat sich zur Ruhe gesetzt, jetzt ist mein Bruder der Chef. Genau wie mein Vater konnte auch er nie nachvollziehen, warum ich mich dafür entschieden habe, das Leben eines Flamencomusikers zu führen, und mit dieser Zwangsräumung will mein Bruder mir wohl zeigen, dass er mächtiger ist als ich.«

»Reicht ihm der Chefsessel nicht?«

»Das ist eine lange Geschichte, es geht um Eifersucht, obwohl ich nicht weiß, woher sie rührt. Wir haben als Kinder und Jugendliche immer dasselbe bekommen. Aber irgendwie hatte er immer das Gefühl, dass man mich bevorzugt«, sagte Mateo und zuckte die Achseln. »Ich habe dir nichts über meine Familie erzählt, weil ich dachte, dass du nicht mehr mit mir zusammen sein willst, wenn du erfährst, wie sie wirklich sind.«

»Das meinst du nicht ernst?« Hielt er sie wirklich für so oberflächlich?

»Doch, ich …«

Sie schüttelte den Kopf. »Mateo. Wie könnte ich dich für deine Familie verurteilen, bei all den seltsamen Dingen, die sich in meiner abspielen?«

»Das war dumm von mir, ich weiß.« Erneut drückte er

ihre Hand. »Du bedeutest mir unglaublich viel, Charlotte. Ich liebe dich. Sehr sogar.«

Charlotte wurde ganz leicht ums Herz. Wie sehr hatte sie sich in den letzten Tagen und Wochen danach gesehnt, diese Worte von Mateo zu hören. Und mit jeder Stunde, die verging, waren sie unwahrscheinlicher geworden. »Ich liebe dich auch«, flüsterte sie.

»Es tut mir leid, dass ich mich zurückgezogen habe, aber ich habe plötzlich Angst bekommen. Ich hatte Angst, dich zu verlieren. Australien ist so weit weg. Mir ist klar, dass das keinen Sinn ergab. Aber ich wollte nicht wieder verletzt werden und dachte, wenn ich versuche, dich nicht zu lieben, würde ich dich auch nicht verlieren.« Er schüttelte den Kopf. »Es klingt lächerlich, wenn ich es laut ausspreche, nicht wahr?«

»Nein, ich verstehe es.«

»Weißt du, ich glaube, dass ich in Liebesdingen nicht so gut bin.«

»Nun, da wären wir schon zu zweit.«

Sie sahen sich schweigend an. Am liebsten hätte sich Charlotte in Mateos Arme fallen lassen, aber eine Frage ließ sie einfach nicht los. »Ich muss wissen, was du an dem Tag getan hast, als ich Granada verlassen habe.«

Er lehnte sich gegen die Sofapolster und seufzte. »Familienangelegenheiten.«

Charlotte hob die Augenbrauen.

»Ich war bei meinem Bruder, weil ich die Sache mit dem Grundstücksverkauf regeln wollte. Aber wir haben nur wieder gestritten. Ich denke, jetzt habe ich endgültig mit ihm gebrochen.« Charlotte strich ihm sanft durch die Locken, dann beugte sie sich zu ihm und küsste ihn.

DREISSIGSTES KAPITEL

Charlotte hielt den Gitarrenkoffer in der einen Hand und öffnete mit der anderen die Tür zu *abuelas* Krankenzimmer, das sonnendurchflutet war. Ihre Großmutter saß mit geschlossenen Augen im Bett und hörte Musik. Ein Lächeln lag auf ihren Lippen. Charlotte berührte sie sanft am Arm, und sie schaute auf. Sobald sie Mateo sah, zupfte sie die Decke zurecht und fuhr sich durch das Haar. Aus dem Kopfhörer erklang leise Flamencomusik.

»Charlotte, du hast nichts von einem Besucher erwähnt«, sagte *abuela* ein wenig irritiert, doch ihre Augen funkelten.

»Ich dachte, eine Überraschung könnte dir Freude bereiten, nachdem du ja offensichtlich so erpicht darauf warst, mich zu überraschen«, sagte Charlotte und hob eine Augenbraue. »Ihr kennt euch ja schon.« Sie zeigte auf Mateo.

»*Buenos días, Señora Sánchez.*« Er neigte den Kopf, sie lächelten einander an.

»Schön, Sie persönlich kennenzulernen, Mateo. Sie sehen in natura noch besser aus, als ich dachte.«

»*Abuela!*«

»Was denn? Nur weil ich steinalt bin, heißt das nicht, dass ich Schönheit nicht mehr erkenne, wenn ich sie vor mir sehe.« Sie zeigte auf einen Stuhl und bedeutete Mateo, sich neben sie zu setzen. »Wir müssen uns auf Englisch unterhalten, denn das Fräulein da versteht kein Spanisch. Vielleicht können Sie ja dafür sorgen, dass sich das ändert«, sagte *abuela*.

»Ich bin mir sicher, das ist möglich.«

»Guter Junge.«

»Hey, ich kann euch verstehen!«

»Aber du sprichst nicht sehr gut – noch nicht«, sagte *abuela* und blinzelte Mateo zu.

»*Abuela*, ich habe heute Morgen eine Nachricht von Felicidad erhalten. Sie sagt, dass sie das ganze Haus nach dem fehlenden Brief abgesucht, ihn aber nicht gefunden hat. Es tut mir leid, *abuela*, aber vielleicht hat er das Jahr einfach ausgelassen.«

»Warum hätte er das tun sollen? Er ist bestimmt noch irgendwo.« *Abuela* zog den Stapel Briefe aus der Schublade ihres Nachttischchens. Sie blätterte konzentriert darin und wurde zunehmend nervöser. Ihre Stimmungsschwankungen waren in letzter Zeit immer offensichtlicher geworden, genau wie es die Ärzte vorhergesagt hatten. In der Familie hatten sie noch nicht über ein Pflegeheim gesprochen, doch das war nur noch eine Frage von wenigen Tagen.

»Ich habe Raúls Gitarre mitgebracht, ich dachte, du hättest sie lieber bei dir«, sagte Charlotte, hielt das Instrument hoch und versuchte die Vorstellung zu unterdrücken, wie ihre Großmutter in irgendeinem deprimierenden Pflegeheim traurig und ihrer Würde beraubt dasäße.

»Das ist lieb von dir, aber ich kann ja nicht spielen.«

»Ich aber«, warf Mateo ein. »Darf ich?«

Abuela zuckte leicht mit den Achseln. »Wenn Sie wollen.«

Charlotte übergab ihm den Gitarrenkoffer, und er nahm das Instrument heraus. Dann fuhr er mit den Fingern sanft über die makellos erhaltene Oberfläche. »Das ist ein ganz besonderes, sehr seltenes Instrument, nicht wahr?«

Abuela klammerte sich mit den Fingern ans Bettlaken. »Ich weiß nicht, ob das so eine gute Idee ist.«

»Wenn ich spiele?«, fragte Mateo. Er beugte sich vor und wollte das Instrument wieder in den Gitarrenkoffer zurücklegen. »Das ist in Ordnung, ich verstehe es.«

»Es könnte helfen, wenn du die Augen schließt, *abuela*. Was ist dein Lieblings-*Palo*?«, fragte Charlotte.

»*Palo?*«, fragte *abuela* und lachte. »Sieh an, sieh an, du hast da drüben also doch etwas gelernt.«

»Ich habe viel gelernt. Und nicht nur über Flamenco«, sagte sie und blickte Mateo an.

»Ja, das sehe ich«, sagte *abuela*, ihr Ton war wieder sanfter geworden. »Meine Lieblings-*Palos* sind *tientos.*«

»Das sind auch meine Lieblings-*Palos*«, sagte Mateo, nahm die Gitarre auf die Knie und richtete sich auf.

»Warum *tientos, abuela*?«

»Ich mochte die etwas düstere Stimmung schon immer. *Tientos* erzählen von der Sehnsucht nach Liebe, von Verlust, von allem, was ich im Laufe der Jahre bei der Erinnerung an Raúl ertragen musste.«

»*Duende?*«, fragten Charlotte und Mateo gleichzeitig und lächelten einander an.

Im selben Moment klingelte Charlottes Handy. Als sie auf das Display schaute, wäre es ihr beinahe aus der Hand gefallen. »Das ist Felicidad.«

»*¡Un momento!*« Charlotte gab das Handy an Mateo weiter. Während er mit ihr sprach, sah er zuerst Charlotte und dann ihre *abuela* an, doch seine Miene verriet nichts.

Kurz darauf legte er auf. »Bitte schau in deine Mails«, sagte er.

»Jetzt gleich?«

Mateo nickte, und Charlotte holte ihr Tablet heraus und loggte sich in ihren Posteingang ein. Sogleich öffnete sich Felicidads Mail.

»Du solltest sie vielleicht besser selbst lesen, *abuela.*«

Schweigend griff ihre Großmutter nach dem Gerät und las. Plötzlich kullerten Tränen über ihre Wangen.

»Hat Felicidad den Brief von 1987 gefunden?«, fragte Charlotte.

»Ja«, sagte *abuela* und sah sie mit glasigen Augen an. »Er steckte in einer Schachtel mit Gedichten, die Raúl in einer Truhe mit alten Kleidungsstücken verwahrt hatte. Sie hatte ihn bei der ersten Durchsicht übersehen. Einige Gedichte hat sie abgeschrieben. Es sind Gedichte von Raúl.«

»Wusstest du, dass er schrieb?«

»Ich habe nur ein einziges Mal ein Gedicht von ihm gelesen und hatte keine Ahnung, dass er noch weitere geschrieben hat. Man kann einen anderen wohl nie wirklich kennen«, sagte sie und starrte in eine Ecke des Zimmers.

»Ich habe den Eindruck, dass ihr euch sehr gut kanntet, nach allem, was ihr beide durchgemacht habt«, sagte Charlotte.

»Das stimmt wohl.« *Abuelas* Stimme klang abwesend.

Sie las die Mail erneut. »Das glaube ich nicht.«

»Was denn?«

»Das zweite Gedicht, ›*duende*‹, ist auf den Tag datiert, bevor in Granada alles durcheinandergeriet. Es handelt von Liebe, die nicht erblühen durfte, weil Außenstehende die Liebenden auseinandergerissen haben … Glaubst du, er hat geahnt, was geschehen würde?«

»Wie sollte er das?«, fragte Charlotte.

»Darf ich?«, fragte Mateo, und *abuela* reichte ihm das Tablet.

»Würde es Ihnen etwas ausmachen, wenn ich es singe? Ich bin zwar kein Flamencosänger, aber das Gedicht ist wirklich wunderschön. Vielleicht möchten Sie es zum *palo de tientos* hören.«

»Ja, das würde ich liebend gern.« *Abuela* lehnte sich bequem an die Kissen, während Mateo seinen Stuhl vorzog und das Tablet auf das Nachttischchen legte.

Er atmete tief ein, straffte die Schultern und fing sanft an zu spielen. Dann steigerte er das Tempo, begann zu singen und nahm sie mit seiner weichen, melodischen Stimme mit auf eine weite Reise, hinaus aus dem sterilen Zimmer in Melbournes Vorstadt und hinein in die heißen Gassen Granadas, zur majestätischen Alhambra hinauf, zu orientalischen Gewürzen und unzähligen Versprechungen, die in der Luft lagen.

Charlotte sah zu *abuela*, der die Tränen über die Wangen kullerten. Welche Gefühle mussten die Worte des Mannes, der nie aufgehört hatte, sie zu lieben, in ihr auslösen?

Schon vor Wochen hatte Mateos Spiel Charlottes Herz berührt, hatte seine Musik sie verzaubert. Doch in dem Moment, in dem er die Worte mit Musik verband, verlor sich Charlotte ganz in der Vollkommenheit und spürte, wie ihr Herz emporzusteigen begann und sich jeder Kummer in unendlichen Weiten auflöste.

Abuela schloss die Augen, hob langsam die Arme, drehte ihre Handgelenke und wiegte sie im Rhythmus der Musik. Mateos Stimme schwebte durch den Raum, während Charlottes Blick von *abuela* zu Mateo glitt und sie den Zauber, der sie ergriff, nicht erklären konnte. Während sie immer tiefer in das Stück hineingezogen wurden, wünschte sie sich, dass Raúl ihnen von irgendwoher zusah und sich daran erfreute, dass die Frau, die er sein ganzes Leben geliebt hatte, endlich seine Worte vernehmen konnte.

Mateos Gesang wurde lauter, sein Spiel schneller und *abuelas* Bewegungen kraftvoller. Als das Stück seinen Höhepunkt erreichte, hörte Mateo auf zu singen, im Raum war nur noch die Gitarre zu hören, bis das Tempo langsamer wurde und die Noten allmählich verklangen.

Stille erfüllte den Raum, und noch etwas anderes – Spannung, Liebe, Leidenschaft, Feuer.

»*Duende*«, flüsterte Charlottc.

Abuela legte ihre Hand auf die Brust und atmete schwer.

Rasch schenkte Charlotte ihr ein Glas Wasser ein. »Du solltest dich nicht überanstrengen.«

»Meine Liebe, so frei habe ich mich seit Jahren nicht mehr gefühlt, auch wenn mein gebrechlicher Körper nicht mehr mithalten kann.« Sie trank das halbe Glas aus und stellte es dann auf das Nachttischchen. Sie seufzte leise. »In gewisser Weise bin ich meinem schwachen Herzen sogar dankbar. Hätte es nicht solche Probleme verursacht, hätte ich nicht den Mut gefunden, meine Vergangenheit zu erforschen. Wer hätte geahnt, dass es dazu führen würde?« Sie tätschelte Charlottes Hand. »Ich habe wieder angefangen, Flamenco zu hören, als du in Spanien warst. Ich habe versucht, mich wieder in die Zeit hineinzuversetzen, in der ich dort gelebt habe, aber nichts hat mich so berührt wie einst – bis jetzt. Mateo, du hast ein einzigartiges Talent, es geht weit über die Tradition hinaus. Es ist sehr ungewöhnlich, jemandem zu begegnen, der Gitarre spielen und gleichzeitig Flamenco dazu singen kann.« Dann betrachtete *abuela* Charlotte lange. »Und du, Fräulein, solltest auch zu deinem persönlichen *duende* finden, allerdings ahne ich schon, dass du weißt, wo du danach suchen musst.«

»Ich verspreche es dir, *abuela*.«

»Gut. Und um noch einmal auf den Gedichtband zurückzukommen, meinst du, Felicidad würde ihn mir überlassen? Allerdings möchte ich ungerne, dass er per Post geschickt wird. Vielleicht könntest du …«

»Persönlich hinfahren und ihn abholen?«, Charlotte musste lächeln, so leicht war ihre Großmutter zu durchschauen gewesen. Ihr Herz klopfte bei dem Gedanken daran, dass sie mit dem Mann, den sie liebte, wieder nach Spanien zurückkehren konnte. »Denkst du vielleicht, ich bin dein ganz persönlicher Bote?«, fragte sie und lächelte.

»Fliegst du nicht gern wieder nach Spanien zurück?«,

fragte *abuela* beiläufig und legte den Kopf zur Seite. »Wenn du in Granada bist und das Päckchen abholst, könntest du gleich ein paar Flamencostunden nehmen, die Kulisse genießen, vielleicht talentierten Musikern beim Spielen lauschen …« Das Glitzern in ihren Augen sagte mehr als tausend Worte.

»Versuchst du, mich loszuwerden?«, frage Charlotte und spielte mit.

»Nein, ich dachte nur, dass du dir Zeit nehmen solltest, wenn du schon das Buch und den Brief abholst. Schließlich habe ich nicht vor, in nächster Zeit irgendwo hinzugehen.«

»Ich muss darüber nachdenken.«

Doch sie hatte sich bereits entschieden.

EINUNDDREISSIGSTES KAPITEL

Eine sanfte Brise fuhr durch die Blätter der hohen Bäume, die in den letzten Strahlen der untergehenden Sonne lange Schatten warfen. Die Luft war erfüllt von dem Geschrei und Lachen der Kinder, die zwischen den Wohnwagen und Hütten umherliefen. Die Erwachsenen hatten es sich auf Baumstämmen und kleinen Stühlen rund um das Lagerfeuer bequem gemacht. Die Stimmung war ausgelassen, alle freuten sich auf das Fest. Charlotte hatte den ganzen Nachmittag damit verbracht zu malen. Lächelnd dachte sie daran, wie sie am Abend zuvor in Mateos Wohnung auf dem Sofa gesessen hatten, seine Gitarrensammlung an der einen und ihre Leinwände und Malutensilien an der anderen Wand.

Ihre beiden Leidenschaften: Malerei und Musik.

Charlotte tauchte den Pinsel in die rote Farbe und trug sie mit kräftigen Strichen auf der Leinwand auf. Wie so oft in den letzten Tagen dachte sie an die Familie ihrer Großmutter. Charlotte hatte noch weitere Nachforschungen zu ihren Verwandten in Marokko angestellt und nach vielen Telefonaten und Briefwechseln herausgefunden, dass nicht nur *abuelas* Mutter, sondern auch ihre Brüder alle verstorben waren. Für *abuela* war es ein schwerer Schlag gewesen, dass sie mit ihrem Wunsch, sich ihrer Vergangenheit zu stellen, wieder einmal zu spät kam.

Inzwischen war die Sonne untergegangen, und Charlotte zündete eine Gaslaterne an, in deren Schein sie weiter an ihrem Bild arbeiten wollte. Obwohl sie bereits in Mateos Wohnung und in verschiedenen Parks zu malen versucht hatte, zog es sie immer wieder in die freie Natur, vor allem in die Gegend um die Siedlung des Giménez-Klans. Hier fühlte sie sich einfach zu Hause und konnte sich dennoch nicht vorstellen, bei ihnen zu leben. Dafür hing sie viel zu sehr an der Stadt. Außerdem hatte *abuela* sie gebeten, sich um das Haus ihrer Familie zu kümmern. Nach langen Gesprächen mit der ganzen Familie war man übereingekommen, das Haus zu einer Künstlerresidenz zu machen und damit Künstlern, Literaten, Musikern und Tänzern die Möglichkeit zu geben, während eines mehrwöchigen Aufenthalts in Granada sich ganz ihrem Schaffen zu widmen. Charlotte war immer noch überrascht, dass ihr Vater diese Idee unterstützen wollte und sie sogar darum bat, die Leitung der Residenz zu übernehmen.

»Bist du fertig?«, unterbrach Mateo ihre Gedanken.

»Noch nicht, aber bald.«

»Das hast du schon vor Tagen gesagt«, antwortete er. »Offensichtlich schlägt jetzt auch bei deinem Zeitgefühl dein spanisches Erbe durch …« Sie mussten beide lachen. Dann ging Mateo zu einer kleinen Gruppe von Musikern, die um das Lagerfeuer standen, öffnete den Gitarrenkoffer und holte vorsichtig Raúls Gitarre heraus. Seit *abuela* ihm das Instrument anvertraut hatte, hatte sich sein Spiel grundlegend verändert – es war, als spielten Mateo und Raúl gemeinsam. Mateo fing an die Saiten zu zupfen und gab das Tempo vor. Charlotte lächelte, als sie den fröhlichen Zwölferschlag der *bulerías* hörte, und ließ sich von der Musik einhüllen. Sie fing an zu summen und konzentrierte sich auf die Pinselstriche, die ihr immer leichter von der Hand zu gehen schienen, je länger die Musik die Nacht erfüllte. Jetzt erkannte Charlotte die Stimme der alten Frau wieder, die mit kräftigen, klaren Tönen die Gitarrenklänge aufnahm und in Worte verwandelte. Obwohl Charlotte etwas entfernt am Waldrand stand, spürte sie plötzlich die überwältigende Präsenz der Musik, die ihre Hand zu führen schien. Wie in einem Rausch trug sie mit ungestümen Pinselstrichen die strahlenden Farben auf, erschuf aus Wellen und Bewegungen ein Zusammenspiel von Herz, Seele und Natur.

Ein letztes Mal setzte sie den Pinsel an und fuhr über die

Leinwand, dann legte sie ihre Malutensilien beiseite und trat einen Schritt zurück. Das Bild lebte in den leuchtenden Farben auf. Gegenüber dem Gitarristen, der mit geschlossenen Augen spielte, stand eine Frau, den Kopf hoch erhoben, einen Arm zum Himmel gestreckt. Als Charlotte das Bild betrachtete, das sie endlich vollendet hatte, stiegen ihr die Tränen in die Augen.

Es war das schönste Bild, das sie jemals gemalt hatte. Es drückte all ihre Gefühle aus, ihren Charakter, ihre Liebe, und gleichzeitig ließ es auch eine gewisse Enttäuschung erahnen: Sie war zufrieden, spürte jedoch keinen *duende*.

»*Magnífico*«, hörte sie Leila plötzlich neben sich sagen. »Du hast ein großartiges Talent.«

»Danke«, antwortete Charlotte und begann die Pinsel mit einem Tuch zu reinigen. »Ich probiere gerade eine neue Art zu leben.«

»Ich finde, es steht dir sehr gut«, sagte sie lächelnd und nickte zu Mateo. Er spielte zwar immer noch, ließ Charlotte aber nicht aus den Augen. Schüchtern winkte sie ihm zu, ließ die Hand aber gleich wieder sinken, als Cristina hinter ihm auftauchte.

»Gib ihr Zeit. Sie spricht nicht mehr so abfällig von dir, seit du ihr in jener Nacht geholfen hast. Eines Tages wird auch sie dich gernhaben«, sagte Leila, die ihr Zögern bemerkt hatte.

»Das hoffe ich, schließlich habe ich nicht vor, schon so bald wieder abzureisen.«

»Schön«, sagte Leila und nahm ihre Hand. »Komm, lass uns tanzen.«

»Lieber nicht«, erwiderte Charlotte und bohrte ihre Absätze in den weichen Boden. »Ich schaue lieber zu, Tanzen ist nichts für mich.«

»Sei nicht albern, folge deinem Herzen, nicht deinem Verstand. Das hast du auch bei deinem Bild getan, warum also nicht beim Tanz?«

»Weil …« Ja warum? Was hielt sie zurück? »Danke, lieber nicht.«

Bevor Leila noch widersprechen konnte, kam *El Jefe* auf sie beide zu. Schweigend betrachtete er das Bild. »Sehr schön, daraus spricht die Seele einer *gitana*«, sagte er dann. »Leidenschaft und Feuer. Wir machen den Test.«

»Den Test? Du meinst den DNA-Test?«, stammelte Charlotte.

El Jefe paffte an seiner Pfeife und entsandte beißende Rauchwölkchen in den nächtlichen Himmel. »Deine Großmutter war Flamencotänzerin, und du malst Leidenschaft und Liebe wie eine echte *gitana*.« Er legte seine warmen, rauen Finger auf Charlottes Arm. »Vielleicht ist deine Großmutter ja wirklich meine große Schwester.«

»Das wäre so schön«, sagte Charlotte sanft und liebte

die Vorstellung, dass *abuela* endlich mit ihrer verloren geglaubten Familie in Verbindung treten würde.

»Du wärst dann meine Nichte«, sagte er mit einem warmen Lächeln.

»Das hoffe ich sehr. Danke für alles, *El Jefe*. *Abuela* wird sich freuen, dass du in den Test einwilligst. Es bedeutet ihr sehr viel.«

El Jefe nickte bedächtig, verschränkte die Arme hinter dem Rücken und ging zu Mateo und einer Gruppe Musiker, die über ein Stück Papier gebeugt neben dem Feuer standen. *El Jefe* unterbrach sie und sprach einen Augenblick mit Mateo, der nickte und zu Charlotte ging.

»Du bist also fertig. Darf ich es sehen, oder hast du Angst, es mir zu zeigen?«

»Nicht so wie beim ersten Mal. Als ich zum ersten Mal so frei gemalt habe, hatte ich wirklich Angst, doch das hat sich geändert. Als würde jemand mich davor beschützen, mich klein und unzureichend zu fühlen. Findest du, dass das sehr seltsam klingt?«

»Nein, ganz und gar nicht«, antwortete Mateo.

»Was ich dir aber eigentlich erzählen wollte, ist, dass ich morgen meinen Vater treffe«, sagte er, und seine Stimme klang mit einem Mal sehr bedrückt.

»Ach. Wie kommt das?«

»Das Verhalten meines Bruders macht ihm Sorgen.«

»Und wie geht es dir damit?«

»Es ist ein komisches Gefühl, ihn nach all den Jahren wiederzusehen. Ich hoffe nur, dass er meine Ansicht teilen wird«, erwiderte er und zuckte die Achseln. »Sehr zuversichtlich bin ich allerdings nicht.« Er machte eine Pause. »Lass uns von etwas anderem reden, zeigst du mir das Bild? Ich habe lange genug gewartet, oder?«, fragte er.

»Na schön.« Sie kniff die Augen zusammen, während er um die Staffelei herumkam und das Bild betrachtete. Vorsichtig öffnete sie erst das eine, dann das andere Auge und sah, dass er wie gelähmt dastand. Schließlich hielt sie sein Schweigen nicht mehr aus. »Sag schon, wie findest du es?«

Er drehte sich langsam zu ihr um. »Es ist wunderschön. Es hat Farbe, Bewegung, Seele. Du malst wie eine *gitana.*«

»Das hat *El Jefe* auch gesagt. Und er hat mir versprochen, den DNA-Test zu machen«, sagte Charlotte und lachte.

»Er ist ein weiser Mann«, sagte Mateo und sah wieder das Bild an. »Ich glaube, du hast deinen Platz gefunden.«

»In der Kunst?«

»In allem, hoffe ich«, sagte er und nahm ihre Hand. »In meinem Herzen hast du einen ganz besonderen.«

»Und du in meinem.« Sie legte den Kopf auf seine Schulter und sah sich das Bild an. »Spürst du es?«

»Was denn?«

»El duende«, sagte Charlotte ein wenig verlegen.

»Bei diesem wunderschönen Bild? Ich fühle vieles, aber

keinen *duende*. Eines Tages wird es geschehen, aber vergiss nicht, *el duende* ist etwas sehr Persönliches, Charlotte. Er kann weder heraufbeschworen noch beeinflusst werden. *El duende* ist eine Magie, für die es keine Worte gibt.«

»Ich weiß, dass es etwas sehr Subjektives ist, aber ich habe gehofft, dass man beim Anblick des Bildes *duende* spüren würde.« Sie schüttelte den Kopf, als wollte sie ihre Enttäuschung vertreiben. »Ich habe ausnahmsweise einmal ohne große Erwartungen gemalt, und jetzt mache ich mir Sorgen, ob die Menschen denselben Zauber verspüren, den ich beim Malen empfunden habe. Ich sollte wohl etwas gelassener werden«, sagte sie.

»Los, dann lass uns tanzen!«

»Jetzt fängst du auch schon damit an. Ich möchte aber nicht tanzen, ich schaue lieber zu.«

»Beim Flamenco kann man nicht nur Zuschauer sein. Du musst die Musik, den Rhythmus, die Emotionen spüren. Du hast es doch schon mal erlebt. Komm, ich habe eine Überraschung für dich«, sagte er und nahm sie an der Hand.

»Was für eine Überraschung?«

»Das musst du selbst herausfinden«, entgegnete er lachend.

Sie schlenderten zum Lagerfeuer, und sie setzte sich neben Leila und ihre Schwester. Plötzlich entdeckte Charlotte etwas Glitzerndes auf dem Boden. Sie bückte sich und hob es auf – ein silberner Ohrring in Form eines Schmetterlings. Sie zeigte ihn Cristina.

»*¿Tuyo?* Ist das deiner?«

Cristina sah auf das Schmuckstück, lächelte und nahm es an sich.

»*Gracias*«, sagte sie, wischte den Ohrring an ihrem Rock ab und steckte ihn in ihr Ohrläppchen.

»*De nada*«, sagte Charlotte fröhlich. Sie würden niemals enge Freundinnen werden, doch wenn sie ihr Misstrauen überwanden, war das ein guter Anfang.

Mateo wies die Musiker an, sich bereitzuhalten, Leila stand auf und stellte sich an den Rand der kleinen Bühne. Bis auf Charlotte schien jeder zu wissen, was jetzt kommen würde.

Charlotte hasste Überraschungen, ganz im Gegensatz zu *abuela*. Lächelnd musste sie daran denken, wie gut sich ihre Großmutter in der Seniorenresidenz, in der sie einen Platz für sie gefunden hatten, eingelebt hatte. Hier habe sie die Möglichkeit, jeden Tag mit neuen Leuten zu sprechen, hatte sie bei ihrem letzten Telefonat gesagt.

Mateo riss sie aus ihren Gedanken, beugte sich zu ihr und steckte ihr eine rote Nelke hinters Ohr. »Charlotte, ich möchte dir und *abuela* etwas widmen.«

»Wirklich?«, fragte sie und war sich bewusst, dass alle sie anstarrten.

Mateo räusperte sich und rückte die Gitarre auf seinem Schoß zurecht. »Das ist ein Geschenk von mir und Raúl.«

Mateo nickte den *palmistas* zum Einsatz, Leila richtete sich auf und war bereit. Er lächelte Charlotte zu und sah sie mit glänzenden Augen an, eine warme Welle des Glücks breitete sich in ihr aus.

Die *palmistas* klatschten zwölf Schläge, und an der Art, wie sie bestimmte *compás* betonten, erkannte Charlotte, dass es ihre geliebten *alegrías* waren. *Alegría* bedeutete Glück, und immer, wenn sie diesen *palo* hörte, spürte sie das.

Leila hob ihren Rock und betrat mit einer *llamada* die Bühne, während Mateos Finger über die Saiten von Raúls Gitarre glitten und er mit der *letra* begann und dazu die Worte sang, die Raúl vor so langer Zeit über die Frau geschrieben hatte, die er sein ganzes Leben lang geliebt hatte.

Während die Musiker und Leila den Bewegungen der *alegrías* folgten, konnte Charlotte kaum dem Drang widerstehen, auf die Bühne zu springen und mitzutanzen. Leila schien das zu spüren, reichte Charlotte die Hand und zog sie auf die Bretter. Das Publikum rief ihr ermutigend zu, während Mateos Spiel und Raúls Worte Charlottes Körper ergriffen, ihre Hüften und Schritte lenkten und sie die Arme hoch in den Himmel erhob und ihre Hände zur Musik bewegte. Sie schloss die Augen und stellte sich *abuela* und Raúl vor, Syeria und ihren Urgroßvater, wie sie gelebt und geliebt hatten, das Herz und die Seele des Flamenco umfassten und einst ihren persönlichen *duende* fanden, den sie doch nie hatten festhalten können.

Leila leitete Charlotte durch die Schrittfolgen, sie stampften mit den Füßen auf den Holzboden der Bühne und wirbelten dabei Staub auf. Bei einer Drehung hätte Charlotte beinahe das Gleichgewicht verloren, doch Leila packte sie am Arm und hielt sie fest. »Sei nicht so verbissen, lass es fließen, der Rest kommt von selbst.«

Charlotte nickte und hörte auf nachzudenken, und wie eine Welle ergriff sie die Kombination aus Mateos Musik, Raúls Worten und Leilas anmutigem Tanz, so dass Charlottes Angst und alle Zweifel fortgerissen wurden. An ihre Stelle trat ein Gefühl, als sei sie endlich angekommen, als habe sie jetzt erst die Menschen gefunden, die sie verstanden. Mit einem Mal fühlte sie sich frei. Ohne sich der Menschen bewusst zu sein, die um sie herumsaßen, ging sie immer mehr in ihrem Tanz auf. Sie sah Syerias Gemälde vor sich, eine Frau mit wehendem Rock und flammend rotem Haar – *La Leyenda del Fuego*. Die Kraft des Bildes drängte sie, sich endlich zu öffnen. Mateos Gitarrenspiel wurde immer eindringlicher, als antwortete es auf die Intensität ihres Tanzes.

Charlotte griff nach ihrem Rock, ihre Arme flogen zum Himmel und schienen nach den Sternen zu greifen. Ihre

Beine bewegten sich immer schneller, trieben sie an, und dann sprang sie – sprang über das Feuer.

Atemlos hielt sie inne. Zunächst begriff sie nicht, was soeben geschehen war.

Die Musik verebbte. Mateo reichte Leila die Gitarre und ging schweigend auf sie zu. Zögerlich griff er nach ihren Händen.

»Was hast du da gerade gemacht?«, fragte er.

»Ich … ich weiß es nicht. Ich konnte nicht anders … Ich wollte einfach …« Sie zitterte, gleichzeitig fühlte sich ihr Körper so lebendig wie noch nie zuvor.

»*La Leyenda del Fuego*«, murmelte Mateo.

»Nein«, sagte Charlotte und schüttelte den Kopf. »Das war ein Fehler, ich habe mich mitreißen lassen, ich –«

»Nur ein auserwähltes Mitglied des Giménez-Klans tanzt *La Leyenda del Fuego*«, sagte er und sah sie mit seinen dunklen Augen durchdringend an. »*El duende* in seiner reinsten Form. Hast du das gespürt?«

»Ich nehme an …« Sie beugte sich vor und stützte ihre Hände auf die Knie, jede Zelle ihres Körpers schien zu vibrieren. »Fühlt sich so *el duende* an?«

Mateo legte einen Finger unter ihr Kinn, so dass sie sich aufrichtete. »Manche Menschen verbringen ihr ganzes Leben in der Hoffnung, nur einmal *el duende* zu erleben, und dennoch geschieht es nie. Und wir haben gerade unseren eigenen *duende* zum allerersten Mal erlebt.«

Charlotte lächelte ihn an, versank in seinen Augen. »Ich bin sicher, dass wir ihn noch oft zusammen erleben werden.«

Als Mateo seine Arme um sie legte, durchströmte unendliche Liebe ihren Körper, sie legte ihren Kopf auf seine Schulter. Dann schaute sie zum dunklen Nachthimmel empor und lächelte. Sie war am anderen Ende der Welt aufgewachsen und hatte dort in die Weiten des Universums geblickt, ohne zu ahnen, dass sie eines Tages eine Reise in das Land ihrer Vorfahren antreten würde. Auf dem Weg hatte sie eine völlig neue Seite an sich entdeckt, sich mit ihrer Vergangenheit verbunden und eine Zukunft gefunden, die sie niemals für möglich gehalten hätte. Am dunklen Firmament über ihr funkelten unzählige Sterne und hießen Charlotte in ihrer neuen Heimat willkommen.

ENDE

DANKSAGUNG

Das Leben ist ein Abenteuer, das uns viele Wege entlangführt; manche sind steinig, andere leichter zu beschreiten. Selbst mit einem Kompass kann man sich schnell verirren, doch manchmal nimmt die Reise eine unerwartete Wendung, mit der wir niemals gerechnet hätten. Ich bin immer wieder dankbar dafür, dass mich Menschen auf dieser Reise begleiten, die Geschichten ebenso lieben, wie ich es tue. Ohne die Unterstützung dieser besonderen Menschen wäre aus *Die spanische Tänzerin* niemals das Buch geworden, das Sie in den Händen halten.

Mein Dank gilt dem großartigen Team bei Kensington Publishing. Eure Liebe zu Geschichten ist überwältigend, und eure Arbeit erfüllt mich mit großer Freude. Mein besonderer Dank gilt meiner Lektorin Esi Sogah, deren herausragendes Talent jede Geschichte zum Strahlen bringt.

Danke auch der wunderbaren Lucienne Diver von *The*

Knight Agency. Deine Freude, dein Wissen und dein unerschütterlicher Enthusiasmus sind mitreißend. Ich weiß deine Arbeit sehr zu schätzen.

Ich danke Jacinta di Mase von Jacinta di Mase Management für ihre Unterstützung und ihr hervorragendes Fachwissen.

Ich bin überglücklich, diese Geschichte mit meinen deutschen Lesern teilen zu können. Ich möchte mich herzlich bei Julia Aumüller und der Agentur Thomas Schlück dafür bedanken, dass sie das möglich gemacht haben. Außerdem ein großes Dankeschön an das tolle Team des Aufbau Verlags, besonders an Anne Sudmann und Roja Hashemian Korbekandi sowie an meine wunderbare Übersetzerin Christiane Winkler. Vielen Dank für all die Zeit, die Sorgfalt und die Mühe, die Sie in mein Buch *Die spanische Tänzerin* gesteckt haben – für mich ist damit ein Traum wahrgeworden.

Natürlich ist eine solche Reise aufregender, wenn Menschen sie begleiten, die einen nicht sofort für verrückt erklären, wenn man Selbstgespräche führt oder eine Diskussion mit einer Buchfigur beginnt.

Mein herzlicher Dank gilt darum: Dave Sinclair, Di Curran, Heidi Noroozy, Julie Madison, Kathryn Ledson, Louise Ousby, Natalie Hatch, Rachael Johns, Supriya Savkoor, T. M. Clark und Tess Wood für die guten Ideen und gelegentlichen Peitschenhiebe, wenn es nötig war.

Vielen Dank an meine Mädels – Misty Simon, Danita Cahill, Barrie Summy, Maureen McGowan – und an unsere geliebte Flo Moyer. Wer hätte gedacht, dass uns nach über zehn Jahren das Schreiben immer noch verbindet.

Ein extra großes Dankeschön an die Romance Writers of America. Eure Unterstützung ist einfach großartig. Ich bin sehr dankbar, dass ich dieser wunderbaren Organisation angehören darf. Durch die RWA durfte ich großartige Menschen kennenlernen, die mittlerweile zu guten Freunden geworden sind. Ich wünsche euch allen noch viele Stunden Lese- und Schreibvergnügen.

Mil gracias, Carolina Lagos, du hast mir bei meinen spanischen Übersetzungen stets zur Seite gestanden. Auch wenn uns der große Teich trennt, du wirst stets einen besonderen Platz in meinem Herzen haben.

Danke an Anne Gracie, die mir Fernando Mira vorgestellt hat, durch den ich Inge Muhlhauser kennenlernen durfte. Inge und Fernando, ich danke euch von ganzem Herzen, dass ihr euer Wissen über Flamenco und die spanische Kultur mit mir geteilt und meines auf diese Weise erweitert habt.

Vielen Dank an Aaron Donaldson, der mir einzigartige Einblicke in das Versicherungswesen verschaffte.

Ein riesengroßes Dankeschön an Nicki Edwards und Nat Checcucci, die mich mit ärztlichen Ratschlägen unterstützt und meine endlosen Fragen ertragen haben.

Unendlicher Dank gilt meiner großen Familie und meinen Freunden, die nichts mit Literatur zu tun haben, es mir aber nachsehen, wenn ich in Gedanken versunken bin, mich mit Romanfiguren oder der Handlung auseinandersetze. Besonderer Dank gilt meiner Mom, Dave und meinem geliebten Dad (ich vermisse dich sehr), die mich stets in der Ansicht bestärkt haben, meine Träume zu leben.

Dieses Buch ist meiner Oma gewidmet, die *Die spanische Tänzerin* leider nicht mehr zu lesen bekam. Unsere gemeinsame Reise in die Welt der Geschichten begann, als ich noch sehr klein war. Oma und ich erfanden Geschichten, die mein Zimmer mit Lachen und Liebe erfüllten. Von dir habe ich so viel über das Geschichtenerzählen und das Leben gelernt, ich werde dich immer im Herzen behalten.

Dave, ich liebe und drücke dich, und ich liebe unsere hinreißenden Kinder Rebecca und Nicholas.

Ein besonderes Dankeschön an meine Leser. Danke, dass Sie sich die Zeit genommen haben, *Die spanische Tänzerin* zu lesen. Möge die Geschichte ein Lächeln auf Ihre Lippen und eine Melodie in Ihr Herz zaubern.

Gazpacho

Die Gazpacho ist ein bekanntes spanisches Gericht, das ursprünglich aus Andalusien stammt. Ich kann mir gut vorstellen, wie Mateo es an einem lauen Sommerabend in Granada für Charlotte zubereitet.

Diese Suppe schmeckt besonders gut mit knusprigem Brot aus dem Ofen, Oliven, Käse, Artischocken und Avocados. Die Gazpacho setzt der Phantasie keine Grenzen und kann zu einem sehr individuellen Gericht verändert werden. Viel Vergnügen!

Zutaten:
Olivenöl
2 Pfund Tomaten
4 Scheiben trockenes Brot
1 grüne Paprikaschote
1 rote Paprikaschote
1 gelbe Paprikaschote
1 Salatgurke
2 oder mehr Knoblauchzehen

1 Teelöffel Puderzucker
2 Esslöffel Sherryessig
Tabascosauce (wenn Sie es würzig mögen)
Eiswasser
1 Ei, hart gekocht
Salz
Frisch gemahlener schwarzer Pfeffer

Tomatenschale einschneiden und die Tomaten etwa 20 Sekunden in kochendes Wasser geben. Herausnehmen und kurz in Eiswasser tauchen, so dass sich die Schale leicht entfernen lässt. Geschälte Tomaten über einer Schüssel von den Kernen befreien, Saft auffangen und später verwenden.

Die Tomaten in einen Mixer geben. Saft, Kerne und Tomatenhaut mit einem Kochlöffel durch ein Sieb streichen. Zwei Scheiben Brot würfeln und fünf Minuten im Saft einweichen.

Grüne Paprika würfeln, mit Knoblauch, aufgeweichtem Brot, zwei Esslöffeln Olivenöl, Sherryessig und ein paar Tropfen Tabascosauce im Mixer mixen. Die Suppe sollte dicker als eine normale Suppe, aber nicht zu dickflüssig sein. In den Kühlschrank stellen und ein paar Stunden kühlen lassen.*

Das Ei kochen, Salatgurke, gelben und roten Paprika fein würfeln. Kühl stellen.

Die restlichen Brotscheiben würfeln, etwas Olivenöl, Salz und Pfeffer hinzufügen und in den Ofen stellen, bis alles goldbraun und knusprig ist. Das hartgekochte Ei schälen, würfeln und in eine kleine Schale geben. Sobald das Brot fertig ist, ebenfalls würfeln. Die Suppe in einer gekühlten Schale servieren und die Brot-, Ei-, Gurken- und Paprikawürfel nach Belieben hinzufügen.

Zurücklehnen und genießen.

* *Wenn Sie Strauchtomaten für die Gazpacho verwenden, schneiden Sie diese der Länge nach auf ca. 2,5 cm und fügen sie der Suppe hinzu, bevor Sie diese kühlen.*

Götterspeise

Das ist reines Futter für meine Seele und erinnert mich an Geburtstagspartys und meine Kindheit in Australien. Ich bin mir sicher, dass auch Charlotte diese Köstlichkeit liebt.

Zutaten:

Ca. 15 Vollkornkekse

1 Stück Butter, schmelzen

½ Tasse Zitronensaft

Ca. 0,4 l Kondensmilch

¾ Löffel Gelatinepulver

1 Tasse kochendes Wasser

Ca. 85 Gramm Götterspeise Himbeergeschmack

Vollkornkekse in einem Plastikbeutel oder einer Schale zerdrücken. Vollkornbrösel in eine große Schale geben und geschmolzene Butter hinzufügen. Gut vermischen. Gemisch in eine 30 x 20 x 2 cm große Browniefom streichen und in den Kühlschrank stellen. Unterdessen die anderen Zutaten verarbeiten.

Zitronensaft und Kondensmilch mischen. In einer separaten Schüssel das Gelatinepulver in kochendem Wasser auflösen und danach zum Zitronensaft- und Kondensmilch-Gemisch hinzufügen und schlagen.

Kekse aus dem Kühlschrank holen und das Kondensmilch-Gemisch darübergießen. Erneut kühlen.

Götterspeise vorbereiten. Der Anleitung auf der Packung folgen, dabei aber nur die Hälfte des angegebenen Wassers benutzen, so lassen sich die Stücke besser schneiden.

Götterspeise auf die Kekse mit dem Kondensmilch-Gemisch verteilen und so lange in den Kühlschrank stellen, bis es nach ca. eineinhalb Stunden fest geworden ist.

Aus dem Kühlschrank nehmen und eine großzügige Scheibe genießen.

LESEPROBE

KRISTIN HANNAH
Die Nachtigall
Zwei Schwestern. Die eine kämpft für die Freiheit.
Die andere für die Liebe.
ROMAN

EINS

9. April 1995

AN DER KÜSTE VON OREGON

Wenn ich in meinem langen Leben eines gelernt habe, dann ist es Folgendes: In der Liebe finden wir heraus, wer wir sein wollen; im Krieg finden wir heraus, wer wir sind. Heutzutage wollen die jungen Leute alles über jeden wissen. Sie denken, über ein Problem zu reden wäre schon die Lösung. Ich stamme aus einer schweigsameren Generation. Wir haben verstanden, welchen Wert das Vergessen hat, wie verlockend es ist, sich neu zu erfinden.

In letzter Zeit allerdings ertappe ich mich dabei, wie ich an den Krieg denke und an meine Vergangenheit, an die Menschen, die ich verloren habe.

Verloren.

Das klingt, als hätte ich meine Liebsten irgendwo verlegt; sie vielleicht an einem Ort zurückgelassen, an den sie nicht gehören, und mich dann abgewendet, zu verwirrt, um wieder zu ihnen zurückzufinden.

Aber sie sind nicht verloren. Und auch nicht an einem besseren Ort. Sie sind tot. Heute, wo ich das Ende meines Lebens vor mir sehe, weiß ich, dass sich Trauer ebenso wie Reue tief in uns verankert und für immer ein Teil von uns bleibt.

Ich bin in den Monaten seit dem Tod meines Mannes und meiner Diagnose sehr gealtert. Meine Haut erinnert an knittriges Wachspapier, das jemand zum Wiedergebrauch glattstreichen wollte. Meine Augen lassen mich häufig im Stich – bei Dunkelheit, im Licht von Autoscheinwerfern oder wenn es regnet. Diese neue Unzuverlässigkeit meiner Sehkraft ist nervtötend. Vielleicht schaue ich deshalb in die Vergangenheit zurück. Die Vergangenheit besitzt eine Klarheit, die ich in der Gegenwart nicht mehr erkennen kann.

Ich stelle mir gern vor, dass ich Frieden finde, wenn ich gestorben bin, dass ich all die Menschen wiedersehe, die ich geliebt und verloren habe. Dass mir zumindest verziehen wird.

Aber ich weiß es besser.

Mein Haus, das von dem Holzbaron, der es vor mehr als hundert Jahren erbaute, *The Peaks* getauft wurde, steht zum Verkauf, und ich bereite meinen Umzug vor, wie mein Sohn es für richtig hält.

Er versucht, sich um mich zu kümmern, mir zu zeigen, wie sehr er mich liebt in dieser schweren Zeit, und deshalb lasse ich mir seine übertriebene Fürsorge gefallen. Was kümmert es mich, wo ich sterbe? Denn darum geht es im Grunde. Es spielt keine Rolle mehr, wo ich wohne. Ich packe das Strandleben von Oregon, zu dem ich mich vor beinahe fünfzig Jahren hier niedergelassen habe, in Kartons. Es gibt nicht viel, was ich mitnehmen will. Doch eine Sache unbedingt.

Ich greife nach dem von der Decke hängenden Griff, mit dem die Speichertreppe heruntergezogen wird. Die Stufen falten sich von der Decke wie der Arm eines Gentlemans, der die Hand ausstreckt.

Die leichte Treppe schwankt unter meinen Füßen, als ich in den Speicher hinaufsteige, in dem es nach Staub und Schimmel riecht. Über mir hängt eine einsame Glühbirne. Ich ziehe an der Schnur.

Es sieht aus wie im Frachtraum eines alten Dampfers. Die Wände sind mit breiten Holzplanken verkleidet, Spinnweben schimmern silbrig in den Winkeln und hängen in Strähnen von den Fugen zwischen den Planken herunter. Das Dach ist so steil, dass ich nur in der Mitte des Raums aufrecht stehen kann.

Ich sehe den Schaukelstuhl, in dem ich saß, als meine Enkel klein waren, dann ein altes Kinderbettchen und ein zerschlissenes Schaukelpferd auf rostigen Federn und den Stuhl, den meine Tochter gerade neu lackierte, als sie von ihrer Krankheit erfuhr. An der Wand stehen mit *Weihnachten*, *Thanksgiving*, *Ostern*, *Halloween*, *Geschirr* oder *Sportsachen* beschriftete Kartons. Darin sind Dinge, die ich nicht mehr oft benutze, von denen ich mich aber dennoch nicht trennen kann. Mir einzugestehen, dass ich zu Weihnachten keinen Baum schmücken werde, ist für mich wie aufzugeben, und im Loslassen war ich noch nie gut. Hinten in der Ecke steht, was ich suche: ein alter, mit Aufklebern gespickter Überseekoffer.

Mit einiger Anstrengung zerre ich den schweren Koffer in die Mitte des Speichers, direkt unter die Glühbirne. Ich hocke mich daneben, habe jedoch prompt solche Schmerzen in den Knien, dass ich mich auf den Hintern gleiten lasse.

Zum ersten Mal seit dreißig Jahren hebe ich den Deckel des Koffers. Der obere Einsatz ist voller Andenken an die Zeit, in der meine Kinder klein waren. Winzige Schuhe, Handabdrücke auf Tonscheiben, Buntstiftzeichnungen, die von Strichmännchen und lächelnden Sonnen bevölkert werden, Schulzeugnisse, Fotos von Tanzvorführungen.

Ich hebe den Einsatz aus dem Koffer und stelle ihn neben mir ab.

Die Erinnerungsstücke auf dem Boden des Koffers liegen wild durcheinander: mehrere abgegriffene ledergebundene Tagebücher; ein Stapel alter Postkarten, der mit einem blauen Satinband zusammengebunden ist; ein Karton mit einer eingedrückten Ecke; eine Reihe schmaler Gedichtbändchen von Julien Rossignol und ein Schuhkarton mit Hunderten Schwarzweißfotos.

Ganz oben liegt ein vergilbtes Stück Papier.

Meine Finger zittern, als ich es in die Hand nehme. Es ist eine *carte d'identité*, ein Ausweis aus dem Krieg. Das Bild im Passfotoformat. Eine junge Frau. *Juliette Gervaise.*

»Mom?«

Ich höre meinen Sohn auf der knarrenden Holztreppe, Schritte, die mit meinem Herzschlag übereinstimmen. Hat er schon vorher nach mir gerufen?

»Mom? Du solltest nicht hier oben sein. Mist. Die Stufen sind wacklig.« Er kommt zu mir. »Ein Sturz und …«

Ich berühre sein Hosenbein, schüttle langsam den Kopf. Ich kann den Blick nicht heben. »Nicht«, ist alles, was ich sagen kann.

Er geht in die Hocke, setzt sich zu mir. Ich rieche sein Aftershave, dezent und würzig, und auch eine Spur Rauch. Er hat heimlich draußen eine Zigarette geraucht, eine Gewohnheit, die er vor Jahrzehnten aufgegeben und nach meiner Diagnose vor kurzem wieder angenommen hat. Es besteht kein Grund, meine Missbilligung zu äußern. Er ist Arzt. Er weiß es selbst.

Instinktiv will ich den Ausweis in den Koffer zurückwerfen und den Deckel zuklappen, ihn wieder verstecken. Wie ich es mein Leben lang getan habe.

Doch jetzt sterbe ich. Vielleicht nicht schnell, aber auch nicht gerade langsam, und ich sehe mich gezwungen, auf mein Leben zurückzuschauen.

»Mom, du weinst ja.«

»Wirklich?«

Ich will ihm die Wahrheit sagen, aber ich kann es nicht. Es macht mich verlegen, und es beschämt mich, dieses Versagen. In meinem Alter sollte ich mich vor nichts mehr fürchten – und ganz bestimmt nicht vor meiner eigenen Vergangenheit.

Ich sage nur: »Ich will diesen Koffer mitnehmen.«

»Der ist zu groß. Ich packe die Sachen, die du haben willst, in eine kleinere Schachtel.«

Ich lächle bei seinem Versuch, mich zu kontrollieren. »Ich liebe dich, und ich bin wieder krank. Aus diesen Gründen habe ich mich von dir bevormunden lassen, aber noch bin ich nicht tot. Ich will diesen Koffer mitnehmen.«

»Wozu sollen dir denn die Sachen nützen, die da drin sind? Das sind doch nur unsere Zeichnungen und solches Zeug.«

Wenn ich ihm die Wahrheit längst erzählt oder wenigstens mehr getanzt, getrunken und gesungen hätte, wäre er vielleicht imstande gewesen, *mich* zu sehen statt einer verlässlichen, normalen Mutter. Er liebt eine Version von mir, die nicht vollständig ist. Ich dachte immer, das wäre es, was ich wollte: geliebt und bewundert zu werden. Doch jetzt denke ich, dass ich in Wahrheit richtig gekannt werden will.

»Betrachte es als meinen letzten Willen.«

Ich sehe ihm an, dass er sagen will, ich solle nicht so reden, aber er befürchtet, seine Stimme könnte schwanken. Er räuspert sich. »Du hast es schon zweimal geschafft. Du schaffst es wieder.«

Wir wissen beide, dass das nicht stimmt. Ich bin zittrig und schwach. Ohne medizinische Hilfe kann ich weder essen noch schlafen. »Natürlich schaffe ich es.«

»Ich will doch nur, dass du gut aufgehoben bist.«

Ich lächle. Amerikaner können dermaßen naiv sein.

Früher habe ich seinen Optimismus geteilt. Ich habe gedacht, die Welt sei ein sicherer Ort. Aber das ist schon sehr lange her.

»Wer ist Juliette Gervaise?«, fragt Julien, und es versetzt mir einen kleinen Schock, ihn diesen Namen aussprechen zu hören.

Ich schließe die Augen, und in der Dunkelheit, die nach Schimmel und längst vergangenem Leben riecht, schweifen meine Gedanken zurück in einem weiten Bogen, der über Jahre und Kontinente hinwegreicht. Gegen meinen Willen – oder vielleicht ihm zufolge, wer kann das wissen? – erinnere ich mich.